**norõbeben
bittersüß bedeutungslos**

ISALIE NORDSKOV

norðbeben
bittersüß bedeutungslos

Bibliografische Information der Deutschen Nationalbibliothek
Die Deutsche Nationalbibliothek verzeichnet diese Publikation
in der Deutschen Nationalbibliografie; detaillierte bibliografische
Daten sind im Internet über http://dnb.d-nb.de abrufbar.

Umschlagdesign, Satz Herstellung und Verlag:
BoD – Books on Demand, Norderstedt

ISBN 978-3-7519-9200-8

Kapitel 0

Zum immer penetranteren Klirren in meinen Ohren, ausgelöst von der viel zu lauten Musik, die in diesem ranzigen Schuppen gespielt wurde, gesellte sich nun auch noch ein schmerzhaftes Brennen in den Augen. Zigarettenrauch verwandelte die Luft in ein einziges Meer aus Qualm. Wenn die Musik wenigstens einigermaßen melodisch gewesen wäre, hätte ich das Gesundheitsrisiko, dem man sich hier aussetzte, vielleicht in Kauf nehmen können.

Grundsätzlich hatte ich wenig gegen Metal einzuwenden, aber das hier grenzte an Körperverletzung. Ich konnte nicht einmal sagen, was das Schlimmste war, das gleichzeitige Dröhnen von Bass und E-Gitarre, das jegliches Erahnen einer Melodie verhinderte, oder der Sänger, sofern man ihn als solchen bezeichnen wollte, der eher an eine sehr üble Schmerzen erleidende Imitation von Aerosmith-Sänger Steven Tyler erinnerte. Er brüllte nicht, sondern kreischte ins wenig zu beneidende Mikrofon. Wenn er es beim Singen nicht gerade mit seinem Speichel tränkte, schien er es beinahe zu verschlingen und erzeugte dabei Geräusche, die dem Grunzen wildgewordener Waldtiere noch am nächsten kamen. Das Mikro konnte sich nicht wehren, aber welche Ausrede hatte das Publikum in der ersten Reihe, das im Regen seines Geschreis die immer feuchter werdenden Haare schwungvoll kreisen ließ?

Und was hatte ich mir nur dabei gedacht, hierherzukommen? Da hätte ich mir auch gleich Stricknadeln in die Ohren rammen können.

Ich versuchte, mich an der Menschenmenge vorbeizudrücken, in der Hoffnung, irgendwo einen rettenden Ausgang zu finden. Natürlich leuchteten hier nicht wie üblich grüne Exit-Schilder über den Türen. Das hätte mich auch sehr überrascht. Wer hier einkehrte, begab sich ja quasi freiwillig in Lebensgefahr.

Die vergangene halbe Stunde hatte ich damit verbracht, möglichst nicht von irgendeinem headbangenden Idioten ausgeknockt zu werden, und fragte mich, ob Statistiken darüber existierten, wie viel häufiger Verletzungen durch unkontrollierte

Kopfnüsse bei Metal-Fans vorkamen als beispielsweise Knöchelverletzungen beim Schlagermove. Mir reichte es schon, wenn ich die ungepflegten, langen Haare eines dieser Kerle quer durchs Gesicht geschleudert bekam. Absolut widerlich.

In den wenigen Momenten, in denen ich mich nicht in Gefahr wähnte, versuchte ich Ausschau nach *ihm* zu halten. Diesem Typen, der mir seit einigen Wochen nicht mehr aus dem Kopf gehen wollte. Aber er war nirgends zu sehen. Es schien mir ein nahezu unmögliches Vorhaben zu sein, in diesem Dickicht aus krebserregenden Stoffen überhaupt jemanden zu finden.

Hätte ich doch bloß auf Julie gehört, die mich heute Mittag auf ihre liebenswerte Art und Weise mehr oder weniger für bescheuert erklärt hatte, als ich ihr von meinen Abendplänen erzählt hatte.

»Das ist nun wirklich nicht der richtige Ort für dich«, hatte sie gemeint und offensichtlich versucht, dabei nicht abwertend zu klingen. Das war Julie, egal wie aussichtslos die Lage auch schien, sie versuchte immer, höflich zu bleiben.

»So schlimm wird es schon nicht sein, ich kenne diese Scene«, hatte ich ein wenig zu großkotzig entgegnet und war in diesem Moment auch fest von meinen Worten überzeugt gewesen. Schließlich war ich in den letzten fünf Jahren immer mal wieder auf Metal-Konzerten gewesen, wenn ich meinen Ex zu seinen Lieblingsbands begleitet hatte. Alleine wäre ich vermutlich nicht gegangen. Wie gesagt, ich finde die Musik nicht schlecht, aber es war doch vor allem seinetwegen, dass ich mir das live antat. Und wegen der Klamotten. Nirgendwo sonst konnte ich schwarze, hautenge Jeans oder Lederimitathosen und viel zu knappe Tops tragen, ohne dass ich komisch auffiel und man mich womöglich noch für eine Domina oder Ähnliches hielt.

Und so hatte ich auch heute meine schwarze Lieblingshose mit viel zu hohen High Heels und diesem dunklen Neckholdertop an, das ich mir erst kürzlich aus dem EMP-Katalog bestellt hatte. Die Wirkung war bisher immer die gleiche gewesen. Schüchterne Blicke von den Männern, zickige bis Ich-reiß-dich-in-Stücke-wenn-du-meinen-Freund-ansiehst-Blicke von den Frauen. Aber heute schien alles anders zu sein. Die Blicke der Männer waren deutlich aufdringlicher und intensiver, als ich es bisher erlebt hatte.

Man sollte meinen, diese Jungs in ihren schwarzen, mit blutigen Bildern und Todesgestalten bedruckten Klamotten seien draufgängerischer. Aber die meisten waren schüchtern, wenn sie einer selbstbewussten, attraktiven Frau begegneten. Womit ich jetzt nicht sagen will, dass ich mich selbst als besonders heiß bezeichnen würde. Ich bin mit mir ganz zufrieden, aber die Scene machte es einem leicht. Viele Mädels waren deutlich zu blass. Das war ich zwar auch, aber ich färbte mein blondes Haar nicht auch noch schwarz, sodass das noch mehr auffiel. Dann der viel zu intensive und ständig verschmierte Mascara und die billig wirkenden, löchrigen Klamotten.

Aber wie gesagt, heute war irgendetwas anders. Okay, es war das erste Mal, dass ich in Kopenhagen auf einem Metal-Konzert war und nicht in der Heimat, aber ich hatte angenommen, die Scene sei überall gleich. Doch nicht nur die Männer waren hier deutlich selbstbewusster, als ich es aus Flensburg oder Hamburg gewohnt war, die Frauen bewiesen auch besseres Geschick im Styling. Wenn ich überhaupt auffiel, dann nur, weil ich nach wie vor blondes Haar hatte. Und ich bekam zum ersten Mal das Gefühl, man sehe mir an, dass ich ein Landei war. Selbst das Haar der Mädels wirkte perfekt. Wo ich bisher doch vor lauter schlecht gefärbter Haaransätze am liebsten Stylingtipps erteilt hätte, lief hier eine Schönheit nach der anderen an mir vorbei. Das Kopenhagener Nachtleben war also tatsächlich so besonders, wie die Berichte meiner Kommilitonen es erahnen lassen hatten.

Bei uns in Norddeutschland lief alles irgendwie geregelter ab; Notausgangsleuchten über den Türen, kein Zigarettenqualm, Vorschriften für die Lautstärke der Anlage usw. Hatte eindeutig seine Vorteile. Aber das war wohl eine typisch deutsche Einstellung.

Langweilig, aber effektiv, wie mein Kumpel Torge gesagt hätte.

Aber egal, irgendwie würde ich schon nach draußen finden. Ich versuchte meine Blicke nicht zu lange in den dunklen Ecken verweilen zu lassen. Etwas Merkwürdiges schien dort vor sich zu gehen. Das Flackern der Scheinwerfer ließ mich nur in flüchtigen Momenten etwas erkennen. Die Leute saßen dicht gedrängt nebeneinander – oder aufeinander? Sie wirkten irgendwie ineinander verschlungen. Ich hatte das Gefühl, dort liefen im Schutz der Dunkelheit oder des dichten Qualms irgendwelche Orgien ab. So genau wollte ich es lieber gar nicht wissen. Und dennoch verspürte ich immer wieder dieses Kribbeln, das ich schon als Kind verspürt hatte, wenn ich mir zusammen mit meinen Freunden heimlich Gruselfilme angesehen und man genau gewusst hatte, dass jeden Moment etwas Schlimmes passieren würde.

Dass ich mich tatsächlich in Gefahr befand, ahnte ich zu diesem Zeitpunkt nicht.

Nach einigen Minuten und flüchtigen Angstattacken, ausgelöst durch die primäre Gefahr, in den überfüllten Gängen zerquetscht zu werden, fand ich schließlich den Ort wieder, an dem ich vor vierzig Minuten meine Jacke abgegeben hatte.

Immerhin stand kaum einer an und es schien auch fast niemand außer meiner Wenigkeit eine Jacke abgegeben zu haben. Ich hätte Angst gehabt, mich zu erkälten, wenn ich verschwitzt aus dem Club in die Kälte käme, aber auch das war wieder einer der vielen Unterschiede. Für die meisten hier war eine Jacke anscheinend lästig. War vielleicht einfach so bei den Nordmännern. Wobei meine Verwandten aus dem Rheinland uns ja schon immer als Wikinger bezeichneten. Aber es ging eben noch nördlicher.

Ich versuchte meine Enttäuschung darüber, *ihn* nicht gesehen zu haben, herunterzuschlucken und ließ mir gegen meinen labbrigen blauen Abholzettel meine Jacke bringen. Die Frau hinter dem Tresen fiel mir vor allem wegen der vielen Piercings im Gesicht auf. Irgendwann war doch auch das nicht mehr schön, dachte ich, als mich ein Typ von der Seite ansprach.

Ich hatte kein Wort von dem verstanden, was er mir sagte, meine Ohren mussten erst einmal wieder klarkommen, deshalb schrie ich viel zu laut und etwas peinlich »Waaas?«, woraufhin er nur blöd grinste.

»Ob du schon loswillst?«, verstand ich schließlich.

Erst jetzt ließen meine tränenden Augen erkennen, wer dort vor mir stand. Es war dieser ekelhafte Kerl Morten, der mir schon in der Uni übel aufgefallen war, weil er immer auf den Fluren herumlungerte und die Frauen mit seinen widerlichen Sprüchen anmachte.

Inzwischen war die Piercing-Frau mit meiner Jacke zurück, sie hatte nicht lange suchen müssen. Ich bedankte mich höflich und nickte dem Kerl neben mir deutlich zu, um seine Frage damit zu beantworten. *Den* hatte ich nun wirklich nicht hier treffen wollen. Er war so ziemlich der Letzte, dem ich alleine über den Weg laufen wollte. Andererseits auch sehr passend, dass er hier sein Unwesen trieb.

»Schade«, antwortete er bloß.

Ich hoffte inständig, dass die Sache damit beendet war, und machte mich auf den Weg ins Freie. Nach zwei bis drei Schritten atmete ich tief durch und spürte endlich, wie die frische, kalte Nachtluft die hintersten Winkel meiner Lungen erreichte. Es brannte noch einige Sekunden, bis ich schließlich das Gefühl hatte, wieder gesunde Luft atmen zu können. Es hatte schon etwas für sich, dieses Rauchverbot. Nicht nur, weil meine Klamotten jetzt direkt in die Tonne wandern konnten.

Ich überlegte kurz, ob ich zu Fuß gehen oder mir ein Taxi nehmen sollte. Schnell entschied ich mich für das Taxi. Es sollte am nächsten Tag nicht in der Zeitung heißen: *Master-Studentin nach drei Monaten Studium tot in der Mülltonne aufgefunden.* Man hörte sehr viele solcher Geschichten aus Städten wie Kopenhagen. Auch wenn ich immer fest davon überzeugt gewesen war, dass ich jedem Angreifer nach einem gezielten Tritt zwischen die Beine entkommen konnte, mochte ich mir doch nicht das Geheule meiner Mutter antun, wenn sie erfuhr, dass ich mich sinnlos in Gefahr begeben hatte. Irgendwie hatte sie für sowas einen siebten Sinn, echt gruselig. Wenn sie gewusst hätte, dass ich ganz allein in diesem Club gewesen war, wäre sie völlig durchgedreht und hätte mich für immer zuhause eingesperrt.

Die Taxen standen nur wenige Meter entfernt und ich lief geradewegs auf das Auto zu, dessen Fahrer auf den ersten Blick am wenigsten beängstigend aussah, als mich auf einmal jemand von hinten an der Schulter festhielt. Noch völlig vertieft in die Sorgen meiner Mutter, zuckte ich zusammen, dass mir die Knochen beinahe wehtaten.

Im Nachhinein betrachtet war meine Überzeugung, was meine Selbstverteidigungskünste anging, vielleicht etwas naiv gewesen. Ich drehte mich um und war kein Stück erleichtert, dass ich

Morten hinter mir stehen sah und nicht Kopenhagens nächsten Axtmörder. Ohne, dass ich eine Chance gehabt hätte, auf sein Erscheinen zu reagieren, packte er meinen Unterarm und zog mich mit sich.

»So leicht lasse ich dich nicht entkommen.«

Seine Drohung ließ meine Gedanken erstarren. Es fühlte sich an, als hätte mir jemand einen kräftigen Schlag in meinen leeren Magen verpasst.

Als er wenige Meter von den Taxis entfernt schon wieder anhielt, ließ meine Angst zunächst etwas nach und es gelang mir, Luft zu holen.

»Hey, was soll der Scheiß?«, brüllte ich ihn an und hoffte, damit Aufmerksamkeit zu erregen. Die Taxifahrer hatten jedoch alle den Blick abgewendet und schienen sich nicht für das zu interessieren, was hier vor sich ging. Hatten die wirklich nichts gehört oder wollten sie einfach nichts mitbekommen? Wir standen direkt neben einer Hauswand, das Licht der Laterne erreichte uns nicht ganz, aber sie mussten mich doch zumindest schreien gehört haben, ging es mir durch den Kopf. Was für Arschlöcher waren das denn? Schließlich war die Situation recht eindeutig.

Dieser Kerl schnappte sich auch noch meinen zweiten Arm und drückte mich mit dem Rücken gegen die Hauswand.

»Hör lieber auf zu zappeln!«, flüsterte er mir mit einem widerlichen Grinsen ins Ohr, das so gar nicht mehr wie das dämliche Lächeln aussah, das er am Jackentresen aufgesetzt hatte. Sein Blick wirkte völlig irre.

Ich spürte, wie sich einer der Ziegelsteine auf Schulterhöhe schmerzhaft in meine Haut bohrte, und versuchte, mich loszureißen. Unmöglich. Ich wollte schreien, aber mein Mund war wie zugeklebt. Das konnte doch nur ein böser Traum sein. Ich fühlte ein heftiges Hämmern in meinem Kopf und meine Halsschlagader pulsierte so stark, dass ich befürchtete, sie würde jeden Moment platzen.

Verrückt, was einem für Gedanken durch den Kopf gingen, wenn man das Ende auf sich zukommen sah.

Dann fiel mir wieder die Idee mit dem Tritt ein, aber noch während ich vergebens versuchte, trotz der Wand im Rücken auszuholen, riss eine fremde Hand den Kerl von mir los. Alles ging so schnell, dass ich nicht wusste, wie mir geschah. Oder ihm.

Er landete sehr unsanft auf dem Boden und brüllte irgendwas auf Dänisch, was ich nicht verstand. Sein Blick war aggressiv und wirkte im Schein der Laterne noch bedrohlicher. Wie ein Raubtier, das man lieber nicht herausfordern sollte, schnaubte und fluchte er, sodass sich seine lodernde Wut in der Kälte der Nacht in Dampf verwandelte.

Ich stand immer noch wie versteinert an der Wand, spürte überhaupt nichts mehr außer dem stumpfen Pochen in meinem Kopf. Mir kam nicht einmal in den Sinn, wegzurennen.

Als mein Angreifer sich aufraffte und den Fremden sah, der ihm gerade die Beute vermiest hatte, verwandelten sich seine Gesichtszüge schlagartig. Kannten sie sich etwa? Ich bildete mir ein, mit einem Mal einen flüchtigen Moment der Angst in seinen Augen zu sehen. War er bloß überrumpelt worden oder fürchtete er meinen Retter?

Ruckartig rappelte er sich auf und machte sich fluchend in Richtung Innenstadt davon.

Ich wusste immer noch nicht, wie mir geschah. Es kam mir vor wie Stunden, die ich an der Wand gestanden und darauf gewartet hatte, Hauptperson der nächsten üblen Schlagzeile im »Ekstra Bladet« zu werden.

Als sich mein vermeintlicher Retter jedoch ebenfalls in Bewegung setzte und dem Arschloch nachzulaufen begann, nahm ich all meinen Mut zusammen und rief: »Danke.«

Ich kam mir ein bisschen blöd vor, aber was sollte man sonst in einer solchen Situation tun?

Er schien es gehört zu haben, denn er hielt kurz inne, drehte sich um und dann traf mich der Schlag.

Er war es. Es war *Tarjos*. Der Mann, der mir seit Wochen nicht aus dem Kopf ging. Der Mann, der der Grund für diesen selbstmörderischen Clubbesuch war. Der Mann, den ich gehofft hatte, heute Abend zu sehen, wenn auch nicht in so einer Situation. Aber das war mir jetzt egal. Mein Herz machte kleine Sprünge. Mir wurde mit einem Mal wieder warm und ich spürte in mir ein unbeschreibliches Gefühl von Glück aufkommen. Das konnte doch nur ein Traum sein. *Er* war mein *Retter*. Besser hätte ich es mir nicht ausdenken können. Auch wenn ich so etwas nie wieder erleben wollte. Ich verspürte den Drang, ihm entgegenzulaufen und ihn zu umarmen oder sogar zu küssen.

Doch das änderte sich schnell.

Ich machte einen Schritt auf ihn zu und brachte stotternd und immer noch überwältigt von der Situation erneut ein »Vielen Dank!« heraus, woraufhin er mich mit finsterer Miene ansah und für jeden im Umkreis von hundert Metern deutlich hörbar antwortete: »Das habe ich nicht für dich getan, kapiert?!«

Er machte auf dem Absatz kehrt und ließ mich allein dort stehen. Im Dunkeln.

KAPITEL 1 – DREI MONATE ZUVOR

Da stand ich, eine Kiste voller Bücher unterm Arm, eine viel zu große Reisetasche über der Schulter und meinen alten, blauen Eastpack auf dem Rücken, in dem sich ausschließlich mein Lieblingskuscheltier, ein Teddy namens Kibi, befand. Ich weiß, Kibi ist ein komischer Name. Vor allem für einen Bären. Aber ich hatte den kleinen Kerl schon seit meiner Geburt und er war mein treuester Begleiter in jeder Lebenslage. Daher begleitete er mich heute noch überall mit hin, auch wenn es für andere albern scheinen mochte. Es fühlte sich immer wie ein Stück Zuhause an, wenn ich ihn im Arm hielt. Und das würde ich in der nächsten Zeit gut gebrauchen können.

Die Türen zum Wohngebäude waren aus Glas, mit Ausnahme der Türgriffe natürlich. Erinnerte mich unfreiwillig an den ersten Scream-Film, in dem der Bösewicht mit der bescheuerten Maske vor den großen Fensterscheiben des Wohnzimmers sein Unwesen trieb. Das ging ja gut los. Kaum angekommen, dachte ich an Serienmörder. War bestimmt beruhigend, wenn man abends durch die großen Eingangsscheiben ins Dunkle blicken konnte, zumal das Wohnhaus zusammen mit einigen anderen Gebäuden an einen Wald grenzte. Sofern man in Kopenhagen überhaupt von »Wald« sprechen konnte. Eher eine kleine Ansammlung von Bäumen. Gut, dass Kibi dabei war.

Im schwach beleuchteten Eingangsflur entdeckte ich ein kleines Fenster auf der rechten Seite. Sah aus wie ein Schalter auf dem Bahnhofsamt, war aber vermutlich das Büro der Verwaltung, was sich wiederum gut traf, da ich meinen Zimmerschlüssel irgendwoher bekommen musste. Leider brannte kein Licht hinter der Scheibe, aber es gab eine Klingel links neben dem Fenster, zu der ein sehr aufdringlicher, unübersehbarer roter Pfeil mit der Aufschrift »*Benutze mich!!!*« führte. Also folgte ich der Anweisung und prompt erhellte ein fieses Neonlicht das kleine Zimmer hinter der Scheibe. Eine ältere, für skandinavische Verhältnisse viel zu kleine Dame betrat den Raum. Sie lächelte mich freundlich an, was meine Aufregung für einige Sekunden verdrängte.

»Du musst Eva sein, richtig?«, sagte sie zu mir und ich wunderte mich kurz, dass sie meinen Namen kannte. Aber mit einem Blick auf die Pinnwand rechts im Raum stellte ich fest, dass dort nur ein Schlüsselbund mit zwei identisch aussehenden Schlüsseln hing, wo vorher schätzungsweise fünfundzwanzig bis dreißig gehangen haben mussten. Mein Name war in Großbuchstaben auf das Band am Schlüsselbund geschrieben. Ich war wohl die Letzte, was nicht überraschend war, da morgen bereits Vorlesungsbeginn war. Ich hatte einfach nicht so viel früher ankommen wollen, da ich ohnehin noch niemanden kannte und mir zu Anfang vermutlich die Langeweile vor allem mit Studienlektüren und Vorlesungen vertreiben müssen würde. Denn der Typ Mensch, der offen auf andere zuging, war ich nicht, auch wenn mich andere zumeist als recht umgänglich beschrieben. Aber der erste Schritt fiel mir immer etwas schwerer. Und das machte die Tatsache, dass ich nun in einem fremden Land ohne Freunde, Bekannte und mit nur wenigen, recht fremden Verwandten war, nicht unbedingt leichter. Da war es nur ein kleiner Trost, dass ich wenigstens die Sprache im Schlaf beherrschte.

»Ja, Eva Jahns«, antwortete ich der kleinen Dame, woraufhin sie sich die Schlüssel schnappte und den Raum durch eine Tür hinten verließ. Ich dachte, dass auf diese Weise jeder an meinen Schlüssel hätte kommen können, weil ich nicht nach meinem Ausweis gefragt worden war. Das musste wohl die nordische Gelassenheit sein.

Nach einem kurzen Augenblick tauchte die Frau auf dem Eingangsflur auf und bedeutete mir, ihr zu folgen. Ich gehorchte und schleppte meine Bücherkiste und den restlichen Krempel direkt in den zweiten Stock, denn ich hatte nicht die Gelassenheit, das wenige Hab und Gut so einfach aus den Augen zu lassen. Mein Zimmer lag fast am Ende des Flurs.

»Wenn du möchtest, wird dies hier dein Zuhause für die nächsten zwei Jahre sein. Bei Fragen kannst du dich immer an mich wenden, ich bin Lise. Herzlich willkommen.«

Sie öffnete mir die Tür und machte sich in Richtung Treppe davon.

Das Duzen fühlte sich immer noch befremdlich an. Eigentlich sollte ich es gewohnt sein, wenn man in der Dänischen Minderheit aufwuchs, duzte man einfach jeden, sogar die Lehrer. An der Uni in Kiel war jedoch von vornherein klar gewesen, dass deutsche Höflichkeitsformen galten, die ich auch gar nicht schlecht fand. Im Gegenteil, Abstand zwischen Studenten und den Angestellten der Universität zu schaffen, hielt ich für angemessen. Auch wenn der hier in Kopenhagen natürlich auch gegeben sein würde. Das Duzen bedeutete nicht, dass man mit jedem best friend war ... blablabla. So hieß es immer von dänischer Seite. Für mich fühlte es sich dennoch komisch an. Vielleicht war ich einfach zu altmodisch. Nun ja, hier würde vieles wieder ein wenig anders laufen, aber daran würde ich mich noch gewöhnen.

Mein Zimmer war, wie erwartet, recht klein. Links hinter der Tür stand ein schmales Bett, dahinter befand sich ein kleiner Kleiderschrank, der auf den ersten Blick nicht gerade stabil erschien. Auch der Schreibtisch rechts an der Wand hatte seine besten Jahre schon hinter sich. Vom berühmten dänischen Design war hier nichts zu finden. Aber das war in Ordnung, ich legte nicht viel Wert auf Luxus. Immerhin gab es ein großes Fenster. Als ich näher heranging und hinausblickte, erkannte ich die Umrisse einiger Büsche und Bäume.

Na toll, ich musste schon wieder an den Scream-Mörder denken. Aber ich war ja im zweiten Stock und damit außer Gefahr vor irgendwelchen Irren, beruhigte ich mich. Außerdem hatte ich schöne blaue Vorhänge mit weißen Streifen, die alles Böse fernhalten würden, wenn ich sie nur geschlossen hielt, redete ich mir ein.

Zunächst verstaute ich meine wenigen Klamotten im Schrank und bezog mein Bett, auf das ich dann meinen Kibi drapierte. Jetzt war es schon viel gemütlicher. Meine Bücher lagerte ich auf dem Regal, das über dem Schreibtisch angebracht war und einigermaßen stabil schien, und ich beschloss, mir am nächsten Wochenende, wenn ich eine weitere Ladung Klamotten über die Grenze schaffen würde, ein paar Bilder mitzunehmen, damit die Wand nicht ganz so kahl wirkte. Aber fürs Erste ließ es sich hier absolut aushalten.

Als ich den leeren Karton zusammenfaltete, um ihn hinter dem Schrank zu verstauen, erinnerte mich meine Blase daran, dass ich vergessen hatte, Lise nach Toiletten und Duschräumen zu fragen. Aber das sollte ich auch alleine herausfinden können, was ich jedoch nicht musste, wie sich herausstellte.

Denn im nächsten Moment hörte ich ein ganz zartes Klopfen an der Tür. Erst war ich gar nicht sicher, ob ich mir das bloß eingebildet hatte, aber als ich die Tür zum Flur öffnete, stand ein Mädel freudestrahlend vor meinem Zimmer und hieß mich willkommen.

Wie sich herausstellte, war sie meine Zimmernachbarin Julie, Bachelorstudentin in den Fächern Französisch und Schwedisch. Urgs, Französisch. Das hatten in Kiel nur die Oberzicken und Styling-Queens studiert. Aber das Schwedische glich es vielleicht aus, versuchte ich meine Voreingenommenheit zu zügeln. Julie wirkte jedenfalls sehr nett. Eigentlich viel zu nett, ich wunderte mich, dass sie mir in ihrer überschwänglichen Art nicht direkt um den Hals gefallen war, denn sie schien über meine Ankunft aufgeregter zu sein, als ich selbst es war.

Im Nachhinein war ich recht froh über ihre Gesellschaft, denn sie zeigte mir nicht nur die Toiletten und die Tür zu den Duschräumen, sondern erklärte mir auch, wie das Leben im Wohnheim ablief. Eigentlich gab es kaum nennenswerte Regeln, bis darauf, dass die Wohnküche sauber zu halten war, was mir selbstverständlich erschien. Und da wir ja beide Skandinavistik-Studentinnen waren, auch wenn wir unterschiedliche Schwerpunkte gesetzt hatten, wollte Julie mich am nächsten Morgen mit zum Campus nehmen und mir das Institut zeigen. Besser hätte es nicht laufen können.

Der Rest des Tages verlief so unspektakulär wie der Anfang. Julie verbrachte gefühlte fünf Stunden in meinem Zimmer und quetschte mich über mein bisheriges Leben und meine Beweggründe, mitten im Studium die Uni zu wechseln, aus. Ich fragte mich kurz, ob es sonst keiner mit ihr aushielt, sie konnte auf Dauer sicherlich anstrengend sein. Ich war aber eigentlich ganz froh über ihre Anwesenheit, denn so verging die Zeit schnell, ohne dass ich streberhaft über meinen Büchern hängen musste oder Zeit hatte, meine Entscheidungen der letzten Wochen zu bereuen.

Ich erklärte ihr, dass ich bis vor zweieinhalb Monaten noch eine feste Beziehung gehabt hatte. Knapp fünf Jahre waren wir zusammen gewesen, zwei davon hatten wir sogar gemeinsam in einer 2-Zimmer-Wohnung am Stadtrand von Kiel gewohnt. Die letzten beiden Jahre konnte man allerdings kaum noch von einer Beziehung sprechen. Wir stritten sehr viel und im Bett lief auch nichts mehr. Das behielt ich natürlich für mich, das wären zu viele Informationen für die zarte Julie gewesen. Vermutlich war sie noch Jungfrau, dachte ich bei mir und ärgerte mich wieder über meine schnellen Urteile.

Das Ende der Beziehung war absehbar gewesen, deshalb verlief die Trennung relativ harmonisch – soweit man bei Trennungen von Harmonie sprechen durfte. Da ich mich ohnehin gerade in den letzten Zügen meines Bachelor-Studiums befand und mein Dänisch-Dozent mir seit Monaten in den Ohren lag, dass bei meiner Fächerkombination ein Auslandssemester unumgänglich sei, entschied ich, für die letzten zwei Jahre nach Dänemark zu gehen. Ein Auslandssemester wäre viel zu kompliziert gewesen. Nicht nur der Umzugsstress für nur wenige Monate, ich hatte zudem seit der Schulzeit einen Wochenendjob, den ich nicht mal so eben für einige Monate kündigen und dann wieder neu aufnehmen konnte. Also riskierte ich einen Neuanfang. Es schien mir ohnehin der beste Zeitpunkt für dieses Vorhaben zu sein. Was hielt mich noch?

Und da war ich also. In einem kleinen Studentenzimmer in der größten Stadt Dänemarks, mit der wohl kommunikativsten Kommilitonin neben mir auf meinem frisch bezogenen Bett.

»Wenn du Lust hast, zeig ich dir die Tage die schönsten Ecken von Kopenhagen. Du wirst es nicht bereuen, hierhergekommen zu sein«, versicherte Julie und verabschiedete sich schließlich mit dem Vorhaben, sich auf den morgigen Studienstart noch ein wenig vorbereiten zu wollen. Das schien mir zwar etwas übereifrig, aber jeder, wie er wollte.

Der nächste Tag begann viel zu früh. Eigentlich hatte ich nichts gegen frühes Aufstehen, was bei Studenten etwa acht oder neun Uhr bedeutete, sofern man nicht in die Frühvorlesungen musste. Aber in den letzten Wochen waren die Abende immer länger geworden, was das Aufstehen immer weiter gen Mittag verschoben hatte. Die Übergänge von Semesterferien zu Semesterbeginn waren immer besonders hart. Der Rhythmus geriet völlig aus den Fugen und musste erst einmal wieder neu verinnerlicht werden.

Also wandelte ich schlaftrunken in meinem Nachthemd mit meiner Kulturtasche und einem Handtuch bewaffnet zu den Duschen, um genauer zu sein, *Gemeinschaftsduschen*. Julie war gestern so nett gewesen, mich aufzuklären, dass im ersten Stock die Duschen der Jungs seien, im dritten Stock die der Mädchen und in unserem Stockwerk, nun ja, Gemeinschaftsduschen. Ich hatte kurz überlegt, nach oben in die dritte Etage zu stolpern, entschied dann aber, dass ich alt genug war, mich dem, was mich dort erwarten würde, zu stellen. Ganz früher waren das wohl auch mal Jungsduschen gewesen, als aber mit der Zeit immer mehr Mädels an die Uni kamen, hatten sich daraus Gemeinschaftsduschen entwickelt. Schien niemanden zu stören, mich also auch nicht.

Es gab außerdem zahlreiche Duschkabinen mit abschließbaren Türen. Gott sei Dank nicht diese ekligen Duschvorhänge, die einem im Nebel des Wasserdampfes immer näher kamen und sich schließlich penetrant am ganzen Körper festsaugten, sodass man das Bedürfnis verspürte, gleich noch einmal zu duschen. Diese Duschkabinen hielten allerdings nicht alle davon ab, dennoch die offenen Duschen zu benutzen, sodass ich mich bemühte, während ich eine leere Duschkabine suchte, auf den Boden zu sehen und nicht die nackten Körper anzustarren, an denen ich vorbei musste. Ich drapierte meine Habseligkeiten auf der dafür vorgesehenen kleinen Bank im vorderen Teil der Kabine und ging mit Duschgel bewaffnet Richtung Dusche, woraufhin ich blitzartig aus der restlichen Träumerei gerissen wurde, als ich feststellte, dass die Duschen mit einem Bewegungsmelder ausgestattet waren. Mir stockte kurz der Atem vor Schreck, aber meine Überraschung verwandelte sich schnell in Freude über die moderne Anlage, denn ich hasste nichts mehr, als einen Duschknopf anzufassen, den bereits jemand vor mir mit der Hand berührt hatte, mit der er sich selbst zuvor gewaschen hatte. Meine Kommilitonen hatten sich schon immer über mich lustig gemacht, weil ich stets meine Hände desinfizierte, bevor ich mein selbst geschmiertes Brot aß. Aber ich hatte doch noch lange keinen Reinheitstick. Ich fand, das gehörte einfach zu einer gesunden Lebensweise dazu.

Zurück auf meinem Zimmer freute ich mich, frisch geduscht in meine blauen Lieblingsjeans und ein schwarzes, schlichtes, enges Shirt schlüpfen zu können. Die Jeans saßen heute perfekt. Durch den Beziehungsstress hatte ich zuletzt zwei, drei Kilo verloren, sodass die Hose nicht ganz eng saß, was ich ohnehin nicht mochte. Mir gefiel der Boyfriendstyle, den scheinbar alle außer mir für absolut *out* hielten. Stattdessen erblickte man eine Röhrenjeans nach der anderen. Sogar die Männer trugen diese engen Hosen, bei denen *frau* sich immer fragen musste, ob dadurch nicht etwas kaputt ging.

In Dänemark war das sogar noch schlimmer als in Deutschland. Hier hatte ich das Gefühl, dass wirklich jeder diese Hosen trug, egal ob er oder sie sie tragen konnte oder nicht. Es freute mich ja für jeden, der schlanke Knöchel hatte, aber es waren absolut nicht die Knöchel, die mit den Hosen betont wurden. Vielleicht hatten die Dänen mehr Selbstbewusstsein, aber schön anzusehen war das wirklich nicht.

Bevor ich weiter in Gedanken über den Modegeschmack einiger Menschen herziehen konnte, begrüßte mich Julie mit einem strahlenden Lächeln, das bis über beide Ohren reichte – wie sollte es anders sein. Sie sah ganz niedlich aus in ihrem Rüschenkleid, allerdings erinnerte mich das auch wieder an die Französisch-Studentinnen aus Kiel. Immer adrett, aber charakterlich mies.

Julie war scheinbar wirklich anders. Sie kam auf mich zu und hüpfte dabei vor Freunde beinahe wie ein kleiner Flummi, es wirkte in jedem Fall sehr amüsant, sodass ich gleich gute Laune bekam.

»Ich habe eine fantastische Nachricht«, rief sie mir entgegen. »Wir haben heute eine Vorlesung zusammen. Runeninschriften bei Professor Nielsen.«

Im ersten Moment war ich etwas überrascht, da sie ja im Bachelor und ich bereits im Master studierte. Dann erinnerte ich mich daran, dass es in Kiel auch häufig Vorlesungen gab, die verschiedene Semester besuchten. Das Fach Skandinavistik vereinte dort alle Sprachen: Isländisch, Schwedisch, Dänisch, Norwegisch. In den Vorlesungen wurden häufig verschiedene Studiengänge zusammengelegt und lediglich die Seminare spezialisierten sich manchmal. Und natürlich die Sprachkurse, die man besuchte. Das musste hier ähnlich sein. Und da es nicht besonders viele Professoren im Bereich der Skandinavistik gab, und auch nicht übermäßig viele Studenten, nicht einmal in Kopenhagen, waren diese Vorlesungen offensichtlich genau wie in Kiel für sämtliche Semester geöffnet.

Julie zeigte mir das kleine Skandinavistik-Institut, das sich in einem alten Hochhaus befand und im Prinzip nur aus einem langen Flur mit Büros und Seminarräumen auf beiden Seiten bestand.

»Auf der gegenüberliegenden Seite liegt das Germanistische Institut. Kannst du im Grunde nicht verfehlen«, erklärte sie mir anschließend, woraufhin wir uns direkt auf den Weg zur ersten gemeinsamen Vorlesung machten. *Runeninschriften.* Als ich den Titel der Vorlesung im Internet gesehen hatte, hatte ich unweigerlich an »Harry Potter und der Gefangene von Askaban« denken müssen, wo Hermine das Fach *Alte Runen* parallel zum *Wahrsagen* besuchte. Ich erhoffte mir von dieser Vorlesung auch etwas Magisches.

Aber als Professor Nielsen direkt zu Beginn der Sitzung verdeutlichte, dass es sich bei gefundenen Runeninschriften häufig um nichts weiter als Einkaufslisten oder bloße Infozettel zur alltäglichen Kommunikation handelte, statt um mystische Botschaften, war der Zauber sofort verflogen.

Ich nutzte meine Enttäuschung und das entstandene Desinteresse, um mich ein wenig im Hörsaal umzusehen. Dazu hatte ich zu Beginn der Vorlesung keine Zeit gehabt, da Julie mich völlig in Beschlag genommen hatte. Jetzt saß sie aufrecht neben mir und notierte jedes Wort, das Professor Nielsen von sich gab. Normalerweise machten sowas nur Erstsemester, bis sie merkten, dass ein Großteil der Notizen völlig unnötig war. Aber wenigstens konnte ich notfalls bei ihr nachlesen, was ich verpasste. Sehr praktisch.

Der Hörsaal ähnelte den mir bekannten Vorlesungssälen, er schien nur um einiges moderner zu sein. In Kiel musste man immer erst einmal testen, ob der Stuhl – oder eher Sitzplatz, denn als Stühle konnte man diese kinoähnlichen Sitzreihen ja nicht unbedingt bezeichnen – einen neunzig Minuten über zu tragen vermochte. Neben kaputten Sitzplätzen hatte es auch solche gegeben, die derart abschüssig waren, dass man rund um die Uhr seine Beinmuskulatur anspannen musste, um nicht vom Platz zu rutschen. Das hatte mir so manch unangenehmen Muskelkater beschert.

Hier aber schienen alle Sitzplätze gerade erst erneuert worden zu sein. Auch die Technik funktionierte einwandfrei, man musste nicht in der ersten Reihe sitzen, um etwas lesen zu können.

Die Studenten sahen nicht anders aus als meine Kommilitonen in Deutschland. Ein paar Normalos, eine Handvoll Ich-bin-was-Besseres-Tussies – die waren Gott sei Dank deutlich in der Unterzahl, lag wohl an der Fachrichtung. Dann natürlich noch eine Vielzahl typischer Skandinavisten, schwarz gekleidet, lange Haare und Bärte bei den Männern, Thorshammer um den Hals, T-Shirts und Pullover von mehr oder weniger bekannten Metalbands. Ich mochte diese Leute. Im Vergleich zur Germanistik und anderen Fächern schien es hier keinen Konkurrenzkampf zu geben. Lag vielleicht auch daran, dass die Hälfte der Leute einfach mal angefangen hatte zu studieren, ohne zu wissen, wo die Reise überhaupt hingehen sollte. Statt sich Gedanken über die Jobmöglichkeiten in der Zukunft zu machen, tranken sie lieber Met, hörten Metal-Musik oder veranstalteten nordische Filmabende. Das schien hier ähnlich zu laufen, wenn man dem Plakat an der Tür zum Vorlesungssaal Glauben schenken konnte, auf das ich einen kurzen Blick erhascht hatte, bevor Julie mich in den Saal gezogen hatte.

Und dann fiel mein Blick plötzlich auf *ihn*. Einen Typen, der ganz alleine in der letzten Reihe saß. Sein müder Gesichtsausdruck verriet, dass er kurz davor war, einzuschlafen. Auf den ersten Blick sah er aus wie ein ganz normaler Skandinavistik-Student. Relativ blass, was für den Norden normal war. Er hatte mittellange Haare, die mich an den heißen Frontmann von *Sunrise Avenue* erinnerten. Allerdings waren sie viel dunkler, erstaunlich dunkel im Vergleich zu den ganzen Blondies hier. Er hatte überraschend schöne Wangenknochen, sofern Wangenknochen schön sein konnten. Unter den Ärmeln seines dunklen Shirts rankten schwarze Gebilde auf seiner Haut hervor, die ich mir nur zu gern aus der Nähe angesehen hätte.

Ein Stich in die Rippen riss mich aus meinen Gedanken.

Julie guckte mich verwirrt an und legte ihren Bleistift auf die Schreibtischbank vor uns. Hatte sie mich gerade wirklich mit diesem spitzen Ding gepiekt?

»Alles okay bei dir?«, fragte sie mich verwundert.

»Ja, klar. Wenn du nicht vorhast, mich abzustechen«, entgegnete ich irritiert.

»Entschuldige, du wirktest so weggetreten.«

»Ich wollte mich nur einmal umsehen«, gab ich zurück und versuchte mich fortan auf Professor Nielsen und seine Weisheiten über alte Runen zu konzentrieren, was mir nur schwer gelang. Der Anblick des Typen in der letzten Reihe wollte mir einfach nicht aus dem Kopf gehen.

Das war doch verrückt. Ich ärgerte mich ein bisschen über mich selbst, denn ich hatte mir strikt vorgenommen, mich für die nächsten zwei Jahre nicht zu verlieben und schon gar keine Beziehung einzugehen. *Beziehung*, wer redete denn von Beziehung? Gucken durfte man doch mal, stachelte mich eine innere Stimme an. Also wagte ich noch einen kurzen Blick über die Schulter in die letzte Reihe. Doch es war vergebens. Der Typ saß nicht mehr an seinem Platz und war auch sonst nirgends zu sehen. Ein bisschen enttäuscht wandte ich mich wieder der Vorlesung zu und lernte nichts, was ich nicht schon aus Kieler Zeiten wusste.

KAPITEL 2

Nach der Vorlesung begab ich mich zügig ins Germanistik-Institut, da mein erstes Deutsch-Seminar direkt im Anschluss stattfand und ich nicht gleich am ersten Tag zu spät kommen wollte. Eigentlich hätte das kaum passieren können, da zwischen den einzelnen Seminaren und Vorlesungen immer eine halbe Stunde Pause war. Aber ich wollte auf Nummer sicher gehen, wie ich es immer tat, und stürmte strammen Schrittes hinunter auf die Straße, überquerte diese und fand mich keine vier Minuten später im nächsten Institut ein. Der Seminarraum war schnell gefunden, hier schien alles gut ausgeschildert zu sein, ich konnte ihn kaum verfehlen. Die Tür stand zu meiner Erleichterung weit offen. Ich hasste es, wenn ich als Neuling irgendwo reinplatzte und jeder die Möglichkeit hatte, mich anzustarren.

Im Raum saßen schon einige Studenten, natürlich grüppchenweise, sodass ich mich entschied, an einem leeren Tisch vor dem Fenster Platz zu nehmen. Die anderen Studenten schienen sich nicht weiter für mich zu interessieren, das übliche Mustern blieb zu meiner Beruhigung weitestgehend aus. Ich setzte mich und sah mich um, als ich bemerkte, dass viele bereits verschiedene Ausgaben von Goethes *Faust* vor sich auf den Tischen liegen hatten. Ein leichter Anflug von Panik überkam mich. Hätten wir die Bücher vorab besorgen sollen?

Die Angst legte sich aber wieder, als immer mehr Studenten den Raum betraten, die scheinbar genau wie ich unvorbereitet erschienen. Vielleicht handelte es sich bei den Übrigen um die obligatorische Streber-Gruppe, die immer als Erstes vor Ort war und schon im Voraus Dinge wusste, die wir Normalsterblichen nur erahnen konnten. Wie dem auch sei, die restlichen Minuten bis zum Seminarbeginn verbrachte ich damit, Datum und Überschrift auf ein leeres Blatt Papier in meinem College-Block zu kritzeln und selbigen anschließend mit irgendwelchen sinnlosen Schnörkeleien zu verzieren.

Um Punkt 12.15 trat ein Mann mittleren Alters in den Raum, den ich als unseren Professor für Neuere Deutsche Literatur erkannte. Er setzte sich an das Pult, das vor einer, zumindest für diese Uni, altmodischen Tafel stand, las die Teilnehmerliste vor und setzte bei Anwesenden einen Haken. Im Anschluss daran stellte er sich – sein Name war Prof. Dr. Alberts – und den Seminarverlauf kurz vor, während er die Anwesenheitsliste noch einmal mit der Bitte herumgab, die Emailadressen zu kontrollieren.

Als die Liste bei mir ankam, kam ich nicht umhin, die unterschiedlichen Fächerkombinationen meiner Kommilitonen durchzugehen. Und tatsächlich stieß ich auf eine Person, die ebenfalls Skandinavistik als zweites Fach studierte. Ich merkte mir den Namen – Torge Hansen – und gab die Liste weiter, nachdem ich meine eigene Emailadresse mit einem Häkchen als korrekt gekennzeichnet hatte.

Ich sah mich im Raum um. Insgesamt waren nur sieben männliche Personen in diesem Seminar. Einer davon musste Torge sein. Es wäre schlau gewesen zu schauen, ob ein Haken hinter seiner Emailadresse war, dann hätte ich die Anzahl der in Frage kommenden Personen schon eingrenzen können. Man konnte nicht alles haben. Ich versuchte herauszufinden, wer das wohl sein konnte. Lange Haare hatte jedenfalls keiner und niemand trug ein verräterisches Metalshirt. Ich hätte aufmerksamer sein sollen, als der Prof die Anwesenheit geprüft hatte.

Es war vielleicht sinnvoller, erst einmal weiterhin seinen Worten zu lauschen, entschied ich, denn er sprach gerade über die Anschaffungen, die ich noch tätigen musste. Als er am Ende seiner langen Liste angekommen war, meldete sich einer der Studenten.

»Ja bitte?«, forderte der Professor ihn zum Sprechen auf.

»Können wir die Bücher auch als digitale Version anschaffen?«, fragte der Student, wobei seine Tonart recht neunmalklug klang.

»Jawohl, Herr Hansen, wie immer können Sie auch diese Bücher wieder in digitaler Version vorlegen«, entgegnete der Professor leicht genervt. Er schien diese Frage schon mehrfach gehört zu haben.

Ich freute mich kurz darüber, dass man hier gesiezt wurde, vermutlich war der Professor aus Deutschland. Und immerhin wusste ich jetzt auch, wer Torge war. Auch wenn der auf den ersten Blick nicht so wirkte, als könne daraus eine große Freundschaft entstehen. Aber mit jemandem in Kontakt zu kommen, der ebenfalls beide Fächer belegte, schien mir dennoch erstrebenswert.

Der Professor las anschließend Referatsthemen vor, für die wir uns bis zur nächsten Woche in einer Liste an seiner Bürotür eintragen sollten. Sowas war immer großartig, ich war überhaupt nicht scharf darauf, mich mit neuen Kommilitonen um gute Referatsthemen zu prügeln. Also entschied ich, das zu nehmen, was übrigblieb.

Kurz darauf beendete Prof. Alberts das Seminar mit den Worten »Nächste Woche geht's dann richtig los« und verabschiedete sich, dicht gefolgt von zahlreichen Studenten, die nur darauf warteten, dass er seine Bürotür schloss, um über die Liste herfallen zu können, als ginge es um ihr Leben.

Es war auch in Kiel nicht ungewöhnlich gewesen, dass der erste Termin eines Seminars nur für Organisatorisches genutzt wurde. Lediglich die obereifrigen, meist jüngeren Dozenten schöpften die neunzig Minuten voll aus und behandelten bereits erste inhaltliche Themen. So einer schien Herr Prof. Dr. Alberts nicht zu sein, was mich insgeheim doch sehr freute.

Lediglich einige wenige Studenten, darunter auch Herr Hansen, blieben jetzt noch im Raum sitzen. Das machte es mir leichter, ihn anzusprechen. Entschlossen ging ich zu ihm hinüber.

»Hej, Torge, richtig?«, sprach ich ihn an.

»Hej, ja genau, und du?«, antwortete er sehr freundlich.

»Hej, ich bin Eva.«

»Sehr erfreut«, entgegnete er.

»Ich habe gerade die Uni gewechselt und gesehen, dass wir die gleiche Fächerkombination haben. Und da ich noch keinen anderen kenne, bei dem das der Fall ist, dachte ich … «

»Dachtest du, sprech ich den Kerl einfach mal an«, beendete er meinen Satz und grinste.

»Ganz genau«, fügte ich leicht errötend hinzu.

»Freut mich, dich kennenzulernen, Eva. Und willkommen in Kopenhagen. Wo hast du vorher studiert?«

Ich erklärte ihm, dass ich meinen Bachelor in Kiel abgeschlossen hatte und nun im ersten Mastersemester war.

»Dann warst du heute Morgen sicherlich auch bei der Vorlesung von Prof. Nielsen?«, fragte er, was ich mit einem Nicken bestätigte.

»Hat dich sein „Ähm“ nach jedem zweiten Wort auch so genervt? Ich konnte ihm kaum folgen«, lästerte Torge und verzog dabei die Mundwinkel. »Man sollte annehmen, wer so intelligent ist wie er, hat auch rhetorisch ein bisschen was auf dem Kasten.«

Ich musste ihm recht geben, das war mir auch aufgefallen. Aber ich hatte es vor lauter neuen Eindrücken schon wieder verdrängt.

Torges Vorschlag, unsere Stundenpläne zu vergleichen, stieß bei mir auf großes Interesse. Wir hatten insgesamt zwei Vorlesungen und ein Seminar zusammen.

»Wenn du willst, können wir uns gemeinsam für das Referat melden«, schlug er vor. »Normalerweise mache ich sowas immer mit 'nem Kumpel zusammen, der hat sich aber in den Semesterferien beim Surfen das Bein gebrochen und setzt erst einmal aus. Ist einfach nix für uns Nordmänner, das Surfen.«

Ich musste über die Art lachen, wie er das sagte. Und dass er nicht auf den Mund gefallen war, gefiel mir. Also stimmte ich der Referatssache zu. Das Gute war auch, dass Torge rein äußerlich so gar nicht mein Typ war. Das würde das gemeinsame Lernen erleichtern. Er hatte blonde Haare mit einem leichten Rotstich und er war nicht wesentlich größer als ich, obwohl ich mit meinen 1,67 m nicht die Größte war. Im Grunde sah er nicht schlecht aus, war aber so gar nicht mein Typ.

Die erste Woche war wie im Flug vergangen. Es war bereits Freitag und ich hatte sämtliche Pflichtveranstaltungen der Woche hinter mir. Alles in allem konnte ich ganz zufrieden mit meinen neuen Professoren und Dozenten sein, auch wenn die gute Frau Hörner im Deutsch-Grammatikkurs geradezu zickig schien. Doch ich hatte nicht viel zu befürchten, Grammatik war immer eine meiner Stärken gewesen. Ich mochte es, wenn Dinge klaren Regeln folgten.

Wie jeden Mittag machte ich mich auch an diesem Freitag auf den Weg in die Mensa, wo ich mit Julie verabredet war.

»Bevor du übers Wochenende abreist, müssen wir noch mal zusammen etwas unternehmen«, hatte sie mir gestern Abend vor dem Schlafengehen befohlen. Der Mensabesuch war das einzige, was ich in meinem straffen Zeitplan unterbringen konnte. Ich musste heute Nachmittag den Zug nehmen, um am Wochenende den nächsten Teil meiner Klamotten ranzuschaffen. Die Sachen, die ich bisher mitnehmen hatte können, hatten gerade einmal für diese erste Woche gereicht. Den gestrigen Abend hatte ich daher schon damit verbracht, einen Großteil zu waschen, um das nicht am Sonntag tun zu müssen, wenn ich wieder ins Wohnheim zurückkehren würde.

Julie war noch nicht zu sehen, also entschied ich, mich schon einmal in der erfreulich kurzen Schlange anzustellen und mir anschließend, bewaffnet mit einem Tomate-Mozzarella-Baguette, einen Sitzplatz zu suchen. Freitagmittag war das nicht ganz so schwierig wie an den übrigen Tagen. Die meisten Studenten hatten ihre Pläne so zusammengestellt, dass sie freitags komplett frei hatten. Davon hielt ich nicht viel, dann waren die anderen Tage zu überladen. Spätestens nach drei Veranstaltungen pro Tag war ich so platt, dass ich nichts mehr aufnehmen konnte. Außerdem verleitete mich das immer wieder dazu, am Freitag nur herumzugammeln.

Meine Mutter hatte zwar mehrfach versucht, mich zu überreden, mir diesen Tag freizuhalten, damit ich sie und meinen Vater länger und öfter besuchen konnte, aber ich hatte ihr deutlich gemacht, dass ich nicht ins Ausland ging, um ständig zuhause aufzutauchen. Das hatte sie eingesehen, wenn dieser Einsicht auch viel Gezeter vorausgehen musste. Aber das war immer so.

Ich sah auf die Uhr, eine halbe Stunde hatte ich noch, bevor ich mich auf den Weg zum Wohnheim machen musste. In der Hoffnung, Julie irgendwo zu sehen, schaute ich mich um. Sie war ganz schön spät dran. Ungewöhnlich. Aufgrund ihrer recht strebsamen Art hatte ich sie für sehr pünktlich gehalten. Weit und breit keine Julie.

Stattdessen blieb mein Blick überraschenderweise an einem anderen bekannten Gesicht hängen. Ich versuchte einzuordnen, woher ich diesen Jungen kannte. Hatte ich ihn in einem meiner Seminare gesehen? Nein, mein Gefühl sagte mir, dass ich ihn schon länger kannte. Und schließlich fiel es mir wieder ein.

Drei Tische weiter saß Alexander Michelsen, ehemaliger Schüler des Dänischen Gymnasiums, das ich zuletzt besucht hatte. Er war zwei Klassen über mir gewesen und eigentlich hatten wir nie viel miteinander zu tun gehabt, abgesehen davon, dass fast einmal etwas zwischen uns gelaufen wäre. Wobei das vielleicht übertrieben war. Zumindest war eine gewisse Anziehungskraft vorhanden gewesen. Wir waren uns mehrmals in einer Dorfdisco über den Weg gelaufen, allerdings hatte ich zu dieser Zeit bereits einen festen Freund gehabt, sodass es über anzügliche WhatsApp-Nachrichten oder weniger anzügliche, zufällige Berührungen nicht hinausgegangen war.

Auch wenn ich insgeheim vom Monogamie-Prinzip nicht viel hielt, da ich der Meinung war, dass es in unserer Zeit nicht mehr als ein überholtes gesellschaftliches Konstrukt war, so waren mir Treue und Ehrlichkeit in einer Beziehung doch umso wichtiger. Auch wenn einige vielleicht denken mögen, dass sich das Eine und das Andere gegenseitig ausschloss. Für mich war das nicht so.

Ihn hier zu sehen, zauberte mir ein Lächeln auf die Lippen, das ich auch nicht verbergen konnte, als Alex mich schließlich erblickte. Er schien zunächst ebenfalls leicht verwirrt, sagte dann irgendetwas zu seinen Tischnachbarn und machte sich schnurstracks auf den Weg zu meinem Tisch. Er sah nach wie vor ziemlich gut aus, wie er da lässig auf mich zukam, in seinem weißen T-Shirt, das nicht im Geringsten verbarg, wie trainiert er war. Ich bemerkte, dass mir wärmer wurde, je näher er kam.

»Eva? Du hier?« Er strahlte mich an mit seinem perfekten Fußballer-Lächeln.

»Höchstpersönlich, wie du siehst«, gab ich ebenfalls lächelnd zurück und freute mich, dass er sich immer noch an meinen Namen erinnerte.

»Schön, dich zu sehen. Machst du ein Auslandssemester? Du hattest doch angefangen in Kiel zu studieren, oder nicht?«, fragte er mich. Auch das hatte er nicht vergessen, immerhin war die Schulzeit schon einige Jahre her.

»Nein und ja«, antwortete ich. »Ich habe gerade meinen Bachelor in Kiel abgeschlossen und ziehe meinen Master hier durch«, klärte ich ihn auf.

»Coole Sache. Freut mich, dich zu sehen«, grinste er. »Und was ist mit deinem Freund? Ihr seid doch schon ewig zusammen. Macht der das so ohne Weiteres mit?«, wollte er wissen. Gleich zur Sache, typisch Mann.

»Nicht wirklich«, entgegnete ich. »Wir haben uns vor einigen Wochen getrennt.«

»Tut mir leid, das zu hören«, sagte er und klang dabei überraschend ehrlich.

»Muss es nicht«, beruhigte ich ihn. »Ich genieße meine Freiheit gerade sehr.« Ich lächelte vielsagend und freute mich tatsächlich ein bisschen, dass ich zum ersten Mal seit Jahren tun und lassen konnte, was ich wollte.

»Klingt gut«, grinste Alex zurück. »Willst du dich nicht zu uns setzen?«, fragte er und ich erklärte ihm, dass ich noch auf jemanden wartete.

»Alles klar, dann wünsche ich dir schon einmal ein schönes Wochenende und hoffe, dass wir uns öfter über den Weg laufen.«

»Würde mich freuen«, bestätigte ich, bevor Alex sich umdrehte und auf den Weg zurück zu seinem Tisch machte. Ich schaute ihm noch ein bisschen nach. Erinnerungen flackerten vor meinem geistigen Auge auf. Es war aufregend, ihn hier wiederzutreffen. Doch plötzlich machte er kehrt und kam erneut auf mich zu.

»Übrigens, mein Mitbewohner und ich veranstalten nächsten Donnerstag eine kleine Party. Nichts Besonderes, eher ein Sit-in. Wenn du Zeit und Lust hast, komm doch vorbei, dann können wir uns bisschen über alte Zeiten austauschen«, schlug er vor und ich fragte mich sofort, was er wohl unter über alte Zeiten austauschen verstand. Sein Angebot freute mich, immerhin kannte ich noch kaum jemanden.

»Ja, klar. Außer Uni und einem Ausflug zu Ikea steht am Donnerstag noch nichts an«, erwiderte ich.

»Abgemacht!«, freute sich Alex, gab mir seine neue Handynummer und kehrte diesmal wirklich an seinen Tisch zurück. Im gleichen Augenblick kam Julie auf mich zugeflattert, mit den Armen wedelnd wie ein Kolibri, und entschuldigte sich tausend Mal, dass sie es nicht früher geschafft hatte. Sie hatte sich beim Bücherbestellen im uni-eigenen Buchladen verzettelt, was ich mir nur zu gut vorstellen konnte.

»Halb so wild«, beruhigte ich sie.

»Langweilig war dir ja scheinbar nicht«, zog sie mich grinsend auf und nickte ungeschickt zu dem Tisch hinüber, an dem Alex und seine Freunde saßen.

Ich grinste und klärte sie dann auf, dass ich Alex noch von früher kannte und dass das alles gar nicht so aufregend war, wie sie es darstellte. Dass es aber auch nicht völlig unaufregend zu sein schien, wollte ich ihr lieber nicht beichten, so gut kannten wir uns ja auch noch nicht und ich war mir nicht sicher, wie sie darüber denken würde.

Immerhin schien noch etwas von dieser Anziehungskraft zwischen Alex und mir übrig zu sein. Ab und zu lächelte er während des Mittagessens herüber und ich versuchte etwas verkrampft, mich beim Essen meines Baguettes nicht völlig unelegant anzustellen.

Den Tag in der Heimat morgen beschloss ich dazu zu nutzen, mir ein paar neue Klamotten zuzulegen. Eigentlich vor allem neue Dessous, aber das musste ja nicht so offensichtlich sein, da meine Mutter mich sicherlich in die Stadt begleiten wollen würde. Mich reizte der Gedanke, das nachzuholen, was Alex und mir damals verwehrt gewesen war. Aber dabei Dessous zu tragen, die mein Ex schon gesehen hatte, erschien mir absolut unangemessen.

Julie guckte mich genervt an.

»Hörst du mir überhaupt zu?«, fragte sie piepsig.

»Oh, entschuldige«, stammelte ich. »Ich war in Gedanken schon in der Heimat«, log ich. Wobei das ja teilweise auch stimmte.

Das Wochenende verlief erstaunlich entspannt. Meine Mutter hielt sich mit ihren üblichen Vorhaltungen darüber, wie groß und unsicher Kopenhagen war, stark zurück. Vermutlich hatte mein Vater ein ernstes Wörtchen mit ihr geredet, um zu verhindern, dass ich ganz das Interesse daran verlor, die beiden zu besuchen.

»Du bist ein Mädchen, du musst ganz besonders auf dich achtgeben«, hatte sie sonst immer gesagt. Die Tatsache, dass ich das jüngste von drei Kindern und dazu noch das einzige Mädchen war, hatte vermutlich in ihr diesen intensiven Beschützerwahn hervorgerufen.

Im Teenie-Alter war das besonders schlimm gewesen. Ich konnte mich kaum frei bewegen. Als ich dann mit Helge zusammengekommen war, hatte sich das etwas gelegt. Vermutlich hatte sie das Gefühl, nun nicht mehr an erster Stelle für meine Sicherheit verantwortlich zu sein.

Der große Schock kam, als ich ihr nach der Trennung erzählt hatte, dass ich nach Kopenhagen gehen würde. Ich musste tagelang Diskussionen über mich ergehen lassen. Sie war der Auffassung, dass das völlig unnötig und viel zu gefährlich sei. Irgendwann hatte sie sogar angefangen, mir irgendwelche Horrorstories aus den Nachrichten über Kopenhagen zu zeigen, von Morden, Entführungen oder anderen grässlichen Geschehnissen, die sie im Internet gefunden hatte.

Letztendlich war es wieder mein Vater gewesen, der dem Ganzen ein Ende bereitet und meine Mutter zur Vernunft gebracht hatte. Schließlich war ich alt genug und hatte in den vergangenen Jahren oft bewiesen, wie vernünftig ich sein konnte. Außerdem war ich mit zwei älteren Brüdern aufgewachsen. Wenn ich eines gelernt hatte, dann mich gegen das andere Geschlecht durchzusetzen.

Schließlich hatte meine Mutter sich damit getröstet, dass ihre Schwester nicht weit von Kopenhagen in irgendeinem Kaff mit ihrem Mann lebte, den ich so gut wie gar nicht kannte.

»Dann hast du wenigstens jemanden, an den du dich im Notfall wenden kannst«, betonte sie eindringlich.

Interessanter Gedanke. Immerhin hatte ich meine Tante mehrere Jahre nicht gesehen und ihr Mann war quasi ein Fremder für mich. Aber im Notfall sollte ich mich an sie wenden. Was machte sie denn so vertrauenswürdig? Die Tatsache, dass sie gleicher Abstammung waren? Das schien meiner Mutter auf jeden Fall zu genügen, obwohl sie sonst so gut wie nie von ihr sprach. Ich war bis heute nicht dahintergekommen, was zwischen den beiden vorgefallen war, dass sie so wenig Kontakt hatten. Vermutlich wollte man uns Kinder einfach wieder vor irgendetwas schützen und ließ uns deshalb im Unklaren.

Auch wenn es nicht immer leicht mit meiner Mutter gewesen

war, war ich ihr dennoch dankbar für alles, was sie für mich getan hatte. Immerhin gab es ausreichend Beispiele von Eltern, die es wenig interessierte, wie es ihrem Kind ging. Und dass meine Eltern bereits über neunundzwanzig Jahre verheiratet und immer noch glücklich waren, schien ebenfalls eine Ausnahme zu sein, wenn ich daran dachte, was ich von Mitschülern und deren Familienverhältnissen mitbekam. Also konnte ich mich glücklich schätzen. Besser so als anders.

Mit diesem Gefühl und einer ganzen Menge neuer Klamotten im Gepäck, darunter auch ein paar neue BHs und Slips, die ich mir am Samstag zugelegt hatte, als ich meine Mutter mal für ein paar Minuten hatte abwimmeln können, bestieg ich erneut den Zug nach Kopenhagen. Die nächste Heimfahrt würde ein bisschen auf sich warten lassen, denn ich hatte mir vorgenommen, an den folgenden Wochenenden die Stadt zu erkunden, die ich fortan mein Zuhause nennen würde.

Die Zeit im Zug verging angenehm schnell. Ich hörte das neue Album von Anastacia rauf und runter, das ich mir vor der Abfahrt heruntergeladen hatte, und genoss das Gefühl von Freiheit, das in mir beim Gedanken aufkam, dass ich zum ersten Mal in meinem Leben tun und lassen konnte, wozu ich Lust hatte. Ich musste niemandem Rechenschaft ablegen, außer mir selbst. Das reichte auch, denn es gab immer noch genügend moralische Grundwerte, nach denen ich mein Leben ausrichtete. Die würde ich nicht verlieren, wenn ich mir mehr Spaß gönnte, redete ich mir gut zu.

Als ich im Wohnheim ankam, war es bereits 17.30 Uhr, eigentlich hatte ich etwas früher fahren wollen, aber das hatte meine Mutter zu verhindern gewusst. Ich gönnte ihr diesen Triumph.

Fein säuberlich sortierte ich zunächst meine Klamotten in den Schrank und schmiss dann meinen alten Laptop an, um mir den Stundenplan des nächsten Tages noch einmal genauer anzusehen. *Alte Runen*, *Goethes Werke* und eine Vorlesung in *Soziologie* standen auf dem Plan. Soziologie belegte ich mehr oder weniger freiwillig. Eigentlich benötigte man das nur, wenn man das Ziel hatte, Lehrer zu werden. Das konnte ich mir im Moment beim besten Willen nicht vorstellen, aber ich wollte mir alle Optionen offenhalten.

Nachdem ich meine Tasche für den nächsten Tag gepackt hatte, legte ich mich aufs Bett und dachte an alles, was in der kommenden Woche bevorstand. Als ich bei Donnerstag angekommen war, fiel mir ein, dass Alex noch gar nicht meine Handynummer besaß. Er hatte mir seine gegeben und ich hatte mir vorgenommen, ihn anzuschreiben, damit er auch meine hatte, falls sich etwas ändern sollte. Außerdem wusste ich noch gar nicht, wo er und sein Mitbewohner wohnten. Also schnappte ich mir mein Handy, suchte seine Nummer und begann, eine WhatsApp-Nachricht zu tippen.

Hej Alex, hier meine Nummer. Magst du mir eure Adresse schicken?
Freu mich auf Donnerstag! ;)
Viele Grüße, Eva.

Ich überlegte etwa fünf Minuten, ob der zwinkernde Smiley zu aufdringlich war, bis ich schließlich entschied, dass er es nicht war, und die Nachricht abschickte. Leider hatte ich die schlechte Angewohnheit, mir über jedes Wort und jeden Smiley Gedanken zu machen und auch jede Nachricht, die ich bekam, genauestens zu analysieren. Eigentlich war ich nicht besonders unsicher, aber es fiel mir nicht leicht, Textnachrichten einfach als bloße Nachrichten ohne Hintergedanken zu betrachten. Ich studierte nicht ohne Grund Literaturwissenschaft – das Fach, in dem man alles Geschriebene bis ins kleinste Detail analysierte.

Da hatte man es früher deutlich einfacher, dachte ich, als man nur über eine bestimmte Anzahl von Runen verfügte und man Nachrichten ohne diese nervigen, zweideutigen Smileys hinterlassen konnte. Beim Gedanken an die Runen-Vorlesung von Prof. Nielsen fiel mir dieser Typ wieder ein, der vergangenen Montag in der letzten Reihe gesessen hatte. Ich fragte mich, ob er morgen wohl auch wieder da sein würde.

Irgendetwas hatte er an sich, das mich neugierig machte. Vermutlich war es die Tatsache, dass er für einen Skandinavistik-Studenten ziemlich heiß aussah. Die meisten fielen schon wegen ihrer langen Haare durch mein Beuteraster. Und so machte ich mir Gedanken darüber, was überhaupt mein Beuteschema ausmachte. Ich kam jedoch zu keinem Schluss.

Irgendwann wurde mir langweilig und ich beschloss einmal nachzusehen, ob Julie in ihrem Zimmer war. Ich hatte Glück und fand sie auf ihrem Bett, wo sie ihre Notizen aus der Vorlesung von letzter Woche durchging.

»Warum machst du das?«, fragte ich sie. »Die Klausur findet doch erst am Ende des Semesters statt.«

»Ich bin unheimlich schlecht darin, mir viele Dinge auf einmal zu merken«, gestand sie. »Deshalb lerne ich gleich von Anfang an mit.«

Diese Vorgehensweise erstaunte mich. Es musste schrecklich viel Arbeit sein, jede Notiz wöchentlich noch einmal durchzulesen. Meine Taktik war immer die gleiche gewesen: Ein paar Tage vor der Klausur ging ich meine Notizen durch und fertigte je nach Laune Karteikarten oder Lernzettel an, die ich mir dann noch zwei- oder dreimal ansah, bevor die Klausur vor der Tür stand. Und nach jeder Klausur nahm ich mir vor, im nächsten Semester früher mit dem Lernen anzufangen, was ich dann aber doch nicht tat. Meine Ergebnisse erforderten es auch nicht zwingend. Wenn ich eines gut konnte, dann schnell viel auswendig zu lernen – und es ebenso schnell wieder zu vergessen.

»Aber stört dich das gar nicht?«, fragte Julie in einem Tonfall, bei dem ich nicht unterscheiden konnte, ob er Besorgnis oder einen Vorwurf transportierte.

»Nicht unbedingt. Ich gehe davon aus, dass vieles, was wir lernen, für den weiteren Lebensweg nicht von besonders großer Bedeutung ist«, antwortete ich überzeugt.

Ich konnte mir einfach nicht vorstellen, dass mein zukünftiger Arbeitgeber, wer auch immer das sein mochte, von mir fordern würde, die altisländischen Substantive zu deklinieren – um nur ein Beispiel zu nennen. Julie musste mir Recht geben, auch wenn sie immer noch der Meinung war, dass man ja nie wüsste, wofür es mal gut sein könnte.

Den Rest des Abends verbrachten wir damit, uns über alles Mögliche zu unterhalten, über die Schulzeit, die ersten Studiensemester, Familie, Freunde, Hobbies. Nur das Thema Jungs ließen wir gänzlich aus. War vielleicht noch etwas früh dafür.

Gegen einundzwanzig Uhr fiel mir auf, wie müde Julie mit einem Mal aussah.

»Um diese Zeit gehe ich für gewöhnlich schlafen«, gestand sie und fügte hinzu, dass sie mich damit auf keinen Fall rauswerfen wollte. Sie war einfach zu nett.

»Ich muss sowieso noch ein bisschen was für morgen vorbereiten«, schwindelte ich, um es ihr einfacher zu machen, und begab mich zurück auf mein Zimmer.

Es erstaunte mich, dass ein erwachsener Mensch bereits um einundzwanzig Uhr schlafen ging. Vielleicht sollte ich das auch mal versuchen, dachte ich mir und machte mich bettfertig, nur um festzustellen, dass das eine blöde Idee gewesen war, da ich noch so gar nicht in der Verfassung war, einzuschlafen. Mir schwirrten noch ewig die Gedanken an die bevorstehende Woche im Kopf herum, sodass es bereits Mitternacht gewesen sein musste, als ich endlich weggedämmert war.

KAPITEL 3

Mit verschwommenem Blick stapfte ich in die Gemeinschaftsdusche, um mir beim Zähneputzen darüber bewusst zu werden, dass mir nun die zweite Woche meines neuen Lebens bevorstand. Ich betrachtete mich in dem breiten Spiegel, der über der langen Waschbeckenleiste im Bad hing, und beschloss, doch schnell eine kalte Dusche zu nehmen, bevor ich mich für die Uni anzog. Ursprünglich hatte ich erst abends nach dem Laufen duschen wollen, aber ich brauchte den Schock, den das kalte Wasser hervorrief, um wach zu werden. Das Gemeinschaftsbad war noch ziemlich leer und die wenigen Studenten, die mir über den Weg liefen, schienen ebenfalls noch viel zu müde für Konversation. Darüber war ich durchaus dankbar. War ja auch Montagmorgen. Was hatte man sich da schon großartig mitzuteilen?

Im Zimmer zog ich mich an und sah auf mein Handy. *Ach ja, da war ja was.* Ich hatte gestern Abend gänzlich vergessen nachzusehen, ob Alex geantwortet hatte. Das hatte er tatsächlich getan. Zunächst ärgerte ich mich ein wenig, dass es mir entgangen war. Dann aber dachte ich mir, dass es mich viel interessanter machen würde, wenn ich nicht direkt reagierte. Und während ich das dachte, ärgerte ich mich wiederum darüber, dass ich so dachte und dass es so viele gesellschaftliche Konventionen gab, die mir unnötig erschienen. Aber da musste ich als Single jetzt wohl wieder durch. Die Worte meiner Freundin Jessica, die selten eine Beziehung führte, die länger als drei Monate dauerte, kamen mir in den Kopf.

»Du hast es gut«, meinte sie immer. »Du musst dir nicht diesen Wahnsinn antun, dem man unterliegt, wenn man als Single durchs Leben geht.«

Ich hatte nicht immer ganz verstanden, was sie damit meinte, aber das musste eines jener Dinge gewesen sein.

Gespannt las ich Alex' Nachricht.

Prinsegade 21, 1422 Kopenhagen Christianshavn
*Freu mich auf dich :**

Okay, spätestens nach dem Küsschen-Smiley war mir klar, dass auch Alex mehr von diesem Abend erwartete. Das machte mich etwas kribbelig. Was würde passieren? Würde er versuchen, mir näherzukommen? Oder bildete ich mir bloß ein, dass da immer noch diese reizvolle Spannung zwischen uns beiden war? Vielleicht schickte er ja immer ein Küsschen-Smiley mit. Gut, vielleicht nicht an andere Jungs. Andererseits, in Kopenhagen war alles möglich.

Ich stellte mir vor, wie die WG wohl aussehen mochte, und hoffte insgeheim, dass es sich nicht um so eine typische Männer-Grusel-WG handelte, wie ich sie aus Kiel kannte und bei denen ich mich immer fragte, wie die Mädels, die zu Besuch kamen, es dort aushielten. Überall dreckiges Geschirr, getragene Wäsche, Socken und Boxershorts ... vom Zustand des Bads mal ganz abgesehen. Ich beruhigte mich mit dem Gedanken, dass ich dort ja erst einmal zu einer Party eingeladen war und nicht direkt einziehen musste.

Julie und ich fuhren gemeinsam mit unseren Fahrrädern zur Uni. Ich hatte mir letzte Woche gleich so ein günstiges Gebrauchtes in einem kleinen Laden direkt am Campus gekauft. Julie hatte mir netterweise erklärt, dass in Kopenhagener Fahrräder häufig gestohlen wurden, daher machte es keinen Sinn, ein gutes von Zuhause mitzunehmen.

Mit Julie brauchte ich fast zehn Minuten länger für den Weg, als ich die anderen Tage benötigt hatte, an denen ich alleine unterwegs gewesen war. Sie fuhr extrem langsam und schien auch sonst irgendwie schlapp.

»Ist alles in Ordnung mit dir?«, fragte ich sie, als wir endlich angekommen waren und unsere Fahrräder anschlossen.

»Ja, klar, alles gut. Ich bin nur außer Übung«, versicherte sie mir.

Irgendwie fiel es mir schwer, ihr das abzunehmen, auch wenn es durchaus eine glaubwürdige Erklärung war, denn besonders viel Sport schien sie nicht zu treiben.

Als wir im Vorlesungssaal ankamen, waren meine Gedanken schon wieder woanders. Ich hielt vergeblich nach dem Typen Ausschau, den ich letzte Woche gesehen hatte und der mir gestern Abend noch einmal durch den Kopf spaziert war.

Wir hatten noch zehn Minuten bis zum Beginn der Vorlesung und setzten uns in die Mitte des Saals. Kurz darauf sah ich Torge hereinkommen, der sich geradewegs zu uns begab. Er hatte noch einen anderen Jungen im Schlepptau.

»Hej Eva, hast du unser Schnatterlieschen also auch schon kennengelernt?!«, begrüßte er uns mit einem breiten Grinsen im Gesicht.

»Hey!«, beschwerte sich Julie. »Sei nicht so fies.« Sie zog einen Schmollmund und ich musste über den Begriff *Schnatterlieschen* schmunzeln, denn es stimmte irgendwie. Julie konnte wirklich gut und viel reden.

»Du weißt doch, dass es nicht böse gemeint ist«, beruhigte Torge die etwas aufgebrachte Julie und setzte sich zu uns.

»Ich bin übrigens Jasper. Und bevor du lange rätselst, ja, ich bin schwul«, sagte der andere Junge zu mir und reichte mir seine Hand, bevor er neben Torge Platz nahm. Diese Zusatzinfo hätte ich gar nicht gebraucht, denn bereits die Art, wie er diese wenigen Worte formulierte und mit Gesten unterstrich, ließ kaum Raum für Spekulationen.

Der Titel der heutigen Vorlesung war an der Wand zu sehen. *Mittelalterliche Grabinschriften.*

»Genau das Richtige für einen Montagmorgen«, meinte Torge und wir schlossen uns diesem Urteil an. Genauso langweilig, wie es klang, war es leider auch. Professor Nielsen gelang es in den ganzen neunzig Minuten nicht *ein*mal, unser Interesse zu wecken. Statt zuzuhören, gingen wir irgendwann dazu über, Strichlisten darüber zu führen, wie oft der Professor „Ähm" sagte. Das hielt uns wenigstens davon ab, einzuschlafen. Als er uns schließlich nach quälenden und gefühlten hundert Stunden eine erfolgreiche Woche wünschte, konnte man das erleichterte Aufatmen aller, die es bis dahin geschafft hatten, wach zu bleiben, förmlich hören.

»Ich glaube, er hat sich heute selbst übertroffen«, witzelte Torge und verwies auf seine Strichliste.

»Sei nicht immer so gemein«, rügte Julie ihn, doch Torge ignorierte ihren Kommentar.

Während wir unsere Mitschriften einpackten, bemerkte ich zwei Studentinnen, die drei Reihen vor uns gesessen hatten und uns merkwürdig ansahen, woraufhin sie albern zu tuscheln begannen.

Auch das noch, eingebildete Tussis so früh am Morgen. Und wie sie ihre langen blonden Haare schwungvoll über die Schultern warfen, bevor sie die Stuhlreihen verließen ... Ich fragte mich, wie lange man das wohl vor dem Spiegel üben musste, bis es so lässig aussah. Oder so bescheuert. Vermutlich brauchte man nur Talent oder das Tussi-Gen.

Als sie in etwa auf unserer Höhe waren, sprach die eine so laut, dass es keinem im Umkreis von zwanzig Metern entgehen konnte.

»Sieh dir die zwei süßen Pärchen an«, sagte sie, deutete unmissverständlich in unsere Richtung und lachte zusammen mit ihrer Freundin laut auf.

»Seht euch die zwei Kleinkinder an«, konterte Torge ebenfalls für jeden hörbar und in einem Ton, der mich zum Lachen brachte.

»Was sind das denn für Weiber?«, fragte ich ihn.

»Ach, die sind es nicht wert, dass man überhaupt über sie spricht«, entgegnete er lediglich und verzog das Gesicht. Scheinbar kannte er sie bereits und war im Gegensatz zu mir nicht weiter verwundert über diese Aktion. Dass Studenten sich untereinander nicht immer einig waren und in einigen Fächern unter den Mädels eine gewisse Stutenbissigkeit herrschte, war mir bekannt. Aber eine derart offene Beleidigung war neu für mich. Vielleicht war das auch wieder nur die direkte dänische Art, dachte ich und versuchte, mich nicht weiter hineinzusteigern. Wenn ich eines nicht leiden konnte, dann war es Ungerechtigkeit. Bei so etwas konnte ich schnell aggressiv werden.

Wir verließen den Saal und Julie verabschiedete sich sofort zur Toilette mit der Bitte, dass wir auf sie warten sollten. Nun hatte ich die Gelegenheit, Jasper näher kennenzulernen. Er erzählte mir, dass er neben Norwegisch noch Philosophie studierte, was ich irgendwie als sehr passend für ihn empfand. Er schien sehr nett, auch wenn ich mir sicher war, dass es auf Dauer recht anstrengend mit ihm werden konnte.

Bisher war ich nie besonders begeistert davon gewesen, wenn Schwule ihre Gesinnung derart übertrieben zur Schau stellten und sich wie extravagante Diven aufführten. Natürlich hatte ich nichts gegen Homosexualität, im Gegenteil, jeder sollte das machen, was für ihn oder sie das Richtige war. Nur dieses Extreme war mir immer sehr unnatürlich vorgekommen. Aber Jasper musste letztlich damit glücklich sein und ich nahm mir vor, mir das öfter ins Gedächtnis zu rufen, sollte ich genervt reagieren.

Genau in diesem Moment ging *er* an uns vorbei. Der Typ, der vergangene Woche in der Vorlesung meine Aufmerksamkeit auf sich gezogen hatte. Insgeheim freute ich mich, ihm doch wieder über den Weg zu laufen, und konnte nicht anders, als ihn mir genauer anzusehen. Er trug schwarze Jeans und ein dunkles T-Shirt, das zu meiner Enttäuschung die Tattoos verdeckte, auf die ich letzte Woche einen kurzen Blick hatte werfen können, bevor Julie mich unsanft mit dem Bleistift aufzuspießen versucht hatte. Er war mindestens einen Kopf größer als ich und man konnte ihm ansehen, dass er Sport trieb. Und das nicht zu knapp. Zielstrebig und ohne uns eines Blickes zu würdigen, schritt er an uns vorbei in den Vorlesungssaal.

»Was ist das für einer?«, flüsterte ich Torge leise zu.

»Wer? Tarjos? Wenn du mich fragst, ist das ein absolutes Arschloch«, antwortete er so laut, dass auch dieser Tarjos es ohne Zweifel gehört haben musste.

Tarjos. Was für ein seltsamer Name.

»Im Ernst«, setzte Torge noch einmal an, der wohl gemerkt hatte, dass ich etwas in Gedanken versunken und seine Aussage nicht angekommen war.

»Der Kerl ist selbst für jemanden wie dich eine Spur zu krass«, fuhr er unter dem zustimmenden Nicken von Jasper fort.

»Was willst du denn damit sagen?«, fragte ich und war mir nicht sicher, ob ich es wegen dem fragte, was er über Tarjos sagte, oder ob ich einfach verwundert darüber war, dass Torge meinte, mich so gut zu kennen.

»Naja, du scheinst mir nicht so ein Sensibelchen zu sein, wie zum Beispiel unsere liebe Julie«, grinste er und meinte dann: »Aber der Typ ist wirklich kein netter Zeitgenosse.«

»Irgendwie eiskalt, der Kerl«, fügte Jasper gedankenabwesend hinzu. Vermutlich schmachtete er ihm ebenfalls nach.

Ich war enttäuscht. Ich meine, klar, in der Skandinavistik liefen häufig merkwürdige Einzelgänger herum, mit denen man nichts zu tun haben wollte, geschweige denn die mit einem von uns. Aber wenn die beiden so schlecht über diesen Tarjos sprachen, dann war er wohl mehr als nur etwas eigensinnig. *Wirklich schade*, hörte ich eine innere Stimme tief in mir enttäuscht brummen, die die dunkle Aura, die ihm zugeschrieben wurde, irgendwie als anziehend empfand.

Aber es gab ja noch mehr interessante Menschen in dieser Stadt. Eigentlich war ich wirklich nicht scharf darauf, mir den Übelsten zu angeln, den ich finden konnte. Ich hatte noch nie verstehen können, warum Frauen auf diese Bad-Boy-Nummer abfuhren und dann versuchten, einen besseren Menschen aus einem Kerl zu machen, der von außen betrachtet so gar nicht liebenswürdig erschien. Das war verrückt. Jeder wusste, dass das nicht funktionierte. Und dennoch ... Eine äußerst intelligente Freundin von mir war so eine, und obwohl sie selbst immer wieder sagte, dass es völlig irre sei und jedem Aufbeben ihres Verstandes widersprach, verliebte sie sich in ein mieses Arschloch nach dem anderen. So jemandem war definitiv nicht zu helfen.

»Danke für die Warnung«, entgegnete ich und beruhigte die Jungs mit meinem Vorhaben, ohnehin nicht so bald wieder eine feste Beziehung eingehen zu wollen.

»Das halte ich für absolut sinnvoll. Das Studentenleben ist zum Spaßhaben da«, bestätigte Torge mein Bestreben.

Ich war ein wenig überrascht, so etwas aus seinem Munde zu hören, gleichzeitig freute ich mich aber über seine Zustimmung und war erleichtert, dass er mich nicht sofort als Schlampe abstempelte. Immerhin wurde auch heute noch zwischen Männern und Frauen ein Unterschied gemacht, wenn es darum ging, seine Freiheiten »individuell auszuleben«.

»Hätte ich nicht seit ein paar Wochen eine feste Freundin, würde ich es genauso machen«, fügte er noch hinzu, woraufhin Jasper und ich lachen mussten.

»Was ist so komisch?«, fragte Julie, die gerade von den Toiletten zurückkam.

»Ach, nichts für deine zarten Ohren«, stichelte Torge und Julie verzog ihre zarten Lippen erneut zu einem trotzigen, völlig übertrieben wirkenden Schmollmund, was uns noch mehr amüsierte. Immerhin musste sie mitlachen. Sie war zauberhaft.

Dienstag und Mittwoch vergingen wie im Flug, ich lernte ein wenig über moderne Literatur in Skandinavien sowie die Dependenzgrammatik und war erstaunt darüber, dass es nicht DIE richtige Grammatik gab, wie ich es in der Schule immer angenommen hatte. Im Prinzip war jede Grammatik lediglich ein Versuch, die Form und Besonderheiten einer Sprache zu beschreiben und dieser ein System zugrunde zu legen. Vielleicht würde ich ja auch irgendwann mal Erfinderin einer Grammatik sein, stellte ich mir vor und musste selbst über mich lachen. Ich liebte einfach alles, was Struktur besaß.

Der Donnerstag begann überhaupt nicht erfreulich. Nicht nur, dass ich schon in der zweiten Woche einen Platten hatte und fast zu spät zu meiner Vorlesung kam, auch das, was folgte, hätte ich mir definitiv sparen können.

Der Professorin in der Vorlesung zur Deutschen Sprachwissenschaft war es allerdings gelungen, meine Verärgerung wegen des Plattens zu vertreiben. Auch die Tatsache, dass ich einen Großteil der Inhalte schon kannte und deshalb am Ende für die Klausur nicht so viel lernen musste, erfreute mich. Frohen Mutes lief ich in der halbstündigen Pause ins Skandinavische Institut, um in den nächsten neunzig Minuten das Seminar zu *Karen Blixen* zu besuchen. Darauf freute ich mich besonders, da mir die Dozentin, Frau Jansen, mit ihrer netten Art in der letzten Woche sehr positiv aufgefallen war und auch der Inhalt vielversprechend schien. Mit ihren hellblonden, fast weißen Haaren, die sie zu einem strengen Zopf zurückgebunden hatte, und ihrem wahnsinnig schicken Kostüm, das mir im Vergleich zu den Outfits der übrigen Dozenten fast schon zu fein für diesen Ort erschien, hatte sie mich in der letzten Woche auf eine merkwürdige Art und Weise verzaubert.

Ich war früh dran, sodass sich erst wenige Studenten im Raum befanden. Einer davon war zu meiner Überraschung niemand anderes als dieser Tarjos. *Das Arschloch höchstpersönlich*, wie Torge jetzt vermutlich gesagt hätte. Ich konnte mich nicht daran erinnern, ihn letzte Woche hier gesehen zu haben. Das wäre mir sicherlich aufgefallen.

Am Montag hatte ich mir fest vorgenommen, Torges Rat in jedem Fall zu folgen, aber als ich an ihm vorbeiging und die Tattoos auf beiden Armen sah, – auf die Schnelle erkannte ich alt aussehende Runen, die sich um seine Oberarme wanden – konnte ich meinen Mund mal wieder nicht halten.

»Coole Tattoos!«, rutschte es mir heraus.

Ich spürte förmlich, wie die wenigen anderen Studenten um mich herum ungläubig in meine Richtung starrten, als hätte ich gerade dem Teufel höchstpersönlich ein Kompliment gemacht. Sofort bereute ich es, da hob er den Kopf und sah mich an.

»Danke gleichfalls«, gab er recht freundlich zurück. Ging doch.

Danke gleichfalls? Was, oder, woher wusste er?

Etwas verwirrt sah ich ihn an.

»Hab's nur geraten. Die meisten Leute, die einen auf Tätowierungen ansprechen, haben selbst welche«, klärte er mich auf und grinste dabei etwas überheblich. »Und die meisten Leute sprechen einen nur an, weil sie eine Gelegenheit suchen, über ihre eigenen tollen Tattoos zu sprechen«, fügte er hinzu.

Autsch. Das hatte gesessen.

»Verstehe. Und nein danke«, antwortete ich leicht irritiert von dieser ungewöhnlichen Ansprache. Ich nahm etwas entfernt von ihm Platz, in der Hoffnung, dass es damit gegessen sei.

»Willst du mir deine Tattoos nicht zeigen?«, provozierte Tarjos mich jedoch.

»Wie gesagt, nein danke. Die gehen nur mich etwas an«, gab ich gespielt selbstbewusst zurück.

»Aha. Eine Egoistin, was?«, zog er seine Schlüsse aus meiner Aussage.

Wie bitte? Was wollte er denn damit sagen? Und was war das überhaupt für eine Schlussfolgerung? Ich war so verärgert von seiner Argumentationsweise, die nur darauf aus war, mich dumm dastehen zu lassen, dass es mir nicht gelang, sinnvoll zu kontern. Also beschloss ich, ihn zu ignorieren. So wie ich auch die Tatsache ignorierte, dass mich jeder andere in diesem Raum anstarrte, was mir reichlich peinlich war.

Aber wenigstens hatte Tarjos kein Interesse, mich weiter lächerlich zu machen. Als der Raum sich füllte, war ich sehr froh darüber, dass die unangenehme Stille endlich durchbrochen wurde. Ich hätte auf die Jungs hören sollen. Sie hatten mich gewarnt. Und ich hatte es wieder selbst herausfinden müssen. Naja, zumindest war nun jegliches Interesse an diesem Typen regelrecht ausgelöscht. Es stimmte, er war ein Arsch.

Doch dies blieb leider nicht die einzige blöde Begegnung an diesem Vormittag. Am Ende des Seminars sprach ich noch kurz mit der Dozentin über mögliche Hausarbeitsthemen, da ich eine der beiden Arbeiten, die ich dieses Semester anfertigen musste, gern schon während des laufenden Seminars beginnen wollte. Dadurch konnte ich mir die ohnehin kurzen Semesterferien im Frühjahr für die zweite Hausarbeit freihalten. Ich ließ mir grundsätzlich gerne genügend Freiraum, wenn es darum ging, derart lange Arbeiten zu verfassen. Häufig legte ich die Hausarbeiten am Ende noch einige Zeit weg, um sie mir dann noch einmal vorzunehmen und letzte Unstimmigkeiten auszubessern. Damit war ich bisher immer ganz gut gefahren.

Die Dozentin war sehr freundlich und sicherte mir zu, mir per Email einige Werke zu nennen, die für eine Analyse in Frage kämen.

Es war fast zwölf Uhr, was bedeutete, dass die meisten Studenten nun in der Mensa saßen und sich beim netten Plausch mit ihren Kommilitonen über das hier tatsächlich essbare Mensa-Menü hermachten. Dort wollte ich mich ebenfalls hinbegeben und trat aus dem Seminarraum auf den langen Flur. Um den kürzesten Weg zur Mensa zu nehmen, musste ich den Hinterausgang des Gebäudes nutzen und, statt rechts den Flur entlang zu gehen, links abbiegen.

Drei Typen standen am Ende des Flurs und waren in ein Gespräch vertieft. Einer davon war Tarjos, den ich sofort erkannte. Um also einer erneuten Begegnung unangenehmer Art aus dem Weg zu gehen, überlegte ich kurz, doch den Vorderausgang zu wählen. *Sei nicht so feige*, protestierte mein Selbstbewusstsein, das sich neunzig Minuten zuvor einen Schlag eingefangen hatte.

Also entschied ich, mich dem zu stellen, was da auch kommen

mochte. Ich nahm nicht an, dass Tarjos mich noch einmal blöd anmachen würde. Er schien nicht der Typ zu sein, der besonders viele Gedanken an andere verschwendete. Außerdem wollte ich erst recht nicht zeigen, dass es mir etwas ausmachte, an ihm vorbeizugehen.

Mit aufrechter Haltung stolzierte ich auf die drei Typen zu und drückte mich mehr oder weniger an ihnen vorbei, weil keiner sich auch nur im Geringsten dazu berufen fühlte, mir auf dem schmalen Flur Platz zu machen. Gerade als ich mich in Sicherheit wähnte und spürte, wie die Anspannung langsam nachließ, hörte ich einen der Typen hinter mir herrufen.

»Mmh, Frischfleisch!«

Fassungslos über diese widerliche, erbärmliche Anmache drehte ich mich zu ihnen um.

»Geht's noch?«, schimpfte ich und sah die Typen an. Alle drei waren dämlich am Grinsen.

»Wie alt seid ihr, dreizehn?«, rief ich wütend, bevor ich im Treppenhaus verschwand.

Ich weiß nicht genau, was schlimmer war. Die Abfuhr von Tarjos im Seminarraum oder diese widerliche Anmache von dem Typen gerade. *Wo sind wir denn hier?* Langsam begann ich an der Überzeugung zu zweifeln, dass in Kopenhagen alles viel besser sein würde als in Kiel. Dort hatte ich mich nicht öffentlich beleidigen oder anbaggern lassen müssen. Das hier ging selbst für Dänen eine Spur zu weit, die ja bekanntlich einen etwas anderen Humor hatten und die Dinge direkter beim Namen nannten. Irgendetwas schien die Leute glauben zu lassen, dass sie sich benehmen konnten, wie sie wollten.

Vor lauter Fassungslosigkeit war es mir nicht möglich, wie geplant in der Mensa etwas essen zu gehen. Also entschied ich, direkt nach Hause zu fahren.

Erst der Nachmittag mit Julie ließ mich wieder an das Gute im Menschen glauben. Pünktlich um 16.30 Uhr wurden wir am Wohnheim von ihrem Vater in einem grauen Bus abgeholt, der von außen makellos war und innen noch diesen Geruch eines kürzlich erworbenen Neuwagens besaß. Als ich Julie letzte Woche erzählt hatte, dass ich mir ein Regal für meine Uni-Unterlagen zulegen wollte, hatte sie sofort vorgeschlagen, gemeinsam einen Ausflug zu Ikea zu unternehmen, da sie – wie sie meinte – ebenfalls noch das eine oder andere gebrauchen konnte und ihr Vater ohnehin sein neues Auto und dessen überaus großzügige Ladefläche einweihen wollte. Zunächst glaubte ich, dass sie das nur sagte, damit ich kein schlechtes Gewissen hatte, dass ihr Vater extra meinetwegen fuhr. Im Möbelhaus angekommen stellte ich jedoch schnell fest, dass Julie diesem Ikea-Wahn verfallen war, den ich nur zu gut von meiner Mutter kannte. Ihr Ziel war es zuerst, einen großen Rahmen für ihre Urlaubsbilder aus den Semesterferien zu besorgen sowie einen kleinen Teppich, da sie, wenn sie am Schreibtisch saß, ständig kalte Füße bekam, worüber sie sich im Auto minutenlang beschwert hatte. Aber anstatt zielstrebig die einzelnen Abteilungen für Regale, Bilderrahmen und Teppiche anzuvisieren, guckte sich Julie von Anfang an gefühlt jedes Möbelstück einzeln an, um sich dann über dessen besonderen Namen zu freuen.

»Guck mal hier, *Hemnes* und *Brimnes*«, lachte sie und zeigte auf zwei weiße Kommoden, die niemals Platz in ihrem kleinen, vollgestellten Wohnheimzimmer gefunden hätten.

So ging das die ganze Zeit. Probesitzen, Probeliegen, die Krönung war das Probeschminken vor einem Badezimmerspiegel. Ich fragte mich, ob man Julie hier schon beim Namen kannte, denn sie schien jedes neue Produkt sofort zu entlarven, um mir dann sehr anschaulich zu berichten, was vorher an dieser Stelle gestanden hatte. Sie gehörte vermutlich zu den Personen, die statt eines Schmuddelhefts einen Ikea-Katalog unterm Bett versteckten.

Ihr Vater musste das bereits kennen, geduldig folgte er uns von einem Gang in den nächsten und erst nach geschlagenen Zweieinhalbstunden schien er langsam von Julies Gebrabbel genug zu haben und machte ihr sehr höflich den Vorschlag, doch einmal nach einem Bilderrahmen zu schauen.

Währenddessen entschied ich mich, allein ein Regal auszusuchen, da ich Angst hatte, dass Julie mir die Entstehungsgeschichte jedes einzelnen Möbelstücks unterbreiten würde, bevor ich es kaufen durfte.

Bei den Regalen angekommen war die Entscheidung schnell gefällt. Ich entschied mich für ein einfaches Billy-Regal. Ursprünglich hatte ich etwas Kleineres im Sinn gehabt, aber da der Wagen von Julies Vater so viel Platz bot, nutzte ich gleich die Gelegenheit und kaufte etwas, in dem ich die Unterlagen der ganzen nächsten zwei Jahre unterbringen konnte.

Es war zwanzig Uhr, als wir endlich bezahlt hatten und, wie ich dachte, den Heimweg antreten konnten. Stattdessen musste jedoch die Ikea-Tradition gewahrt und noch ein Hotdog gegessen werden. Zunächst war ich davon nur wenig angetan, da ich ja zu Alex eingeladen war und die Fahrt zurück zum Wohnheim eine Dreiviertelstunde dauern würde. Als Julies Vater aber darauf verwies, wie anstrengend die letzten Stunden gewesen waren, und dass eine Stärkung jetzt angebracht sei, musste ich ihm Recht geben. Auch ich spürte langsam dieses Kribbeln in den Beinen, das nicht durch die Aufregung wegen des bevorstehenden Abends bei Alex hervorgerufen wurde, sondern darauf hindeutete, dass ich unter Energiemangel litt.

Als ich im Wohnheim ankam, war es bereits 21.15 Uhr. Ich schrieb Alex eine Nachricht, dass es ein bisschen später werden würde. Er wusste zwar, dass ich noch zu Ikea gewollt hatte, aber es hatte ja keiner ahnen können, dass ich dort so schnell nicht wieder herauskommen würde. Dann sprang ich unter die Dusche, um die Anstrengung der vergangenen Stunden von meiner Haut zu waschen, und schlüpfte in meinen neuen dunkelroten String-Tanga mit passendem Spitzen-BH. Zufrieden betrachtete ich mich im Spiegel, bis ich mich umdrehte und das Tattoo auf meinem Rücken erblickte. Zwei schwarze Amseln, die entlang meiner Wirbelsäule aufwärts flogen.

Es war nicht das Tattoo selbst, sondern die Erinnerung an den Vormittag, die mich sofort missmutig stimmte und alle Vorfreude auf den Abend mit einem Mal nahm. *Was liefen hier nur für Idioten herum?*, fragte ich mich erneut und versuchte, mich davon nicht runterziehen zu lassen. Immerhin wusste ja keiner, was mir dieses Tattoo wirklich bedeutete. Und diese Bedeutung konnte mir keiner nehmen, besänftigte ich mich selbst.

Ein passendes Outfit für den Abend war schnell gefunden, denn ich war nicht der Typ Frau, der stundenlang vor dem Kleiderschrank stand und im Endeffekt doch das anzog, was sie als Erstes anprobiert hatte. Also entschied ich mich direkt für ein schwarzes Etuikleid, das meine Figur perfekt zur Geltung brachte, und zog darüber einen kurzen, roten Pulli. Schließlich hatten wir nicht mehr Sommer und ich wollte vermeiden, mir direkt auf der ersten Party eine Blasenentzündung einzufangen. Noch kurz ein bisschen wasserfeste Mascara aufgelegt, die mittlerweile fast trockenen Haare lässig mittels Haarband hochgezwirbelt, und dann machte ich mich lediglich mit einer kleinen Handtasche bewaffnet auf den Weg.

Die U-Bahnstation war nur wenige Minuten von meinem Wohnheim entfernt. Da es dunkel und ich spät dran war, beeilte ich mich und erwischte sofort eine Bahn. Ich musste nur einmal umsteigen, was sich als unproblematisch erwies. Die Tatsache, dass noch sehr viele Menschen um diese Uhrzeit unterwegs waren, gab mir ein gewisses Gefühl von Sicherheit in dieser riesigen, fremden Stadt.

Schließlich erreichte ich die Prinsegade und die Nummer 21 war schnell gefunden. Das, was ich im Schein der Laternen von dem Haus sah, gefiel mir sofort. Es schien sich um ein etwas älteres, aber sehr gut erhaltenes Gebäude zu handeln, dessen schnörkeligen Stuck-Verzierungen an den Außenwänden oberhalb der Türen und Fenster sehr einladend wirkten.

Ich suchte die Klingel und wurde im gleichen Moment etwas nervös. *Was für Leute würden wohl auf dieser Party sein? Worüber könnte ich mich mit denen unterhalten? Wie würde sich der Abend mit Alex entwickeln?*

Bei dem Gedanken an Alex kribbelte es in meinem Bauch und ich ermahnte mich ein letztes Mal, dass daraus nichts Ernstes werden durfte. Aber so, wie ich ihn bisher kannte, wäre das nicht schwierig zu vermeiden. Er war zwar nett und sah verdammt gut aus, aber unsere Interessen gingen damals schon sehr stark auseinander. Und das würde sich wohl kaum geändert haben. Langsam wurde mir kalt, also drückte ich einfach auf die Klingel und ließ es auf mich zukommen.

Alex' Mitbewohner, der sich als Gunnar vorstellte, öffnete mir die Tür und bat mich freundlich hinein. Es war nicht zu übersehen, oder besser gesagt zu überriechen, dass er bereits den einen oder anderen Drink intus hatte. Aber die waren ja auch schon eine ganze Weile dabei.

Gunnar führte mich in einen Raum, den er als das WG-Wohnzimmer vorstellte.

»Hej Eva, schön, dass du da bist«, rief Alex und erhob sich, als ich den Raum betrat.

»Die meisten hast du gerade verpasst«, fügte Gunnar hinzu. Und tatsächlich saßen in dem Raum nur noch Alex, ein Typ, den ich ebenfalls nicht kannte, und Gunnar, der sich inzwischen wieder gesetzt hatte.

Ich war überrascht, denn ich hatte eine große Partygesellschaft erwartet. Alex gab mir zu verstehen, dass ich mich zu ihm auf die Couch setzen sollte, was ich dankend annahm.

»Die anderen wollten noch weiter durch die Clubs ziehen«, erklärte er, während ich neben ihm Platz nahm. Wie selbstverständlich legte er sofort seinen Arm um meine Schulter. Es fühlte sich gut an, nach diesem überaus aufreibenden Tag etwas Zuneigung zu spüren.

»Und du? Willst du nicht noch los?«, erkundigte ich mich, da ich ihn als absoluten Partygänger in Erinnerung hatte.

»Nee. Muss nicht sein. Ich trinke heute nicht, weil wir am Samstag ein wichtiges Spiel haben. Dann reizt mich das nicht besonders«, offenbarte er sehr zu meiner Freude. An sich hatte ich nichts gegen Alkohol und trank auch ab und an mal ein wenig. Aber wenn ich nüchtern war, mochte ich es nicht besonders, jemanden zu küssen, der nach Schnaps schmeckte.

Küssen. Woran du schon wieder denkst!, stichelte meine innere Stimme.

»Sollen wir einen Film reinlegen?«, fragte Gunnar und riss mich damit aus meinen Gedanken.

Ich fühlte mich etwas ertappt, beruhigte mich aber schnell. Es konnte ja keiner wissen, woran ich gerade gedacht hatte. Gunnar erklärte, dass sie extra mit dem Film auf mich gewartet hatten.

»Klar, wie ihr mögt«, stimmte ich zu, ohne zu ahnen, dass es sich dabei um einen typischen Männerfilm mit viel Action-Geballer und wenig Tiefe handeln würde. Naja, irgendwie hätte ich das schon ahnen können, immerhin war das hier eine Männer-WG, und so, wie ich Alex kennengelernt hatte, hatte er nicht unbedingt mit seinem Einfühlungsvermögen begeistert. Ein typischer Fußballer eben, der den Sport über alles stellte. Selbst über das Feiern, wie ich heute lernen durfte.

»Ich bin froh, dass du endlich hier bist!«, flüsterte Alex mir ins Ohr, sodass es keiner außer mir hören konnte. Diese wenigen Worte ließen mir augenblicklich die Nackenhaare zu Berge stehen. Vielleicht hatte er ja doch mehr Einfühlungsvermögen, als ich gedacht hatte. Ich lächelte ihn an und versuchte dann, eine bequeme Sitzposition zu finden und mich so elegant wie möglich an ihn zu schmiegen, indem ich etwas zur Seite rutschte und meinen Kopf bei ihm anlehnte. *Mann, war der Kerl muskulös.* Nicht das Richtige zum Kuscheln, aber genau richtig für ein zwangloses Etwas.

Das Wort *Affäre* klang so erwachsen. Zu erwachsen für mich, entschied ich. Es fühlte sich einfach gut an, nach diesem anstrengenden Tag jemanden an meiner Seite zu spüren.

Der Film war doch gar nicht soo schlecht. Gunnar war schon nach der Hälfte in einer sehr ungemütlichen Position eingeschlafen und versuchte nun, als der Abspann lief, seine Gliedmaßen wieder in die richtige Position zu bringen, um sich daraufhin scheinbar unter leichten Schmerzen auf sein Zimmer zu begeben. Der andere Typ erwies sich als etwas anhänglicher, er fing plötzlich an, über sein Ingenieurstudium zu sprechen. Alex studierte das gleiche Fach, zeigte aber wenig Interesse, das Gespräch zu vertiefen. Irgendwann sagte der Typ schließlich, dass er losmüsse, weil er morgen Vorlesungen hätte, und verabschiedete sich höflich. Alex brachte ihn zur Tür und kam dann ins Wohnzimmer zurück, wo ich gespannt auf ihn wartete.

Er lehnte sich lässig gegen den Türrahmen und betrachtete mich mit einem Lächeln auf den Lippen, das mich jetzt schon zum Schmelzen brachte.

»Soll ich dir mal mein Zimmer zeigen?«, fragte er grinsend.

Ich musste lachen. Das fühlte sich an wie als Teenager, kurz bevor man zum ersten Mal etwas Verbotenes ausprobieren würde.

»Gerne«, antwortete ich und bemühte mich, verführerisch zu

lächeln, was ihm nicht entging, denn sein Grinsen wurde noch breiter.

Sein Zimmer lag schräg gegenüber vom Wohnzimmer, er öffnete die Tür und ließ mir den Vortritt. Es war relativ geräumig für Kopenhagener Verhältnisse, ich erinnerte mich, dass seine Eltern recht wohlhabend waren. Vermutlich musste er nicht einmal jobben, um hier leben zu können.

Ich sah mich ein wenig um. Zu meiner Erleichterung war das Zimmer erstaunlich aufgeräumt. Keine herumliegenden Klamotten oder leere Pizzaschachteln, wie ich sie in meinen schlimmsten Vorstellungen gesehen hatte. Lediglich auf dem Schreibtisch in der Ecke herrschte ein kleines Zettelchaos, aber damit konnte ich gut leben. Zwischen dem verhältnismäßig großen Bett auf der rechten Seite, in dem gut und gerne drei Personen gleichzeitig Platz fanden, und dem Schreibtisch auf der linken Seite, erstreckten sich zwei große Fenster, die den Blick auf den Balkon und die darunter liegende Straße freigaben. Während ich mir vorstellte, wie sie nach feuchtfröhlichen WG-Partys zu fünft in dem großen Bett ihren Rausch ausschliefen, schlenderte ich zum Fenster und versuchte etwas von dem Treiben auf der Straße zu erkennen.

Plötzlich spürte ich Alex, der sich ganz dicht hinter mich gestellt hatte und nun seine Arme um mich schlang, als wolle er mich am Weglaufen hindern.

»Und, gefällt dir mein Reich?«, fragte er mit seiner warmen, tiefen Stimme. Ich konnte seinen Atem in meinem Nacken spüren.

»Absolut. Hier lässt es sich aushalten«, gab ich zurück und versuchte mir nicht anmerken zu lassen, wie sehr mich seine Nähe anturnte.

»Stimmt. Nur die Balkontür ist leider in der Küche nebenan«, fügte er hinzu.

Und erst jetzt fiel mir auf, dass zum Balkon tatsächlich eine Tür fehlte.

»Macht nichts, ist sowieso schweinekalt draußen«, gab ich zu bedenken.

»Dann müssen wir uns wohl hier drinnen vergnügen«, flüsterte Alex mir ins Ohr, sodass ich erneut eine Gänsehaut bekam.

Langsam drehte er mich zu sich um und sah mich an, wobei er seine Hände nicht von meinen Armen löste.

»Ist dir hier auch kalt?«, fragte er und zupfte an meinem roten Pulli, den ich im Wohnzimmer noch nicht hatte ausziehen wollen.

»Nein«, antwortete ich grinsend, woraufhin Alex mir dabei half, ihn über meinen Kopf zu ziehen.

Ich konnte mir gar nicht so schnell die Haare wieder richten, da packte er meinen Arm, zog mich an sich heran und küsste mich, während er seine andere Hand in meinen Nacken legte. Es gefiel mir, dass er die Führung übernahm. Es bereitete mir zwar auch Freude, selbst gelegentlich etwas Dominanz ins Spiel zu bringen, aber wenn ein Mann wusste, was er wollte, und keine Anstalten machte, das zu verbergen, dann machte mich das extrem heiß.

Und Alex konnte wirklich gut küssen. Er schmeckte ein wenig nach diesem Iso-Getränk, das er sich den Abend über reingezogen hatte. Typisch Sportler eben. Etwas süßlich, aber nicht zu sehr. Genau richtig.

Seine Küsse wurden stürmischer und er brauchte nicht besonders lange, um den Reißverschluss meines Etuikleides zu öffnen. Mit beiden Händen schob er den schwarzen Stoff ein Stück nach unten, ohne dabei seine Lippen von meinen zu lösen. Also zog ich einen Arm nach dem anderen aus dem Kleid, sodass es bis zu meinen Hüften rutschen konnte und ich im BH vor ihm stand. Im Gegenzug wanderten meine Hände zu seinem Bauch und ich schob sie leicht unter sein T-Shirt, um ihm klarzumachen, dass er es ausziehen sollte. Als er nur noch in seiner Jeans und Socken vor mir stand, ließ ich es mir nicht nehmen, einen etwas längeren Blick auf seinen muskulösen Oberkörper zu werfen. Mit den Fingern zog ich sanft die Linien nach, die seinen Bauch so schön formten. Immerhin war es das erste Mal, dass ich so etwas anfassen durfte. Mein Ex war zwar nicht übergewichtig gewesen, aber von solchen Muskeln hatte ich bisher nur träumen können. Alex schien mich währenddessen ebenfalls zu mustern.

»Du siehst echt scharf aus«, sagte er, als sich unsere Blicke trafen.

Dann ging alles relativ schnell. Er zog mir den Rest des Kleides aus und ich öffnete die Knöpfe an seiner Jeans, woraufhin diese neben meinem Kleid auf dem Boden landete. Ein Blick auf Alex' enge Boxershorts verriet mir, dass es kein Zurück gab. Denn auch ich wurde absolut heiß bei dem Anblick seines besten Stücks, das sich sehr deutlich unter dem dünnen Stoff abzeichnete.

Wir gingen hinüber zu seinem großen Bett, aus dem schließlich auch der Rest unserer Kleidung flog.

Das war es also. Ich hatte zum ersten Mal Sex mit einer anderen Person als meinem Ex. Und er war gut, auch wenn es recht schnell ging. Alex entschuldigte sich dafür, indem er es darauf schob, wie heiß ich doch sei, was ich sehr süß fand.

Nachdem wir eine Weile so dagelegen hatten und wieder zu Atem gekommen waren, setzte ich mich auf und angelte mir meine Unterwäsche. Ich wollte gerade aufstehen und mein Kleid anziehen, als Alex mich festhielt und mich überrascht ansah.

»Was hast du vor?«, fragte er.

Das war irgendwie unangenehm; wir hatten vorher nicht explizit darüber gesprochen, was das zwischen uns werden würde, aber ich nahm an, dass es ihm auch nur um das Eine ging.

»Ähm, entschuldige. Ich dachte, dass ... «, stotterte ich.

»... es uns nur ums bloße Vergnügen geht?«, ergänzte er grinsend.

»Genau.«

»Klar, aber deshalb musst du doch nicht mitten in der Nacht allein durch Kopenhagen laufen. Schlaf doch hier und morgen früh kannst du dann immer noch davonlaufen«, bot Alex an und ich musste über seine Wortwahl lachen.

Eigentlich war das gar keine schlechte Idee, denn ich hatte wirklich keine Lust, jetzt noch auf die Straße zu gehen. Andererseits war es vielleicht auch unangemessen, einfach hier zu bleiben.

»Keine Sorge, ich für meinen Teil kann Sex und Gefühle sehr gut trennen«, ergänzte er, als er sah, dass ich immer noch über sein Angebot nachdachte.

»Dann kann ja nichts passieren«, gab ich lächelnd zurück und schlüpfte mit meiner Unterwäsche bekleidet zurück zu ihm ins

Bett. Ich war froh, dass wir uns so schnell einig waren. Und irgendwie fühlte es sich auch gut an, neben Alex zu liegen und seine Wärme zu spüren. Nicht *beziehungsmäßig-gut*, sondern *der-Tag-war-scheiße-genug-gut*.

Ich stellte den Wecker an meinem Handy so, dass es mir morgens möglich sein sollte, im Wohnheim vorbeizuschauen, bevor ich zur Uni musste. Dann schlief ich erstaunlich schnell und ruhig ein, bis ich von Alex geweckt wurde, der sich an mich geschmiegt und seinen Arm sanft um mich gelegt hatte und mich nun zu streicheln begann. Die Sonne schien schon sanft durch die Gardinen und wir hatten in dieser Position ein weiteres Mal Sex. Es fühlte sich schön an, so im Halbschlaf seinen warmen Körper an meinem Rücken zu spüren und auf diese erregende Weise geweckt zu werden.

Nachdem er fertig war, verweilten wir noch einige Minuten in dieser Position, bis ich schließlich im Bad verschwand. Da ich weder Zahnbürste noch sonst irgendetwas dabeihatte, das mir dazu verhalf, mich frisch zu fühlen, machte ich mich gleich darauf auf den Weg ins Wohnheim. Unterwegs in der U-Bahn empfing mein Handy eine Nachricht von Alex, die ich sofort las.

War schön mit dir. Können wir gerne wiederholen :*

Das Kribbeln in meinem Bauch untermauerte die Freude über diese Nachricht. Und ja, das musste nicht unbedingt eine einmalige Erfahrung bleiben.

Im Wohnheim angekommen hatte ich noch ausreichend Zeit, immerhin war ich bereits vor dem Weckerklingeln geweckt worden. Ich nahm mir die Zeit unter der Dusche, um die Erinnerungen an den gestrigen Abend und an heute Morgen noch einmal aufflackern zu lassen. Und ich freute mich, dass mein neues Leben so schnell so spannend geworden war.

Als ich frisch geduscht und mit geputzten Zähnen zu meinem Zimmer kam, wartete Julie bereits davor und überfiel mich mit ihrem munteren Gebrabbel, das mich nun unsanft in die Realität zurückholte.

»Warst du gestern Abend noch weg?«, fragte sie ganz aufgeregt.

Ich hatte ihr nichts von der Einladung zu Alex erzählt, immerhin kannten wir uns erst eineinhalb Wochen und sie schien mir nicht die Person zu sein, die One-Night-Stands und Ähnliches befürwortete. Sofort fühlte ich mich ein wenig schmutzig.

»Entschuldige, dass ich dir nichts gesagt habe. Ich wollte nicht, dass du falsch von mir denkst«, sagte ich ehrlich.

Ich hatte wirklich ein schlechtes Gewissen. Sie war so nett zu mir, aber eben auch so naiv.

»Bist du die ganze Nacht da gewesen? Wie war es? Du musst mir alles erzählen!«, quiekte sie ganz aufgeregt und ich versprach ihr, heute beim Mittagessen von dem Abend zu berichten, damit sie Ruhe gab. Die pikanten Details konnte ich ja aussparen.

Julie nahm alles sehr gefasst auf, damit hatte ich nicht gerechnet. Sie fand eher spannend, wie es weitergehen würde, bis ich ihr sagte, dass es nichts Festes werden sollte.

»Warum denn nicht? Er sieht doch so gut aus!«, sagte sie und klang etwas sehr enttäuscht.

Und ich erklärte ihr, dass es momentan eben nicht das war, was ich wollte.

»Okay, schade. Aber du bist erwachsen und wir leben im einundzwanzigsten Jahrhundert«, antwortete sie. Das war das Reifste, das ich bisher von ihr gehört hatte. Und dennoch klang es ein wenig so, als versuchte sie sich selbst zu überzeugen, dass es in Ordnung war, was ich tat.

Ich nahm mir vor, ihr auch in Zukunft derartige Erlebnisse oder Details nicht direkt auf die Nase zu binden, denn es war eindeutig, dass das nicht ihre Welt war. Und das war völlig okay. Immerhin schien sie mich dafür nicht zu verurteilen, was nicht unbedingt selbstverständlich war, auch wenn wir im einundzwanzigsten Jahrhundert lebten, wie Julie selbst betont hatte.

Den Rest des Mittagessens verbrachten wir damit, das Wochenende zu planen. Als ich Julie erzählte, dass ich Kopenhagen ein bisschen erkunden wollte, bot sie mir an, mich zu begleiten, da ich laut ihrer Aussage nur so die schönsten Ecken und Plätze der Stadt zu Gesicht bekommen würde. Dieses Angebot nahm ich dankend an und freute mich auf ein entspanntes Wochenende mit meiner neuen Freundin Julie.

Samstagvormittag um zehn Uhr waren wir verabredet. Ich beschloss, einen kleinen Rucksack mitzunehmen, in dem ich zwei Wasserflaschen und zwei Äpfel für den kleinen Hunger zwischendurch verstaute, was sich im Nachhinein als DIE Eingebung schlechthin herausstellen sollte. Da Julie noch nicht angewirbelt kam – was erstaunlich war, weil sie sonst immer viel früher fertig war als ich – ging ich zu ihrer Zimmertür und klopfte an. Die Tür ging deutlich schneller auf als erwartet und noch bei der Frage, ob sie so weit sei, stockte ich vor Erstaunen. Denn es war nicht Julies Gesicht, in das ich blickte, sondern Tarjos'.

Ausgerechnet er. Der hatte mir gerade noch gefehlt. Was hatte er hier um alles in der Welt zu suchen? Was wollte er bloß von Julie?

»Sie ist gleich so weit«, sagte er monoton und drückte sich an mir vorbei, um dann seelenruhig im Flur Richtung Treppenhaus davonzuschreiten.

Ich wagte einen Blick in Julies Zimmer und sah sie ein wenig bedrückt auf ihrem Bettchen sitzen.

»Ist alles okay bei dir? Was wollte der Blödmann von dir?«, fragte ich besorgt und setzte mich direkt neben sie auf das Bett.

Sie guckte mich etwas verwundert an.

»Klar, wieso denn nicht?«, entgegnete sie. »Du kennst Tarjos schon?«

»Kennen würde ich das nicht nennen. Wohl eher verabscheuen, auch wenn das vielleicht etwas zu hart klingt«, antwortete ich.

»Was? Warum das denn?«, fragte sie erstaunt.

Und dieses Erstaunen erstaunte mich wiederum. War sie wirklich so naiv, dass sie selbst das fieseste Arschloch nicht erkennen würde, wenn es vor ihr stand?

Ich erzählte ihr von unserer kurzen Unterhaltung und dem Zusammenstoß auf dem Flur.

»Ja, einige Typen hier sind wirklich nicht ganz dicht«, gab sie zu. »Aber Tarjos ist eigentlich ganz nett. Zumindest, wenn man ihn besser kennt.«

Waaas? Meinte sie das ernst?

»Es fällt mir wirklich schwer, das zu glauben«, gab ich zu.

»Torge hatte mich schon vor ihm gewarnt und seine Warnung hat sich als angemessen erwiesen.«

»Das tut mir leid für dich«, seufzte Julie bedrückt. Es schien ihr wirklich immer alles leid zu tun. Es musste ganz schön anstrengend sein, sie zu sein. So mitfühlend und immer lieb und gut gelaunt. Irgendwann würde sie sicher platzen vor angestauten Emotionen.

»Woher kennst du ihn überhaupt?«, fragte ich Julie schließlich. »Ihr seid doch wohl nicht ...«

Sie verstand erst nicht, was ich sagen wollte, bis es ihr nach einigen Sekunden klar wurde.

»Neeein, um Gottes Willen!«, antwortete sie leicht schockiert. »Unsere Eltern sind gut befreundet. Wir hatten dadurch schon früher viel miteinander zu tun, auch wenn er wesentlich älter ist.«

Es fiel mir schwer, mir vorzustellen, dass jemand so Gemeines wie dieser Tarjos Eltern haben sollte, die mit so lieben Menschen wie Julies Eltern befreundet waren. Auch wenn ich ihre Mutter gar nicht kannte, konnte ich mir nur allzu gut vorstellen, was für eine liebenswerte Person sie sein musste.

»Und was wollte er *jetzt* von dir?«, quetschte ich sie aus.

»Ach, Tarjos wollte nur hören, wie das Studium läuft«, gab sie als Grund für sein Erscheinen an. »Er hat ja ebenfalls Skandinavistik studiert und promoviert jetzt bei Prof. Nielsen.«

»Er ist Doktorand?«, fragte ich ungläubig. Ich konnte mir nur schlecht vorstellen, dass jemand, der bereits ein abgeschlossenes Studium besaß und einen Doktortitel anstrebte, so ein Idiot sein konnte. Aber klar, es gab auch erwachsene und intelligente Idioten. Und damit war das Thema *Tarjos* beendet. Ich hatte keine Lust, mich weiter aufzuregen, immerhin war Wochenende und wir wollten Spaß haben.

Nachdem wir nahezu jede mir bekannte Sehenswürdigkeit in Kopenhagen von allen Seiten betrachtet und fotografiert hatten, angefangen beim Rundetårn über Kongens Have und Schloss Amalienborg bis hin zur Lille Havfrue, brannten meine Füße so sehr, dass ich regelrecht um eine Pause betteln musste. Julie hielt gnadenlos an ihren Programmpunkten fest, die sie sich am vorigen Abend fein säuberlich in einem kleinen Notizbuch samt zusätzlicher Informationen zu den einzelnen Attraktionen notiert hatte. Auch wenn sie vermutlich die anstrengendste Reiseführerin auf der ganzen Welt war, eine besser informierte und besser strukturierte hätte ich vermutlich nirgends gefunden. Ich hatte das Gefühl, innerhalb von viereinhalb Stunden alles Wichtige über Kopenhagen gelernt zu haben. Nur Christiania sparte sie aus, aber das erklärte sich von selbst. Ein Freistaat, der bekannt für seine Drogenscene war, und die aufrichtige, nette Julie, das passte einfach nicht zusammen.

Eigentlich hatte ich mich auf ein bisschen Shopping gefreut, aber dazu war ich nach diesem Gewaltmarsch absolut nicht mehr in der Lage. Stattdessen kehrten wir nach langem Flehen in ein uriges kleines Lokal ein, das etwas abseits der typischen Touristenplätze lag, die wir zuvor abgeklappert hatten. Ich lud Julie auf eine Steinofenpizza ein, die ganz vorzüglich schmeckte, wenn sie mir auch reichlich überteuert vorkam. Aber das war mir egal. Die Kalorien hatten wir bitter nötig und Julie hatte sich unglaublich viel Mühe gegeben. Auch sie schien endlich völlig am Ende ihrer Kräfte zu sein. Selbst nach dem Essen und einer halben Stunde Ausruhen sah sie immer noch sehr schlapp aus, während ich fast bereit für eine zweite Runde gewesen wäre, hätte ich nicht so viel gegessen.

»Du siehst müde aus«, äußerte ich die in mir aufkommende Sorge.

»Ich habe mich nur ein bisschen übernommen«, gab sie zur Antwort und versuchte wie üblich zu lächeln, was ihr aber sichtlich schwerfiel.

»Lass uns doch den Botanischen Garten auf morgen verschieben und uns jetzt einfach den Tag gemütlich ausklingen lassen«, schlug ich vor.

Julie nahm das Angebot zu meinem Erstaunen ohne Widerworte an. Sie musste wirklich geschafft sein.

Wir schleppten unsere erschöpften Körper in die U-Bahn und zurück zum Wohnheim und entschieden, einen Mädelsabend mit viel Schokolade und einem Schnulzenfilm zu veranstalten. Julie meinte, dass ich unbedingt den zweiten Teil von »Dirty Dancing« sehen musste. Und tatsächlich war der sogar um einiges besser als der erste. Sowas hatte man selten. Meistens waren die Folgefilme der totale Schrott und man war am Ende enttäuscht oder verärgert, dass man Geld dafür ausgegeben hatte. Nicht aber bei diesem Film.

Anschließend kamen wir unweigerlich auf das Thema Männer zu sprechen. Julie quetschte mich über die Beziehung zu meinem Ex aus, um dann nochmal auf Alex zu sprechen zu kommen. So ganz konnte sie es scheinbar nicht lassen.

»Lass uns nicht so viel über mich reden«, schlug ich schließlich vor, um das Thema zu wechseln.

Daraufhin erzählte Julie mir, dass sie noch nie einen festen Freund gehabt hatte. Ich fiel fast aus allen Wolken. Ich meine, das war ja nicht schlimm, aber sie dürfte weder zu wenig Angebote gehabt haben, noch war sie so nervig, dass es keiner mit ihr aushalten würde. Okay, sie war ein bisschen anstrengend, aber es gab genügend Jungs, die gerade auf diese liebe, nette Art voll abfuhren.

»Es hat sich einfach noch nicht ergeben«, erklärte Julie, wobei sie ein wenig traurig klang. Schweigend reichte ich ihr eine Tafel Schokolade und sie fing an zu lachen.

»Wer braucht schon Männer, wenn er Schokolade hat?«, kicherte sie und ich stimmte zu.

KAPITEL 4

Der Besuch im Botanischen Garten war äußerst erholsam. Wir konnten richtig gut entspannen und sogar für kurze Zeit vergessen, dass wir uns in einer Großstadt befanden. Ich hatte die Natur schon immer geliebt. Irgendwann würde ich sicherlich wieder aufs Land ziehen, aber nicht in den nächsten fünf Jahren. Den Unterschied zwischen Stadt- und Landleben hatte ich bereits als Kind kennenlernen dürfen. Da mein Vater aus beruflichen Gründen alle paar Jahre den Standort wechseln musste, hatte es uns nie lange an einem Ort gehalten. Manchmal bedauerte ich, dass ich nicht wie viele andere eine beste Freundin oder einen guten Kumpel aus Kindergartenzeiten hatte. Das war sicher etwas ganz Besonderes, wenn man zusammen aufgewachsen war. Aber so wurden meine Geschwister und ich immer wieder weit genug aus dem Freundeskreis weggerissen, dass die meisten Freundschaften am Ende oberflächlich blieben. Ich war zudem einfach nicht in dem Alter gewesen, in dem man trotz Entfernung über längere Zeit den Kontakt hielt. Der eine oder andere Brief wurde geschrieben bzw. die eine oder andere Mail, aber auch das war letztlich immer wieder im Sande verlaufen. Und man konnte es keinem übelnehmen. Auch nicht meinen Eltern, immerhin versuchten sie immer, uns alles zu ermöglichen. Und abgesehen von meinem zweitältesten Bruder, der in Hamburg an der Uni festhing und mittlerweile Soziologie studierte, waren wir alle auf einem guten Weg.

Das Wochenende kam mir viel zu kurz vor. Wenn ich an den Trip mit Julie am Samstag zurückdachte, spürte ich immer noch meine Füße brennen. Aber es war mit ihr wirklich sehr schön gewesen, wir verstanden uns immer besser – auch wenn wir in vielen Dingen sehr unterschiedliche Herangehensweisen hatten, wie sich immer wieder herausstellte. Aber solange wir einander respektierten, sollte das kein Problem werden. Im Gegenteil, manchmal konnte es ja auch sehr erfrischend sein, eine andere Sicht der Dinge kennenzulernen. Jedenfalls sahen wir das so, während wir uns über Männer und Gott und die Welt unterhielten.

Nun brach schon die dritte Woche an, ich freute mich darauf, Torge und Jasper in der Vorlesung bei Prof. Nielsen zu sehen und ihnen meine Pläne für die Sportlerparty am kommenden Donnerstag zu unterbreiten. Vielleicht schafften wir es sogar, Julie zu überreden, wenn wir es gemeinsam versuchten.

Alex hatte mir Sonntagabend eine Nachricht geschickt und gefragt, ob ich zu der Party kommen würde. Die Sportlerpartys waren schon in Kiel ein Muss für jeden gewesen, der mal wieder richtig die Sau rauslassen wollte. Und nach diesem Kultur-Wochenende konnte ich ein bisschen Tanzen gut gebrauchen. Die Blasen an meinen Füßen würden bis dahin hoffentlich schon verheilt sein.

Da Julie vor der Vorlesung noch ins Sekretariat im Institut für Skandinavistik musste, ging ich schon einmal allein zum Vorlesungssaal. Dieses Mal war ich wirklich viel zu früh dran, aber ich hatte auch nicht alleine zur Uni radeln wollen. Julie hatte eine Viertelstunde früher als gewöhnlich losgewollt.

Der Vorlesungssaal war leer und dunkel, als ich die Tür öffnete. Ich suchte kurz den Lichtschalter, der sich verhältnismäßig weit oben befand. Vermutlich extra für die großen Nordmänner, anders konnte ich es mir nicht erklären. Als Allererste in dieser neuen Woche betrat ich den Raum und beschloss, dass wir heute in der Mitte sitzen würden. Nachdem ich einen geeigneten Platz gefunden hatte, kramte ich in meiner Tasche und zog meinen Collegeblock heraus, der schon fast voll war von den zahlreichen Mitschriften der Vorlesungen und Seminare. Anstatt eine weitere Seite zu verschwenden, kritzelte ich gedankenlos auf dem Deckblatt herum, malte kleine Blümchen oder füllte die Kästchen aus, die darauf abgedruckt waren. *Ob ich wohl die einzige Deutsch-Studentin war, die auf einem karierten Block schrieb?*

Ich hörte leise Schritte von draußen, die sich dem Raum zu nähern schienen. Irgendwie war es auch ganz schön gruselig, so ganz alleine in aller Herrgottsfrühe in diesem großen, leeren Saal zu sitzen. Als die Schritte am Raum angekommen zu sein schienen, drehte ich meinen Kopf, um zu sehen, wer wohl die Nummer zwei sein würde. Ausgerechnet dieser Idiot *Tarjos* trat in den Saal, bewaffnet mit allen möglichen Kabeln und einer

Fernbedienung, die ich dem Beamer in dem Raum zuordnete. Er war nun wirklich der Letzte, den ich an diesem Montagmorgen sehen wollte. Ohne mich eines Blickes zu würdigen, schritt er die Stufen rechts von den Sitzreihen hinunter. Als er auf meiner Höhe war, murmelte er etwas, ohne aber dabei anzuhalten.

»Ausgefallene Sitzplatzwahl«, verstand ich, wusste aber nicht, was er mir damit sagen wollte. »Versuchst du immer, den Mittelweg zu gehen?«, fügte er hinzu, den Blick weiterhin von mir abgewandt.

Ich beschloss, dass es das Beste für mich sei, wenn ich seine Frage einfach ignorierte. Während er vorne am Pult mit den Kabeln hantierte, die er mitgebracht hatte, nutzte ich die Chance und beobachtete ihn.

Abgesehen davon, wie er seine Augenbrauen verzog, wenn ein Kabel nicht auf Anhieb in den Anschluss passte, sah er eigentlich ganz friedlich aus. Ich musste an Julies Worte denken, dass er im Grunde gar nicht so übel sei. Allerdings zeigte seine besondere Art der Begrüßung heute zweifelsohne, dass er es liebte, zu provozieren. Und meist ließ ich mich von solchen Idioten mit großer Klappe erst recht reizen. Das lag wohl an meinen Brüdern. Es war nicht immer leicht gewesen als einziges Mädchen. Aber das hatte mich nur stärker gemacht.

»Wenn das hier eine Psychologie-Vorlesung wäre, dann würde das viel über dich aussagen«, riss Tarjos mich aus meinen Gedanken. Ich nahm an, dass er immer noch von meiner Sitzplatzwahl sprach.

»Und dass dich das so sehr beschäftigt, ebenfalls«, gab ich zurück. Was interessierte es ihn, wo ich saß?

Und dann passierte das Unerwartete: Ich sah für den Hauch einer Sekunde den Ansatz eines Lächelns in Tarjos' Gesicht. Worauf es gleich wieder verschwand und er schweigend auf der anderen Seite des Raums die Stufen wieder emporstieg, um in der letzten Reihe den Platz einzunehmen, auf dem ich ihn an meinem ersten Tag an der Uni entdeckt hatte.

Es dauerte nicht lange, bis sich der Saal füllte. Torge und Jasper kamen wieder im Doppelpack und setzten sich zu mir. Ich unterbrach ihr Gespräch über das letzte Wochenende, um sie über die bevorstehende Sportlerparty zu unterrichten, noch bevor Julie zu uns stoßen würde. Wenn ich erreichen wollte, dass sie mitkam, mussten wir alle an einem Strang ziehen. Jasper war sofort hellauf begeistert, nur Torge nörgelte wie erwartet herum.

»Da sind doch nur dämliche Sportler-Affen«, gab er zu bedenken, woraufhin ich ihn davon überzeugte, dass das eben nicht der Fall sei, weil jeder gern zu Sportlerpartys ginge.

»Okay, ich glaube, Rikke wollte ohnehin mit ihren Freundinnen da hin. Dann kann ich da auch mal kurz vorbeischauen«, willigte er schließlich ein, wenn auch sichtlich widerwillig. Rikke war vermutlich seine Freundin. Ich traute mich nicht zu fragen, vielleicht hatte er mir ihren Namen schon einmal gesagt und ich hatte nicht richtig zugehört. Dazu neigte ich manchmal, wenn viele neue Eindrücke auf einmal auf mich einprasselten.

Fünf Minuten vor Beginn der Vorlesung stürmte Julie mit flatternden Zetteln in den Händen und mit den Armen wedelnd in den Saal und auf uns zu und wirkte dabei wie eine wild gewordene Gans. Ein bisschen peinlich war das schon, ich hatte das Gefühl, dass wirklich jeder uns ansah.

»Was hat *die* denn schon wieder genommen?«, spottete Torge.

»Hm, wir haben am Wochenende recht viel Schokolade gegessen«, erklärte ich mir ihre Überdrehtheit.

»Klarer Fall von Zuckerschock«, schlussfolgerte Jasper, kurz bevor Julie uns erreichte.

»Hej Leute, geile Nachrichten, die Anmeldungen für die Rømø-Fahrt liegen aus. Ich hab' uns gleich welche besorgt«, japste sie völlig aus dem Häuschen.

»Was für eine Rømø-Fahrt?«, erkundigte ich mich, scheinbar hatte ich wieder einmal etwas nicht mitbekommen.

»Das Institut veranstaltet jedes Jahr zu Beginn des Wintersemesters eine Fachschaftsfahrt für alle, die Lust haben, mal rauszukommen«, erklärte Torge, weniger begeistert als Julie, aber scheinbar nicht völlig abgeneigt, denn er ließ sich einen Zettel geben und begann, ihn auszufüllen. Auch Jasper war eifrig dabei.

»Und wann soll die sein?«, wollte ich wissen.

»In drei Wochen. Freitag bis Sonntag«, hustete Julie, die vermutlich ein Sauerstoffzelt hätte gebrauchen können.

»Oh, okay«, antwortete ich, was Julie dazu brachte, ihren Stift aus der Hand zu legen und mich ernst anzusehen.

»Was soll das heißen?«, fragte sie mit hochgezogener Augenbraue.

»Ich muss mir das erst überlegen. Eigentlich habe ich mit meinen Eltern verabredet, dass ich sie an diesem Wochenende besuche«, erklärte ich.

»Oh nein, das ist ja schrecklich!«, jammerte Julie. Vermutlich waren für sie beide Szenarien unerträglich. Entweder würde ich nicht mitkommen können oder ich müsste meinen Eltern absagen.

»Ist eigentlich Pflicht für Erstis«, gab Torge grinsend zu verstehen.

»Genau genommen bin ich ja kein Ersti«, konterte ich.

»Aber du bist in deinem ersten Semester in Kopenhagen«, widersprach Jasper prompt.

»Okay, okay, ich schaue mal, was sich machen lässt. Wird ja vielleicht ganz lustig«, knickte ich schließlich ein.

Da wusste ich noch nicht, dass auch Tarjos mitfahren würde.

Bei dem Gedanken an die Fahrt auf eine „einsame" Insel drehte ich meinen Kopf ein Stück zur Seite, sodass ich ihn aus dem Augenwinkel sehen konnte. Verwundert, aber irgendwie auch nicht weiter überrascht, sah ich, dass neben ihm das Mädel saß, das uns letzte Woche nach dieser Vorlesung so dumm angemacht hatte. Das passte ja gut zusammen, dachte ich bei mir. Dumm und dumm gesellt sich eben gerne, oder wie lautete noch gleich dieses Sprichwort? Auch wenn alle beide vermutlich die letzten Menschen waren, mit denen ich allein auf einer Insel sein wollte, so spürte ich doch einen kleinen Stich in der Brust, als ich sah, wie vertraut das Mädchen mit Tarjos schäkerte.

Auch die dritte Woche verging schneller als gedacht. Dienstagabend traf ich mich mit Julie und den beiden Jungs in einer Kneipe in der Nähe von Jaspers Wohnung. Eigentlich war es fast noch Nachmittag, Julie hatte darauf gedrängt, weil sie rechtzeitig wieder zuhause zu sein wollte.

»Die müsst ihr euch *unbedingt* ansehen«, hatte Jasper uns bereits vergangene Woche in den Ohren gelegen.

Und die Kneipe war wirklich ein Hingucker. Statt Tapeten oder anderen Dingen, die üblicherweise die Wände verzierten, hing dort Bild an Bild, eines bunter als das andere. In den ersten Minuten kam es einem so vor, als wäre man auf irgendeinem Trip, weil ein böser Mensch einem etwas ins Glas geschmuggelt hatte. Wir kamen zunächst gar nicht dazu, uns zu unterhalten, weil wir stattdessen damit beschäftigt waren, die Bilder anzusehen und Neues zu entdecken. Jeder von uns sagte mindestens zweimal »Schaut mal da!«, woraufhin das jeweilige Kunstwerk mit »Wow!« oder »Cool!« oder »Wahnsinn!« gefeiert wurde.

»Ein Großteil der Bilder ist von der Besitzerin höchstpersönlich«, berichtete uns Jasper, erfreut darüber, dass die Wahl des Ortes so gut ankam.

»Wie bist du auf die Kneipe gestoßen?«, wollte ich wissen.

»Die Inhaberin ist eine alte Bekannte meiner Mutter. Da drüben über der Bar hängt ein Bild von den beiden«, antwortete er sichtlich stolz.

Tatsächlich, über den zahlreichen Flaschen, die die ganze Palette an Braun- und Grüntönen abdeckten, hing ein Bild, auf dem zwei Frauen zu sehen waren. Beide im Biker-Look mit aufgedonnerter Mähne. Im Hintergrund war der Eingang zu dieser Bar zu erkennen.

»Wusste gar nicht, dass deine Mutter so cool ist«, sagte Torge.

»Cool war«, korrigierte Jasper. »Seit sie mit diesem Spießer-Arschloch zusammen ist, läuft sie rum wie jede andere. Und benimmt sich auch so. Bloß nicht auffallen oder aus der Reihe tanzen. Echt ätzend.«

Oha, ich konnte mir nur zu gut vorstellen, wie das für Jasper sein musste, der mit seiner extrovertierten Art überall Aufsehen erregte. Vielleicht ging ihm das Verhalten seiner Mutter ja auch einfach so sehr gegen den Strich, dass das seine Weise war, zu protestieren.

»Und was ist mit deinem Dad?«, fragte Julie.

Ich hätte auch gerne gefragt, aber ich hatte ein wenig Angst, in ein Fettnäpfchen zu treten. Immerhin hörte man immer wieder, dass vor allem Väter ein Problem damit hatten, wenn ihre Söhne dem gleichen Geschlecht zugeneigt waren.

»Mein Vater ist absolut in Ordnung«, sagte Jasper.

Und ich sah, dass auch bei Torge die kurzzeitige Anspannung wegen Julies heikler Frage in ein erleichtertes Aufatmen überging.

»Er wohnt allerdings mit seiner neuen Frau in Schweden. Früher kamen wir nicht so gut miteinander aus, aber als meine Mutter sich diesen Schwachkopf geangelt hat, haben wir irgendwie wieder zueinandergefunden«, fügte Jasper hinzu.

»Das freut mich für dich und deinen Dad«, sagte Julie und wir nickten.

Ich fragte mich manchmal, wie es sein konnte, dass Menschen sich mit einem Mal so veränderten. Meistens hörte man ja nur von den negativen Veränderungen, wie zum Beispiel Jaspers Mutter, die auf dem Bild über der Bar absolut glücklich und selbstbewusst, vielleicht auch ein Stück weit rebellisch wirkte, und die nun *zur Spießerin mutiert war*, wie Jasper es formuliert hatte. Was war passiert, dass für sie alles, wofür sie früher gestanden hatte, nun nicht mehr richtig war? Es konnte doch unmöglich nur an dem neuen Mann in ihrem Leben liegen. Oder etwa doch? Man bemerkte ja nicht selten bei Personen, die man gut kannte, dass sie in Gegenwart eines anderen Menschen nicht wiederzuerkennen waren. Bekamen die Leute das selbst überhaupt nicht mit? Oder war es ihnen egal? Oder war es sogar so wie bei meiner Freundin, die sich im vollen Bewusstsein in Beziehungen mit Männern begab, die schlecht für sie waren?

»Hej! Wen haben wir denn da?«, unterbrach eine raue Frauenstimme meine Gedanken und ich erkannte sofort, dass das die Frau auf dem Bild über dem Tresen war.

»Hej Johanne«, begrüßte Jasper die Dame mit einem Küsschen auf die Wange. »Darf ich dir meine Freunde vorstellen? Das sind Julie, Eva und Torge«, erklärte Jasper und zeigte der Reihe nach mit dem Finger auf uns.

»Jaspers Freunde sind auch meine Freunde«, sagte Johanne und wies den Barjungen an, eine Flasche Bacardi springen zu lassen.

Das hatte mich schon immer verblüfft, die große Gastfreundschaft der Dänen gepaart mit dem enormen Alkoholkonsum. Also mussten wir alle einen trinken, alles andere wäre unhöflich gewesen.

Selbst Julie traute sich nicht, nein zu sagen, obwohl sie sicherlich sonst keinen Alkohol trank. Das merkte man schon daran, dass sie fast an einem Hustenanfall erstickte, nachdem sie das Schnapsglas mit einem Schluck geleert hatte.

Am Ende wurde es ein wahnsinnig lustiger Abend. Kopfschmerzen am Mittwochmorgen inbegriffen.

Donnerstagmittag saß ich in meinem Seminar über Karen Blixen, als mein Handy aufleuchtete. Ich sah, dass es eine Nachricht von Julie war, die versuchte, sich mit der Ausrede »Es ginge ihr nicht gut« vor der Sportlerparty zu drücken. Es hatte uns am Montag einige Minuten Überzeugungsarbeit gekostet, aber schließlich hatten wir sie so weit gehabt, dass sie einwilligte, uns zu begleiten, nachdem ich zugesichert hatte, mit nach Rømø zu fahren. Und jetzt das. Ich entschied mich dazu, ihr nicht zu antworten, sondern nachher im Wohnheim mit ihr zu sprechen. Außerdem wollte ich nicht negativ auffallen, indem ich während des Seminars mit meinem Handy zugange war. Obwohl das mittlerweile wohl keinen mehr störte. Im Gegenteil, selbst einige Dozenten hielten es nicht aus, neunzig Minuten lang die Finger von dem Ding zu lassen.

Im Anschluss an das Seminar ging ich noch kurz in Frau Jansens Sprechstunde, um mit ihr das Thema für meine Hausarbeit abzusprechen. Anfang der Woche hatte ich von ihr wie versprochen eine E-Mail mit möglichen Werken bekommen. Ich hatte mich für eine Analyse von Karen Blixens »Babettes Gæstebud« aus dem Jahre 1952 entschieden. Von dem Werk hatte ich schon in Kiel in einem Seminar einen Auszug gelesen und mir gefiel der Gedanke, dass Kochkunst den Menschen in Ekstase versetzen konnte.

Frau Jansen war sofort mit meiner Entscheidung einverstanden und gab mir noch ein paar Tipps, welche Aspekte meine Hausarbeit beinhalten sollte und welche Interpretationen ich mir darüber hinaus anschauen müsste.

»Am besten legst du mir einfach im Laufe der Zeit dein vorläufiges Inhaltsverzeichnis vor, damit ich sehen kann, ob die Arbeit in die richtige Richtung verläuft«, schlug sie schließlich vor und ich nahm das Angebot dankend an.

Das war in Kiel nicht üblich, lediglich bei der Bachelor-Arbeit war ich mit dem Professor im Gespräch über einzelne Inhalte der Arbeit geblieben. Aber so konnte ich sicherlich noch ein bisschen mehr lernen, dachte ich mir.

Zuhause angekommen klopfte ich als allererstes bei Julie.

»Herein«, hörte ich sie leise sagen.

Ich öffnete die Tür und fand sie in ihrem Bett, zugedeckt bis zur Nasenspitze. Sie sah wirklich nicht gut aus. Sofort bekam ich ein schlechtes Gewissen, weil ich ihr unterstellt hatte, dass sie eine Ausrede vorschob.

»Tut mir echt leid. Es geht einfach nicht«, nuschelte sie.

Und sie tat mir total leid, vor allem, weil man genau sah, wie unangenehm es ihr war.

»Ist nicht so schlimm, du kannst beim nächsten Mal mitkommen«, tröstete ich sie lächelnd und in der Hoffnung, ihr dadurch das schlechte Gefühl zu nehmen.

»Versprochen. Sofern ich nicht wieder krank bin«, erwiderte sie.

»Bist du häufiger krank? Du wirktest am Wochenende schon so schlapp ...«, fragte ich, da es mir mehrfach aufgefallen war, dass sie oft langsamer und schwächlicher schien als alle anderen.

»Ach, ich bin von Natur aus etwas anfällig. Das war schon früher so«, erklärte sie glaubhaft.

»Dann lass ich dich mal schnell wieder in Ruhe. Erhol dich gut. Und wenn du irgendetwas brauchst, sag Bescheid, okay?«, bot ich an.

»Das ist sehr lieb von dir. Aber ich komme klar. Macht euch einen schönen Abend. Und berichte morgen mal, wie es war!«

Ich schloss leise die Tür hinter mir und begab mich in mein Zimmer. Es waren noch ganze fünf Stunden zu überbrücken, bis ich mich mit Jasper, Torge und seiner Freundin vor dem Eingang der Mensa, in deren Räumlichkeiten die Party stattfinden würde, treffen wollte. Also sah ich ein bisschen fern.

Die dänischen Nachrichten berichteten wieder einmal von einem neuen Mord in Kopenhagen. Ich zappte schnell ein Programm weiter. So etwas durfte man sich gar nicht erst ansehen, sonst wurde man paranoid. Schließlich fand ich eine Serie, die ich als Kind immer geguckt und ewig nicht gesehen hatte. Ich legte mich hin und schlief kurze Zeit später ein, während der Fernseher im Hintergrund surrte.

Als ich aufwachte, waren immerhin zwei Stunden vergangen und ich war hellwach. Da ich bei meinen Eltern lange nicht Bericht erstattet hatte, entschied ich, eine weitere Stunde damit zu verbringen, mit meiner besorgten Mutter zu telefonieren. Denn das dauerte immer so lange. Auch dieses Mal.

»Hast du dich schon nach einem Nebenjob erkundigt?«, fragte sie mittendrin.

Oh nein, daran hatte ich die letzten Tage überhaupt keinen Gedanken verschwendet. Momentan reichten meine Ersparnisse, die ich in den Semesterferien angehäuft hatte, und zusätzlich erhielt ich SU, eine Unterstützung vom Dänischen Staat, die nicht wie das deutsche BAföG anteilig zurückgezahlt werden musste. Es hatte durchaus Vorteile, der Dänischen Minderheit anzugehören. Aber ein neuer Nebenjob musste trotzdem her. Ich versprach meiner Mutter, mich am Wochenende auf die Suche zu begeben, und damit war das Thema für sie glücklicherweise abgehakt.

»Pass immer gut auf dich auf, hörst du?«, schloss sie ihre bekannte Predigt und wir verabschiedeten uns nach geschlagenen eineinhalb Stunden Dauergeprassel.

Es war ihr doch tatsächlich gelungen, mich wieder müde zu schwatzen, also ging ich unter die kalte Dusche, denn duschen hatte ich ohnehin noch wollen.

Als ich fertig gestylt war, war es schon kurz vor neun Uhr und ich konnte mich auf den Weg zur Mensa machen.

Die beiden Jungs sowie Rikke warteten bereits auf mich. Nach einer flüchtigen Begrüßung gingen wir direkt hinein und Rikke verabschiedete sich sehr bald von uns, um ihre Freundinnen zu treffen.

»Scheint nett zu sein, deine Freundin«, sagte ich zu Torge.

»Zumindest netter als er«, witzelte Jasper und ich musste lachen.

»Wenigstens habe ich eine Freundin«, erwiderte Torge und traf damit wohl einen wunden Punkt bei Jasper.

»Keine Sorge, wir finden schon jemanden für dich«, schob ich schnell ein, weil ich nicht mit ansehen konnte, wie er so geknickt dreinschaute.

»Wie wäre es denn mit dem da?«, schlug ich vor und zeigte mehr oder weniger spaßhaft auf einen viel zu muskulösen Sportstudenten. Zumindest nahm ich an, dass er das war.

»Igitt, doch nicht so etwas Aufgeblasenes«, antwortete Jasper mit angewidertem Gesichtsausdruck, woraufhin wir alle lachten.

Wir besorgten uns etwas zu trinken und nahmen an einem der wenigen Tische Platz, die tagsüber als Mensatische herhielten. Ich fragte mich unwillkürlich, wer heute Nacht aufräumen würde, damit man hier morgen wieder Mittagessen konnte. Und ich nahm mir vor, am nächsten Tag darauf zu achten, ob die Tische noch klebten.

Die Party war bisher nicht besonders gut besucht, aber es war auch noch früh. Da ich nicht als einzige die Tanzfläche stürmen wollte, unterhielten wir uns über das Studium und alles, was uns einfiel. Ich erfuhr, dass Torge eine kleine Schwester hatte, die ganze zwölf Jahre jünger war als er.

»Ich bin froh, dass ich nicht miterleben muss, wenn sie dreizehn oder vierzehn wird«, spottete er.

»Ach, ich glaube nicht, dass meine Brüder unter mir gelitten haben«, gab ich als Antwort, woraufhin mich beide Jungs davon überzeugen wollten, dass pubertierende Mädchen unglaublich anstrengend wären und Jungs wahnsinnig darunter zu leiden hätten.

Mittlerweile war es schon 22:30 Uhr und ich wurde langsam wieder müde.

»Höchste Zeit zum Tanzen!«, forderte ich die beiden auf.

»Da kriegen mich keine zehn Pferde zu«, antwortete Torge. Und damit war das Thema für ihn gegessen.

Jasper rollte mit den Augen und sagte zu meiner Freude, dass er mitkommen würde. Die Tanzfläche war inzwischen gut besucht, aber nicht so voll, dass man bei jeder Bewegung Angst hätte haben müssen, jemanden oder sich selbst zu verletzen. Es tat gut, sich die ganze Aufregung der letzten Wochen von der Seele zu tanzen. Und mit Jasper machte das sogar richtig Spaß. Er musste öfter ausgehen, denn er kannte alle möglichen Moves und es sah ziemlich cool aus, wie er tanzte, auch wenn wir regelmäßig lachen mussten. Wir erregten sicherlich eine Menge Aufmerksamkeit, aber das war mir völlig egal. Ich hatte einen Riesenspaß.

Nach einer Weile merkte ich, dass ein gar nicht mal schlecht aussehender Junge ein paar Meter von uns entfernt beim Tanzen immer wieder zu uns schaute. Ich beobachtete ihn ein bisschen und erkannte schließlich, dass er nicht an mir, sondern an Jasper interessiert zu sein schien. Im Gegensatz zu Jasper, bei dem kaum zu übersehen war, dass er sich nicht für Frauen interessierte, wirkte dieser Junge eher schüchtern. Und so aufgeblasen wie der Sportstudent von vorhin war er schon mal gar nicht. Also beschloss ich, Jasper auf ihn aufmerksam zu machen.

»Hey«, schrie ich ihm ins Ohr, denn ich musste irgendwie gegen die laute Musik ankommen. »Der Kerl dahinten mit den blauen Jeans und dem weißen Shirt, wäre der eher dein Typ?«

Jasper sah sich so unauffällig um, wie er nur konnte.

»Der mit den kurzen, braunen Haaren? Sieht scharf aus!«, antwortete er grinsend.

»Dann solltest du dich ihm mal vorstellen, er kann die Augen kaum von dir lassen«, erklärte ich.

»Was? Meinst du echt?« Auf einmal wirkte Jasper ganz schüchtern. Es war ungewohnt, ihn so zu erleben.

»Klar meine ich das. Er kann dich ohne Zweifel gut leiden. Zumindest schaut er dir die ganze Zeit beim Tanzen zu«, fügte ich hinzu.

»Aber ich kann dich doch hier nicht allein lassen«, wollte Jasper sich rausreden.

»Das ist kein Problem, ich tanze oft alleine«, versicherte ich und schubste ihn in die Richtung, in der der Junge jetzt tanzte. Tatsächlich war ich es überhaupt nicht gewohnt, allein auf der Tanzfläche zu sein. Es war auch schon eine gefühlte Ewigkeit her, dass sich überhaupt eine solche Gelegenheit geboten hatte. Zu Beginn des Studiums war ich ständig am Feiern gewesen, aber in letzter Zeit, zum Beispiel während der Bachelor-Arbeit, war ich kaum noch aus dem Haus gekommen. Erschwerend kam hinzu, dass mein Ex sich mit den Jahren zum absoluten Ausgeh-Muffel entwickelt hatte.

Also ließ ich mir die Chance, mal so richtig Spaß zu haben, nicht nehmen und tanzte allein weiter, während ich gleichzeitig gespannt beobachtete, wie Jasper sich mit dem Jungen in der blauen Jeans unterhielt. Immerhin war er nicht direkt wieder zu mir zurückgekommen, das deutete ich als ein gutes Zeichen.

Lange blieb ich nicht allein, um mich herum standen auf einmal immer mehr Männer. Es schmeichelte mir, denn es war lange her, dass sich gleich mehrere Jungs für mich interessiert hatten. Ein bisschen kam ich mir wie leichte Beute vor, wie ich so seelenruhig und allein vor mich hin tanzte. Aber das war nicht so schlimm, immerhin waren wir auf einer Party und ich war nicht gänzlich allein mit den Typen.

Einer von den Jungs versuchte beim Tanzen immer mal wieder Augenkontakt herzustellen und grinste, wenn sich unsere Blicke trafen. Er sah gar nicht schlecht aus, schien aber schon ganz schön betrunken zu sein, zumindest glänzten seine Augen ungewöhnlich stark. Das war mir dann doch etwas unheimlich. Und als hätte er meine Angst gerochen, kam er mit jedem Song immer näher an mich heran, bis er mich plötzlich sehr direkt antanzte.

Im gleichen Moment spürte ich, wie sich jemand von hinten tanzend ganz dicht an mich schmiegte. Ich erschrak ein bisschen, da ich niemanden hatte kommen sehen, aber als ich meinen Kopf drehte, sah ich, dass es Alex war. Erleichterung machte sich breit und der betrunkene Typ machte auf der Stelle kehrt und begab sich vermutlich zu seinem nächsten Opfer.

Dass Alex so gut tanzen konnte, war mir gar nicht bewusst gewesen. Ich hätte ihn eher in die Kategorie »Torge« eingeordnet, mit dem Bier in der Hand die Tänzer beobachtend und dabei höchstens mal mit dem Kopf nicken oder mit dem Fuß wippen. Stattdessen beeindruckte er mich mit seinem Taktgefühl. Seine Bewegungen waren ganz ansehnlich und fühlten sich gut an, denn er ließ es sich nicht nehmen, immer mal wieder sehr eng mit mir zu tanzen. Das gefiel mir, auch wenn es manchmal ein bisschen so wirkte, als wolle er damit vor allem sein Revier markieren. Ich ließ ihm sein Männer-Gehabe, immerhin hatte er mich vor diesem komischen Typen gerettet. Und es gefiel mir irgendwie auch, wenn er hinter mir tanzend meinen Hintern an seine Hüften zog und es sich ein Stück weit so anfühlte, als hätten wir jeden Moment Sex auf der Tanzfläche. Die Hitze, die dabei in mir aufstieg, führte sicherlich dazu, dass ich rot wurde. Aber es war so dunkel und das Disko-Licht so bunt, dass es niemals jemandem aufgefallen wäre.

Nach einigen Liedern sah ich Torge am Rande der Tanzfläche, der mir zu verstehen gab, dass er mir etwas mitteilen wollte. Ich verabschiedete mich kurz von Alex und lief zu Torge hinüber.

»Alles klar bei dir?«, fragte ich.

»Nicht wirklich. Rikke scheint sehr viel Spaß ohne mich zu haben und ich habe keinen Bock mehr, mir das länger anzusehen. Ich glaube, ich hau' gleich ab«, äußerte er sichtlich genervt.

»Oh nein, wir können doch Spaß zusammen haben, ich setze mich gerne wieder zu dir, ich brauche sowieso eine kleine Pause«, versuchte ich Torge am Gehen zu hindern.

»Nein, danke. Ich muss morgen sowieso früh raus. Kennst du den Typen, mit dem du da tanzt?«, wechselte er das Thema und klang dabei ein wenig besorgt.

»Ja, wir sind zusammen zur Schule gegangen. Und vor einer Woche war ich auf seiner WG-Party«, erklärte ich und ließ dabei weg, dass es weniger eine Party und vielmehr ein DVD-Abend mit anschließendem Sex gewesen war.

»Ach so, dann ist ja gut.«

»Hast du Jasper irgendwo gesehen?«, fragte ich, da ich ihn im Gefecht auf der Tanzfläche irgendwann aus den Augen verloren hatte.

»Der ist vor ein paar Minuten mit 'nem Typen abgezogen«, grinste Torge breit.

»Okay, dann hat der wohl seinen Spaß«, freute ich mich. »Aber dann bin ich ja gleich ganz allein hier«, jammerte ich.

»Ach Quatsch, du hast doch diesen Kerl da an der Angel. Der scheint sich liebend gerne um dich zu kümmern.«

Ich musste lachen, weil es sich so komisch anhörte, wie Torge das aussprach.

»Alex. Er heißt Alex.«

»Okay, dann hast du eben Alex, der dich weiter unterhalten kann«, korrigierte Torge.

Schließlich gab ich es auf, Torge zu überreden, noch ein bisschen zu bleiben, und wünschte ihm eine gute Nacht. Er versprach, beim nächsten Mal länger durchzuhalten, aber nur, wenn wir nicht rund um die Uhr tanzen würden. Das konnte ich zwar nicht garantieren, aber ich war gewillt, mein Bestes zu geben.

Nachdem Torge den Raum verlassen hatte, organisierte ich mir eine Cola, da ich vom vielen Tanzen schon halb ausgetrocknet war. Ich lehnte mich mit meinem Getränk an einen von sechs Pfeilern, die tagsüber als Info-Punkte herhielten, da statt das Schwarze Brett zu nutzen, jeder scheinbar lieber seine Gesuche und Angebote hier heranklebte. Das schien mir gar nicht so blöd, da hier die meisten Menschen vorbeikamen und man das Schwarze Brett nur erreichte, wenn man sich gezielt dorthin begab.

Alex hatte inzwischen scheinbar auch die Tanzfläche verlassen, denn ich konnte ihn unter den ganzen Tanzwütigen nicht ausfindig machen. Erst nach ein paar Liedern und einigen deutlichen Worten an Typen, die mir trotz der Cola in meiner Hand einen Drink ausgeben wollten, erkannte ich zunächst Gunnar und nicht weit von ihm entfernt Alex, der sich mit einem Mädel unterhielt. Es fühlte sich komisch an, ihn mit einer anderen Frau zu sehen. Sie sah sehr gut aus mit ihren kurzen, schwarzen Haaren und dem knallig roten Kleid. Aber ich wollte mir nichts vormachen, ich war sicherlich nicht die einzige, mit der Alex ab und an was am Laufen hatte. Das war in Ordnung. Zumindest versuchte ich mir das einzureden. Schließlich entschied ich, auch nach Hause zu gehen, immerhin kannte ich sonst niemanden und ich wollte mich schon gar nicht zwischen Alex und irgendeine Eroberung drängen.

Also holte ich mir meine Jacke, die ich bei unserer Ankunft in der provisorischen Jackenabgabe hinterlegt hatte, und wollte gerade die Tür ins Kalte öffnen, als ich Alex hinter mir hörte.

»Eva, wo willst du hin?«

Ich drehte mich um und wusste nicht genau, was ich sagen sollte.

»Du willst doch nicht schon nach Hause, oder?«, fügte er hinzu.

»Doch, eigentlich schon. Ich habe noch Uni morgen«, versuchte ich mich rauszureden, denn ich konnte ja schlecht sagen, dass ich ging, um ihn nicht mit einer anderen Frau sehen zu müssen.

»Hm, okay. Wenn du noch fünf Minuten wartest, bringe ich dich nach Hause. Mein Wagen steht um die Ecke«, bot er an.

»Das ist echt lieb, aber das brauchst du wirklich nicht. Ich will dich hier auf keinen Fall von der Party wegreißen.«

»Ach, halb so wild, ich könnte auch mal ein bisschen mehr Schlaf gebrauchen«, sagte er und verschwand wieder Richtung Party, ohne meine Antwort abzuwarten.

Insgeheim freute ich mich über das Angebot, auch wenn ich immer noch das Gefühl hatte, ihn von der Party abzuhalten. Nach Hause gefahren zu werden, das war natürlich absoluter Luxus. Und nach unserer kleinen Tanzeinlage hatte ich auch nichts dagegen, wenn wir uns erneut ein bisschen näherkommen würden.

Kapitel 5

Während der gesamten Autofahrt lag Alex' rechte Hand auf meinem Oberschenkel. Seine Finger machten immer mal wieder ganz leichte Bewegungen, die sich sehr gut anfühlten und in mir den Wunsch nach weiteren Berührungen weckten. Währenddessen unterhielten wir uns über ganz alltägliche Dinge, wie das Uni-Leben oder unsere Freizeitaktivitäten. Als er mich nach meinen Hobbys fragte, musste ich kurz nachdenken. Irgendwie hatten Ex-Freund, Uni und Familie in den letzten Jahren so viel Raum eingenommen, dass ich überhaupt keinen Gedanken an Hobbys verschwendet hatte. Klar, ich ging ab und an joggen, aber mehr aus Pflichtbewusstsein als aus Freude. Zu Beginn des Studiums war ich Mitglied in einem Chor gewesen, aber das hatte sich auch nicht als das Wahre erwiesen.

»Dann musst du dir wohl mal ein Hobby suchen«, meinte Alex. »Nicht dass dir irgendwann langweilig wird und du auf dumme Gedanken kommst«, grinste er.

Er hatte Recht, ich war die letzten Wochen öfter mal allein gewesen und hatte die Zeit damit verbracht, früh schlafen zu gehen oder sinnlos fernzusehen. Auf Dauer war das nicht die optimale Lösung. Daher nahm ich mir vor, mir am Wochenende mal Gedanken darüber zu machen, was mich neben der Uni noch interessieren könnte. Julie konnte mir sicherlich weiterhelfen, wenn es darum ging, eine passende Aktivität zu finden. Vielleicht konnten wir auch irgendetwas gemeinsam machen. Aber erst einmal musste sie wieder gesund werden.

»Willst du noch mit hochkommen?«, fragte ich direkt, als wir vor dem Wohnheim angekommen waren. Ich wollte uns ein peinliches Soll-ich-oder-soll-ich-Nicht ersparen.

»Wenn das okay für dich ist?«, gab Alex sichtlich erfreut zurück.

»Es wäre mir eine Freude«, versuchte ich übertrieben vornehm zu klingen, um meine plötzlich aufkommende Unsicherheit zu überspielen. Immerhin kam es nicht jeden Tag vor, dass ich jemanden zum Sex mit auf mein Zimmer nahm. In meinen Gedanken lief schon ein Film ab. Alex und ich in meinem kleinen Wohnheimzimmer. *Shit.* Ich hatte sicher nicht aufgeräumt, bevor ich losgegangen war. Immerhin hatte ich das hier nicht geplant.

»Du musst nur fünf Minuten im Auto warten, bis du nachkommen darfst, ok?«, schaltete ich schnell.

»Alles klar. Aber nicht zwischenzeitlich einschlafen«, witzelte er.

Zügig lief ich ins Zimmer, schnappte mir die herumliegenden Klamotten und stopfte sie in den Wäschekorb neben meinem Kleiderschrank. Nur noch ein paar Zettel auf dem Schreibtisch sortiert, dann sah es schon pikobello aus. Und dann hatte ich noch weitere vier Minuten, bis Alex hochkommen würde. *Toll, genug Zeit, um nervös zu werden.* Ich schnappte mir meinen kleinen Schminkspiegel und prüfte, ob das Makeup noch saß. Beim Schwitzen auf der Tanzfläche verwischte es immer leicht, aber nein, diesmal war alles noch genau an seinem Platz. Immer noch dreieinhalb Minuten. Wieso hatte ich nicht *eine* Minute gesagt? Ich entschied, Alex eine Nachricht zu schicken.

Kannst hochkommen.

Kurz und knapp. Kein Raum für Interpretationen. Wobei Männer ja ohnehin nicht dazu neigten. Einige Sekunden später klopfte es bereits an der Tür und Alex trat herein.

»Mein Gott, bist du gesprintet?«, fragte ich überrascht.

»Ich war schon auf dem Weg.« Er grinste und sah sich kurz um. »Nett hast du es hier. Klein, aber fein.«

»Danke. Ja, für die nächsten zwei Jahre muss es reichen.«

Irgendwie fühlte es sich etwas merkwürdig an. Wir wussten beide, worauf das hier hinauslaufen würde, aber keiner traute sich so richtig, den Anfang zu machen. Eigentlich war Alex ja absolut nicht schüchtern, aber vielleicht fühlte er sich aufgrund der fremden Umgebung unsicher. Also entschied ich, die Initiative zu ergreifen. Ich setzte mich auf die Bettkante und klopfe mit der rechten Hand neben mich, sodass er verstand, dass er sich zu mir setzen sollte.

Er hatte kaum Platz genommen, da drehte er seinen Kopf, hielt mit der rechten Hand mein Kinn fest und küsste mich. Es kribbelte sofort in meinem Bauch, küssen konnte er wirklich gut. Und die anfängliche Unsicherheit war auch sofort wie verflogen. Alex übernahm direkt die Führung, drückte mich kurze Zeit später aufs Bett und küsste mich noch eindringlicher, sodass ich leicht zu stöhnen begann.

»Hey, willst du, dass ich sofort komme?«, scherzte er, wodurch auch die restliche Anspannung von mir abfiel.

Ich fing an, ihm Hose und T-Shirt auszuziehen und er löste sich kurz von mir, um aus der Jeans zu steigen. Alex sah wirklich gut aus, wie er so vor mir stand. Dann kam er wieder auf mich zu, zog mich vom Bett hoch und half mir aus meinen Klamotten, woraufhin wir ein weiteres Mal miteinander schliefen.

Es war wirklich gut. Alex war einfühlsamer, als ich es für möglich gehalten hatte. Ich war zwar wieder nicht zum Orgasmus gekommen, aber das wunderte mich nicht. Das war ich noch nie, wenn ich mit einem Mann zusammen gewesen war. Damit musste ich mich wohl abfinden. Wobei das für mich scheinbar einfacher war als für die Männer. Also das Sich-damit-Abfinden. Männer dachten immer gleich, sie seien schlecht im Bett oder Derartiges. Echt schwachsinnig. Aber besser so als völlig desinteressiert.

Während ich mir Gedanken darüber machte, ob es wohl vielen Frauen so ging wie mir, war Alex bereits neben mir eingeschlafen. Damit war die Frage, ob er noch nach Hause fahren wollte, wohl auch geklärt. Ich war noch zu aufgedreht vom Tanzen und dem, was wir gerade angestellt hatten, und ich fragte mich, wie es Julie wohl ging.

Irgendwann musste ich doch eingeschlafen sein, denn mein Wecker riss mich am nächsten Morgen sehr unsanft aus meinen Träumen. Schnell und leise schnappte ich mir meine Sachen und verschwand im Gemeinschaftsbad, während Alex noch zu schlafen schien. Als ich ins Zimmer zurückkam, lag er immer noch im Bett, hatte die Augen jedoch geöffnet.

»Guten Morgen«, sagte er und grinste.

»Guten Morgen«, gab ich zurück und zog mich fix an.

»Ich muss leider gleich zur Uni, aber du kannst so lange bleiben, wie du willst, und erst einmal richtig wach werden. Ich lasse dir einfach den Zweitschlüssel hier, okay?«, schlug ich vor.

»Cool, danke. Ich kann dir den nachher in der Uni vorbeibringen«, bot Alex an.

»Das musst du nicht extra. Ich brauche den momentan nicht und wir sehen uns ja vielleicht demnächst noch einmal?«, antwortete ich.

»Davon ist stark auszugehen.« Er lächelte.

Es machte mir nicht sonderlich viel aus, dass er dann meinen Schlüssel besaß. Einerseits vertraute ich ihm so weit, dass er damit achtsam umgehen würde, und andererseits war es vielleicht ohnehin nicht verkehrt, jemandem den Zweitschlüssel anzuvertrauen, für den Fall, dass ich mich einmal aussperren würde. Langfristig gesehen würde es sicher Sinn machen, Julie den Schlüssel anzuvertrauen. Aber vorerst konnte Alex ihn an sich nehmen.

Das Wochenende nutzte ich dazu, im Internet nach einer Jobmöglichkeit zu suchen. In Kiel hatte ich in einem großen Supermarkt gearbeitet und Regale aufgefüllt, hier wollte ich mir aber etwas suchen, das kommunikativer war. Die Adressen von zwei Cocktailbars und einem Café ganz in der Nähe notierte ich mir auf einem kleinen Zettel und beschloss, mir alle drei anzusehen, bevor ich mich dort meldete. Als ich Julie von meinem Vorhaben berichtete, bot sie an, mich zu begleiten, was ich dankend annahm. Es konnte nicht schaden, jemanden dabei zu haben, der sich ein wenig auskannte.

Julie war mittlerweile wieder gut auf den Beinen. Ab und an wirkte sie noch ein wenig schwächlich, aber das schien bei ihr ja keine Besonderheit zu sein, wie sie immer wieder betonte, damit ich mir keine Sorgen machte.

Auf dem Weg zur ersten Bar erzählte ich ihr von der Sportlerparty. Dass Alex danach bei mir übernachtet hatte, ließ ich einfach weg. Sie interessierte sich ohnehin viel mehr für den Jungen, den Jasper abgeschleppt hatte. Ich war aber auch sehr neugierig, was er am Montag berichten würde.

Als wir bei der ersten Bar ankamen, hatten wir Glück, dass sie schon geöffnet war. Es war gerade mal kurz nach vier und ich hatte mich darauf eingestellt, nur durchs Fenster einen Blick in den Laden werfen zu können.

»Die meisten Bars machen samstags früher auf, da müssen die Leute ja selten arbeiten«, meinte Julie und es erschien mir einleuchtend.

Wir beschlossen, uns ein Getränk zu genehmigen, um die Bar besser beurteilen zu können. Julie bestellte sich ein Glas Wasser ohne Kohlensäure und ich mir eine Apfelschorle.

»Wir sind zwei richtige Draufgänger«, witzelte sie und ich musste mitlachen.

Es stellte sich schnell heraus, dass dies nicht der richtige Ort für mich war. Die Bedienung verhielt sich extrem unfreundlich, vermutlich hatte sie sich mehr Umsatz von uns erhofft. Aber da das meine zukünftige Kollegin oder vielleicht sogar Chefin sein konnte, entschied ich, mir etwas Freundlicheres zu suchen. Ich bezahlte nach wenigen Minuten unsere Getränke und wir machten uns auf den Weg zu dem Café, dessen Adresse ich mir ebenfalls notiert hatte.

Im Internet hatte es so ausgesehen, als sei es eine Mischung aus Café und Cocktailbar, denn die Getränkekarte führte neben Heißgetränken aller Art auch eine Auswahl klassischer Cocktails. Dort zu arbeiten, erschien mir in vielerlei Hinsicht verlockend. Zuallererst würde meine Mutter mir keine Predigt halten, dass ich in einer Bar arbeitete. Und außerdem wären die Arbeitszeiten vermutlich flexibel, da das Café fast vierundzwanzig Stunden geöffnet war. Und zu guter Letzt hätte ich dort sicherlich weniger mit stark Betrunkenen zu kämpfen als in einer reinen Cocktailbar, da die Leute vermutlich nicht ausschließlich zum Alkoholtrinken dorthin gingen.

Als wir ankamen, war mein erster Eindruck sehr positiv. Im Gegensatz zur Bar klebten die Tische nicht und auch die Bedienung war so freundlich, wie man es sich in einem Café wünschte. Außerdem erschien es nicht gerade riesig, sodass man zu zweit vermutlich problemlos die Gäste bedienen konnte, auch wenn alle Tische belegt waren.

Kurzerhand entschied ich mich dazu, die Kellnerin auf das Jobangebot im Internet anzusprechen. Eigentlich hatte ich mir vorgenommen, das telefonisch zu machen, nachdem ich mir alle drei Läden angesehen hatte, aber ich fühlte mich hier von Anfang an wohl und wollte die Chance nutzen.

Die Dame hinter dem Tresen reagierte höchst freundlich. Nachdem ich mich und mein Anliegen kurz vorgestellt hatte, erklärte sie mir, dass sie immer noch eine Aushilfe suchten und dass sie das Gefühl hatte, ich würde vom ersten Eindruck her gut ins Team passen.

»Allerdings fällt der Chef solche Entscheidungen immer persönlich. Morgen ist er wieder im Haus, wenn du Zeit und Lust hast, komm doch einfach noch einmal vorbei. Ich hinterlasse ihm eine Nachricht, dass du hier warst«, bot sie an.

»Das wäre perfekt«, antwortete ich und bedankte mich für das nette Gespräch.

»Ach, und stell dich vielleicht auf ein spontanes Probearbeiten morgen ein«, gab sie mir als Rat mit auf den Weg.

Ich war so guter Dinge, was das Café anging, dass wir uns die dritte Bar gar nicht erst ansahen. Sollte sich das morgen als Fehler herausstellen, konnte ich das in der nächsten Woche immer noch nachholen.

Der Chef wirkte ebenfalls auf den ersten Blick sympathisch. Ich schätzte ihn auf Mitte vierzig, aber er versuchte scheinbar, jünger rüberzukommen, denn seine Sprechweise passte nicht ganz zum Rest seiner Erscheinung. Allerdings war das sicher nicht ungewöhnlich, wenn man rund um die Uhr mit jungen Kollegen und Gästen zu tun hatte.

Leider gab es noch eine weitere Bewerberin, die bereits am Donnerstag zur Probe gearbeitet hatte, aber es sei noch nichts entschieden, ermutigte mich Frederik – so sollte ich ihn nennen. Ich erhielt eine weiße Schürze, auf der das Logo des Cafés aufgedruckt war, und fing an, das umzusetzen, was man mir sagte und zeigte.

Sah man darüber hinweg, dass mir einmal um ein Haar eine volle Tasse heiße Schokolade heruntergefallen wäre, lief das Probearbeiten relativ gut. Zumindest hatte ich ein gutes Gefühl, als ich Frederik nach zwei Stunden in sein kleines Büro in der hintersten Ecke des Cafés folgte.

»Wie hat es dir bei uns gefallen?«, überraschte er mich mit seiner ersten Frage. Ich hatte angenommen, dass er erst einmal seinen Eindruck schildern würde.

»Sehr gut. Mir gefällt das Ambiente sehr und das, was ich heute gelernt habe, kann ich sicherlich schnell umsetzen«, antwortete ich selbstbewusst, denn es war bis auf einige Kleinigkeiten wirklich nicht besonders schwierig gewesen, den Anweisungen zu folgen.

»Das Gefühl habe ich auch«, sagte Frederik.

Er stellte mir noch einige Fragen zu meiner Person, meinem Studium und den möglichen Arbeitszeiten und sagte dann ohne längeres Nachdenken und sehr zu meiner Überraschung: »Willkommen im Team!«

Frederik erklärte mir, dass es von Vorteil wäre, jemand Deutschsprachiges im Team zu haben, da im Sommer ab und an Touristen hier einkehren würden.

Während er am Computer die Vertragsunterlagen fertigstellte, hatte ich die Gelegenheit, mich in seinem Büro umzusehen. Es wirkte wie eine Besenkammer, in die sich aus Versehen ein paar Büromöbel verirrt hatten. Überall herrschte Unordnung, Papiere stapelten sich neben dem Monitor und auf einer kleinen Kommode hinter dem Schreibtisch. Wo keine Papierhaufen lagen, standen Gegenstände herum, die ich als Werbegeschenke identifizierte: Kaffeetassen mit verrückten Bildern und Sprüchen, Bleistifte und Notizblöcke mit Logos bekannter Firmen, hier und dort eine Wein- oder Schnapsflasche, zum Teil noch verpackt oder als Sonderedition zum Sammeln deklariert. Hinter Frederik hingen einige Urkunden über der Kommode an der Wand. Säuberlich eingerahmt bildeten sie einen Kontrast zum übrigen Chaos in diesem Raum. Irgendetwas mit »Nachbarschaftshilfe« konnte ich entziffern. In einem anderen Fotorahmen befand sich wiederum eine Danksagung für »besonderes ehrenamtliches Engagement in der Stadt Kopenhagen«. Der Stempel und das goldene Emblem über der Unterschrift, die ich von meinem Platz aus nicht richtig lesen konnte, ließen das Schriftstück ziemlich offiziell und bedeutend wirken.

»So, hier bitte noch zwei Unterschriften und dann hast du es geschafft!«, riss mich Frederik aus meinen Beobachtungen.

Ich nahm mir vor, mir beizeiten mal genauer anzuschauen, was es mit den Urkunden auf sich hatte. Erst einmal bedankte ich mich jedoch für die Chance und freute mich darüber, dass es

so leicht gewesen war, einen neuen Job zu finden – und darüber
hinaus noch in einem Laden, der allem Anschein nach selbst
meiner Mutter gefallen könnte. Zumindest hätte sie wenig zu
kritisieren.

KAPITEL 6

Julie und ich fanden uns Montagmorgen wie immer in der Vorlesung bei Prof. Nielsen ein und setzten uns zu Torge und Jasper, die zu unserem Erstaunen bereits vor uns dort waren. Wir berichteten vom Wochenende.

»Gute Nachrichten«, sagte Jasper. »So wie es aussieht, bin ich bald kein Single mehr«, erzählte er und strahlte übers ganze Gesicht.

»Ohhh, wie toll ist das denn?«, brach es aus Julie heraus. »Du musst uns nach der Vorlesung alles ganz genau berichten. Ist das aufregend!«

Torge verdrehte die Augen. »Schlechte Nachrichten, ich bin wieder Single«, sagte er, noch bevor Julie sich wieder einkriegen konnte.

»Was? Wieso das denn?«, fragte ich und konnte es kaum glauben. »Ihr seid doch gerade erst zusammengekommen ...«

»Ja, scheinbar ist für die gute Rikke eine feste Beziehung gerade nicht das Richtige. Ihr habt ja gesehen, wie sie sich am Donnerstag benommen hat. Daraufhin haben wir uns erstmal ernsthaft unterhalten und dann hat sie zugegeben, dass ihr dieses Exklusivitätsding schwerfällt«, erklärte Torge für seine Verhältnisse äußerst ausführlich.

»Na toll, wie ist die denn drauf?«, meckerte Julie. Und als sie mich daraufhin anblickte, fügte sie schnell hinzu: »Ich meine, jeder kann ja machen, was er will. Aber wenn man sich für eine Beziehung entscheidet, dann kann man doch nicht fünf Minuten später wieder dagegen sein.«

»Tja, scheinbar doch«, erwiderte Torge und gab dann zu verstehen, dass er genug über das Thema gesprochen hatte und dass wir an seiner statt Jasper ausquetschen sollten.

»Am Mittwoch ist übrigens Film-Abend im Institut, da wollte ich Mads mit hinnehmen. Kommt ihr mit?«, wollte Jasper nach der Vorlesung wissen.

»Also das lass ich mir nicht entgehen«, strahlte Julie. Vermutlich hatte sie noch nie ein schwules Pärchen gesehen, ging es mir prompt durch den Kopf.

»Weiß nicht, mal sehen«, antwortete Torge, woraufhin ich ihm deutlich machte, dass er absolut keine Wahl hatte.

Im Grunde hatte ich selbst nicht so riesig Lust dazu, es sollte Roman Polańskis »Tanz der Vampire« aus den 70er Jahren gezeigt werden, und den kannte ich bereits in- und auswendig. Aber da ich nicht vorhatte, Torge in seinem derzeitigen Zustand allein zu lassen, zwang ich ihn, uns zu begleiten, indem ich ihm überaus anschaulich darlegte, wie lustig der Film doch sei. Und eigentlich war er tatsächlich ziemlich amüsant, mit den anderen zusammen würde es sicherlich Spaß machen, ihn zu sehen. Zumal wir wohl Glück hatten, wie ich später erfuhr, weil für gewöhnlich irgendwelche skandinavischen Krimis gezeigt wurden, und darauf hätte ich nun wirklich keine Lust gehabt. Die Vorliebe skandinavischer Autoren und Regisseure, möglichst viele Tabus in ihren Werken zu brechen, teilte ich nicht gerade. Dann ließ ich mich lieber auf etwas ein, was ich schon kannte.

Bewaffnet mit Knabberzeug und Süßgetränken stürmten wir am Mittwochabend zu fünft den Seminarraum im Skandinavischen Institut, in dem einmal im Monat der Film-Abend stattfand. Zu meiner Verärgerung saßen in der letzten Reihe Tarjos und dieser Idiot Morten, der mich vor einiger Zeit auf dem Flur als »Frischfleisch« bezeichnet hatte und den selbst Julie nicht ausstehen konnte. Und das sollte schon etwas heißen.

Julie war allerdings so sehr damit beschäftigt, Jasper und Mads auszuquetschen, dass sie die beiden Blödmänner scheinbar gar nicht bemerkte. Ich hoffte nur, dass sie keine unangebrachten Sprüche wegen unseres neuen Pärchens von sich geben würden, und die blieben zu meinem Erstaunen tatsächlich den ganzen Abend aus.

Die einzigen Kommentare, die aus der letzten Reihe kamen, waren »Schwachsinn!« oder »Was für ein Scheiß!« oder »Wer war denn diesmal für die Filmauswahl verantwortlich?«.

Als sich Alfred mit dem schwulen Vampir eine Verfolgungsjagd lieferte, was ich als komischste Szene des Films betitelt hätte, verließ Tarjos sichtlich genervt den Raum und kehrte nicht wieder zurück.

»Gut so!«, murmelte Torge und ich nickte.

Blieb nur noch der grässliche Morten übrig, der die Raumluft mit seiner Anwesenheit verschmutzte. Er sah aus wie ein typischer Isländer, rotblonde Haare, Vollbart, ziemlich breit und stämmig. Ich fragte mich, ob er wohl muskulös oder übergewichtig war, und ärgerte mich, dass ich überhaupt Gedanken an ihn verschwendete.

Irgendwann meldete sich meine Blase, was nicht weiter überraschend war, da ich während des Films fast einen ganzen Liter Orangenlimonade getrunken hatte. Kurz überlegte ich, wie lange der Film wohl noch ging, und ob ich es so lange aushalten konnte. Schließlich wurde klar, ich konnte es nicht. Aber zum jetzigen Zeitpunkt alleine zu den Toiletten durchs Institut zu laufen, dessen Flure vermutlich bereits stockdunkel waren, hielt ich für keine gute Idee. Außerdem hatte ich Angst, womöglich noch Tarjos auf den Gängen zu begegnen. Daher überredete ich Torge, mich zu begleiten, was er – wenn auch widerwillig – tat.

Eigentlich war ich nicht so eine typische Ich-geh-immer-nur-zu-zweit-zur-Toilette-Frau, aber das hier war selbst mir eine Spur zu gruselig. Und der Flur war in der Tat dunkel, allerdings schaltete sich der Bewegungsmelder ein und ein etwas matteres Notlicht erleuchtete. Die Damentoiletten waren zügig erreicht und Torge musste einmal um die Ecke, da sich die Toiletten zwar nebeneinander befanden, die Eingänge aber nicht auf dem gleichen Flur lagen.

Der Raum war wie erwartet leer, ich beeilte mich dennoch, weil es mich durch den Film immer noch gruselte. Auch wenn es eine Horrorkomödie war, die Schreckmomente erzielten ihre Wirkung auch nach dem fünften Mal noch.

Als ich auf den Flur heraustrat, war Torge noch nicht wieder zu sehen. Ich hatte mich aber auch extrem beeilt. Gerade als ich überlegte, ob er womöglich ohne mich schon zurückgegangen war, sah ich, wie sich ein Schatten hinter einer Ecke bewegte. *Oh Mann, echt jetzt?* Ich merkte, wie mein Puls beschleunigte, und malte mir alle möglichen Grauenvorstellungen aus, bis Torge mit einem Mal laut »Buh« schreiend um die Ecke sprang. Ich stieß vor lauter Schreck und Anspannung einen quietschenden Schrei aus, woraufhin er fürchterlich lachen musste.

»Du Weichei!«, ärgerte er mich.

»Das war nicht nett«, ermahnte ich ihn, musste aber auch lachen. Denn er hatte Recht, ich war wirklich ein Weichei, was das anging. Gruselkram hatte ich noch nie gut ausstehen können.

Wir kehrten zurück in den Raum und sahen das Ende des Films, wonach wir alle zusammen noch ein wenig plauderten, bis wir uns auf den Heimweg machten. Ich war sehr dankbar, dass ich Julie an meiner Seite hatte und nicht allein nach Hause fahren musste. Komischerweise schien sie sich überhaupt nicht zu gruseln. Und wenn sie das nicht tat, war ich erst recht ein Weichei.

Der Rest der Woche verlief unspektakulär. Ich übernachtete am Freitag bei Alex und brachte am Samstag meinen ersten Arbeitstag hinter mich. Erfreulicherweise durfte ich mit Katerine arbeiten, sie war es, die ich am Wochenende zuvor als Erstes auf den Job angesprochen hatte. Sie zeigte mir sehr geduldig die wichtigsten Abläufe und half mir bei Schwierigkeiten, ohne dass ich sie darum bitten musste. Wir verstanden uns auf Anhieb gut. Es stellte sich heraus, dass sie Englisch und Spanisch auf Lehramt studierte, daher konnte es gut sein, dass wir uns mal in Soziologie über den Weg laufen würden, meinte sie, bevor wir uns nach Feierabend voneinander verabschiedeten.

In der darauffolgenden Woche nahm mich die Uni schließlich völlig in Beschlag. Ich musste für ein Deutschseminar Goethes *Werther* lesen und das quälte mich. *Wie konnte man sich nur so anstellen?* Irgendwie kam ich kaum vorwärts, weil ich das Buch ständig genervt in die Ecke pfefferte. Auch die Hausarbeit für Frau Jansen stellte mich vor einige Herausforderungen. Ich hatte mir das Werk um ein Vielfaches leichter vorgestellt und ärgerte mich jetzt, dass ich es nicht vorher schon einmal komplett gelesen hatte.

Dienstagabend, oder eher Dienstagnacht, bekam ich spontan Besuch von Alex. Ich war gerade eingeschlafen, als mein Handy vibrierte und mich wieder weckte. Alex fragte, ob er noch vorbeikommen dürfe. Er klang irgendwie verändert am Telefon. Als er vor der Tür stand, war mir auch schlagartig klar, warum. Er war stockbetrunken.

»Mensch, wo kommst du denn her?«, wollte ich wissen und versuchte damit deutlich zu machen, dass sein Verhalten etwas unangemessen war.

»Ich war noch mit ein paar Jungs unterwegs und hatte gehofft, dass du noch wach bist«, nuschelte er.

Er konnte zwar noch aufrecht stehen und geradeaus gucken, aber ich stand überhaupt nicht darauf, im nüchternen Zustand mit einem Betrunkenen zu schlafen. Das wurde auch ihm kurz darauf klar bei dem Versuch, mich zu küssen.

»Okay, tut mir leid«, entschuldigte er sich. »Kann ich trotzdem hierbleiben?«

Ich war nicht unbedingt erfreut, mit einem Betrunkenen das Bett teilen zu müssen, aber ich wollte ihn in diesem Zustand auch nicht wieder wegschicken. Er kam mir so hilflos vor, wie er da vor mir stand.

Also legten wir uns bald darauf nebeneinander ins Bett und ich versuchte ein zweites Mal, einzuschlafen.

»Sag mal, würdest du mich morgen auf ein Konzert begleiten?«, riss Alex mich erneut aus dem Schlaf.

»Was? Ein Konzert?«, murmelte ich.

»Ja, ich habe zwei Karten geschenkt bekommen und es wäre doch vielleicht ganz nett, wenn wir zwei ...«, dann hielt er inne.

»Hm, ich weiß nicht, ist das nicht eher Pärchenkram?«, gab ich zu bedenken.

»Ach, Quatsch, wir verstehen uns doch gut, und ich würde mich riesig freuen, wenn du mich begleitest«, erwiderte Alex.

Ich war ein wenig verwundert über das Angebot, freute mich aber auch, denn es war eine absolut nette Geste.

»Dann komme ich gerne mit«, versprach ich und schaffte es endlich, ins Land der Träume zu flüchten.

Am nächsten Morgen sprachen wir nicht weiter über den gestrigen Abend. Ich nahm an, dass Alex sein Auftreten ein wenig unangenehm war, deshalb vermied ich das Thema.

Stattdessen stand ich abends um zehn vor acht topgestylt vor meinem Spiegel und freute mich auf den Konzertbesuch mit ihm. Ich hatte nicht einmal gefragt, um was für ein Konzert es sich überhaupt handelte, geschweige denn, wo es stattfinden würde. In Gedanken ging ich alle möglichen Szenarien durch, denn wenn ich eines nicht ausstehen konnte, dann waren das Überraschungen. Und wie sich herausstellte, sollte die größte Überraschung an diesem Abend nicht das Konzert selbst sein. Um Punkt 20.00 Uhr stand ich immer noch vor dem Spiegel und dachte, jeden Moment müsste Alex anrufen, dass ich runterkommen sollte. Um zehn nach acht beschloss ich, einfach selbst schon herunterzugehen, da er sich scheinbar verspätete. Um halb neun war mir schließlich arschkalt und ich hatte keine Lust, länger zu warten. Also schnappte ich mir mein Handy und schrieb Alex eine Nachricht.

Sag mal, ist dir was passiert oder kann es sein, dass du mich gerade versetzt?

Ich musste nicht lange auf die Antwort warten.

Ach shit, sorry, ich liege schon im Bett.

Bitte was? Das war doch jetzt nicht sein Ernst, ging es mir durch den Kopf. Nicht nur, dass ER mich gestern zu einer Verabredung mehr oder weniger überredet hatte, jetzt besaß er auch noch allen Ernstes die Frechheit, mich sitzenzulassen und nicht einmal ordentlich um Entschuldigung zu bitten? Ich konnte es nicht fassen. Will der mich verarschen? Jetzt stand ich hier wie Hein Blöd und wurde doch tatsächlich versetzt. Wutentbrannt schrieb ich eine weitere Nachricht.

Geht's noch? Wer bin ich denn bitte, dass du mich so behandelst? Zumindest eine angemessene Entschuldigung kann ich ja wohl erwarten.

Ich stapfte zurück in mein Zimmer und musste ein paar Minuten auf seine Antwort warten.

Entschuldigung, es tut mir wirklich leid. Ich hab's einfach voll vergessen. Aber ärger dich nicht so, DU sprichst doch immer davon, dass wir nur bedeutungslosen Sex haben.

Diese Antwort konnte ich nicht fassen. Ich meine, irgendwo hatte er ja Recht. Aber hätte er mich gestern nicht eingeladen, würde sich das heute auch nicht so anfühlen, als hätte gerade jemand mit mir Schluss gemacht. Das hier machte so unverblümt deutlich, dass ich nicht mehr als eine gute Gelegenheit für ihn war. So wie ich es im Prinzip ja gewollt hatte, auch wenn es sich jetzt so mies anfühlte. Mir war fast zum Heulen zumute. Selbst wenn es nur um Sex ging, konnte man doch zumindest ein wenig Wertschätzung erwarten. Und genau das schrieb ich ihm dann auch noch, woraufhin er sich erneut entschuldigte, was er sich meinetwegen sonst wo hätte hinstecken können.

Schnell schlüpfte ich aus den Klamotten, in denen ich mir mittlerweile absolut lächerlich vorkam, und zog mir meine Chillhose an. Dann schnappte ich mir meinen Kibi und wünschte mir zum ersten Mal, nicht allein in dieser großen Stadt zu sein.

Als ich Julie am nächsten Tag in Auszügen davon berichtete, schimpfte sie, weil ich nicht gleich zu ihr gekommen war. Aber so kurz vorm Einschlafen hatte ich sie nicht stören wollen. Und es war ja irgendwo meine eigene Schuld. Inzwischen fragte ich mich, ob das so ein Frauending war, dass man, obwohl man vorgab, bedeutungslose Beziehungen zu haben, trotzdem enttäuscht war, wenn man sitzengelassen wurde. Oder war es nur so schmerzlich, weil ich Alex schon länger kannte und mich doch zu sehr über die Einladung gefreut hatte? Schließlich entschied ich, dass mich das nur noch stärker machen würde und ich beim nächsten Mal einfach klarere Grenzen ziehen musste.

»Denk lieber nicht mehr an den Blödmann und freu dich stattdessen auf die Rømø-Fahrt. Das wird sicher toll. Und am 13. November gehen wir alle zusammen auf den Winterball, spätestens dann solltest du den Typen vergessen haben«, versuchte Julie mich zu trösten.

»Was ist der Winterball?«, fragte ich sie, obwohl ich die Antwort teilweise schon kannte.

Als ich entschieden hatte, nach Dänemark zu gehen, und die Homepages der Universitäten durchforstet hatte, war ich bereits auf einen Artikel über den *Kopenhagener Winterball* gestoßen. Allerdings hatte ich angenommen, dass da niemand, der auch nur annähernd als *normal* bezeichnet werden konnte, hingehen würde. Aber gut, so ganz normal war Julie ja auch wieder nicht. Auf den Bildern, die dem Artikel beigefügt waren, erschienen die Leute extrem herausgeputzt, mit glitzernden Ballkleidern und viel zu teuer aussehenden Anzügen. Ich nahm an, dass es ausschließlich Professoren und gut verdienende Dozenten waren, die den Ball besuchten.

»Da finden wir schon was Passendes«, antwortete Julie, als ich ihr skeptisch erklärte, dass ich nicht einmal annähernd über etwas verfügte, das sich als Ballkleid eignete.

Kapitel 7

Der *Kopenhagener Winterball* war bald wieder vergessen, stattdessen stand erst einmal die Rømø-Fahrt vor der Tür. Wir hatten Glück, dass es die vergangenen Tage einigermaßen trocken gewesen war, ansonsten hätten wir vermutlich Gummistiefel einpacken müssen. Ich hatte mich ohnehin anfangs gewundert, dass man mitten im Herbst nach Rømø fahren wollte, aber schlechtes Wetter schien hier niemanden sonderlich zu beeindrucken.

Die letzten Tage hatte ich damit verbracht, mich voll auf mein Studium zu konzentrieren und die Männerwelt aus meinem Kopf zu verbannen. Von Alex hatte ich nichts weiter gehört. Entweder war ihm die Aktion mittlerweile auch unangenehm, oder es war ihm einfach völlig egal. Was auch immer zutraf, es sollte nicht mehr mein Problem sein.

Wir waren etwa vierzig Personen, die auf zwei kleine Uni-Busse aufgeteilt wurden. Zu meinem Bedauern waren auch Tarjos und seine Idioten-Kumpels dabei, aber zu meiner Freude stiegen die in den anderen Bus. Jasper jammerte, dass er ganze zwei Tage ohne seinen Mads auskommen musste, woraufhin Torge ihm klarmachte, dass er keine Lust hatte, sich das zwei Tage lang anzuhören. Julie war wie immer völlig aufgeregt und quasselte ununterbrochen, sodass ich beinahe Kopfschmerzen bekam und froh war, als wir endlich an den Wohnhäusern ankamen. Torge schlug vor, dass wir uns zusammen ein Zimmer nehmen und die beiden Quasselstrippen in einen Raum stecken sollten, aber ich lehnte ab, auch wenn es verlockend klang. Julie hätte mir das nie verziehen.

Die Zimmeraufteilung ging sehr schnell vonstatten. Wir wurden auf drei Häuser aufgeteilt, jedes Haus verfügte über etwa zehn Zimmer. Julie und ich erhielten den Schlüssel mit der Nummer 8 und durchquerten das Haus auf der Suche nach unserem Zimmer. Es lag im zweiten Stock am Ende eines langen Flures mit anderen Zimmern sowie alten Duschbädern ohne Toiletten, die wir auch nutzen konnten, aber nicht unbedingt mussten, da jedes Zimmer über ein eigenes Bad mit Dusche und

Toilette verfügte. Die Tatsache, dass wir nachts nicht durchs Haus mussten, wenn wir zur Toilette wollten, empfand ich als sehr angenehm.

Die Räume waren nicht besonders gemütlich, aber praktisch eingerichtet, wie ich es von Ferienhäusern in Dänemark gewohnt war. Wir verfügten über zwei Hochbetten, also insgesamt vier Schlafplätze, die wir aber nicht mit anderen teilen mussten. In der Mitte des Zimmers stand ein kleiner Tisch mit vier Stühlen und rechts neben dem Badezimmer ein Kleiderschrank, den wir sofort in Beschlag nahmen.

Die übrige halbe Stunde bis zum Abendessen verbrachten wir damit, das Haus zu besichtigen. Im Erdgeschoss befanden sich ein großer Speisesaal sowie eine Art riesiges Wohnzimmer. Außerdem besaß jedes Haus einen eigenen Pool, den man vom Wohnzimmer aus sehen konnte. Im Keller standen Billardtische sowie Tischtennisplatten.

»Ganz schön luxuriös«, staunte Julie und ich stimmte ihr zu.

»Das andere Haus hat sogar einen Außenwhirlpool. Wären draußen nicht fast Minusgrade, wäre ich etwas neidisch«, fügte sie hinzu und wir mussten lachen.

Zum Abendessen gab es selbstgemachte – oder zumindest selbst belegte – Pizza. Ich hatte diesen fertigen Pizzateig aus dem Kühlregal, bei dem man die Hefe so schön herausschmeckte, noch nie besonders gut leiden können, ließ meine Abneigung aber nicht heraushängen. Ich nahm mir ein kleines Stück mit Thunfisch und puhlte die Maiskörner herunter, die irgendjemand so großzügig auf sämtlichen Pizzen verteilt hatte. Eigentlich schmeckte sie gar nicht so schlecht, das musste an der frischen Luft und der Tatsache liegen, dass ich zu lange nichts gegessen hatte. Kurz bevor wir unsere Teller abräumen wollten, stand Professor Nielsen, der tollerweise ebenfalls in unserem Haus untergebracht wurde, auf und kündigte an, dass wir gegen 21 Uhr zu einer Nachtwanderung aufbrechen würden. Ich freute mich sehr darüber, im Gegensatz zu Julie, die am liebsten schon ins Bett gegangen wäre. Professor Nielsen machte jedoch deutlich, dass das Nicht-Teilnehmen keine Option sei. Bei dieser Aussage grinste er so seltsam, dass ich nicht klar erkennen konnte, ob es Spaß oder

Ernst gewesen war. Zumindest reichte es, um Julie am Zuhausebleiben zu hindern.

Als wir losgingen, bemerkte ich, dass selbst Tarjos mit von der Partie war. Vielleicht war die Ansage des Professors doch ernst gemeint gewesen. Wie auch immer, ich freute mich über die Gelegenheit, an diesem Tag noch einmal herauszukommen und die Landschaft zu erkunden. Zumindest so weit man das im Dunkeln konnte. Wir wurden mit Taschenlampen ausgestattet und stolzierten los, Jasper und Julie an meiner linken Seite und Torge zu meiner Rechten. Wir unterhielten uns munter über die unterschiedlichen Seminare und Dozenten sowie deren Eigenarten; schließlich kamen wir zu dem Entschluss, dass die Hälfte aller Dozenten auf ihre ganz besondere Weise eine Macke hatten, und zogen Jasper damit auf, dass es gut passte, dass er ebenfalls eine Karriere an der Universität anstrebte.

Soviel ich erkennen konnte, wanderten wir zwischen den Dünen entlang, links und rechts waren Hügel mit Gräsern zu sehen, die im Nachtwind etwas gruselig rauschten. Der Boden unter uns bestand aus einem Gemisch aus Steinen und Sand, ich vermutete, dass der Weg ans Meer führte. Die Stimmung war ausgelassen, Torge kickte vergnügt Steine vor sich her. Immer, wenn einer vor meinen Füßen landete, nahm ich die Herausforderung an und passte den Stein zurück zu ihm. Das klappte im Dunkeln mal mehr und mal weniger gut. Aber Torge kommentierte jeden Schuss mit einem zustimmenden oder einem ablehnenden Laut.

»Gott, bist du schlecht!«, meinte er sogar einmal.

Das wollte ich nicht auf mir sitzen lassen und nahm mir vor, die nächste Gelegenheit zu nutzen, um ihn von meinem großartigen Können zu überzeugen. Und es störte mich wenig, dass wir vermutlich sehr kindisch dabei aussahen, konnte vermutlich ohnehin keiner erkennen.

Der nächste Stein ließ nicht besonders lange auf sich warten. Rückblickend weiß ich überhaupt nicht, warum ich so stark ausgeholt hatte, jedenfalls flog er dieses Mal viel zu weit, zwischen dem Flackern der zahlreichen Taschenlampen sah ich, wie er jemandem wenige Meter vor mir gegen die Wade knallte.

»Oh verdammt!«, entfuhr es mir leise und ich spürte, wie Hitze in mir aufstieg. Ich bedankte mich innerlich mehrfach dafür, dass man aufgrund der Dunkelheit nicht erkennen konnte, dass ich gerade am liebsten im Boden versunken wäre. Lediglich Torge schien meinen Schuss verfolgt zu haben, denn er kommentierte ihn leise mit »Volltreffer!« und lachte dabei. Mein Opfer hatte entweder kein Gefühl im Bein oder war sehr gut darin, dies zu ignorieren, jedenfalls drehte es sich weder um, noch gab er oder sie sonst irgendwie einen für uns hörbaren Laut von sich. Darüber war ich außerordentlich dankbar, denn ein wenig peinlich war mir das schon. Die nächsten Minuten versuchte ich vergebens herauszufinden, wen ich getroffen hatte, ohne ihn oder sie dabei direkt anzuleuchten. Vergeblich. Torge kickte weiterhin Steine vor sich her, aber ich entschied, sie zu ignorieren, wenn sie vor mir landeten. Das war vermutlich für alle Anwesenden das Sicherste.

Wenige Zeit später hielt die Gruppe vor uns an und erst da erkannte ich, dass Tarjos und zwei weitere Jungs vor uns gegangen waren. *Hatte ich womöglich Tarjos mit dem Stein getroffen?* Ich spürte erneut dieses unangenehme Gefühl in mir hochkommen.

»Yeah, wir haben den Strand erreicht«, rief Torge gespielt euphorisch. Der Weg führte nun links an der Sandkante entlang weiter. Direkt vor uns war der Strand zu sehen, das Wasser dahinter konnte man nur erahnen, lediglich das Rauschen der Wellen war zu hören, mitunter auch eine kreischende Möwe, was im Dunkeln wirklich schauderhaft klang. Etwa zweihundert Meter weiter rechts schienen Fackeln am Strand aufgebaut zu sein. Die Umrisse eines Gebäudes waren zu erkennen.

Professor Nielsen klärte uns darüber auf, dass dort die Überreste eines Bunkers standen. Man hatte in ganz Dänemark an den Stränden Bunkerüberreste als Mahnung an die Seeschlachten stehen lassen. Davon hatte ich bereits gehört, jedoch konnte ich mich beim besten Willen nicht daran erinnern, dass auch auf dieser Insel welche zu finden sein sollten.

»Wenn ihr wollt, könnt ihr euch die Bunker kurz ansehen«, schlug der Professor vor. Ich fand den Gedanken spannend, bisher hatte ich noch keinen zu Gesicht bekommen. Jedoch war ich scheinbar die einzige, die das irgendwie interessierte.

»Kommst du mit?«, versuchte ich Julie zu überreden, denn ganz alleine traute ich mich nicht, zu gehen.

»Um Gottes Willen, das ist viel zu gruselig«, meinte sie zu meiner Überraschung. Also konnte sie sich doch gruseln.

»Und was ist mit euch, Jasper, Torge?«, ließ ich nicht locker.

»Ich habe ehrlich gesagt nicht so viel Lust auf Sand in meinen neuen Schuhen«, antwortete Jasper und Torge schloss sich dem an, auch wenn seine Schuhe vermutlich nicht neu waren, er hatte nur einfach keine Lust, weiter zu laufen als nötig.

»Ich gehe mit«, hörte ich eine Stimme vor mir, die sich Sekunden später als Tarjos' Stimme herausstellte. »Schließlich sind wir zu Studienzwecken hier«, rechtfertigte er seinen Entschluss auf merkwürdige Art und Weise.

Julie und die Jungs guckten, soweit ich das erkennen konnte, teils entsetzt, teils überrascht und besorgt. Ich war ebenfalls sehr überrumpelt von Tarjos' Angebot und fragte mich sofort, ob er das mit dem Stein nicht doch gemerkt hatte und es mir jetzt irgendwie heimzuzahlen plante.

»Dann aber heute noch!«, fügte er hinzu, da ich keine Anstalten machte, mich zu bewegen.

Kurzerhand entschied ich, dass mein Gedanke mit dem Heimzahlen völlig abwegig sei, und machte mich mit ihm auf den Weg. Mein Interesse an den Bunkern siegte. Wer weiß, wann ich wieder die Gelegenheit dazu bekäme. Kein anderer hatte sich entschließen können, uns zu begleiten. Vermutlich erst recht nicht, wo Tarjos nun dabei war.

»Vielleicht sollten wir doch mitgehen?«, hörte ich Jasper noch aus einiger Entfernung sagen. Er klang besorgt.

»Ich beiße schon nicht!«, rief Tarjos und lachte dabei merkwürdig. Ich versuchte das zu ignorieren.

Zügigen Schrittes lief ich auf das Gemäuer zu, sofern man mein Vorankommen überhaupt als zügig bezeichnen konnte. Der Sand war so locker, dass mein Fuß bei jedem Schritt fast vollständig einsank. Das hielt mich jedoch nicht davon ab, mein übliches Tempo beizubehalten, schließlich ging die Gruppe mit dem Professor bereits langsam weiter und ich wollte nicht den Rest des Abends alleine mit Tarjos verbringen.

»Hast du es irgendwie eilig?«, hörte ich seine Stimme dicht neben mir.

»Du wolltest doch heute noch ankommen …«, foppte ich ihn

und war mir nicht sicher, ob es schlau war, ihn zu reizen, wenn ich mit ihm alleine war. Eine Reaktion seinerseits blieb gänzlich aus. Das sollte mir recht sein.

Wir hatten den Bunker fast erreicht. Die Stille führte noch stärker dazu, dass ich mich gruselte, also entschied ich, sie mit etwas Smalltalk zu durchbrechen.

»Wie oft bist du schon hier gewesen?«, erkundigte ich mich.

Doch ich erhielt keine Antwort. Also drehte ich mich um. Tarjos war nirgends zu sehen. *Er wird doch wohl nicht kehrtgemacht haben?* In dem Moment sah ich etwas rechts hinter dem Bunker verschwinden. Okay, das Spiel kann ich auch spielen, dachte ich mir und schlich links hinter dem Bunker herum.

Auf der anderen Seite angekommen, war jedoch weit und breit niemand zu sehen. Das Licht der Fackeln erleichterte mir das Sehen, die Tatsache, dass ich Tarjos dennoch nicht erblicken konnte, ließ in mir jedoch so ein ängstliches Kribbeln aufkommen, wie man es als Kind verspürte, wenn man im Dunkeln verstecken spielte und sich davor fürchtete, jeden Moment gefunden zu werden. Man wusste, dass man sich gleich erschrecken würde, und man konnte doch nichts dagegen tun.

Mit meiner Taschenlampe warf ich einen kurzen Blick in den vermeintlich leeren Bunker, entschlossen, notfalls allein kehrtzumachen. Aber gerade als ich mich zum Gehen umdrehte, packte mich eine Hand aus dem Bunker an der Schulter und erschreckte mich damit fast zu Tode. Ich stieß einen kleinen Schrei aus, der sich nicht unterdrücken ließ. Mein Herz pochte wie verrückt und ich hatte die größte Mühe, meine Atmung wieder zu regulieren. Tarjos schien sich sehr zu amüsieren, ich hätte sein Lachen ja als Kichern bezeichnet, wenn er nicht so eine tiefe Stimme gehabt hätte.

»Das war die Rache für die Stein-Attacke«, sagte er und das spärliche Licht der Fackeln offenbarte sein süffisantes Grinsen. Ich war immer noch damit beschäftigt, meine Schnappatmung wieder zu normalisieren, sodass ich weder rot werden noch in irgendeiner Weise abwenden konnte, was dann passierte. Tarjos machte ohne Vorwarnung einen Schritt auf mich zu, sodass er ganz dicht vor mir stand. Im Schein des Feuers sah ich seine Augen aufblitzen und erkannte, dass er überlegen grinste, was mich jedoch nicht weiter störte, da meine Gedanken hektisch zwischen »Schön ruhig weiteratmen« und »Gott, hast du dunkle Augen« hin und her schwankten. Völlig überrumpelt von der Situation ließ ich zu, dass Tarjos immer näher kam, bis mir schließlich klar wurde, was er vorhatte.

Seine Hände packten meine Hüften und zogen mich dicht an ihn. Ich wollte mich wehren, als seine Lippen meine berührten. Stattdessen blieb ich aber wie angewurzelt stehen. *Was zur Hölle geschah hier gerade?* Ich konnte keinen klaren Gedanken fassen. Ich wusste nicht einmal, ob ich das wollte oder nicht.

Tarjos hielt einen kurzen Moment lang inne, setzte dann aber sein Vorhaben fort. Ich ließ zu, dass seine Zunge meine Lippen öffnete und sich einen Weg in meinen Mund bahnte. Als sie schließlich meine Zunge berührte, spürte ich sofort ein leichtes Zucken zwischen meinen Beinen. *Wie war es nur möglich, dass ein einfacher Kuss von dem Kerl ausreichte, um mich scharf zu machen?* Sein Kuss war so fordernd, aber gleichzeitig irgendwie sanft, wenn sich seine Zunge kurz zurückzog, bevor sie erneut in mich eindrang. Noch bevor ich darüber staunen konnte, wie gut er schmeckte, war es auch schon wieder vorbei.

Tarjos löste sich von mir und blickte mir kurz in die Augen, bevor er mir bedeutete, dass wir uns zurück zur Gruppe begeben sollten.

Was war da gerade passiert? Auf den ersten Metern durch den Sand versuchte ich, meine Gedanken zu ordnen. Er war zwar ein Arsch, aber irgendwie war das gerade total scharf gewesen. Wie er ohne Vorwarnung über mich hergefallen war. Gleichzeitig ärgerte ich mich, dass ich nur wie angewurzelt dagestanden war und ihn machen lassen hatte, auch wenn es sich – das musste ich mir eingestehen – wahnsinnig gut angefühlt hatte.

Allerdings wurde ich schnell wieder durch seine barschen Worte auf den Boden der Tatsachen zurückgeholt.

»Tu mir einen Gefallen und verlieb dich nicht gleich in mich, ok?«, raunte er herablassend.

Seine Worte amüsierten mich irgendwie, statt mich zu verletzen. Was bildete der Typ sich eigentlich ein? Ich musste etwas zu laut lachen.

»Keine Sorge, dazu braucht es schon etwas mehr als einen lächerlichen Kuss«, entgegnete ich. Okay, der Kuss war nun wirklich nicht schlecht gewesen, aber das konnte ich so nicht auf mir sitzenlassen. Meine Worte schienen ihn zu überraschen. Ich bildete mir ein, einen kurzen Augenblick Enttäuschung oder vielleicht eher Kränkung in seinem Gesicht zu sehen. Dann wich dieser Gesichtsausdruck wieder diesem überlegenen Grinsen.

»Das wollen wir doch mal sehen«, meinte er und sein fieses, aber irgendwie auch mitreißendes Lachen schien zu sagen: »Herausforderung angenommen!«

Ich spürte das leichte Kribbeln von dem Kuss erneut in mir aufsteigen, ärgerte mich aber darüber, dass ich so einfach zu beeinflussen war. Bis wir die Gruppe wieder erreicht hatten, beschäftigte ich mich daher ausschließlich damit, alle aufkommenden Gefühle und Gedanken im Keim zu ersticken, und konzentrierte mich darauf, nicht noch mehr Sand in die Schuhe zu bekommen. Das gelang mir erstaunlich gut, zumindest Ersteres. Denn bei der Gruppe angekommen, musste ich erst einmal meine Schuhe ausziehen und der Erde den Sand zurückgeben. Tarjos verabschiedete sich mit den Worten: »Ich nehme einen anderen Weg. Ihr seid mir zu langsam.«

Einerseits ärgerte mich das, andererseits war ich froh, dass ich dadurch ein wenig Abstand zu der Situation erlangen konnte. Und die Gruppe war tatsächlich erstaunlich langsam vorangekommen, zumindest der Teil der Gruppe, der noch übrig war. Jasper erzählte mir später, dass sie absichtlich getrödelt und die Gruppe aufgehalten hatten, weil sie ein ungutes Gefühl dabei hatten, dass ich alleine mit Tarjos unterwegs gewesen war.

»Das ist so süß von euch«, entgegnete ich und freute mich einerseits darüber, dass sie sich um mich sorgten, andererseits kam wieder dieses ungute Gefühl in mir hoch, etwas Falsches getan zu haben. Wenn die wüssten, was gerade passiert war. Die würden mich für verrückt erklären.

Es dauerte eine knappe halbe Stunde, dann hatten wir die Wohnhäuser wieder erreicht. Mittlerweile war es kurz vor halb zwölf, die übrigen Gruppen waren sicherlich längst zurückgekehrt. Julie jammerte, dass sie diese Nacht zu wenig Schlaf bekommen würde, deshalb gingen wir direkt auf unser Zimmer. Eigentlich hätte ich noch eine Weile wach bleiben und den Tag ausklingen lassen können, aber ich wollte mich auch nicht mit einer müden, gereizten Julie anlegen.

Auf dem Zimmer schnappte sie sich direkt ihr rosafarbiges, geblümtes Waschtäschchen – wie hätte es anders sein können – und verschwand auf der Stelle in unserem Bad. Um sie nicht länger wach zu halten als notwendig, entschied ich, parallel eines der alten Duschbäder auf dem Flur zu nutzen. Zum Zähneputzen sollte es ja reichen.

Als ich aus der Zimmertür trat, bemerkte ich als allererstes Tarjos, der am anderen Ende des Flurs in ein Gespräch mit einem Mädel verwickelt war. Ich kannte sie nicht, hatte sie lediglich beim Einsteigen in die Busse zusammen mit Tarjos und seiner Gang gesehen.

Sie sprachen sehr leise, aber es schien, als würden sie sich über irgendetwas streiten. Also tat ich so, als würde ich sie gar nicht sehen, und öffnete die Tür zu dem Bad direkt neben unserem Zimmer. Ich war nicht besonders verwundert, dass es leer war, vermutlich schlief fast jeder außer uns schon. Der Lichtschalter war schnell gefunden, doch die Glühbirne schien bereits einige Jahre auf dem Buckel zu haben, denn sie surrte recht laut und das Licht flackerte zuweilen ein wenig. Als ich mir den Boden genauer ansah, war ich froh über die Entscheidung, mich noch nicht für die Nacht umgezogen zu haben. Ich fragte mich, ob hier in den letzten Wochen überhaupt einmal geputzt worden war. Immerhin sah das Waschbecken sehr sauber aus und es lag frische Handseife auf dem kleinen Regal zwischen Waschbecken und Spiegel, also konnte es so schlimm nicht sein.

Meinen Kulturbeutel stellte ich neben die Seife, nahm meine Zahnbürste und Zahnpasta heraus und putzte mir die Zähne. Währenddessen dachte ich an das Kubb-Turnier, das morgen veranstaltet werden sollte. Dieses Spiel war auch in Kiel immer das Ereignis schlechthin für die Skandinavisten gewesen. Normalsterbliche kennen es vermutlich unter der Bezeichnung *Wikinger-Schach*. Der Gedanke daran, dass die Skandinavisten sich nicht zu schade dafür waren, selbst im fortgeschrittenen Alter solche Turniere zu veranstalten, ließ mich lächeln. Meine Germanistik-Kommilitonen hätten das sicherlich als albern bezeichnet.

Schließlich war ich zufrieden mit meinem Zahnputzergebnis und verstaute die Zahnbürste in meiner Tasche. Als ich mich gerade in den letzten Zügen meines abendlichen Haare-kämm-Kampfes befand, klopfte es leise an der Tür. Ich nahm an, dass es Julie sei, die sich darüber aufregen wollte, dass ich den Wasserhahn zu laut benutzte. Die Wände waren wirklich extrem dünn in diesen Häusern. Doch als ich die Tür öffnete, war ich äußerst verwundert, Tarjos vor mir zu sehen. Er lehnte lässig im Türrahmen und tat so, als wäre es das Normalste der Welt, dort dumm grinsend herumzustehen.

»Warte eine Sekunde, ich bin gleich durch«, sagte ich, denn ich nahm an, dass er nach mir ins Bad wollte. Stattdessen legte er sich den Zeigefinger auf den Mund, um anzudeuten, dass ich nicht so laut sprechen sollte, schob mich zurück ins Bad und ließ die Tür hinter sich zufallen. Ich ahnte, was jetzt kam, und wollte gerade protestieren, als er nun mir den Finger auf den Mund legte und leise murmelte: »Kannst du auch mal ruhig sein? Deine Mitbewohnerin hört sonst alles.«

Alles? Was meinte er mit alles?

Ich drehte mich zum Waschbecken, warf meine Haarbürste in meine Tasche und stellte mich bei dem Versuch, sie zu verschließen, recht ungeschickt an. Bei einem Blick in den Spiegel über dem Waschbecken sah ich Tarjos' breites Grinsen hinter mir. Mein Bemühen, zügig das Weite zu suchen, schien ihn zu amüsieren.

»Angst?«, fragte er spöttisch.

»Wovor? Vor dir?«, entgegnete ich etwas zu höhnisch.

»Zum Beispiel«, antwortete er und kam einen Schritt auf mich zu, sodass er nun direkt hinter mir stand und ich seine Hüften an meinem Po spürte.

»Nicht unbedingt«, meinte ich, wobei mir die Worte durch seine Nähe nicht mehr so leicht über die Lippen kamen.

»Ich bin müde«, log ich.

»Schlafen kannst du später immer noch«, sagte er, wobei sein Grinsen nicht mehr zu sehen war. Sein Ton war ernster geworden und er hauchte die letzten Worte beinahe in mein Ohr, wodurch sich sofort eine Gänsehaut auf meinem ganzen Körper ausbreitete.

Ich spürte Tarjos' Körper hinter mir. Direkt vor mir war das Waschbecken und ich hatte nicht genug Platz, um mich umzudrehen. Das schien ihn aber nicht weiter zu stören. Er strich mir langsam das Haar von der rechten Schulter und fing ohne Vorwarnung an, meinen Hals dort zu küssen, während seine Hände den schon gewohnten Platz an meinen Hüften wiederfanden.

Ich war mir nicht sicher, ob ich das wirklich zulassen wollte. Es fühlte sich einfach falsch an. Aber auch verdammt gut. Und es machte ja eigentlich keinen Unterschied, ob ich mit Alex rummachte oder mit Tarjos. Abgesehen davon, dass Tarjos ein Mistkerl war, von dem ich mich fernhalten wollte. Und abgesehen davon, dass seine Küsse irgendetwas tief in mir weckten, das Alex' Berührungen nie geschafft hatten. Ich müsste ihn ja nicht gleich heiraten, beruhigte ich mich selbst, bis mich plötzlich ein leichter Schmerz an der Schulter aus meinen zweifelnden Gedanken riss.

»Autsch! Bist du verrückt?«, meckerte ich und stellte fest, dass Tarjos mich in die Schulter gebissen hatte.

»Psst. Das macht keinen Spaß, wenn du dich nicht entspannst«, entgegnete er als Rechtfertigung.

Ich sah mir die Stelle im Spiegel an, sie war nur etwas gerötet.

»Außerdem ist davon morgen nichts mehr zu sehen, also stell dich nicht so an!«, murmelte Tarjos.

Ich ärgerte mich über die Art, wie er mit mir umging. Doch seine Küsse auf der Stelle, die eben noch schmerzte, fühlten sich ungewohnt gut an. Ein bisschen wie die kühlende Folie, die man nach dem Tätowieren auf die gereizte Haut legte, um das frische Kunstwerk zu schützen. Aber das hier war noch viel besser. Denn es kribbelte. Und ich wollte dieses Kribbeln vom Bunker wieder spüren. Aber jeder Versuch, mich umzudrehen, wurde von Tarjos' festem Griff um meine Hüften unterbunden.

»Entspann dich einfach!«, flüsterte er in mein Ohr. Und schließlich versuchte ich tatsächlich, seinen Anweisungen zu folgen. Ich schloss die Augen und dachte an nichts anderes mehr. Ich konzentrierte mich auf Tarjos' Atem, auf seine Lippen und seine Hände.

Er musste spüren, dass ich mich endlich nicht mehr wehrte, denn kurz darauf lockerte er den Griff um meine Hüften und fing an, mit den Händen über meinen Körper zu wandern. Die linke Hand schob sich unter mein Shirt und hielt etwas oberhalb der Hüfte inne, während die rechte Hand an der Vorderseite meines Oberschenkels hinabwanderte, um wenige Sekunden später auf der Innenseite wieder hinaufzuwandern. Als er oben zwischen meinen Beinen ankam, entfuhr mir ein leichtes Stöhnen, woraufhin er meine Hüfte noch einmal fest an sich zog. Das fühlte sich unglaublich gut an. Ich wollte mehr. Er begann, mit beiden Händen die Knöpfe meiner Jeans zu öffnen, an deren Stelle sich für gewöhnlich ein Reißverschluss befand.

»Hauptsache kompliziert, was?«, murmelte er gespielt genervt. Ich kriegte nicht mehr als ein leichtes Nicken heraus, denn ich war einfach zu erregt davon, wie er nun meine Jeans nach unten schob und mit der rechten Hand über meine Unterwäsche strich. Dann wanderte die Hand wieder über die Innenseite meines Schenkels und bereits beim Gedanken daran, wo sie auf dem Rückweg langkommen würde, wurde ich feucht. Diesmal fuhr er noch langsamer meinen Oberschenkel hinauf. Zwischen meinen Beinen angekommen, schob er sich ohne Vorwarnung direkt seitlich in meinen Slip und glitt langsam zu meiner feuchten Stelle. Ich zog scharf die Luft ein, als er über meine Klitoris weiter nach unten fuhr. Sein tiefes Stöhnen an meinem Hals, als er mich endlich berührte, zeigte mir, dass auch er erregt war.

»Du bist so feucht«, keuchte er in mein Ohr.

Seine Finger glitten zurück zur Klitoris und begannen, mich mit kreisenden Bewegungen zu verwöhnen. Ich drückte mich im Rhythmus seiner Bewegungen gegen ihn und bekam seine Erregung zu spüren. Mit meiner linken Hand fuhr ich hinter meinem Rücken an seinem Bein hinauf, bis ich deutlich seine Erektion unter meiner Handfläche spürte. Er stöhnte noch tiefer und biss mir recht unsanft in den Hals, als ich seinen harten Schwanz durch die Jeans berührte. Ich wollte mehr spüren, ich wollte ihn. Jetzt. Also begann ich mich, so gut es mit einer Hand ging, an seinem Gürtel zu schaffen zu machen. Doch plötzlich hielt Tarjos inne und lehnte seine Stirn in meinen Nacken, als würde er nachdenken. Dann nahm er meine Hand von seinem Gürtel und führte sie wieder nach vorne an meinen Bauch, seine Hand direkt darübergelegt, als wollte er sie am Entkommen hindern.

»Halt still und entspann dich einfach!«, murmelte er, als könne er mir meine Verwirrung ansehen. Bisher hatte noch nie ein Mann mich daran hindern wollen, es ihm zu besorgen.

Seine rechte Hand setzte die kreisenden Bewegungen zwischen meinen Beinen fort und ich versuchte, mich wieder fallen zu lassen. Aber erst seine Küsse auf meiner Schulter führten dazu, dass ich alles um mich herum vergaß. Es war ein unglaubliches Gefühl, wie er mich in seinen Armen hielt, während er mich da unten berührte. Ich fühlte mich wehrlos und geborgen zugleich. Währenddessen wechselten sich seine Küsse mit leichten Bissen an meinem Hals ab, was mich irgendwie noch mehr erregte. Die Abstände zwischen den zarten Küssen und den nicht ganz so zarten Bissen wurden immer kürzer, gleichzeitig wurde das Kribbeln in meinem Unterleib immer stärker, wieder und wieder spürte ich Wellen von Wärme in mir aufsteigen. Tarjos musste das ebenfalls gespürt haben, denn seine Handbewegungen wurden schneller und intensiver. Mit der freien Hand suchte ich nach Halt am Waschbecken, weil mir langsam schwindelig wurde. Plötzlich biss er mich so stark, dass ich mich auf nichts mehr konzentrieren konnte und nur versuchte, einen lauten Schrei zu unterdrücken. Eine wahnsinnige Hitzewelle überrollte mich, meine Klitoris zuckte unkontrolliert und dieses unglaubliche Gefühl von Wärme, Glück und Entspannung überwältigte mich schließlich. Meine Knie zitterten und ich musste mich mit beiden Händen auf das Waschbecken stützen, um nicht hinzufallen.

Tarjos löste langsam seine Hände von mir und küsste mich noch einmal sanft auf die Stelle, die er eben noch so unsanft gebissen hatte. Es fühlte sich so gut an.

Er zog meine Jeans wieder nach oben und verabschiedete sich mit den Worten: »Hoffentlich hat dich keiner schreien gehört.«

Über seinen schnellen Rückzug war ich zunächst etwas enttäuscht, es fühlte sich komisch an, in diesem Zustand allein gelassen zu werden. Das war das erste Mal, dass ich einen Orgasmus gehabt hatte, ohne dass ich ihn selbst hatte herbeiführen müssen. Ich konnte meine Freude darüber nicht verbergen, denn ich hatte schon angenommen, dass mit mir irgendetwas nicht stimmte.

Beim Blick in den Spiegel fielen mir sofort die roten Male auf, die Tarjos auf meinem Hals und meiner Schulter hinterlassen hatte. An einer Stelle waren tatsächlich sowas wie Bissspuren zu sehen, die immer noch leicht schmerzten, als ich sie berührte. Das störte mich allerdings wenig, im Gegenteil, der Schmerz löste vielmehr erneut ein warmes Gefühl in meinem Unterleib aus.

Ich musste an Tarjos' Worte denken, bevor er mich alleine gelassen hatte. *Hoffentlich hat dich keiner schreien gehört.* Ich konnte mich nicht erinnern, geschrien zu haben, aber ausschließen konnte ich es nicht. Schon gar nicht bei dem, was ich da sah. Daher warf ich mir ein Handtuch über die Schulter und überlegte mir schnell eine Ausrede, falls Julie mich wegen des Schreies fragen sollte. Irgendwas mit Spinnen, das ging immer.

Als ich ins Zimmer trat, schlief sie jedoch und das tat ich dann auch sehr schnell, erschöpft von den Ereignissen des Tages und vor allem der Nacht.

Am nächsten Morgen konnte ich die Geschehnisse mit ein bisschen Abstand betrachten und war beinahe froh darüber, dass Tarjos so zügig Abschied genommen hatte. Immerhin wäre es absolut grässlich gewesen, wenn uns jemand zusammen gesehen hätte. Außerdem hatte ich mir nach der Aktion mit Alex ohnehin vorgenommen, es nicht über bedeutungslosen Sex hinauskommen zu lassen. Und Tarjos war so ziemlich der Letzte, zu dem ich eine Bindung hätte aufbauen wollen. Ich wollte einfach nur meinen Spaß haben. Und den hatte ich eindeutig gehabt letzte Nacht. Das breite Grinsen, das bei der Erinnerung auf meinen Lippen entstehen wollte, musste ich mir stark verkneifen, immerhin durfte keiner etwas davon erfahren. Schon gar nicht Julie.

Da der kleine Morgenmuffel wieder einmal als Erste im Bad verschwunden war, schnappte ich mir meine Sachen, um wieder das Badezimmer auf dem Flur aufzusuchen. Als ich eintrat, kam es mir vor, als hätte ich gerade eben noch hier mit Tarjos gestanden. Ich spürte mit meinen Fingern die Stelle am Hals auf, in die er so unsanft seine Zähne gerammt hatte. Er hatte Recht behalten, ich konnte im Spiegel nicht die geringste Rötung erkennen. Doch mein Erstaunen wurde unterbrochen, da auf dem Flur plötzlich ein riesiger Tumult zu hören war. Ich beschloss, meine Sachen liegen zu lassen und nachzusehen, was los war.

Professor Nielsen stand mit entsetzter Miene auf dem Flur, begab sich dann schlagartig ins Erdgeschoss. Er ließ zwei weinende Mädels zurück, die sich gar nicht mehr einzukriegen schienen. Die eine war Emma, ich kannte sie aus einem Seminar. Sie brach schreiend auf dem Boden zusammen, also eilte ich zu ihnen. Irgendetwas Schreckliches musste passiert sein, so eine Situation hatte ich noch nie erlebt.

Ich kniete mich neben die völlig aufgelöste Emma und versuchte sie zu beruhigen. Da tauchte Torge auf dem Flur auf und bemühte sich, das andere Mädel zu beruhigen. Ich war selten so froh gewesen, Torge zu sehen. Emma krallte sich in meine Arme und schluchzte bitterlich. Es vergingen gefühlte hundert Minuten, bis das andere Mädel tränenüberströmt erzählte, was passiert war.

Ich traute meinen Ohren nicht. Kim, eine Freundin von Emma, war eben im Außenwhirlpool des Nachbarhauses gefunden worden. Tot. Ich konnte es nicht glauben. Sie war tot. Das durfte nicht wahr sein. Nein. Doch nicht hier. Doch nicht heute. Das musste ein böser Traum sein. Ich betete, dass ich bald aufwachen würde. Aber nichts passierte. Stattdessen kamen immer mehr Leute heran und brachen in pures Entsetzen aus, sobald sie die schrecklichen Neuigkeiten hörten. Es fühlte sich an, als sei ich in einem Film gefangen. Einem Horrorfilm. Und ich musste unter Schock stehen, denn ich konnte weder weinen, noch gelang es mir, irgendeinen klaren Gedanken zu fassen. Alles um mich herum war wie in eine graue Blase gehüllt, der ich nicht entkommen konnte.

»Oh mein Gott.«

»Ist das euer Ernst?«

»Neein. Bitte nicht.«

»Um Himmels Willen. Wie ist denn das möglich?«

»Nein, wie schrecklich.«

»Ist sie ertrunken?«

»Ich habe doch gestern noch mit ihr gesprochen.«

So hörte ich etliche Stimmen um mich herum ihre Fassungslosigkeit kundtun. Irgendwann erkannte ich Julies unter all den anderen.

»Oh nein, das darf doch nicht wahr sein.« Sie fing sofort an zu weinen und ich sah, wie Torge sie zu mir brachte, immer noch das andere weinende Mädel im Arm.

Julie setzte sich zu mir und Emma und weinte bitterlich. Erst jetzt spürte ich, dass auch mir Tränen über die Wangen liefen. Ich kannte Kim nicht, aber das war einfach nur schrecklich.

Wir mussten dort über eine halbe Stunde gesessen und geweint haben, langsam wurde es ruhiger. Nur die Fragen danach, was geschehen war, wurden immer lauter. Mit einem Mal stand die Polizei im Flur, ich hatte sie gar nicht kommen gesehen. Zwei Polizisten baten uns, auf unsere Zimmer zu gehen, weil sie mit jedem einzeln sprechen wollten. Bei dem Versuch aufzustehen, stellte ich fest, dass meine Knie nicht vorhatten, mir zu gehorchen. Es dauerte einige Sekunden, bis ich einigermaßen sicher stand. Dann half ich einem der Polizisten, Emma aufzurichten, denn mit *ihr* wollten die beiden zuerst sprechen.

Ich schnappte mir Julie und zog sie mit mir auf unser Zimmer, wo sie auf dem Bett zusammenbrach und ich sie wie im Tunnel zu beruhigen versuchte.

Nach einigen Minuten konnte ich sie schließlich fragen, wer Kim war. Denn ich hatte nicht einmal ein Gesicht vor Augen, um das ich gerade trauerte.

»Braune, sehr lange Haare. Dunkle Brille. Meistens hatte sie ein schwarzes Hammerfall-T-Shirt an. Denn das war ihre ... Lieblingsband.« Julie fing erneut an zu schluchzen.

Ich versuchte mir Kim vorzustellen und dachte an den Schriftzug der Band Hammerfall, den ich auch irgendwoher kannte. Vermutlich von meinem Ex, der die Band ebenfalls mochte.

Plötzlich traf mich die Erinnerung wie ein Schlag. Da erschien es vor meinem geistigen Auge, ich konnte es absolut klar vor mir sehen.

»Oh mein Gott!«, brach es aus mir heraus.

»Was? Was ist denn?«, fragte Julie, als sie sah, wie erschrocken ich erneut war.

»Sag schon, was ist los?«, drängelte sie, ihre Augen waren rot geschwollen.

»Ich habe Kim gestern Abend gesehen. Als ich ins Bad ging«, gab ich zu. »Und ... und ich sah, wie sie sich mit jemandem gestritten hat. Ach, vielleicht war das auch gar kein Streiten, habe ich mir bestimmt nur eingebildet«, versuchte ich meine Erinnerung zu verdrängen.

»Aber ... aber vielleicht ist das wichtig«, sagte Julie, die jetzt extrem zitterte. »Wer war es? Mit wem hast du sie gesehen?«

Ich wusste nicht, ob ich es ihr sagen sollte. Irgendwie überkam mich das blöde Gefühl, dass er vielleicht wirklich etwas damit zu tun gehabt haben könnte. Aber das konnte doch nicht sein. Nein, bestimmt nicht, oder? Hatte ich mich gestern Abend getäuscht? Hatten sie vielleicht gar nicht gestritten?

»Hey, jetzt sag schon!«, schrie Julie mich fast an und rüttelte an mir.

»Tarjos. Es war Tarjos, den ich mit Kim auf dem Flur gesehen habe«, gestand ich schließlich. Es musste einfach raus. Dieses bedrückende Gefühl wurde immer schlimmer.

»Oh nein!« Julie verstummte und ich nutzte die Gelegenheit, um mich zu vergewissern, wie sehr sie ihm vertraute.

»Du kennst ihn doch noch von früher, bist du dir absolut sicher, dass er nichts damit zu tun haben könnte?«, fragte ich ganz vorsichtig und erwartete fast, dass sie mir wegen dieser Anschuldigung gleich an die Gurgel springen würde.

Stattdessen sagte sie sehr gefasst und deutlich: »Tarjos? Auf gar keinen Fall. Oh mein Gott, das darf doch nicht wahr sein. Du darfst auf keinen Fall jemandem davon erzählen. Und schon gar nicht der Polizei. Bitte glaub mir, er war es nicht.«

»Aber, wie kannst du dir da so sicher sein?«, fragte ich, und hoffte auf noch mehr Gewissheit.

»Ich kann es dir nicht erklären, aber ich bin mir zu hundert Prozent sicher, dass er es nicht gewesen ist. Vertrau mir. Ich kenne Tarjos. Und wenn du es nicht für ihn tust, dann tu es für mich. Bitte!«, flehte sie mich an und war dabei völlig ernst geworden.

Das bedrückende Gefühl verschwand leider nicht. Hatte sie Recht? Aber wie konnte sie sich so sicher sein? Sie wusste ja nicht einmal, dass Tarjos gewissermaßen ein »Aufreißer« war, zumindest würde ich ihn so beschreiben nach dem, was gestern Abend zwischen uns vorgefallen war. Aber sie klang so absolut überzeugt. Als gäbe es überhaupt gar keinen Zweifel an seiner Unschuld.

Ich war völlig verunsichert. Alles war so schnell gegangen. Das Ganze war mir einfach zu viel. Es kam mir auf einmal so unwirklich vor. *War hier tatsächlich gerade jemand gestorben oder war ich bloß in einem bösen Traum gefangen? Musste ich wirklich die Polizei anlügen? War es überhaupt eine Lüge, wenn ich lediglich ein Detail verschwieg?* Mein Kopf drohte zu platzen. Ich hatte noch nie das Gesetz gebrochen und hatte auch nicht vor, es jemals zu tun. Und jetzt das. Ein totes Mädchen. Die armen Eltern, schoss es mir durch den Kopf. Wie schrecklich konnte die Welt sein?

Zuerst kamen mir wieder die Tränen. Dann begann alles um mich herum sich zu drehen und mir wurde fürchterlich übel. Ich rannte zur Toilette und musste mich übergeben. Julie folgte mir und half mir, meine Haare vor der Schüssel zu retten.

Als ich mir sicher war, dass alles raus war, bat ich sie, mir meinen Kulturbeutel aus dem anderen Bad zu holen, den ich dort vor lauter Aufregung hatte stehen lassen. Ich putzte mir die Zähne und dann schliefen wir beide auf Julies Bett ein, bis die Polizei an die Zimmertür klopfte.

Das Verhör ging schnell vorüber. Die Beamten, mittlerweile war eine dritte Person im Anzug hinzugekommen, stellten uns nur wenige Fragen. Auf die Frage, wann und wo wir Kim das letzte Mal gesehen hätten, antworteten wir beide *bei der Nachtwanderung*. Ich besiegte mein schlechtes Gewissen und log bei der Frage, ob uns gestern irgendetwas Seltsames aufgefallen sei, das der Polizei bei ihren Ermittlungen weiterhelfen konnte. Dann klärten sie uns auf, dass das Ganze, wie bereits vermutet, kein Unfall gewesen sei. Kim war ermordet worden und das Wasser im Pool hatte vermutlich zahlreiche Beweise weggespült. Beim Gedanken an die Tat lief mir ein eiskalter Schauer über den Rücken. Und ich musste an Jaspers Worte denken, als wir Tarjos vor dem Vorlesungssaal gesehen hatten. *Der Typ ist eiskalt.* Hatte ich vielleicht mit einem Mörder ... Mir kam es schon wieder hoch, aber es gelang mir, ein erneutes Erbrechen zu unterdrücken.

Als die Beamten sich verabschiedeten und nochmal betonten, dass wir uns melden sollten, falls uns noch etwas einfalle, kam Prof. Nielsen dazu und teilte uns mit, dass um 15 Uhr Abfahrt angesagt sei. Keiner wollte auch nur eine Sekunde länger an diesem unheilvollen Ort verharren. Julie und ich packten unsere Sachen zusammen, ohne auch nur ein weiteres Wort zu wechseln. Denn niemand wusste so recht, was er sagen sollte.

Irgendwann klopfte es an der Tür. Es war Tarjos. Ich wusste wieder einmal nicht, wie ich reagieren sollte. *Hatte ich Angst vor ihm? Hatte ich überhaupt genug Kraft, Angst zu haben?* Auf jeden Fall wollte ich es unbedingt vermeiden, mit ihm allein zu sein.

»Hey, wollte mal sehen, wie es dir geht«, sagte er zu Julie, die gerade ihren kleinen Koffer schloss und fast durchdrehte, weil er nicht zuging. Sie fing wieder an zu weinen. Tarjos zog sie hoch und nahm sie in den Arm.

»Ist ja gut«, sagte er leise und strich ihr über das Haar.

Auf einmal konnte er so liebevoll sein. Diese Seite hätte ich kaum für möglich gehalten. Ich verstand sofort, was Julie gemeint hatte, als sie gesagt hatte, so übel sei er gar nicht. *Aber war das der wahre Tarjos? Oder war der wahre Tarjos ein eiskalter Killer, der sich nichts gefallen ließ?*

»Danke übrigens«, sagte Tarjos, ohne mich anzuschauen, und ich wusste sofort, dass er die Sache mit der Polizei meinte.

»Ich hab's nicht für dich getan!«, entgegnete ich schärfer, als ich es eigentlich gewollt hatte. Aber schließlich war ein Mädchen gestorben, was war da schon eine angemessene Reaktion?

Er reagierte lediglich darauf, indem er mich anschaute. Sein Blick versetzte mich in Erstaunen. Auch Tarjos schien zu trauern. Er wirkte so niedergeschlagen wie wir alle, auch wenn er das vermutlich niemals zugegeben hätte. Ich bereute meine harte Reaktion. Er tat mir fast leid.

Um nicht weiter darüber nachdenken zu müssen, stand ich auf und beendete Julies Kampf mit ihrem Koffer, indem ich ihn schloss und neben meine Reisetasche in den Flur stellte. Währenddessen löste Tarjos Julie aus seinen Armen, übergab sie an mich und verschwand, ohne ein weiteres Wort zu sagen, aber mit beiden Gepäckstücken in den Händen.

Die Rückfahrt und der Rest des Tages verliefen mehr oder weniger schweigend. Keiner hatte etwas mitzuteilen, einige Mädels weinten immer mal wieder und ich fühlte mich völlig leer. Im Wohnheim zwang ich Julie, mit mir zusammen Weiber-DVDs zu schauen, bis wir beide so müde waren, dass wir an nichts anderes mehr denken konnten, als ans Schlafen. Julie huschte rüber in ihr Zimmer und ich schlief kurz darauf ein.

Den nächsten Tag verbrachte jeder für sich. Julie schickte mir eine Nachricht, dass sie bei ihren Eltern sei. Ich rief gegen Mittag, als ich mich wieder in der Lage fühlte zu sprechen, meine Mutter an, die sofort durchdrehte und verlangte, dass ich auf der Stelle nach Hause kommen sollte. Als sie endlich einsah, dass das niemandem etwas bringen würde, bot sie an, zu *mir* zu kommen. Dreieinhalb Stunden später standen sie und mein Vater auf der Matte. Sie musste ihn ganz schön gehetzt haben, so schnell wie die beiden hier waren. Aber ich war ihnen überaus dankbar, dass sie das für mich taten. Ich verbrachte den Tag damit, meinen Eltern das Unigelände und ein paar nette Ecken von Kopenhagen zu zeigen, und dann legten wir auch noch einen kurzen Stopp in dem Café ein, in dem ich seit Kurzem arbeitete.

Am Ende des Tages war ich froh, auf andere Gedanken gekommen zu sein, und meine Mutter war sicherlich auch beruhigter, nachdem sie gesehen hatte, dass ich es hier eigentlich ganz gut hatte. Das Café lobte sie mindestens dreimal, bevor die beiden abends wieder nach Deutschland fuhren, weil sie selbst am nächsten Tag arbeiten mussten. Ich war unglaublich froh, so tolle Eltern zu haben, die einfach spontan nach Kopenhagen fuhren, um in dieser Situation für mich da zu sein.

KAPITEL 8

Der Mord an Kim war gerade mal eine Woche her, aber es fühlte sich so an, als liege dieser Tag schon Wochen zurück. Vielleicht war das sowas wie ein instinktiver Verdrängungsmechanismus, der uns davor schützen sollte, verrückt zu werden. Jedenfalls sprach kaum noch jemand über die Geschehnisse, auch wenn noch niemand für die Tat belangt werden konnte. Die Polizei vermutete, dass der Täter aus dem Umland gekommen und es niemand aus unserem Institut gewesen war, auch wenn es dafür keinerlei Beweise gab.

Die Beerdigung sollte im familiären Rahmen stattfinden. Wir legten alle zusammen, sodass Emma einen großen Blumenkranz besorgen konnte. Die Vorlesung bei Herrn Prof. Nielsen kam mir vor wie jeden Montag. Mal abgesehen von letzter Woche, am Montag direkt nach der Fahrt war seine Vorlesung abgesagt worden.

Es war nach wie vor einschläfernd, ihm zuzuhören. Er schien sich selbst ein wenig in Trance zu lallen, auf jeden Fall wirkte es so, als seien kaum irgendwelche seiner Gesichtsmuskeln aktiv. Vielleicht waren das aber auch die Nachwirkungen des Trauerfalls.

Irgendwann würde der Zeitpunkt erreicht sein, dass kaum einer mehr an dieses Ereignis dachte. Es würde mit der Zeit *bedeutungslos* werden, auch wenn man sich immer vornahm, die Verstorbene nicht zu vergessen. Dieser Punkt musste für die Familie am schlimmsten sein. Festzustellen, dass das Leben weiterging. Dass der Vorfall der Vergangenheit angehörte und die Menschen lieber im Hier und Jetzt und in der Zukunft lebten, statt zurückzublicken. Die Familie würde ein Leben lang mit ihrer Trauer leben müssen, während die Menschen um sie herum weitergingen und sie zurückließen, bis sie eines Tages das Gefühl hatten, keinen Platz mehr in dieser Welt zu finden.

»Hey«, riss mich Torge aus meinen Gedanken. Ihm war wohl aufgefallen, dass ich nur stupide auf meinem Block herumkritzelte. Die Vorstellung dieser Art von Bedeutungslosigkeit war mir einfach zuwider, und ich konnte nicht einmal verhindern, dass es für mich irgendwann genauso bedeutungslos werden würde.

Torge sah mich besorgt an und ich versuchte ihm mit einem müden Lächeln zu vermitteln, dass alles okay war.

»Alles okay.« Genau das meinte ich. Es war eben nicht alles in Ordnung, aber was hatte man für eine Wahl? Was hatten Kims Eltern für eine Wahl? Auch sie würden irgendwann einen Weg zurück ins Leben finden müssen, wenn sie weiterhin daran teilhaben wollten.

Bald darauf bekam ich Kopfschmerzen und beschloss nach der Hälfte der Vorlesung, den Rest des Tages frei zu nehmen und erst am nächsten Tag wieder voll durchzustarten.

»Ich muss nach Hause, mir geht es nicht gut«, teilte ich den anderen mit.

»Soll ich dich begleiten?«, fragte Julie, die sich sofort große Sorgen zu machen schien.

»Nein, danke für das Angebot. Das wird schon wieder, ich brauche nur etwas Schlaf«, versuchte ich sie zu überzeugen. Und mich auch.

Am nächsten Tag sah die Welt tatsächlich schon wieder anders aus. Julie hatte gestern Abend noch einmal nach mir gesehen, woraufhin ich ihr glaubhaft versichert hatte, dass es mir morgen sicher wieder besser gehen würde. Und so war es auch. Die Kopfschmerzen waren verschwunden und ich entschied, dass das Leben zu kurz war, um Trübsal zu blasen. Guter Dinge radelte ich zur Uni, verbrachte einen angenehmen Tag dort und traf mich abends mit Julie in der Turnhalle zum ersten Termin unseres neuen Yoga-Kurses. Wir hatten ewig überlegt, was wir zusammen machen könnten, und Yoga schien uns das kleinste Übel von allem.

Zu unserer Überraschung waren dort Frauen jedweden Alters versammelt. Ich wusste jetzt schon, dass ich sicherlich eine der Ungelenkesten war. Und das bestätigte sich leider. Das war ziemlich peinlich. Julie hatte mir verschwiegen, dass sie das totale Yoga-Ass war, sie konnte jede Übung mit einer Leichtigkeit durchhalten, die ich ihr gar nicht zugetraut hätte. Lediglich die Übungen, bei denen es um Ausdauer ging, schienen ihr nicht zu bekommen. Da konnte ich wiederum punkten. Aber ansonsten waren selbst die sechzigjährigen Damen mit grauem Haar beweglicher als ich.

»Freust du dich schon auf den Winterball?«, fragte Julie nach der Stunde auf dem Weg in die Umkleidekabine.

Oh Gott, den hatte ich total vergessen. Oder vielleicht auch verdrängt. Herausgeputzt wie eine Prinzessin auf einem Uniball zu erscheinen, war so gar nicht mein Ding. Vor allem jetzt nicht.

»Mist, ich habe noch immer nichts zum Anziehen. Müssen wir denn unbedingt dorthin?«, versuchte ich sie zu überreden, es sich vielleicht doch noch einmal anders zu überlegen.

»Ja, müssen wir. Die Karten habe ich schon besorgt. Und wehe, du lässt mich alleine«, drohte sie mir.

Dieser Ball schien ihr wirklich wichtig zu sein. Ich hatte sie selten so energisch erlebt wie in diesem Moment.

»Dann muss ich die Tage wohl mal einkaufen gehen«, gab ich mich geschlagen.

»Juhu, das wird super!«, jubelte Julie und ich sah sie an, als hätte sie den Verstand verloren. Daraufhin lachte sie laut los.

»Hey, glaub mir, das wird dir gefallen. Und das Shoppen wird auch ein Spaß. Ich weiß genau, wo du das richtige Kleid findest.«

»Hoffentlich kann ich mir das auch leisten«, entgegnete ich etwas frustriert.

»Da mach dir mal keine Sorgen. Das wirst du bestimmt«, beteuerte Julie überzeugt.

Wir entschieden, die Kleidersuche nicht länger hinauszuzögern und gleich am nächsten Tag nach den Seminaren in die Stadt zu fahren. Auf diese Weise konnte ich wenigstens nicht kurz vorher doch noch absagen. Julie schien zufrieden und sprach noch stundenlang von diesem einen Laden. *Hoyers*.

»Da müssen wir unbedingt hin, du wirst staunen, wie toll der ist«, schloss sie ihre Lobeshymne schließlich.

Ich war mir da nicht so sicher. Diese rosarote Mädchenwelt war noch nie die meine gewesen. Aber Julie schien da voll drin aufzugehen. Also wollte ich ihr die Freude nicht nehmen.

Als ich am nächsten Tag pünktlich um 14 Uhr in Richtung Mensa lief, da wir uns von dort aus gemeinsam zu Hoyers begeben wollten, sah ich von weitem Jasper, der an einer Laterne gelehnt auf mich zu warten schien.

»Hej, wo ist Julie?«, fragte ich, als ich nah genug bei ihm war, und irgendwie hatte ich die Antwort schon geahnt.

»Julie lässt sich entschuldigen. Es ging ihr vorhin nicht besonders gut. Sie sagte irgendwas von zu viel Yoga oder so.« Er grinste.

»Oh nein, schade!«, sagte ich. »Aber danke, dass du extra gekommen bist, um mir Bescheid zu sagen.«

»Ich bin nicht nur deswegen hier. Wir gehen dir jetzt ein Kleid kaufen. Julie meinte, allein würdest du das nie hinbekommen.«

Ich schmollte, aber damit hatte sie vermutlich nicht ganz Unrecht.

»Und da ich quasi Stammkunde bei Hoyers bin, hast du einen Experten an deiner Seite«, fügte Jasper stolz hinzu.

»In Ordnung«, willigte ich ein. Eine Wahl schien ich nicht zu haben.

»Gehen du und Torge denn auch zum Winterball?«, erkundigte ich mich auf dem Weg zur U-Bahn.

»Bist du verrückt?«, lachte er laut. »Kannst du dir Torge auf einem Ball vorstellen? Ich glaube, da kriegen ihn keine zehn Pferde hin.«

Komisch, warum nur?

»Aber ich muss mich dahin quälen, oder was?«, entgegnete ich leicht genervt.

»Ja. Du bist ein Mädchen. Und außerdem tust du Julie damit einen riesigen Gefallen. Letztes Jahr war sie vermutlich ganz alleine auf dem Ball. So dicke wie mit dir war sie noch nie mit jemandem«, erklärte er mir, woraufhin mir Julie gleich leid tat. Sie war zwar irgendwie anstrengend mit ihrer naiven und viel zu gutgläubigen Art. Aber dass sie keine Freunde fand, konnte ich mir gar nicht vorstellen. Vielleicht lag es daran, dass sie so oft krank war. Aber wer konnte ihr sowas übelnehmen?

»Und um dich zu beruhigen, Mads und ich werden auch dort sein«, riss mich Jasper aus meinen Gedanken.

»Okay, das beruhigt mich tatsächlich ein wenig«, gab ich zurück. Zu zweit konnte der Abend ganz schön langweilig werden.

Bei Hoyers traf mich fast der Schlag. Dort mussten mindestens eine Million Kleider in allen Farbnuancen des Regenbogens hängen, die mir entgegenschillerten und mich fast dazu brachten, schreiend wieder das Weite zu suchen. Aber Jasper packte mich am Arm und zog mich durch die Gänge, bis wir eine Verkäuferin, die seinen mir unbekannten Ansprüchen genügte, ausfindig gemacht hatten. Die beiden schienen sich zu kennen, denn sie waren gleich sehr vertraut miteinander und behandelten mich, als sei ich eine Sache, die es nötig hatte, aufgehübscht zu werden. Jegliches Mitspracherecht wurde mir entzogen und ehe ich mich versah, hatte ich an die fünfzehn Ballkleider in meiner Kabine hängen, ohne dass ich wusste, wie ich selbst, geschweige denn die Kleider dort hineingefunden hatten. Einige sortierte ich bereits in der Kabine aus, ohne die beiden Verrückten auf der anderen Seite des Vorhangs darüber zu informieren.

Nachdem ich zwei Kleider angezogen hatte, in denen ich die Angst verspürte, im Laufe des Abends vom Glitzern der Pailletten zu erblinden, fand ich schließlich eines, das mir von Anfang an zusagte. Es war ein verhältnismäßig schlichtes grünes Kleid, das sehr eng anlag und keine meterlange Schleppe hinter sich herzog. Schließlich wollte ich nicht heiraten, sondern tanzen gehen. Auch preislich lag das Kleid deutlich unter den anderen, also war die Sache entschieden.

Jasper versuchte mich zu überreden, weitere Prunkstücke anzuprobieren, man könne ja unmöglich gleich das dritte Kleid kaufen. Aber ich setzte mich durch und er musste sich schließlich geschlagen geben. Immerhin war selbst das grüne Kleid das Prunkvollste und Teuerste, was künftig in meinem Kleiderschrank zu finden sein würde.

An der Kasse staunte ich nicht schlecht, dass ich nur die Hälfte des auf dem kleinen Schildchen am Kleid angegebenen Preises bezahlen musste. Die Verkäuferin murmelte irgendwas von Winterrabatt, von dem ich aber weder auf dem Schild noch sonst irgendwo im Laden gelesen hatte. Aber beschweren wollte ich mich nicht, denn so konnte ich mir den Rest des Monats immerhin noch etwas zu essen leisten.

»So, war doch gar nicht so schlimm, oder?«, grinste Jasper, als wir den Laden endlich verließen.

»Naja, viel länger hätte ich es vermutlich nicht ausgehalten. Ich frage mich, wie man tagtäglich in diesem reizüberflutenden Laden arbeiten kann.«

Jasper lachte nur und faselte irgendetwas von einem Kindheitstraum. An der U-Bahn-Station trennten sich unsere Wege. Ich bedankte mich mehrfach für seine Unterstützung, bevor er in der U-Bahn Richtung Zentrum verschwand.

Während ich so auf meine Bahn wartete, warf ich noch einen flüchtigen Blick in meine riesige Hoyers-Tasche, in der die Dame an der Kasse mein Kleid verstaut hatte. Ein wenig freute ich mich schon darüber, nun ein so tolles Kleid zu besitzen. Aber das würde ich niemals zugeben.

KAPITEL 9

Ich stand in dem neuen grünen Kleid vor dem Spiegel und versuchte vergeblich, meine Haare zu bändigen, als Julie deutlich früher als verabredet an meine Tür klopfte.

»Bist du schon fertig?«, rief sie aufgeregt und stürmte herein, ohne meine Antwort abzuwarten.

»Nein. Ich drehe gleich durch!«, gab ich genervt zur Antwort. Nicht nur meine Haare brachten mich fast zur Weißglut. Obwohl das Kleid perfekt saß und wunderschön war, fühlte ich mich reichlich unwohl. Die Frau im Spiegel war mir absolut fremd. Am liebsten hätte ich mir das Kleid vom Leib gerissen und wäre in meinem flauschigen grauen Schlafanzug unter die Bettdecke gekrochen.

Julie hingegen sah wundervoll aus. In ihrem rosafarbenen Abendkleid und den wunderschön hochgesteckten, aschblonden Haaren wirkte sie wie eine kleine Prinzessin. Irgendwie passte das sehr zu ihr. Um den Hals trug sie eine zarte silberne Kette mit einem hübschen Rosenquarz in der Mitte.

»Hat meine Mama mir letztes Jahr geschenkt«, sagte sie stolz, als sie meinen Blick auf ihren Hals bemerkte. »Komm, ich helfe dir!«, beruhigte sie mich dann und befahl mir, mich auf den Schreibtischstuhl zu setzen.

»Hast du Haarklammern?«, fragte sie.

»Nur die paar da neben dem Spiegel«, gab ich zurück. Da ich meine Haare meist offen trug oder, wenn es mal schnell gehen musste, zum Zopfband, hatte ich keinen Bedarf an Haarklammern.

»Warte kurz!«, sagte Julie und verschwand auf dem Flur, um Sekunden darauf mit einem ganzen Koffer voller Haarspangen und anderem Krimskrams wieder zu erscheinen.

»Was hast du denn vor? Hast du einen Friseursalon ausgeraubt?«, fragte ich sie mit weit aufgerissenen Augen.

»Ha, ha. Sowas sollte jede Frau besitzen«, konterte sie ernst und ich traute mich nicht, irgendwas zu erwidern.

Sie werkelte keine fünf Minuten an meinen Haaren herum, bis sie plötzlich stolz »Fertig!« rief. Ich ging zum Spiegel und betrachtete ihr Kunstwerk. Und das war es tatsächlich. Wie war es möglich, dass sie in so kurzer Zeit aus meiner Vogelscheuchen-frisur so etwas Elegantes zaubern konnte? Gleichzeitig war diese Hochsteckfrisur nicht so übertrieben prächtig, dass es mich gestört hätte. Jetzt, wo die Haare zum Kleid passten, fühlte ich mich gleich viel wohler.

»Wahnsinn!«, gab ich anerkennend zu verstehen, worüber Julie sich riesig freute.

»Das wird soo schön!« Sie strahlte übers ganze Gesicht und zum ersten Mal freute ich mich mit ihr auf den bevorstehenden Abend. Ich schnappte mir meine silbernen Tanzschuhe, die ich in weiser Voraussicht mitgenommen hatte, als ich das letzte Mal bei meinen Eltern gewesen war, und wir machten uns gemein-sam auf den Weg.

Der Ball fand in einer wahnsinnig noblen Gaststätte statt, die scheinbar extra für derartige Events gebaut worden war. Eigent-lich erinnerte sie an eine alte Burghalle, aber die großen dunklen Schiefertafeln an den Wänden im Eingangsbereich, auf denen die Namen exotischer Weine und Gerichte zu finden waren, verrieten, dass hier für gewöhnlich vor allem prächtig gespeist wurde.

Wir waren natürlich mit die Ersten, die ankamen, da Julie keine Minute verpassen wollte. Zu meiner Erleichterung ließ sie sich darauf ein, nicht ganz vorne an der Tanzfläche zu sitzen, und wir fanden schnell einen Tisch im hinteren Teil, der nicht so hell erleuchtet war wie der Rest des Saals. Ein Kellner brachte uns in Rekordzeit unsere Getränke, und während ich an meinem alkoholfreien Cocktail nippte, beobachtete ich die Menschen, die nach und nach in den Saal kamen. Ich fühlte mich ein wenig un-wohl unter den ganzen unbekannten Gesichtern, sodass Jaspers und Mads Erscheinen fast ein freudiges Jauchzen in mir auslöste. Aber ich konnte mich beherrschen. Im Gegensatz zu Julie. Sie schien die beiden auch sofort entdeckt zu haben, denn sie winkte hektisch, um auf uns aufmerksam zu machen. Ich hätte mich am liebsten unter dem Tisch verkrochen.

Der Abend verlief erstaunlich harmonisch. Abwechselnd tanzte ich mit Mads und Jasper, die beide das Klischee, dass Schwule gut tanzen konnten, voll und ganz erfüllten. Alles in allem hatte ich ziemlich viel Spaß, was nicht nur an den leckeren Cocktails lag, die serviert wurden. Auch Julie schwang ab und zu das Tanzbein, allerdings nie länger als ein Lied am Stück. Dann musste sie sich immer erst einmal wieder erholen. Ich nahm mir vor, unbedingt noch einmal in Ruhe in den nächsten Tagen mit ihr über ihren Gesundheitszustand zu sprechen. Das konnte nicht normal sein.

Als ich von einem weiteren Tanz mit Jasper zurück an den Tisch kehrte, schielte ich auf mein Handy, um nach der Uhrzeit zu sehen. Es mussten bereits etliche Stunden vergangen sein, ohne dass ich auf mein Telefon geschaut hatte, was ansonsten eher selten vorkam.

Mit leichtem Erschrecken stellte ich fest, dass meine Mutter mehrfach versucht hatte, mich zu erreichen. Was konnte sie um diese Uhrzeit noch von mir wollen? Es war kurz vor Mitternacht. Ein ungutes Gefühl machte sich in meiner Magengegend breit.

»Hey Leute, ich geh' mal kurz nach draußen, muss mal telefonieren«, rief ich in die Runde.

»Ich begleite dich«, sagte Julie, doch es gelang mir, sie abzuwimmeln. Was sollte sie neben mir in der Kälte stehen, wenn ich telefonierte? Sie sollte sich erst einmal vollständig von ihrem letzten Tanz erholen.

Also begab ich mich mit meinem beigen Wintermantel und Handy bewaffnet nach draußen. Ich bemühte mich, die Treppen der Eingangshalle trotz hoher Schuhe heil hinunterzukommen und suchte hektisch die Handynummer meiner Mutter im Telefonbuch. Gerade als ich sie gefunden hatte, bemerkte ich eine Gruppe junger Menschen vor der Gaststätte, die so gar nicht dorthin passte. Sie waren alle dunkel gekleidet, Jeans und Metalshirts, statt prunkvoller Ballroben. Und wie es der Zufall so wollte, war einer unter ihnen Tarjos.

Ich ging einige Schritte, um nicht bei der Gruppe zu stehen, und rief meine Mutter an.

»Eva?«, hörte ich ihre Stimme, noch bevor das Tuten des Freizeichens zu hören gewesen war.

»Was ist los? Ist irgendwas passiert?«, fragte ich sie und schon bei der Frage, wurde mir übel.

»Eva, ich habe die ganze Zeit über versucht, dich zu erreichen.

Wo bist du denn nur? Ich bin gerade mit deinem Vater im Krankenhaus, aber es ist alles nicht so schlimm, wie es sich anhört.«

»Oh nein, sag schon, was ist passiert?« Ich spürte, wie mein Herz beinahe stehenblieb.

»Dein Vater hatte heute Abend einen Schlaganfall. Aber wir haben es rechtzeitig bemerkt und man konnte ihm schnell helfen. Er ist wohl auf. Sie machen noch ein paar Untersuchungen, aber morgen kann er sicherlich wieder nach Hause«, erklärte meine Mutter mit viel zu ruhiger Stimme.

»Oh mein Gott!«, rief ich und spürte, wie mir die Tränen in die Augen schossen.

Dann erinnerte ich mich daran, wo ich mich gerade befand, und beschloss, einen Ort mit weniger Publikum zu suchen. Am Gaststättengebäude führte ein schmaler Sandweg zwischen Hauswand und Rasen entlang, den ich einschlug, ohne mir dabei Gedanken darüber zu machen, dass ich mir womöglich gerade meine teuren silbernen Schuhe ruinierte.

»Wie konnte denn das passieren?«, schluchzte ich ins Telefon. Ich konnte meine Tränen nicht mehr zurückhalten, der Schock saß einfach zu tief.

»Beruhige dich erst einmal. Wir sind eben nicht mehr die Jüngsten, da kann sowas schon mal vorkommen. Aber wir hatten unglaubliches Glück. Das ist das Wichtigste«, versuchte meine Mutter vergeblich, mich zu beruhigen.

»Ich mach mich gleich auf den Weg zu euch.«

»Nein, Eva, tu das nicht. Nachher sitzen wir beide hier wie Falschgeld am Krankenbett. Das bringt doch nichts. Und du wolltest ja sowieso nächstes Wochenende mal wieder vorbeischauen, bis dahin wissen wir vielleicht mehr.«

Sie hatte Recht. Es würde nicht viel bringen. Trotzdem hatte ich diesen enormen Drang, meinen Vater jetzt in die Arme zu schließen und ihn nie mehr loszulassen. Ich bat meine Mutter, das für mich zu übernehmen und legte auf. Es fühlte sich an, als müsste ich mich übergeben. Aber selbst dafür war mir zu übel. Auf solch eine Nachricht war ich beim besten Willen nicht vorbereitet gewesen. Aber wer war das schon? Vermutlich konnten wir wirklich von Glück reden, dass bisher keine bleibenden Schäden erkennbar waren.

Mit meinem Mantel trocknete ich mir die Tränen und hoffte, dass mein Makeup nun nicht völlig ruiniert war. Ich atmete ein paar Mal tief durch, um gegen die Übelkeit anzukämpfen, und erst dann fiel mir auf, dass es dort, wo ich das Telefonat geführt hatte, ziemlich dunkel war. Um mich herum konnte ich nichts erkennen außer einer grauen Hauswand und dunklem Rasen, der scheinbar an einem Stückchen Wald oder zumindest einem größeren Gebüsch endete. Aber selbst das konnte ich nicht mit Sicherheit sagen. Ein Rascheln von Blättern im viel zu eisigen Wind deutete auf Bäume oder Büsche hin, trug jedoch nicht unbedingt zu meiner Beruhigung bei. Zum flauen Gefühl in meinem Magen kam nun auch noch Schaudern hinzu. Weit und breit war keine Menschenseele zu sehen.

Blitzschnell schossen mir Bilder aus den Nachrichten in den Kopf von all den jungen Mädchen, die in Kopenhagen ihr unglückseliges Ende fanden. Und ich musste an Kim denken. Bis heute wusste niemand, wie sie auf Rømø ihr Leben verloren hatte.

Wieso dachte man in solchen Momenten immer gleich an das Übelste? Ich sah lieber zu, dass ich zu den anderen zurückkam. Zügig lief ich auf die Ecke der Hauswand zu, hinter der ich die erlösenden Lichter der Gaststätte schimmern sah. In dem Augenblick, als ich um die Ecke biegen wollte, stieß ich plötzlich mit jemandem zusammen. Ich starb fast vor Schreck und gab einen dumpfen Schrei von mir, den vermutlich keiner hören konnte.

»Fuck! Willst du, dass ich mir in die Hose mache?«, zischte ich mein Gegenüber an.

»Nee, danke für das Angebot. Das gehört nicht unbedingt zu meinen Vorlieben«, witzelte Tarjos.

»Ha, ha, sehr komisch.« Der schon wieder. »Du hast mich zu Tode erschreckt.«

»Selbst schuld, wenn du dich an solch dunklen Orten allein herumtreibst.«

»Was willst du von mir? Lass mich einfach durch«, schrie ich fast. Es war gerade alles zu viel für mich, ich konnte mich nicht mehr zusammenreißen. Aber es tat gut, die angestauten Gefühle loszuwerden. Und er war dafür genau der Richtige.

»Was ich will? Dich daran erinnern, dass das hier keine hinterwäldlerische Kleinstadt ist. Du solltest nicht einfach allein im Dunkeln umherwandern. Hier laufen zu viele Spinner rum«, ermahnte er mich, als sei er der Oberlehrer.

»Was du gerade anschaulich unter Beweis gestellt hast«, entgegnete ich zynisch, woraufhin er das Gesicht verzog. Ich konnte nicht erkennen, ob ihn meine Aussage getroffen oder amüsiert hatte. »Danke für die Warnung«, versuchte ich mich schließlich aus der Affäre zu ziehen und machte einen Schritt auf den Rasen, um an ihm vorbeizulaufen. Meine hohen Absätze versanken im feuchten Gras. Zu allem Übel streckte Tarjos seinen Arm aus und verhinderte damit, dass ich entkam.

»Was soll der Scheiß?«

»Du siehst nicht gerade gut aus«, antwortete er ernst.

»Du weißt genau, was eine Frau hören will, oder?«

»Nein, im Ernst. Was ist los mit dir?«, fragte er mit so sanfter Stimme, wie ich es ihm mir gegenüber niemals zugetraut hätte. Kurz hielt ich inne und sah ihn an. In dem Moment hätte ich losheulen können. Ich blickte zu Boden und versuchte, die aufkommenden Tränen zu unterdrücken, was mir auch gelang.

Ohne Vorwarnung griff Tarjos nach meinem Kinn und hob es an, blickte mir so tief in die Augen, wie ich es aus den Schnulzenfilmen kannte, die ich gerade mit Julie gesehen hatte, und strich mir mit der Hand über die Wange, als wollte er die längst getrockneten Tränen wegwischen. *Warum tut er das?* Meine Augen fingen wieder an zu brennen, was mich ärgerte. Ich würde auf gar keinen Fall vor ihm losheulen.

Tarjos machte einen Schritt auf mich zu, sodass er ganz nah vor mir stand. *Was sollte das werden? Was sollte das? Wollte er rummachen? Hier? Jetzt? Das konnte unmöglich sein Ernst sein.* Und trotzdem tat es irgendwie extrem gut, seine starken Hände um mein Gesicht zu spüren, die mir Halt gaben in dieser verflixten Situation. Und dann küsste er mich, als wäre es das Normalste auf der Welt.

»Tarjos, hör auf!« Ich löste meine Lippen von seinen.

Er sah mich an, ließ mein Gesicht jedoch keine Sekunde los.

»Willst du das wirklich?«, fragte er leise.

Ich wusste nicht, was ich sagen sollte. Ich wusste nicht einmal, was ich wirklich wollte. Das hier war sicherlich der unpassendste

Moment überhaupt, mit Tarjos knutschend im Halbdunkeln hinter der Hauswand zu stehen. Gleichzeitig fühlte ich mich durch seine Anwesenheit, seinen Kuss so viel besser als noch vor fünf Minuten. Und ehe ich eine Entscheidung treffen konnte, küsste er mich erneut. Das flaue Gefühl machte immer mehr einer wohligen Wärme Platz, die sich in meinem Bauch ausbreitete. Ich wusste, es war falsch, meine Traurigkeit auf diese Weise zu vertreiben. Aber es tat gut, seine heißen Lippen auf meinen zu spüren. Seine warme Zunge, die sich mal zärtlich, mal bestimmt an meine drängte. Seine Hände, die mich immer noch hielten, sodass ich mich einfach nur fallen lassen wollte. In diesem Moment spürte ich, wie meine Knie weich wurden. Ich musste nach Tarjos' Arm greifen, um nicht umzufallen. Er bemerkte mein Schwanken und hob mich mit einem Ruck vom Rasen zurück auf den kleinen Sandweg. Doch statt sich von mir zu lösen, drückte er sich an mich, in meinem Rücken spürte ich die Hauswand.

»Besser?«, fragte er und grinste.

Ich wusste erst nicht, was er meinte, aber ja, jetzt hatte ich den Halt, der mir eben noch gefehlt hatte.

Tarjos küsste mich wieder, doch ich konnte mich nicht so recht entspannen. Es war einfach alles zu viel für mich.

»Soll ich aufhören?« Er sah mich skeptisch an. »Du scheinst nicht wirklich Spaß zu haben«, fügte er hinzu und klang beleidigt.

Wollte ich, dass er aufhörte? Das war meine Chance, seinem unangebrachten Benehmen ein Ende zu bereiten.

Tarjos entfernte sich ein paar Zentimeter von mir, er war drauf und dran, zu gehen.

Also entschied ich. Ich zog ihn wieder an mich und küsste ihn leidenschaftlich, um die negativen Gefühle gänzlich von mir zu schieben. Das Feuer zwischen uns entfachte neu und verdrängte die eisige Kälte um uns herum. Irgendwie machte es mich scharf, diese Entscheidung selbst getroffen zu haben und die Kontrolle zu übernehmen.

Ich wollte ihn stöhnen hören. Er sollte sich genauso wehrlos der Lust hingeben, wie ich es schon einmal getan hatte. Also ließ ich meine rechte Hand langsam an seinem Oberkörper hinuntergleiten, bis ich seinen Hosenbund erreichte. Ich hielt einige

Sekunden inne und setzte dann meinen Weg fort, um schließlich eine deutliche Erektion unter meiner Hand zu spüren.

Tarjos zog scharf die Luft ein und küsste mich so stürmisch von Neuem, dass ich mir etwas unsanft den Hinterkopf an der Wand anstieß. Er ließ einen Moment lang von mir ab, um sich zu vergewissern, dass alles heil geblieben war, aber ich kümmerte mich gar nicht weiter darum, denn ich wurde sofort feucht. Es war ein unglaubliches Gefühl, seinen harten Schwanz unter meinen Fingern zu spüren und ihn damit so scharf zu machen. Ich konnte mich nicht erinnern, jemals so sehr Sex gewollt zu haben wie in diesem Moment. Ich beschloss, die Sache selbst in die Hand zu nehmen und machte mich an Tarjos' Gürtel zu schaffen. Doch ich kam nicht weit. Kaum hatte ich die Schnalle geöffnet, griff er nach meinen Händen und drückte sie neben meinem Kopf gegen die Wand.

Ich war erregt und irritiert zugleich. Es schien ihm doch zu gefallen, warum durfte ich nicht weitermachen?

Er hielt erneut inne, seine Stirn gegen meine gelehnt, als müsse er zu Atem kommen. *Warum machte er das so kompliziert?* Es war schon erstaunlich, dass ich mich in dieser Dunkelheit an einem fremden Ort in eisiger Kälte überhaupt auf einen mehr oder weniger fremden Mann einließ. Und jetzt machte er einen Rückzieher?

Bevor Tarjos etwas sagen konnte, befreite ich meine Handgelenke aus seiner Umklammerung und machte mich auf, zu gehen. Auf einmal war ich froh über die Dunkelheit, so konnte er wenigstens nicht sehen, wie sehr ich mich schämte.

»Warte, ich kann doch ...«, fing er an.

»Du kannst was?«, fauchte ich.

»Naja, was für dich tun?«, fügte er grinsend hinzu. Da war es wieder, das Ekelpaket, das ich viel näher an mich herangelassen hatte, als es mir guttat.

»Bitte was? Glaub mir, du hast schon genug für mich getan«, gab ich zynisch zurück und stöckelte davon.

»Na gut, wer nicht will, der hat schon«, erwiderte er, was mich erst richtig wütend machte. Ich drehte mich um und sah ihn abfällig an. Dieses Spiel konnte ich auch spielen.

»Was wollt ihr Idioten eigentlich hier? Es ist doch offensichtlich, dass ihr nicht hierher passt. Du kannst mir doch nicht erzählen, dass ihr wegen des Balls hier seid«, versuchte ich ihn zu verletzten. Doch der Schuss ging nach hinten los.

Tarjos bekam einen halben Lachanfall.

»Nein, ganz bestimmt nicht«, stimmte er mir schließlich zu. »Aber es hat Tradition, sich all die lächerlich aussehenden Gestalten hier anzusehen, mit ihrem noch lächerlicheren Verhalten«, beantwortete er meine Frage und traf mich dabei ein weiteres Mal mitten ins Herz.

»Na dann viel Spaß. Und schönen Dank auch!«, entgegnete ich. Mehr fiel mir nicht mehr ein.

»Immer wieder gerne!«, rief er mir hinterher, während ich die Treppen zur Gaststätte hinaufstieg. *Na toll, hoffentlich hatte das keiner gehört.*

Ich hielt geradewegs auf die Toiletten zu, um mein Makeup und meine Frisur zu checken, bevor ich mich wieder zu den anderen gesellte.

»Wo warst du so lange?«, lallte Julie, als ich kam.

»Nur telefonieren«, entgegnete ich genervt, als wollte ich meinen Frust über Tarjos nun an ihr auslassen. Ich hielt es für unpassend, ihr hier von meinem Vater zu erzählen. Außerdem benahm sie sich merkwürdig. Es war offensichtlich, dass sie stockbesoffen war. Wie hatte sie das in so kurzer Zeit geschafft?

»Ich habe keine Ahnung«, erklärte Mads entschuldigend. »Auf einmal hatte sie diesen Drink in der Hand und ehe wir uns versahen, war sie sturzbetrunken.«

Jasper lächelte etwas unsicher, so hatte er Julie vermutlich auch noch nicht erlebt.

»Okay, ich glaube, ich bringe sie lieber ins Wohnheim«, entschied ich und die Jungs stimmten mir zu.

»Brauchst du Hilfe?«, fragte Mads, als ich versuchte, Julie von ihrem Stuhl zu kriegen.

»Nur bei der Jacke, den Rest schaffe ich alleine. Aber danke!«, gab ich zurück.

Wir zogen Julie zu dritt und unter reichlich Gegenwehr ihren Mantel an und dann schleppte ich sie aus dem Saal. Was die anderen Menschen von uns dachten, war mir mittlerweile völlig egal. An einem anderen Tag wäre mir das reichlich peinlich gewesen. Aber für heute hatte ich genug der schlechten Gefühle.

Vor den Treppen ins Freie machte Julie halt. Vermutlich bemerkte sie durch die plötzliche Sauerstoffzufuhr jetzt erst richtig, wie betrunken sie war.

»Ich will mich mal eben hinsetzen«, murmelte sie.

»Nein, dann kommen wir niemals hier weg!«, ermahnte ich sie, doch sie ließ mir keine Chance.

Sie setzte sich mitten auf die Steinstufen vor der Gaststätte, sodass jeder, der hinein oder heraus wollte, uns mustern konnte. Heute blieb mir aber auch gar nichts erspart. Und ich hatte Mitleid mit dem teuren Kleid, dessen empfindlichen Stoff Julie vermutlich gerade auf der Steintreppe zerrieb.

Zu allem Übel kam Tarjos auf uns zu, während ich vergebens versuchte, Julie wieder hochzuhieven.

»Braucht ihr Hilfe?«, fragte er.

»Tarjooooos!«, schrie Julie freudig auf und mir blieb nichts anderes übrig, als die Augen zu verdrehen.

»Was hast du mit ihr angestellt?«, fragte er mich vorwurfsvoll.

»Ich? Wie kommst du darauf, dass ich daran schuld bin? Vielleicht erinnerst du dich, dass ich …«, ich wollte gerade erwähnen, dass ich die letzten Minuten mit ihm verbracht hatte, als er mich unterbrach, wofür ich im Nachhinein durchaus dankbar war. Sonst hätte Julie noch etwas mitbekommen.

»Schon gut, schon gut. Ich will es gar nicht wissen.«

»Hey, seid lieb zueinander!«, protestierte Julie wie ein bockiges Kind.

Ich musste fast lachen, die kleine Prinzessin war völlig betrunken und wirkte dadurch noch niedlicher. Auch Tarjos schien die Situation zu amüsieren.

»Dann schaffen wir dich wohl mal nach Hause«, verkündete er, worauf er von Julie nur Missgunst erntete. »Mein Wagen steht da vorne. Hilfst du mir? Darfst auch mitfahren«, zwinkerte er mir zu.

Ich war erstaunt darüber, wie gut er seine Rolle spielte. *War das Leben für ihn nur ein einziges Theaterspiel?* Ich war nach allem, was heute Abend passiert war, viel zu erschöpft, um mich weiter aufzuregen. Außerdem konnte ich so das Taxigeld sparen. Also verfrachteten wir die Betrunkene auf den Rücksitz von Tarjos' schwarzen BMW, der erstaunlich aufgeräumt war. Hätte ich ihm gar nicht zugetraut. Sehr untypisch für einen Metal-Typen. Leere Bierdosen und Fastfood-Abfall hätte ich eher erwartet. Ich nahm auf dem Beifahrersitz Platz und wir fuhren los.

»Ich bin noch gar nicht müde. Können wir nicht noch mal zurück? Nur noch einmal tanzen. Bitte, das letzte Lied. So betrunken bin ich doch gar nicht.«

So ging das die ganze Fahrt über. Wir ignorierten Julies Gejammer. Ich sah aus dem Fenster, um jeden Blickkontakt mit dem Idioten neben mir zu vermeiden.

»Übrigens macht sie das jedes Jahr«, durchbrach Tarjos irgendwann das Schweigen.

»Wie bitte?«, stotterte ich.

»Julie meine ich! Sie ist jedes Jahr so betrunken. Normalerweise nutzt sie dafür die Weihnachtsfeier im Institut. Aber soweit ich weiß, war bisher niemand bereit, mit ihr auf den Ball zu gehen«, erklärte er.

»Ehrlich gesagt habe ich sie heute nicht einmal etwas Alkoholisches trinken sehen«, räumte ich ein.

»Ja, sie kann halt nix ab.« Tarjos lachte.

»Und jedes Jahr muss ich ihr hinterher sagen, wie scheiße die Aktion war und wie ungesund das für sie ist. Und das geht dann genau ein Jahr lang gut.«

Komisch, dachte ich. Vielleicht war er ja deshalb beim Ball gewesen, um Julie im Blick zu behalten. Das würde ihn fast sympathisch machen.

Aber nein. Er war ein Arsch. Basta.

Den nächsten Tag brauchte Julie komplett, um wieder nüchtern zu werden. Tarjos hatte sie nachts noch mit nach oben geschleppt und sich dann aus dem Staub gemacht. Am Morgen brachte ich ihr Aspirin-Tabletten, doch sie meinte, dass sie die wegen der blutverdünnenden Wirkung nicht nehmen dürfe. Trotz meiner Sorge entschied ich, sie an einem anderen Tag über ihren Gesundheitszustand und ihr gestriges Verhalten auszufragen. Für heute litt sie schon genug. Bevor ich mich zu meiner Schicht im Café aufmachte, besorgte ich ihr noch diverse Flaschen Getränke und etwas Obst, damit sie sich nicht großartig bewegen musste.

Der Tag verlief ansonsten sehr ruhig. Es kam mir vor, als hätten es gestern alle Julie gleichgetan und zu viel gefeiert und müssten den Tag zum Regenerieren nutzen. Frederik, mein Chef, ließ sich nur kurz blicken. Als ich ihm vom Gesundheitszustand meines Vaters berichtete, war er sofort einverstanden, meine Schicht am nächsten Freitagnachmittag zu streichen, sodass ich mehr Zeit bei meiner Familie verbringen konnte. Als Frederik wieder weg war, schmissen Katerine und ich allein den Laden, was nicht weiter schwierig war, da einfach absolut nichts los war.

Aus diesem Grund blieben leider auch sehr viele Brötchen und Kuchen übrig, wesentlich mehr als an anderen Sonntagen.

»Was passiert eigentlich mit dem ganzen Zeug?«, fragte ich meine Kollegin.

»Das meiste spendet der Chef an Obdachlosenheime. Er hat sich mit anderen Cafébetreibern zusammengetan und die fahren abwechselnd die übriggebliebenen Teigwaren zu nahegelegenen Einrichtungen für Bedürftige«, klärte sie mich auf.

»Wow, das ist ja nett!« Ich erinnerte mich an die Urkunden, die ich am Tag meines Probearbeitens in seinem Büro entdeckt und die ich mir mal näher hatte anschauen wollen. Dies war bestimmt eines der Projekte, für das er von offizieller Seite belobigt worden war.

In der heutigen Zeit schien mir solch ein selbstloses Verhalten nicht selbstverständlich. Daher freute ich mich darüber, dass ich in einem Laden arbeiten durfte, in dem Menschlichkeit eine Rolle spielte. Ich nahm mir vor, Frederik beizeiten zu sagen, dass ich viel von ihm und seinem Engagement hielt, und machte zusammen mit Katerine Feierabend.

Zu Hause warf ich noch einen Blick in Julies Zimmer, sie schien bereits tief und fest zu schlafen. Also beschloss ich, es ihr gleich zu tun, um ausgeruht in die nächste Woche starten zu können.

KAPITEL 10

Der Montagmorgen begann wie jeder andere, abgesehen davon, dass ich nach dem Frühstück kurz mit meiner Mutter telefonierte, um mich zu erkundigen, wie es meinem Vater ging. Scheinbar hatte er wirklich Glück im Unglück gehabt. Ich hätte dennoch am liebsten alles stehen und liegen gelassen, um nach Hause zu fahren. Aber das redete meine Mutter mir mit den Worten »Papa braucht erstmal Ruhe« aus.

Julie schleppte sich auf ihrem Fahrrad hinter mir her zur Universität und verschwand dort sofort auf der Toilette, damit sie nicht während der Vorlesung gehen musste, sie hätte ja etwas Wichtiges verpassen können. Es erstaunte mich immer wieder, wie sie an Prof. Nielsens Lippen hing, während alle Übrigen bloß versuchten, bis zum Ende der Vorlesung wach zu bleiben.

»Hey, du Bitch!«

Ich drehte mich um und sah etwas verwundert in das Gesicht dieser Tussi, die ständig in der letzten Reihe mit Tarjos abhing. Ihr Name war Victoria, das hatte Torge irgendwann mal erwähnt. Er hatte wohl schon die eine oder andere unnötige Diskussion mit »Victoria und ihren Anhängerinnen« geführt, wie er sie nannte. Was wollte die denn jetzt?

»Ja, dich meine ich«, sagte sie, als ich sie fragend ansah.

»Was ist dein Problem?«, wollte ich wissen.

»Du bist mein Problem. Ich hab' dich am Samstag gesehen. Lass deine Finger von Tarjos! Du spielst nicht in seiner Liga«, drohte sie mir völlig unverfroren.

Ich musste fast ein wenig lachen. »Oh, keine Sorge! Den kannst du ganz für dich allein haben«, versicherte ich.

Scheinbar hatte Victoria mit dieser Antwort nicht gerechnet, denn es kam nichts weiter von ihr.

»Sonst noch etwas?«, fragte ich sie.

»Pass lieber auf, wie du mit mir sprichst!«, fauchte sie und zog dann ab in Richtung Vorlesungssaal.

»Was wollte *die* denn von dir?«, fragte Julie leise keuchend hinter mir. Sie bekam immer noch nicht wieder richtig Luft.

»Ach, keine Ahnung. Du kennst die bescheuerten Weiber

doch«, gab ich zurück. »Geht es dir nicht gut? Du bist ja immer noch völlig außer Atem.«

»Es geht gleich wieder. Das ist nur die kalte Winterluft, die mir zu schaffen macht«, versuchte sie mich zu beruhigen, was ihr nicht besonders gut gelang.

Auf dem Weg in den Saal sah ich Victoria erneut. Sie klebte an Tarjos. Eigentlich war diese Aktion gar nicht schlecht. Damit hatte ich noch mehr Gründe, mich von ihm fernzuhalten, auch wenn ich normalerweise nicht tat, was so eine Schnepfe von mir verlangte.

Ich beschloss, mich die nächsten Tage ausschließlich auf die Uni zu konzentrieren und die Männerwelt zu meiden. Auf diese Weise würde gleichzeitig die Zeit schneller vergehen, bis ich endlich zu meinen Eltern fahren konnte. Also nutzte ich die Vorlesung dazu, meine Woche so minuziös zu planen, dass kein Platz mehr für Grübeleien oder gar Abenteuer mit dem männlichen Geschlecht blieb. Auch Julies Bitte, sie zum Filmabend ins Institut zu begleiten, gab ich ausnahmsweise nicht nach. Stattdessen nahm ich mir vor, meine Hausarbeit für Frau Jansen voranzubringen, damit ich diese noch vor den Semesterferien fertigstellen konnte.

Kurz vor Ende der Vorlesung sprach Torge mich leise an.

»Hey, wo du jetzt ja zur Streber-Studentin mutierst, wollen wir deinen Elan dazu nutzen, um uns mal an das Referat für das Deutsch-Seminar bei Alberts zu setzen?«

»Klar, gute Idee«, stimmte ich zu und schob ihm meinen Wochenplan hinüber. »Wann passt es dir?«

Er zeigte auf Mittwochnachmittag und ich nickte.

Nach der Uni beschloss ich, mich schon einmal ein wenig über unser Referatsthema zu informieren. Da wir uns zu Beginn des Semesters nicht wie alle anderen auf die Themenliste an der Tür des Professors gestürzt hatten, mussten wir uns mit der »Gretchenfrage« zufriedengeben. Im Grunde genommen war ich damit gar nicht mal unglücklich, da wir immerhin darum herumkamen, Faust II analysieren zu müssen.

Nachdem ich zunächst die Bibliotheksrechner nach geeigneter Sekundärliteratur durchforstet hatte, bahnte ich mir einen Weg durch den Irrgarten, der sich mir hinter zahlreichen Regalen bot. Der muffige Geruch verstaubter Bücher in den hintersten Ecken der literaturhistorischen Abteilung brachte meine Nase zum Laufen, sodass ich erst die Toilette aufsuchen musste, um mir die Nase zu putzen, bevor ich meine Suche fortsetzen konnte. Schließlich fand ich, wonach ich Ausschau gehalten hatte. Ich stöberte ein wenig in den Regalen rund um Goethes Werke und setzte mich nach kurzer Zeit mit einem Arm voll Büchern in ein ruhiges Eckchen in einem der Studienzimmer. Dann machte ich mich daran, die Literatur nach Ausführungen zur Gretchenfrage zu durchkämmen.

Dabei stieß ich immer wieder auf Charakterisierungen der Gretchen-Figur in Goethes Faust, sodass ich nicht umhinkam, mich zu fragen, was Männer an diesem Typ Frau so anziehend fanden. Ging es ihnen um das Reine, Jungfräuliche, Unschuldige oder bloß darum, Überlegenheit und Dominanz zeigen zu können gegenüber einer etwas naiven, unerfahrenen Frau? Oder lag der Reiz darin, eine sich an Werte und Normen klammernde Frau dazu zu verführen, andere Wege einzuschlagen?

Ich musste unwillkürlich an Julie denken. Und dann an Tarjos. Sein Hang zur Dominanz war nicht von der Hand zu weisen.

Im nächsten Augenblick ärgerte ich mich darüber, dass mich dieser Typ scheinbar so sehr beeindruckt hatte, dass ich sogar beim Recherchieren in der trockenen Bibliotheksluft an ihn denken musste. Also beschloss ich, es mit dem Gretchen für heute gut sein zu lassen, die Bücher einfach auszuleihen und beizeiten zuhause zu lesen. Das war sicher auch gesünder für meine Nase.

Die nächsten Tage verbrachte ich jede freie Minute mit meiner Arbeit an »Babettes Gæstebud«. Zwei Drittel waren bereits geschrieben und ich beschloss, am Ende der Woche ein weiteres Mal Frau Jansens Sprechstunde aufzusuchen, um die letzten Unklarheiten zu besprechen. Dann konnte ich in den beiden Wochen der Weihnachtsferien die erste Arbeit komplett fertigstellen.

Die Referatsvorbereitungen mit Torge am Mittwoch liefen einwandfrei. Er hatte sich ebenfalls schon reichlich informiert, sodass wir eine grobe Gliederung festlegen konnten. Die einzelnen Unterpunkte teilten wir einfach auf, so konnten wir unsere Beiträge alleine vorbereiten und am Ende alles in einer Power-Point-Präsentation zusammentragen.

Da Torge wesentlich mehr Ahnung von Technik hatte als ich, überließ ich ihm die Gestaltung der Folien und übernahm stattdessen das Handout. Hier musste man besonders gründlich arbeiten, hatte ich gehört, da Herr Prof. Alberts dazu neigte, die Handouts in der Luft zu zerreißen, wenn sich grammatikalische Schwächen oder Fehler in der Rechtschreibung offenbarten. Und da ich die deutsche Sprache muttersprachlich beherrschte, überließ Torge mir diese Aufgabe nur zu gerne. Es machte mir nicht viel aus, im Gegenteil, es hatte mir schon immer große Freude bereitet, mich mit grammatikalischen Herausforderungen zu befassen. Das hatte bisher noch nie jemand verstehen können. Torge auch nicht wirklich, obwohl er ja selbst so stocksteif auftrat.

»Hauptsache, wir sind uns einig«, grinste er und ich stimmte zu.

Die Woche verlief ruhig. Es war mir gelungen, abgesehen von dem Referatstreffen mit Torge, mich vom männlichen Geschlecht fernzuhalten. Das schien mir gut zu bekommen, so war mein Kopf frei für die wirklich wichtigen Aufgaben.

Nichtsahnend saß ich also im Karen Blixen Seminar und wartete darauf, dass Frau Jansen jeden Moment durch die Tür treten würde, was jedoch nicht geschah. Fünf Minuten nach Seminarbeginn tauchte Tarjos mit einem Zettel in der Hand auf und verkündete, dass Frau Jansen die nächsten Wochen aufgrund eines persönlichen Vorfalles nicht in der Uni sein würde.

Ich sah mich bereits meine Hausarbeitspläne hinschmeißen, als er fortfuhr: »Online findet ihr eine Liste mit Literatur und Aufgaben, die ihr in der Zwischenzeit abarbeiten sollt. Frau Jansen hat mich zudem gebeten, ihre Sprechstunde zu übernehmen. Falls ihr also Fragen zu den Inhalten des Seminars habt, stehe ich euch in dieser Zeit zur Verfügung.«

Es herrschte absolute Stille im Raum. Ich nahm an, dass es vor allem daran lag, dass alle Beteiligten ähnlich wie ich dachten und den Besuch in der Sprechstunde bei Tarjos schlimmer fanden, als den Gedanken, die Hausarbeit einfach hinzuschmeißen.

Was sollte ich tun? Ich konnte die Arbeit natürlich auch fertigstellen, ohne noch ein weiteres Mal Rücksprache zu halten. Vermutlich würde es sowieso nichts nützen, da Tarjos womöglich andere Ansichten vertrat, als Frau Jansen es tat. Doch plötzlich durchfuhr es mich blitzartig.

»Mist!«, fluchte ich leise.

Ich hatte mich Anfang der Woche bereits in die Liste für die Sprechstunde eingetragen. Wenn ich nun nicht erschien, wüsste Tarjos genau, dass es seinetwegen wäre. Einerseits konnte er ruhig wissen, dass ich keine Lust auf ihn hatte. Aber andererseits dachte er dann, ich hätte Angst vor ihm oder seinem Urteil zu meiner Arbeit. Den Triumph wollte ich ihm nicht gönnen.

Also fand ich mich zwei Stunden später vor Frau Jansens Büro ein, um mich der Sprechstunde mit Tarjos zu stellen. Und obwohl die Liste an der Tür fast voll war, schien ich die einzige zu sein, die ihren Termin wahrnahm.

Kein Wunder, dachte ich mir und war schon drauf und dran, wieder zu gehen.

»Reiß dich zusammen!«, sprach ich mir gut zu und versuchte das Pochen meines immer schneller schlagenden Herzens zu ignorieren.

Da ich von drinnen keine Stimmen hörte, klopfte ich vorsichtig an, woraufhin ein unüberhörbares »Herein« ertönte, das sich eher wie ein »Heraus« anfühlte.

»Frau Jahns, was verschafft mir die Ehre?«, begrüßte Tarjos mich viel zu freundlich, was mich etwas irritierte. Immerhin hatten wir uns bisher geduzt. Er bot mir den Platz gegenüber des Schreibtisches an, an dem sonst Frau Jansen immer gesessen hatte.

»Ich würde gerne noch ein paar letzte formale Aspekte meiner Hausarbeit besprechen, damit ich sie in den nächsten Tagen fertigstellen kann«, kam ich direkt auf den Punkt und setzte mich.

»Okay, da ist aber jemand fleißig«, kommentierte er mein Vorhaben und machte damit deutlich, dass er keinesfalls fachlich bleiben konnte. Schade. Was hatte ich auch erwartet?

»Vielleicht war das doch keine so gute Idee, ich warte lieber ab und kläre das mit Frau Jansen, sobald sie zurück ist«, erwiderte ich und stand auf, um zu gehen.

»Quatsch, setz dich wieder! Ich reiß mich zusammen, versprochen. Es ist nur so, dass die meisten Studenten erst auf den letzten Drücker anfangen, ihre Arbeiten zu schreiben«, versuchte er seine Reaktion erklärend abzuschwächen. »Außerdem kommt Jette ... ähh ... Frau Jansen sicher nicht vor Januar wieder.«

Januar. Mist. Das war wirklich spät. Also biss ich die Zähne zusammen und stellte meine Fragen, die sich auf die formalen Aspekte bezogen. Tarjos hakte ab und an nach, verhielt sich aber für seine Verhältnisse relativ respektvoll.

Schließlich hatte ich meine Liste abgearbeitet und wähnte mich schon in Sicherheit, als er mich plötzlich mit Fragen nach meiner Deutungshypothese und Babettes Intention löcherte. Was sollte das denn jetzt? Wollte er meine Interpretationsfähigkeiten testen? Im Grunde ging ihn das doch überhaupt nichts an.

»Ich habe einmal eine ähnliche Forschung betrieben, daher interessieren mich deine Ansätze«, erklärte Tarjos, als ich ihn skeptisch ansah.

»Okay. Na gut. Also im Zentrum meiner Deutung steht neben der Betrachtung der Sinneswahrnehmung Babettes Selbstlosigkeit, die sich an vielen Stellen im Werk äußert.«

»Ist das alles?«, fragte Tarjos mit einem Tonfall, der mich kränkte.

Als ich nicht antwortete und lediglich die Stirn runzelte, fuhr er fort: »Das ist viel zu oberflächlich, viel zu engstirnig. Eva, du musst auch mal hinter das Offensichtliche blicken, die wahre Bedeutung herausfinden.«

Okay, jetzt waren wir also wieder beim Du.

Ich erwiderte ein langgezogenes »Ooookay«, um meiner Irritation Ausdruck zu verleihen. Es überraschte mich, dass er mich deswegen so anfuhr. Er schien zwar generell nicht zur Gattung *freundlicher Mensch* zu gehören, aber das hier war sogar für ihn etwas übertrieben.

»Du hängst zu sehr an den Regeln und Gesetzen deiner beschränkten, kleinen Welt. Wenn du dich davon nicht lösen kannst, kommst du nicht voran«, fügte er hinzu und wirkte dabei, als wäre er total sauer auf mich.

Was hatte der denn für ein Problem? Sicherlich konnte man noch tiefgründiger arbeiten und ich hatte mir bei der Arbeit nicht so viel Mühe geben, wie ich es sonst tat, immerhin schrieb ich sie während des laufenden Semesters und hielt die Deutung auch nicht für so schwierig wie bei manch anderen Texten. Aber deswegen musste er nicht gleich ausrasten. War doch nicht seine Hausarbeit und es ging hier um nichts, was ihn betraf.

»Gut, dann begebe ich mich mal wieder in meine – wie war das noch gleich – beschränkte, kleine Welt und stehle dir nicht länger deine kostbare Zeit in der gut besuchten Sprechstunde«, motzte ich ihn an. Ich schnappte mir meine sieben Sachen und eilte zur Tür hinaus.

»Ist wohl besser so«, hörte ich ihn hinter mir murmeln. Und ich fragte mich, wovon, um Himmels Willen, er gesprochen hatte. *Inwiefern war meine Welt beschränkt und was war falsch daran, sich an Regeln und Gesetzmäßigkeiten zu halten?* Ohne die funktionierte das Leben in unserer Welt nun einmal nicht. *Idiot!*

Ich war schon wieder wütend. Ich konnte mich nicht erinnern, in den vergangenen Jahren jemals solch einen Frust in mir verspürt zu haben, zumindest nicht aus derart fragwürdigen Gründen. Gleichzeitig hatten Tarjos' Worte es irgendwie geschafft, mich zu verunsichern. *Hatte er Recht? War ich zu engstirnig an das Thema herangegangen?* Im nächsten Moment dachte ich jedoch an das bevorstehende Wochenende und mir wurde noch einmal ganz anders. Die Sorge um meinen Vater bahnte sich wieder ihren Weg nach oben, und ich war ein Stück weit froh, in die mir so vertraute, heile Welt zurückzukehren, die ich einmal mein Zuhause nannte.

KAPITEL 11

Freust du dich schon auf das Luciafest?«, riss mich Julie aus meinen Gedanken, als wir am Montagmorgen den Vorlesungssaal nach einer weiteren Folge langweiliger Runenkunde mit Prof. Nielsen verließen.

»Klar. Vorausgesetzt du betrinkst dich nicht wieder gnadenlos«, foppte ich sie.

Sie wurde rot. Sie hatte noch Tage danach mit den Folgen zu kämpfen gehabt, dabei empfand ich es rückblickend als ziemlich erheiternd, wie sie sich verhalten hatte. Aber noch einmal musste ich das dieses Jahr nicht miterleben.

»Aber erklär mir nochmal, was das Lagerfeuer damit zu tun haben soll!«, lenkte ich beschwichtigend ein.

In Kiel am Skandinavischen Institut war es ebenfalls Tradition gewesen, um den 13. Dezember herum eine Art Wintersonnenwende oder Luciafest zu feiern. Sicherlich hielt man sich auch dort nicht superstreng an die überlieferten Traditionen, aber ein Lagerfeuer erschien mir nichts mit der Feier der heiligen Lucia zu tun zu haben.

»Naja, eigentlich gehört das wirklich nicht dazu. Mir wurde im ersten Semester erklärt, dass von Jahr zu Jahr immer weniger Leute am Fest teilgenommen haben, sodass man einen Weg suchte, auch Nicht-Skandinavisten anzulocken. Und das Lagerfeuer hatte scheinbar Erfolg«, erklärte Julie.

»Alles klar«, sagte ich, wenn auch etwas ironisch. »Man muss ja auch mal neue Traditionen einleiten.«

»Genau«, bestätigte sie und ignorierte meinen Unterton. »Wie geht es deinem Vater?«, fragte sie stattdessen.

»Den Umständen entsprechend gut«, versuchte ich mich kurzzuhalten, immerhin wollte ich nicht mein anschließendes Deutsch-Seminar verpassen, in dem nächste Woche das Referat von Torge und mir anstand.

Das Wochenende bei meinen Eltern war im Grunde genommen sehr schön gewesen. Mein Vater war wieder zuhause und hatte ausgesehen wie immer. Als wäre nichts gewesen. Dieses Gefühl hatte ich gebraucht, eine heile Welt, in die ich mich zurückziehen konnte.

»Er muss sich noch schonen«, hatte meine Mutter ab und an mit einem kritischen Blick zu verstehen gegeben, der für meinen Vater bestimmt gewesen war. »Aber du kennst deinen Vater ja. Er hört einfach auf niemanden.«

Er selbst hatte nur gelächelt, als würde er meine Mutter überhaupt nicht ernstnehmen. Und irgendwie hätte das ziemlich lustig gewirkt, wäre da nicht dieser Schlaganfall gewesen, der dem Ganzen mitunter einen bitteren Beigeschmack verlieh.

Wir hatten ein sehr entspanntes Wochenende miteinander verbracht, waren im Wald spazieren gegangen, so wie wir es früher immer getan hatten, als ich noch zur Schule gegangen war. Manchmal fehlte mir dieses Gefühl von Geborgenheit, das einem nur das eigene Elternhaus geben konnte. Als ich darüber nachdachte, musste ich lächeln. Immerhin hatte ich mit dem Umzug nach Kopenhagen versucht, meinem alten Leben zu entfliehen. Im Grunde genommen war ich froh, eigenständig Entscheidungen treffen zu können und nicht mehr unter ständiger Beobachtung zu stehen.

Meine Entscheidungen waren vielleicht nicht immer die besten, vor allem die Jungs betreffend, aber immerhin waren es meine eigenen Entscheidungen und ich hatte die Kontrolle über das, was ich tat. Es war mir gelungen, mich nicht in den Erstbesten zu verlieben und mich nicht erneut Hals über Kopf in eine lange Beziehung zu stürzen. Allerdings hatten es mir die Männer diesbezüglich auch leicht gemacht. Alex und Tarjos waren zwar ziemlich gutaussehend, aber beide absolut kein Beziehungsmaterial. Im Prinzip war das genau das, was ich wollte. Spaß ohne Bedeutung. Obwohl ich mir leise eingestand, dass dieser Weg zu sehr viel Frust führen konnte.

»Bist du auch warm genug angezogen?«, nervte mich Julie zum gefühlt hundertsten Mal, während sie ihre Tür zuschloss.

»Keine Sorge, das ist nicht mein erstes Lagerfeuer«, versuchte ich freundlich zu bleiben. Manchmal war sie ganz schön anstrengend. Aber sie meinte es auch nur gut.

Im Treppenhaus kam Tarjos uns entgegen. Was wollte der denn hier? Verfolgte der uns?

»Hej Tarjos!«, rief Julie und umarmte ihn munter. »Kommst du auch zum Luciafest?«, fragte sie stürmisch, bevor er auf die Begrüßung reagieren konnte.

»Hej, nein, du weißt doch, dass das nicht meine Welt ist«, gab er zurück.

Diese Antwort löste in mir ein sehr seltsames Gefühl aus. Ein Gemisch aus Freude und Enttäuschung zugleich. War das überhaupt möglich? Mussten die beiden Gefühle sich nicht gegenseitig ausschließen?

»Hey«, störte Tarjos meinen Versuch, diese merkwürdigen Gefühle zu interpretieren. »Ich rede mit dir.«

»Entschuldige, dass ich dir nicht all meine Aufmerksamkeit schenke, wo du doch so unwiderstehlich bist«, gab ich zynisch zurück.

Julie sah mich verwundert an, aber Tarjos grinste nur und bat mich dann, dafür zu sorgen, dass Julie sich vom Alkohol fernhielt.

»Ich bin doch kein Kleinkind!«, protestierte Julie, während ich sie mit mir die Treppe hinunterzog.

Dann wandte sie sich mir zu. »Hab' ich irgendwas verpasst?«

»Was meinst du?«, tat ich unwissend.

»Naja, dich und Tarjos, meine ich.«

»Ach, du weißt doch, dass ich den Typen nicht ausstehen kann. Auch nicht, wenn er uns letztens nach Hause gebracht hat. Was will der überhaupt schon wieder hier?«, fragte ich genervt.

»Der besucht bestimmt Henrik. Der wohnt im Stockwerk über uns. Die beiden sind recht gut befreundet«, erklärte Julie.

»Studiert der auch Skandinavistik?«, fragte ich sie, denn irgendwie kam mir der Name bekannt vor und ich hatte letztens im Treppenhaus jemanden getroffen, der mir schon einmal in einer Vorlesung begegnet war.

»Ja, aber soweit ich weiß nur als Drittfach. Ich glaube, Henrik promoviert. Ich kenne ihn nicht besonders gut, scheint aber ganz nett zu sein«, betonte sie und grinste, als wollte sie ihn mir irgendwie schmackhaft machen.

»*Ganz nett* klingt ja sehr überzeugend«, witzelte ich.

»Ach, du weißt, was ich meine«, lachte sie. Damit war das Thema Henrik durch.

Die Wärme und das unverkennbare Knistern des Feuers lockten die Studenten an wie Motten, die sich um eine Laterne scharrten. Das faszinierende Tanzen der gelblich-roten Flammen unter dem dunklen Dezemberhimmel schien auch Julie zu verzaubern, die immer wieder an meinem Ärmel zog und darum bat, näher heranzugehen.

»Was willst du denn so nah am Feuer? Dann kriegen wir nur den ganzen Qualm ab«, versuchte ich sie erfolglos abzuhalten, als wäre sie mein unerzogenes Kind. Daran hatte ich natürlich nicht gedacht, ich war zwar warm angezogen, hatte aber meinen guten Wintermantel an, der morgen nach Rauch stinken würde. Naja, zu spät.

Wir setzten uns auf einen großen Holzstamm wenige Meter vom Feuer entfernt und beobachteten schweigend den feurigen Tanz dicht vor uns. Dort fand uns Torge. Er hatte einen Freund dabei, den ich zuvor noch nie gesehen hatte und der sich mir als Bo vorstellte. *Bo*, was war Bo bitte für ein Name? Genau wie *Ib*. Sollte man nicht eine Mindestzahl von Buchstaben bei Namen festlegen? Mindestens drei zum Beispiel?

Julie schien ihn zu kennen. Ohne dass ich die Chance gehabt hätte, mehr über Bo zu erfahren, vertieften die beiden sich so sehr in ein Gespräch, dass sie Torge und mich völlig ignorierten.

»Was ist das denn?«, fragte Torge und blickte skeptisch zu Julie und diesem Kerl herüber.

»Ich habe nicht die leiseste Ahnung«, erwiderte ich.

»Möchtest du was trinken?«, wollte er wissen und wir entschieden, dass wir die beiden allein lassen konnten, sie würden uns ohnehin nicht vermissen.

Während wir auf unsere Getränke warteten, besprachen wir die letzten Details unseres Referats, das am Montag anstand. Wir waren ziemlich gut vorbereitet, die Zusammenarbeit mit Torge verlief ausgesprochen effizient. So waren wir uns in allem schnell einig geworden.

Als wir mit unseren Getränken zurückkamen, saßen Julie und Bo immer noch in ihre Unterhaltung vertieft nebeneinander, sodass uns nichts anderes übrigblieb, als uns daneben zu setzen und nur ›Bahnhof‹ zu verstehen.

»Hast du noch mal was von Rikke gehört?«, fragte ich Torge

schließlich vorsichtig, denn ich wollte nicht den Rest des Abends damit verbringen, den beiden anderen zuzuhören oder über das Referat zu sprechen.

»Nicht wirklich«, antwortete er. »Sie scheint aber hier und da wen kennengelernt zu haben.«

»Oha.« Mehr fiel mir dazu nicht ein. Irgendwie konnte ich ihren Freiheitsdrang verstehen, andererseits empfand ich es als sehr achtlos, wie sie mit Torge umgegangen war. Aber das wollte ich ihm so nicht sagen, daher schwieg ich lieber.

»Und bei dir so?«, hakte er neugierig nach.

»Nichts Aufregendes. Ich war am Wochenende bei meinen Eltern und ansonsten konzentriere ich mich erstmal auf die Uni. Das scheint mir zurzeit ganz angebracht zu sein«. Ich lächelte und Torge grinste verstehend.

Nach einer Weile wurde mir trotz des Feuers langsam kalt. Müdigkeit machte sich breit. Torge und mir waren längst die Gesprächsthemen ausgegangen, aber Julie wollte partout noch nicht gehen. So kannte ich sie noch gar nicht. Zumindest nicht im nüchternen Zustand. Und das war sie. Der Junge schien ihr etwas zu bedeuten. Also versprach ich ihr schließlich, das Fahrrad stehenzulassen und ein Taxi zu nehmen, wenn sie dies im Gegenzug später auch tun würde. Auf diese Weise konnte ich zumindest sichergehen, dass sie heil nach Hause kam.

»Ich kann sie nachher fahren«, bot Bo an.

Etwas besorgt sah ich Torge an und er gab mir zu verstehen, dass das in Ordnung ginge.

»Dass mir keine Beschwerden kommen!«, rief ich zur Verabschiedung und machte mich auf den Heimweg.

Als ich am Wohnheim aus dem Taxi stieg, überkam mich wieder dieses ungute Gefühl. Nicht ohne Grund. Tarjos stand zusammen mit einem Typen vor der Eingangstür, es musste dieser Henrik sein. Henrik zündete sich gerade eine Zigarette an, als Tarjos mich erblickte und sein süffisantes Grinsen aufsetzte. Zügig ging ich die Treppe zur Eingangstür hinauf, in der Hoffnung, dass er mich nicht ansprechen würde. Natürlich vergebens.

»Verfolgst du mich etwa?«, fragte er gehässig.

Seine Arroganz ging mir langsam auf die Nerven.

»Das fragst du mich? Ich bin diejenige, die hier wohnt«, entgegnete ich genauso herablassend, wie ich es von ihm gewohnt war, und verschwand in der Eingangstür. Meine Müdigkeit half mir, mich nicht sonderlich über sein Auftreten zu ärgern. Ich wollte nur duschen und dann ab ins Bett.

Auf meinem Zimmer schlüpfte ich zügig aus meinen Klamotten und stopfte sie allesamt in eine große Plastiktüte, in der Hoffnung, dass das verhinderte, dass der Lagerfeuergeruch sich in meinem Zimmer ausbreitete. Ich bedauerte erneut, meinen guten Mantel angezogen zu haben, denn jetzt musste ich die restliche Woche auf eine viel dünnere Jacke zurückgreifen, bis ich es in die Reinigung geschafft hatte.

Ich wickelte mir mein großes Handtuch um den Oberkörper, schnappte mir meine Duschtasche sowie ein kleines Handtuch für die Haare und huschte über den Flur. Für gewöhnlich hatte ich mehr an, wenn ich zur Dusche ging, allerdings würde mich um diese Uhrzeit sowieso niemand sehen.

Außer Tarjos und sein Kumpel, die in diesem Moment durchs Treppenhaus liefen. Als Tarjos mich sah, stoppte er kurz. Dann schien er sich von Henrik zu verabschieden und öffnete die Glastür, die meinen Flur und das Treppenhaus voneinander trennte.

Das konnte doch unmöglich sein Ernst sein. Ich blickte den langen Flur hinauf, den Tarjos entspannten Schrittes auf mich zuging. Eigentlich wollte ich im Duschraum verschwinden, aber meine Neugierde fesselte mich. Die Situation erinnerte mich ein bisschen an die Begegnung mit ihm am Bunker auf Rømø. Ich verspürte ein leichtes Kribbeln. *Reiß dich zusammen*, dachte ich mir. Der Typ ist nicht gut für dich.

»Hast du dich schon mal für mich ausgezogen?«, fragte er, noch einige Meter entfernt.

»Träum weiter!«, entgegnete ich. »Was willst du hier?«.

»Kannst du dir das nicht denken?«, antwortete er völlig ernst. Sein kindisches Grinsen gefiel mir deutlich besser, aber als er da im Halbdunkel auf mich zukam, konnte ich nicht anders, als wieder einmal sein gutes Aussehen zu bewundern. Wie immer hatte er nur ein T-Shirt an, sodass Ansätze der dunklen Tattoos an den Armen zu erkennen waren. Anders als sonst trug er eine blaue Jeans, die an einigen Stellen löchrig war und in der er extrem lässig aussah. Seine Schuhe waren blaue Slipper mit weißer Sohle. Ich konnte mich nicht erinnern, ihn schon einmal in diesen Klamotten gesehen zu haben. Nur sein T-Shirt war wie immer schwarz.

»Warst du shoppen?«, blödelte ich.

»Was?«, fragte er verdutzt und schien dann zu kapieren, worauf ich hinauswollte.

»Gefällt es dir nicht?«

Diese Frage verwunderte mich.

»Doch, gefällt mir. Lässt dich irgendwie freundlicher wirken.«

»Aha. Freundlicher. Genau, was ich wollte.« Sein blödes Grinsen kam wieder zum Vorschein. Er blieb kurz vor mir stehen und überrumpelte mich erneut mit seiner direkten Art.

»Und, wo treiben wir es?«, fragte er beiläufig.

»Pfff«, prustete ich los, zum Teil, weil mich seine Frage amüsierte, zum Teil aber auch, weil ich fassungslos war, dass mich diese direkte Art auf absurde Weise anturnte.

»Ich gehe jetzt duschen und du solltest nach Hause gehen«, sagte ich und öffnete die Tür zum Duschraum. Ich lief zur nächstgelegenen Kabine und drapierte mein Zeug auf dem kleinen Bänkchen, das sich in jeder Kabine befand und das nur durch eine schmale Wand vor dem Wasser der Dusche geschützt wurde.

Als hätte ich es geahnt, und vielleicht auch ein wenig gehofft, stolzierte Tarjos hinter mir her und setzte sich auf die Waschbeckenleiste vor den Duschen.

Ich reckte meinen Kopf aus der Kabine. »Was machst du denn da?«

»Reg dich ab, das hier ist ein öffentlicher Raum«, antwortete er.

»Öffentlich?«, konterte ich, um die Fragwürdigkeit seiner Antwort zu betonen.

»Naja, zumindest halbwegs. Lise wird nichts dagegen haben. Immerhin habe ich hier auch mal gewohnt«, überraschte er mich. Das konnte ich mir irgendwie gar nicht vorstellen. Der über alles erhabene Tarjos in einem gewöhnlichen Studentenwohnheim.

»Okay«, gab ich mich geschlagen. »Ich kann dich vielleicht

nicht zwingen, zu gehen, aber ich kann dich sehr wohl daran hindern, mir beim Duschen zuzusehen«, fügte ich hinzu, bevor ich in der Kabine verschwand und die Tür hinter mir verschloss.

Die Müdigkeit war mittlerweile wie verflogen, vor allem beim Gedanken, dass ich hier nackt duschen sollte, während Tarjos nur einen Meter entfernt auf den Waschbecken saß. *Ach was soll's,* immerhin war er mir schon sehr viel näher gekommen, als er es jetzt war. Ich hängte meine Handtücher an die Haken, die sich über der kleinen Bank im Vorraum der Kabine befanden, und stellte mich unter die Dusche.

Beim Einseifen meiner Haare stellte ich fest, dass Tarjos länger keinen Ton mehr von sich gegeben hatte, und ich fragte mich, ob er gegangen war.

»Bist du eigentlich immer so nachtaktiv?«, erkundigte ich mich also, um zu checken, ob er noch da war.

Nach einer kurzen Pause, in der wieder dieses seltsame Gefühl von Enttäuschung und Erleichterung zugleich in mir aufstieg, antwortete er: »Ich mag die Nacht einfach. Da hat man seine Ruhe.«

Ich ließ seine Antwort unkommentiert stehen und ging dazu über, mich von oben bis unten einzuseifen. Der Rauch war wirklich hartnäckig, ich wollte ihn nicht auch noch in meinen Bettlaken haben.

»Weißt du eigentlich, dass das ganz schön fies ist?«, unterbrach Tarjos die Stille.

»Was genau meinst du?«

»Na, die Tatsache, dass du gerade deinen heißen Körper einseifst, während ich hier nur rumsitzen darf.«

»Du kannst ja gehen«, stichelte ich.

»Oder aber ich könnte das für dich übernehmen und deine schönen Brüste mit meinen Händen verwöhnen.«

Bei dieser Aussage stockte mir der Atem. Allein dieser eine Satz führte bereits dazu, dass sich Erregung zwischen meinen Beinen bemerkbar machte.

»Du scheinst über mein Angebot nachzudenken«, fügte er etwas leiser hinzu.

»Nicht unbedingt«, erwiderte ich ein wenig zu schnell und piepsig. Ich konnte mir sein Grinsen förmlich vorstellen.

»Okay, dann lass mich dir sagen, was ich noch alles tun könnte ... Während meine Hände deine zarten Brüste streicheln, würden meine Lippen deinen Hals verwöhnen, bis du leise anfängst zu stöhnen. Dein Stöhnen würde mich ermuntern, weiterzumachen, also wandern meine Hände etwas tiefer, erst über deinen nassen Bauch, dann über deinen Rücken, bis sie deinen geilen Arsch erreicht haben. Meine Lippen wollen ebenfalls mehr, ich bedecke deine Schultern mit Küssen, dein Dekolleté, und gehe immer tiefer, bis meine Lippen deine Brüste berühren. Meine Zunge freut sich schon darauf, deine zarten Brustwarzen zu liebkosen ...«

Seine Worte reichten aus, um diese wohlige Hitze in mir aufsteigen zu lassen. Ich musste meine Beine zusammenpressen, um das vorfreudige Zucken zu kontrollieren, das Tarjos mit seinen Gedankenspielen in mir auslöste. Ich wollte ihn schon wieder so sehr, aber ich wollte auch nicht nur sein Spielzeug sein, das er sich nehmen konnte, wann er wollte, und das in seinen Fingern so wehrlos wurde. Ich wollte ihn, aber zu meinen Bedingungen.

»Ich will mehr«, flüsterte ich fast.

»Kannst du bekommen«, hörte ich seine tiefe, erregte Stimme raunen.

Und dieses Kribbeln in meinem Unterleib wurde noch intensiver.

»Nein, du verstehst nicht. Ich will mehr. Ich will dich. Voll und ganz.«

Ich band mir das große Handtuch um und öffnete das Schloss der Kabinentür, um dann abzuwarten, wie er sich entscheiden würde. Es vergingen ein paar Sekunden, dann öffnete Tarjos die Tür und trat in die Kabine. Anstatt über mich herzufallen, nahm er meine Handgelenke und hielt sie fest umschlossen, während er seinen Blick in Richtung meines Schlüsselbeins senkte. Für eine Sekunde hatte ich das Gefühl, dass er selbst davon überrascht war, was er hier tat. Er wirkte unentschlossen. Dann sah er weiter an mir herab und wieder in mein Gesicht.

»Du bist so scharf!«, murmelte er und es klang, als würde ihn das beinahe wütend machen. Ohne Vorwarnung packte er mich und hob mich hoch, sodass ich aus Reflex meine Beine um seinen Körper schlang. Mit mir in seinen Armen machte er einen Schritt in die Dusche, bis mein Rücken die Wand berührte. Dass er dabei den Sensor auslöste und nun samt Klamotten pitschnass wurde, schien ihn nicht weiter zu stören.

Er presste seine Lippen auf meine und küsste mich so fordernd, dass ich zwischendurch nach Luft schnappen musste, um nicht zu ersticken. Mit der linken Hand hielt ich mich an seinem muskulösen Oberarm fest, obwohl ich eigentlich nicht wegrutschen konnte, da seine starken Hände meinen Po fest umfassten. Ich nutzte die Tatsache aus, dass meine andere Hand frei war, und berührte das nasse T-Shirt, unter dem sich seine warme Brust deutlich spürbar abzeichnete. Ihn zu berühren, erregte mich noch mehr. Meine Hand wanderte nach unten bis zu seinem Bauch, der ganz fest und angespannt war. Tiefer kam ich in dieser Position nicht. Also löste ich meine Lippen von seinen.

»Ich will dich spüren«, stöhnte ich in sein Ohr. Er zog scharf den Atem ein und drückte mich noch fester an die Wand. Es vergingen ein paar Sekunden, in denen er mich so heftig küsste, dass es fast wehtat.

»Kannst du dich festhalten?«, fragte er dann.

Ich nickte und legte beide Arme um seinen Hals, während ich meine Beine fester um ihn schlang. Er ließ meinen Po los und hielt kurz inne, um zu sehen, ob ich auch nicht wegrutschte. Dann zog er ein Kondom aus seiner hinteren Hosentasche und hielt es mir vors Gesicht.

»Halt das mal«, murmelte er.

Meine Hände von seinem Hals zu lösen, traute ich mich nicht, also nahm ich das Kondom vorsichtig zwischen die Zähne und versuchte, nicht die Verpackung zu beschädigen.

Er guckte mich an, nahm mir das Kondom aus dem Mund und küsste mich erneut heftig.

»Du bist so geil«, flüsterte er und hielt mir das Kondom wieder hin.

Seine Hände verschwanden unter mir und ich hörte, wie er seinen Gürtel öffnete und die Hose ein Stück nach unten schob. Dann nahm er mir das Kondom ab und öffnete es, bevor er es überstreifte. Seine Hände wanderten zurück an meinen Hintern und ich spürte sein hartes bestes Stück unter mir. Meine Vorfreude stieg ins Unermessliche.

Tarjos sah mir tief in die Augen und wirkte auf einmal unsicher.

»Alles okay?«, erkundigte er sich.

»Bitte, nimm mich!«, forderte ich ihn auf, woraufhin sein unsicherer Blick von einem lüsternen Grinsen abgelöst wurde.

»Halt dich fest!«, forderte er, hob mich noch einmal vorsichtig an, mit einer Hand stützte er meinen Po und mit der anderen Hand führte er seinen harten Schwanz zwischen meine Beine. Mir stockte kurz der Atem.

»Entspann dich!«, flüsterte Tarjos und rieb die Spitze seines Glieds zwischen meinen Beinen, wodurch ich noch einmal spürte, wie ich feucht und heiß wurde.

Langsam drang er in mich ein, hielt aber immer wieder inne, bevor er weitermachte, als wolle er sichergehen, dass es okay für mich war. Tarjos stöhnte bei jedem Zentimeter, den er tiefer in mich eindrang. Und dieses Stöhnen trieb mich fast in den Wahnsinn. Seine Stirn lehnte er gegen meine und die warmen Wassertropfen von der Dusche mischten sich mit unserem Schweiß. Dieses Gefühl, Tarjos endlich in mir zu spüren, war einfach unbeschreiblich geil. Sein Schwanz war so hart und fühlte sich so gut an.

Er fing an, meine Hüften auf und ab zu bewegen. Ich konnte meine Lust nicht länger unterdrücken und stöhnte bei jedem Stoß etwas lauter auf. Sein Blick verriet, dass ihm gefiel, wie ich mich meinem Verlangen hingab. Schließlich drückte er mich fest an die Wand, sodass ich nicht wegrutschen konnte. Er begann, seine Hüften schneller und heftiger zu bewegen, was meinen ganzen Körper zum Zittern brachte. Je schneller und härter seine Stöße wurden, desto kürzer wurden die Abstände zwischen den Hitzewellen, die mich überrannten.

Auch Tarjos stöhnte immer heftiger und ich konnte ihm ansehen, dass er kurz davor war, zu kommen. Und ich wollte, dass er das tat.

»Besorg es mir!«, forderte ich ihn ein letztes Mal auf.

Ich hatte die Worte kaum ausgesprochen, da spürte ich, wie sein Schwanz in mir zu zucken begann.

»Fuck!«, stöhnte er, während er seine Stirn neben meinem Kopf an der Wand abstützte. Seine Finger krallten sich fester in meine Haut und ich genoss das Pulsieren seines Gliedes zwischen meinen Beinen.

Eine kurze Zeit verweilten wir in dieser Position. Tarjos war völlig außer Atem. Sein Oberkörper bebte auf und ab, während der Druck zwischen meinen Beinen Stück für Stück nachließ.

Als Tarjos wieder zu Kräften gekommen war, zog er sich behutsam aus mir zurück und streifte das Kondom ab. Ich schnappte mir mein großes Handtuch, das auf den Boden gefallen war, versuchte das Wasser herauszuwringen und bedeckte meinen geröteten Körper. Auch Tarjos zog seine nassen Boxershorts und Jeans wieder hoch und schloss sie langsam. Dann sah er mich an.

»Alles gut?«, fragte er schon wieder, was mich irritierte.

Und ich sagte ihm, dass er das nicht ständig fragen solle.

»Du bist nicht gekommen, oder?«, gab er als Antwort, was auch nicht viel besser war. Im Gegenteil, diese Frage machte mich irgendwie verlegen. Obwohl ich sie schon oft gehört hatte. Wie gesagt, das Nicht-Kommen war nichts Neues für mich.

»Entschuldige«, fügte er hinzu, da ich nicht sofort reagierte.

Diese Seite von ihm kannte ich noch gar nicht. Ich hätte nicht gedacht, dass Tarjos höchst persönlich sich jemals für irgendetwas entschuldigen würde.

»Ich muss nicht jedes Mal kommen, um meinen Spaß zu haben«, gab ich fast verärgert zurück. »Das war trotzdem heißer, als alles, was ich die letzten beiden Jahre erlebt habe«, fügte ich hinzu, als ich sah, dass meine erste Antwort seine Stimmung nicht hob. Dass das ein Fehler war, erkannte ich sofort an dem breiten Grinsen, das auf seinen Lippen erschien.

»Gern geschehen«, antwortete er und ich konnte nicht anders, als meine Augen dramatisch genervt zu verdrehen, was ihn zum Lachen brachte.

Ich wickelte mir das kleine Handtuch um die nassen Haare, während Tarjos sein T-Shirt vor seinem Bauch auswrang, ohne es auszuziehen. Es gelang mir, einen kurzen Blick auf seinen Oberkörper zu werfen. Er war gut definiert und glänzte vom Wasser, das überall hingelangt war. Ein schmaler Streifen dunkler Haare führte von seinem Bauchnabel abwärts und verschwand in der Jeans. Er sah einfach heiß aus.

»Schmeiß die Sachen doch kurz in den Trockner«, schlug ich ihm vor.

»Und dann laufe ich nackt nach Hause, oder was?«, antwortete er und seine Stimme hatte etwas von der Arroganz zurückerlangt, die ich nur zu gut von ihm kannte. Ich entschied, ihm zu zeigen, dass er sich albern anstellte. Ohne ein Wort zu sagen, öffnete ich das Handtuch, das ich um mich gewickelt hatte, und warf es ihm zu. Dann schnappte ich mir zügig meine Sachen und verschwand Richtung Flur. Nachdem ich mich mit einem kurzen Blick versichert hatte, dass niemand auf dem Gang war, fügte ich, ohne mich umzudrehen, hinzu: »Du kannst bei mir warten, bis deine Sachen wieder tragbar sind.«

In meinem Zimmer schloss ich die Tür hinter mir und lehnte mich mit dem Rücken dagegen. Ich musste lachen. War ich tatsächlich gerade völlig nackt über den Flur meines Wohnheimes gehuscht? Ein Kribbeln machte sich in mir breit und ich merkte, wie eine noch nie gekannte Abenteuerlust in mir aufkam. Das musste der Reiz des Verbotenen oder des Erwischtwerdens sein, von dem man immer mal wieder las. Diesem Gefühl schloss sich ein gewisser Stolz an, denn ich hatte den Spieß umgedreht und Tarjos gezeigt, dass er sich anstellte wie ein kleines Mädchen.

Einige Sekunden lehnte ich an der Tür und genoss diesen inneren Zustand, bis mir klar wurde, dass ich gerade Tarjos zu mir aufs Zimmer eingeladen hatte. Mein Lächeln verschwand, und während ich mich darüber ärgerte, auf diese Weise wieder gegen meine Vorsätze von möglichst bedeutungslosem Sex zu verstoßen, schnappte ich mir das Nachthemd, das auf dem Bett lag, und warf es mir über. Gerade rechtzeitig, denn im nächsten Moment stand Tarjos in der Tür – natürlich hatte er es nicht nötig, anzuklopfen. Ich kam allerdings nicht dazu, ihm zu sagen, wie unangemessen das war, denn ich war völlig auf seinen Oberkörper fixiert. Er stand in meinem Zimmer, mit nichts als meinem nassen Handtuch um die Hüften.

Ich hatte ihn noch nie ganz ohne sein T-Shirt gesehen. Er sah unglaublich scharf aus mit seinen nassen dunklen Haaren und den zahlreichen Tätowierungen, die seinen Oberkörper schmückten.

Mir wurde klar, dass ich ihn anstarrte, aber Tarjos schien es nicht zu bemerken, er war damit beschäftigt, sich in meinem Zimmer umzusehen. Das fühlte sich komisch an, irgendwie so entblößend. Apropos entblößt: Ich hatte es in der Hektik nicht geschafft, mir noch etwas drunterzuziehen. Ich fühlte mich ein wenig nackt, also setzte ich mich vorsichtig auf mein Bett und versuchte, meine aufkommende Unsicherheit zu verbergen. Erstaunlich, dass mir Tarjos' Herumstöbern in meinem Zimmer fast intimer vorkam, als das, was wir gerade in der Gemeinschaftsdusche getrieben hatten.

Irgendwann blieb Tarjos' Blick an dem Plastikbeutel hängen, in dem ich meine nach Rauch stinkende Wäsche deponiert hatte. Er schien irritiert, also klärte ich ihn auf.

»Musst du immer versuchen, alles zu kontrollieren?«, fragte er.

Diese Frage erschien mir seltsam.

»Meistens«, antwortete ich ehrlich, denn ich konnte es wirklich nicht ausstehen, wenn etwas nicht nach Plan verlief.

Eine schwer übersehbare Sorgenfalte machte sich auf seiner Stirn breit. *Was war denn jetzt wieder?*

»Alles klar bei dir?«, fragte ich angespannt.

»Klar«, antwortete er. »Aber ich sollte nicht hier sein«, fügte er hinzu und schien sich zum Gehen aufmachen zu wollen.

»Aber wenn du so dort rausgehst, wirst du nachher noch von der Campus-Polizei verhaftet«, witzelte ich und versuchte seine Laune zu bessern. Und tatsächlich sah ich den Hauch eines Lächelns in seinem Gesicht. Ich schlug ihm vor, sich ein trockenes Handtuch aus meinem Schrank zu nehmen, was er auch tat, woraufhin er das nasse zum Trocknen über meinen Schreibtischstuhl hängte.

Und als würde er selbst hier wohnen, griff er nach der Fernbedienung, die auf dem Schreibtisch lag, schaltete den Fernseher an und das Licht im Zimmer aus. Ich war dankbar, dass dadurch keine unangenehme Stille aufkam, und die Dunkelheit gab mir ein bisschen mehr Gelassenheit, also ignorierte ich sein viel zu selbstsicheres Auftreten, das im nächsten Moment auch schon wieder von einem Anflug von Unsicherheit abgelöst zu werden schien. Sein Blick wanderte zwischen meinem Bett und dem Schreibtischstuhl hin und her, scheinbar überlegte er, wo er sich hinsetzen sollte. Sein Verhalten verwirrte mich immer wieder. Einerseits so dreist und arrogant, und dann doch wieder unsicher?

Scheinbar war es das nicht, denn er setzte sich direkt neben mich. Das machte die Situation nicht unbedingt entspannter. Bis er sich Kibi, den ich in der Aufregung ganz vergessen hatte und der wie immer in meinem Bett lag, schnappte und erst ihn und dann mich ansah.

»Das hätte ich mir ja denken können.« Er lachte höhnisch.

Mein Gefühl schwankte zwischen peinlicher Berührung und Ärger, keiner durfte sich über meinen Kibi lustig machen. Ich riss ihm meinen Teddy aus der Hand und setzte ihn in die Ecke zwischen Kopfkissen und Wand. Gleichzeitig ärgerte ich mich, dass ich Tarjos auf mein Zimmer eingeladen hatte. Aber ich hatte ihn ja schlecht in den nassen Sachen nach Hause schicken können.

Als wir stumm nebeneinandersaßen und ich langsam entspannter wurde, fiel mir auf, wie müde ich eigentlich war. Und es konnte noch eine Weile dauern, bis seine Klamotten wieder annähernd trocken waren. Also zupfte ich mein Kissen am Kopfende zurecht und stellte es etwas auf, sodass ich mich mit dem Rücken dagegen lehnen konnte. Tarjos warf ich ein zweites Kissen zu. Und dann versuchte ich etwas umständlich, mich so dagegen zu lehnen, dass man mir nicht unters Nachthemd sehen konnte. Tarjos bekam davon wenig mit. Er rutschte auf dem schmalen Bett ein kleines Stück nach hinten, sodass auch er sich anlehnen konnte.

Das war schon wesentlich angenehmer, als steif nebeneinander sitzen zu müssen. Nur meine Beine waren noch etwas unbequem angewinkelt. Nach einiger Zeit spürte ich, wie sie langsam anfingen zu kribbeln, weil das Blut nicht richtig zirkulieren konnte. Alle paar Minuten versuchte ich sie möglichst unauffällig ein wenig zu bewegen, sodass sie nicht ganz einschliefen.

»Hast du es bald?«, fragte Tarjos genervt.

»Entschuldigung, ich will nur nicht, dass meine Füße absterben«, antwortete ich patzig.

Tarjos sah mich belustigt an, griff dann ohne Vorwarnung nach meinen Beinen und legte sie über sich, sodass ich sie endlich ausstrecken konnte. Währenddessen versuchte ich zu verhindern, dass mein für diesen Anlass viel zu kurzes Nachthemd zu weit nach oben rutschte.

»Hast du etwa nichts drunter?«, fragte er mit einem breiten Grinsen im Gesicht.

»Hast *du* denn was drunter?«, gab ich frech zurück, denn ich wusste ja, dass seine Kleidung munter ihre Runden im Trockner drehte.

Tarjos antwortete nicht auf meine Frage, sondern grinste nur.

So wie wir dalagen, hätte man uns für ein Pärchen halten können. Meine Knie lagen auf Höhe seiner Oberschenkel, nur das Handtuch, das er um die Hüften hatte, verhinderte, dass wir uns berührten. Es fühlte sich so gut an, endlich die Beine ausstrecken zu können, dass ich alles andere in Kauf nahm. Außerdem war es nicht gerade romantisch, dass Tarjos meine Beine als Ablage für die Fernbedienung benutzte.

Im Fernsehen lief eine dänische Dating-Show, bei der die Kandidaten sehr intime Fragen beantworten mussten. Am Ende legte das Publikum fest, wer mit wem eine Nacht verbringen konnte. Das war typisch dänisch. Es ging immer nur um Sex. Warum auch lange drum herumreden? Wobei ich zugeben musste, dass einige Fragen schon ziemlich komisch waren, sodass ich mir das eine oder andere Schmunzeln nicht verkneifen konnte. Tarjos schien nicht wirklich angetan von der Show. Zumindest war keinerlei Regung in seinem Gesicht zu erkennen. Ich nutzte die Tatsache, dass er auf den Fernseher fixiert war, um mir seinen Oberkörper genauer anzusehen.

Endlich konnte ich das Tattoo auf seinem rechten Oberarm in seiner ganzen Schönheit betrachten. Über den schwarzen Ringen mit Runeninschriften, die um den ganzen Arm herumgingen, befand sich ein Symbol, das ich in irgendeiner Vorlesung in Kiel schon einmal gesehen hatte. Aber ich konnte mich nicht erinnern, in welchem Zusammenhang. Es sah aus wie eine Mischung aus Keltischem Knoten und Odins Valknut. Auf seiner Schulter erkannte ich wiederum einen *Vegvisir*, eine Art Kompass, der aus einem Kreis mit Runen und Symbolen bestand und der sonst von einigen wenigen Wikingerfans meist als Talisman um den Hals getragen wurde.

»Hast du was Schönes gefunden?«, fragte er plötzlich, ohne mich anzusehen.

Ich fühlte mich ertappt und war gleichzeitig erstaunt, dass er meine dezenten Blicke gespürt hatte.

»Sorry, ich mag deine Tattoos«, gab ich zu.

»Aha.« War alles, was er dazu zu sagen hatte.

Na super, das konnte ja eine lange Nacht werden, dachte ich mir. Ich wollte nicht so unhöflich sein und fragen, auf wie viele Minuten er den Trockner gestellt hatte. Aber ich hatte nicht das Gefühl, dass er hier mehr Zeit als nötig verbringen würde.

Schließlich schloss ich meine Augen, da mir das Licht des Fernsehers langsam zu hell wurde. Es war ein komisches Gefühl, Tarjos so nah zu sein. Er war so schwer einzuschätzen. Manchmal regte er mich nur auf mit seiner arroganten Art. Dann wieder brachte er mich zum Lachen. Und der Sex war wirklich unglaublich.

Irgendwann spürte ich, dass Tarjos die Fernbedienung von meinen Schenkeln nahm und stattdessen seine Hände auf meinem linken Bein ablegte. Ich öffnete kurz die Augen und wollte gerade protestieren, aber er schien keinerlei Hintergedanken dabei zu haben, stattdessen lehnte er ebenfalls mit geschlossenen Augen immer noch an der Wand. Also entschied ich zuzulassen, dass seine warmen Hände mein Bein berührten. Auch wenn sich seine rechte Hand viel zu weit oberhalb des Knies befand.

Ich musste eingedöst sein. Ich spürte, wie seine Finger langsam anfingen, sich zu bewegen. Anfangs war es nur ein zartes Streicheln, das mich nicht davon abhielt, weiterzudösen. Dann wurden die Bewegungen immer größer und ich fühlte plötzlich seine andere Hand auf meinem rechten Bein. Beide Hände bewegten sich sanft aufwärts. Es fühlte sich gut an, ihn an meinen Oberschenkeln zu spüren.

Als mir jedoch klar wurde, worauf das hinauslief, wollte ich Einspruch einlegen.

»Was machst du denn da?«, grummelte ich, ohne die Augen zu öffnen.

»Etwas zu Ende bringen«, antwortete er und das Vibrieren seiner tiefen Stimme machte mich sofort scharf, ob ich wollte oder nicht.

Seine Hände bewegten sich weiterhin in kreisenden Bewegungen fort, bis sie plötzlich innehielten. Ich konnte gar nicht so schnell gucken, da hatte Tarjos meinen linken Fuß über sich gehoben, sodass er direkt zwischen meinen Beinen lag.

»Huch!«, erschrak ich. Mit einem Mal war ich hellwach und schaute Tarjos an. Gerade wollte ich meine Beine einziehen, um sie wieder schließen zu können, doch Tarjos hielt sie an den Knöcheln fest.

»Tarjos!«, protestierte ich. Einerseits war ich verärgert, oder vielleicht eher verunsichert, weil es sich komisch anfühlte, mit gespreizten Beinen vor ihm zu liegen. Andererseits machte mich genau dies erstaunlicherweise auch an. Und sein herrschsüchtiges Verhalten störte mich nicht im Geringsten.

»Vertrau mir einfach«, bat er mich und klang dabei fast schon liebevoll.

Ich kriegte nicht mehr als ein mürrisches Schnauben heraus und Tarjos grinste. Mehr oder weniger vergebens versuchte ich so viel Nachthemd wie möglich zwischen meine Beine zu kriegen und war immer noch nicht ganz einverstanden mit seinem Vorhaben.

»Entspann dich!«, forderte er mich auf, als könne er meine Gedanken lesen.

Seine Hände wanderten ganz langsam weiter nach oben, ich spürte seine Daumen auf den Innenseiten meiner Oberschenkel, wie sie immer näher kamen. Schließlich schloss ich meine Augen wieder und versuchte, an nichts zu denken und es einfach zu genießen. Tarjos rutschte ein Stück weiter nach oben, ohne seine Hände von mir zu nehmen. Seine Bewegungen wurden immer langsamer, als wollte er mich auf die Folter spannen, denn jeden Moment würden sie mich da unten berühren. Allein bei dem Gedanken wurde mir immer wärmer. Und als seine Daumen schließlich am Ende meiner Oberschenkel ankamen, musste ich tief Luft holen, um nicht laut aufzustöhnen.

Ich konnte Tarjos' Begeisterung förmlich spüren. Genau das war sein Ding, mich mit seinen Berührungen willenlos zu machen. Und es fühlte sich einfach so gut an, wie seine Finger meine intimste Stelle sanft mit kreisenden Berührungen verwöhnten, sodass ich mein Stöhnen nicht mehr unterdrücken konnte. Dieses wohlbekannte warme Gefühl erfüllte meinen ganzen Körper.

Irgendwann ließ er mich einen Moment lang los und schob mit beiden Händen mein Nachthemd nach oben, sodass ich völlig entblößt vor ihm lag.

»Gott, siehst du scharf aus!«, stöhnte er.

Ich spürte, wie mir heiß wurde. Es war mir unangenehm, so nackt vor ihm zu liegen. Andererseits wollte ich nicht, dass er aufhörte. Wie aus Reflex legte ich meinen linken Arm über mein Gesicht, sodass man mir mein Erröten wenigstens nicht ansehen konnte. Dann spürte ich Tarjos' Lippen unterhalb meines Bauchnabels und allein bei diesem Gefühl hätte ich schon kommen können. Seine Zunge liebkoste die empfindliche Haut zwischen Bauchnabel und Venushügel, bei jeder Berührung zuckte ich ein bisschen mehr zusammen. Er wusste genau, womit er mich zum Stöhnen bringen konnte. Noch nie hatte ich Sex mit einem Mann gehabt, der so gut in dem war, was er tat.

Seine Zunge machte kreisende Abwärtsbewegungen und wanderte entlang meiner Leiste nach unten. Ich hielt die Luft an vor Anspannung. Doch kurz bevor seine Zunge ihr Ziel erreichte, hörte Tarjos auf.

Was war los? War's das schon? Wollte er mich ärgern?

Ich nahm den Arm von meinen Augen und sah an mir herab zu Tarjos, der scheinbar nur darauf gewartet hatte, dass ich ihn ansah.

»Ich will, dass du mir zusiehst!«, raunte er ernst und schaute mir tief in die Augen.

»Was?«, ich musste erst einmal Luft holen. *Wie bitte?*

»Ich will, dass du mir zusiehst!«, wiederholte er seine Worte und seine Augen blitzten verführerisch auf.

»Tarjos, bitte!«, stammelte ich. Doch es war zwecklos. Er schnappte sich meinen Arm und hielt ihn am Handgelenk fest, sodass ich mich nicht wieder verstecken konnte. Ich schloss kurzerhand die Augen, um mich zu sammeln. Denn ich wollte es unbedingt.

Schließlich öffnete ich meine Augen und spürte sofort, wie meine Wangen anfingen zu glühen. Das war ungewohnt, aber irgendwie auch heiß, ihn zwischen meinen Beinen zu sehen.

Er wandte sich wieder dem unteren Teil meines Körpers zu. Ein paar zarte Küsse verteilte er auf meinem Venushügel und meiner Leiste, bevor er mir von unten tief in die Augen blickte, während seine Zunge zwischen meine Beine wanderte. Als ich sah, wie sie meine feuchte Stelle zum ersten Mal berührte, entfuhr mir eine Mischung aus Quieken und Stöhnen, was Tarjos zum Lächeln brachte. Oder besser zum Grinsen. Er schien seine Rolle sehr zu genießen, denn immer wieder wanderte sein Blick zu mir, bevor er sich wieder meiner Klitoris zuwandte. *Mein Gott, war das geil.* Unweigerlich schloss ich wieder meine Augen und gab mich den Gefühlen hin. Seine warme, feuchte Zunge direkt zwischen meinen Beinen zu spüren, wie sie mich immer wieder aufs Neue verwöhnte. Das war einfach unbeschreiblich.

Wie sollte das bloß weitergehen? Eigentlich konnten wir uns nicht ausstehen. Ständig musste ich mich über Tarjos ärgern und auch er machte nur zu gerne deutlich, dass ich ihm egal war. Naja, deshalb hieß es ja auch *bedeutungsloser* Sex. Aber würde mir das auf Dauer reichen? Würde ich irgendwann jemanden finden, der mich genauso zum Stöhnen bringen konnte, wie Tarjos es gerade tat?

»Autsch!«

Tarjos hatte mich gerade sehr unsanft in den Oberschenkel gebissen.

»Ich hab' gesagt, du sollst dich entspannen!«, ermahnte er mich.

»Mach ich doch!«, entgegnete ich, obwohl ich genau wusste, dass er mich ertappt hatte.

»Das merke ich«, gab er zurück, woraufhin er sanft die Stelle an meinem Oberschenkel küsste, in die er gerade seine Zähne vergraben hatte.

Er merkte echt alles. Als könne er Gedanken lesen. Also konzentrierte ich mich wieder auf Tarjos, der jetzt mein Handgelenk losließ, und mit beiden Händen meine Hüfte umfasste, als hätte er Angst, sie würde ihm entkommen. Während seine Zunge weiterhin meinen Unterleib zum Zucken brachte, ließ er die linke

Hand unter meinem Nachthemd hochwandern, bis sie meine Brust erreichte. Er umschloss sie fest und streichelte sanft meine Brustwarze, bevor er sich der anderen Brust zuwandte.

Seine rechte Hand begab sich währenddessen von meinem Oberschenkel aufwärts und ich spürte, wie sein Daumen meine feuchte Stelle berührte, während seine Zunge weiterhin an meiner Klitoris kreiste. Es fühlte sich so an, als hätte er seine Hände überall an meinem Körper, und seine Lippen und seine Zunge. Mir wurde von Sekunde zu Sekunde wärmer, Hitzewellen durchströmten meinen Körper und ich wusste, dass ich kurz davor war, zu kommen. Tarjos' Berührungen wurden intensiver. Meine Brustwarzen waren so erregt, dass seine leichten Kniffe fast wehtaten. Sein Daumen zwischen meinen Beinen machte seinen Fingern Platz, die er sanft in mich hineinschob, sodass ich mir auf die Lippe beißen musste, um nicht vor Freude loszuschreien. Ich sah zu ihm hinunter und er blickte mir in die Augen, ohne das sanfte Kreisen seiner Zunge zu unterbrechen. Immer schneller bewegte er seine Finger in mir. Ich spürte erneut eine Hitzewelle über mich kommen und warf meinen Kopf zurück ins Kopfkissen, um mich vollends dem Orgasmus hinzugeben, der mich überrollte wie eine Lawine.

Einige Minuten vergingen, in denen ich versuchte, wieder klarzukommen. Tarjos hatte sich inzwischen aus meinen Beinen befreit, mein Nachthemd einigermaßen geordnet und sich, die Arme hinterm Kopf verschränkt, neben mich gelegt.

»Fuck, war das geil«, waren die ersten Worte, die ich aussprechen konnte.

Tarjos grinste und wirkte sehr zufrieden.

Ich überlegte kurz, ob ich mich in seinen Arm legen sollte, seine Haltung bot das an, beschloss dann aber, es nicht zu tun. Das wäre zu intim, ging es mir durch den Kopf. Und dann musste ich innerlich laut lachen. Was war das für ein Zeitalter, in dem Kuscheln und Zimmerbesuche intimer waren als das, was wir die letzten zwei Stunden angestellt hatten?

Irgendwann musste ich eingeschlafen sein. Als ich aufwachte, war es kurz vor acht Uhr und von Tarjos weit und breit nichts mehr zu sehen. Mein zweites Handtuch lag mehr oder weniger zusammengelegt auf meinem Schreibtisch.

Ich wusste nicht, wie ich mich fühlen sollte. War ich froh, dass sich durch sein Verschwinden keine peinliche Der-Morgen-danach-Situation ergab, oder war es Enttäuschung, die ich fühlte? Was war das überhaupt zwischen uns? Hatte ich womöglich Gefühle für ihn, oder war es der unfassbar heiße Sex, der ihn so anziehend wirken ließ?

Gefühle konnten es nicht sein, dafür kannte ich ihn viel zu wenig bzw. vor allem schlechte Seiten, in die man sich nicht verliebte. Oder war ich unnormal?

Plötzlich fiel es mir wie Schuppen von den Augen. War ich gar selbst so ein naives Frauchen wie meine Freundin, die auf die Bad-Boy-Nummer abfuhr?

Ich brauchte erst einmal dringend einen Kaffee, entschied ich, warf mir einen dicken Pulli über und zog eine Jogginghose an, um nach wie vor matschig im Kopf das Wohnheim in Richtung Bäcker zu verlassen. Unsere Gemeinschaftsküche nutzte ich nur selten, in diesem Zustand wollte ich auch niemandem begegnen. Außerdem würde die frische Luft es richten, entschied ich.

Beim Bäcker am Ende der Straße setzte ich mich mit meinem Kaffee auf einen der leeren Stühle vor der Tür und atmete ein paar Mal tief durch, bevor ich mich mit einem großen Schluck Koffein erneut meinen Gedanken hingab. Konnte es sein, dass ich zu dem wurde, was ich selbst immer so belächelte? Immerhin war Tarjos wirklich so eine Art Bad-Boy, andererseits hatte ich es auf die Begegnungen mit ihm bisher nie angelegt. Und jetzt spukte er mir doch so sehr durch den Kopf.

Jedoch fand ich schließlich einen entscheidenden Unterschied zwischen mir und meiner Freundin: Ich wollte keine Beziehung. Ich wollte keine Nähe. Ich hatte es mir nicht zum Ziel gesetzt, aus Tarjos einen besseren Menschen zu machen. Und ich war mir nach wie vor hundertprozentig bewusst, dass das nicht möglich war.

Es war mir also gelungen. Ich hatte bedeutungslosen Sex mit einem Mann, ohne dass ich eine Beziehung daraus machen wollte.

Aber eine Sache störte mich nach wie vor. Bisher hatte immer Tarjos entschieden, wann und wo es dazu kam. Er hatte die komplette Kontrolle über jede Situation. Das musste ich ändern. Schließlich sollte sich der zwanglose Sex auch – oder vor allem – nach meinen Wünschen richten.

Ich entschied, die Zügel in die Hand zu nehmen und dafür zu sorgen, dass ich bekam, was ich wollte, wann ich es wollte.

Kapitel 12

Die passende Gelegenheit bot sich bereits in der darauffolgenden Woche. Durch Zufall erfuhr ich von einem Metalkonzert in einem mir unbekannten Schuppen in der Kopenhagener Innenstadt, den einige der älteren Skandinavistikstudenten scheinbar als ihr zweites Zuhause bezeichneten. Und dass Tarjos Metal hörte, wusste ich von den CDs, die ich auf der Heimfahrt nach dem Winterball in seinem Auto rumliegen gesehen hatte.

Als ich Julie von meinem Vorhaben berichtete, am kommenden Donnerstag dort ein Konzert besuchen zu wollen, und ich sie mehr oder weniger aus Höflichkeit fragte, ob sie mich begleiten wolle, flippte sie beinahe aus.

»Bist du verrückt?«, hustete sie geschockt. »Da kriegen mich keine zehn Pferde hin.« Sie versuchte sich wieder einzukriegen und legte dann noch einmal nach. »Und du solltest da ebenfalls nicht hingehen.«

Ihre Besorgnis überraschte mich nicht sonderlich, immerhin war sie von Grund auf etwas zart besaitet.

»Keine Sorge, das ist nicht mein erstes Metal-Konzert«, versuchte ich sie zu beruhigen, was nicht so richtig funktionieren wollte. Schließlich schaffte ich es mit einem Themenwechsel.

»Wer war eigentlich der Typ, mit dem du dich beim Lagerfeuer so innig unterhalten hast?«, fragte ich.

Sie wurde rot und fing an herumzustottern, dass er nur irgendein Junge sei, den sie aus ihrem Französischkurs kannte. Ihr Gestotter machte mich zugegebenermaßen ziemlich neugierig, aber ich merkte, wie verlegen sie bei dem Thema wurde. Daher beschloss ich, Torge auszuquetschen, was er inzwischen darüber wusste.

Das Referat mit Torge verlief gut, Professor Alberts schien sowohl mit den Inhalten als auch dem Handout durchaus zufrieden zu sein, zumindest kam deutlich weniger Kritik, als wir erwartet hatten.

Die nächsten Tage flogen nur so dahin, ohne dass ein Tag verging, an dem Julie nicht versuchte, mich von meinen Konzertplänen abzubringen. Selbst Torge und Jasper spannte sie ein, die ebenfalls den Laden kritisierten und meinten, das sei nicht der richtige Ort für mich, ohne ihn jedoch zu kennen, wie sich herausstellte. Sie erklärten mich allesamt für verrückt, ließen es aber irgendwann auf sich beruhen. Nur Julie versuchte mich am Abend des Konzertes noch einmal zu überreden, mit ihr einen Mädelsabend zu veranstalten, statt mich in die kalte Welt da draußen zu begeben. Vermutlich hätte sie es zu einem anderen Zeitpunkt geschafft, denn es war wirklich eisig, und große Lust, alleine durch die Stadt zu tingeln, hatte ich nicht. Aber ich hatte ein Ziel. Ich wollte heute Abend Sex haben. Mit Tarjos. Zu meinen Bedingungen.

Der Schuppen befand sich etwas abseits des Hafens in einer Seitengasse, allerdings war auf den Straßen überall etwas los, sodass ich keineswegs das Gefühl hatte, mich in Gefahr zu begeben.

Also betrat ich den Laden, gab meine Jacke am Eingang bei einer Frau mit gefühlt zwanzig Piercings im Gesicht ab und schlenderte durch einen dunklen Flur auf der Suche nach dem Konzertsaal. Oder Konzertraum. Oder eher Höhle, wie sich zeigte. Der Boden klebte, die Wände waren mit einer zentimeterdicken Schicht von Postern zugekleistert, die den Raum noch dunkler und ranziger wirken ließen. Kein noch so winziger Strahl Tageslicht schien jemals diese Räumlichkeiten erreicht zu haben. Ich bemühte mich, nirgendwo anzuecken, in Sorge, mir dadurch womöglich irgendetwas Ansteckendes einzufangen. *Ich sollte unbedingt mal meine Tetanus-Impfung auffrischen lassen*, ging es mir durch den Kopf.

Zahllose Minuten, in denen ich planlos umherirrte, vergingen und meine Suche schien irgendwann vergebens. Was hatte ich mir nur dabei gedacht, hierherzukommen? Ich versuchte mich an der Menschenmenge vorbeizudrücken in der Hoffnung, irgendwo den Ausgang wiederzufinden. Die Lust auf Tarjos war mir inzwischen vergangen. Ich fühlte mich von meiner bloßen Anwesenheit in diesem Laden beschmutzt.

Hätte ich doch bloß auf Julie gehört!

Nach einigen Minuten fand ich schließlich den Ort wieder, an dem ich vor mittlerweile vierzig Minuten meine Jacke abgegeben hatte. Immerhin stand kaum einer an. Ich versuchte meine Enttäuschung darüber, Tarjos nicht gesehen zu haben, herunterzuschlucken und ließ mir gegen meinen labbrigen blauen Abholzettel meine Jacke bringen. Ich verließ den Schuppen ins Freie und was dann kam, änderte wirklich alles.

*

Ich konnte nicht mehr klar denken. Was um Himmelswillen war gerade passiert? War ich beinahe Opfer eines Irren geworden? War es wirklich Tarjos, der mich irgendwie gerettet und dann eiskalt wieder fallen gelassen hatte, als wäre ich ihm völlig egal? Wie konnte er mich in meiner Wehrlosigkeit alleine hier draußen stehenlassen? Ich konnte nicht einmal weinen, so überfordert war ich von dem, was gerade passiert war.

Irgendwie taumelte ich in ein Taxi. Im Wohnheim verschwand ich in meinem Zimmer unter der Bettdecke und kam für mehrere Stunden nicht wieder hervor. Ich konnte nicht einmal sagen, ob ich geschlafen oder wachgelegen hatte. Mein Körper fühlte sich merkwürdig taub an.

Auch am Freitag in der Uni funktionierte ich nur, ich fühlte mich wie ein Roboter, kalt und leer. Die einzige Empfindung, die ich verspürte, war Erleichterung darüber, dass Tarjos und Morten weit und breit nicht zu sehen waren.

Das gesamte Wochenende über stürzte ich mich in Arbeit, meine Stunden im Café waren eine willkommene Abwechslung, auch wenn ich nach wie vor neben der Spur stand und ganze zwei Tassen erfolgreich zerdepperte, was mir zuvor noch nie passiert war. Generell spürte ich nicht viel. Und das war auch gut so. Ich hatte einen neuen Plan. Verdrängung.

Gott sei Dank war Julie das ganze Wochenende über bei ihren Eltern. Als sie Sonntagabend an meine Tür klopfte, tat ich so, als würde ich schon schlafen. Ich wollte nicht noch einmal an das erinnert werden, was ich drei Nächte zuvor erlebt hatte.

Ein Gedanke nahm immer mehr Raum in meinem Kopf ein. *War es nicht an der Zeit, die Koffer zu packen und in meine kleine, friedliche Welt zurückzukehren? Hatte ich nicht genug Mist in dieser Stadt erlebt?* Die Menschen waren hier einfach *so anders. So böse*, ging es mir durch den Kopf. Dann wiederum musste ich an Julie denken, und an Torge und Jasper, die nun wirklich keine schlechten Menschen waren. Und dennoch fühlte ich mich zum wiederholten Mal in dieser riesigen, gottverlassenen Stadt schrecklich einsam.

Schließlich entschloss ich, dass ich es nicht sofort entscheiden musste, immerhin musste ich das laufende Semester ohnehin zu Ende führen, um einen glatten Wechsel nach Kiel zurück zu erreichen und meine Kurse anerkannt zu bekommen, ohne ein Semester zu verlieren. Außerdem wollte ich nicht, dass es aussah, als würde ich flüchten. Obwohl es das im Grunde ja war. *Eine Flucht. Aber wovor? Vor Tarjos? Vor den ganzen anderen Verrückten wie Morten oder Victoria, denen ich hier begegnet war? Vor der Angst, weitere negative Erfahrungen zu sammeln?*

Wenigstens konnte ich bei einem Wechsel am Ende des Semesters allen erzählen, ich hätte ein Auslandssemester gemacht, und es würde keinem weiter auffallen, dass ich gescheitert war.

»Hej! Lang nicht gesehen. Ich muss dir so viel erzählen!«, begrüßte mich Julie am Montagmorgen noch überschwänglicher, als ich es von ihr gewohnt war. Immerhin hatten wir uns seit Donnerstagnachmittag nicht mehr gesehen. Es musste schrecklich für sie sein, ihren Mitteilungsdrang für so lange Zeit zu unterdrücken.

Julie erzählte von ihrem Wochenende bei ihren Eltern, von dem Weihnachtsmarktbesuch am Freitagabend, und dass sie zusammen mit ihrer Mutter eine Nacht auf einem Reiterhof verbracht hatte, weil ihr Vater irgendetwas am Haus reparieren wollte und dafür Ruhe gebraucht hatte. Wer konnte es ihm verübeln? Sie zeigte mir Bilder von ihrer Mutter auf einem Pferd und von zig weiteren Pferden, die sie am liebsten alle mitgenommen hätte, und erzählte, dass sie zweimal ausgeritten waren und eine unglaublich schöne Zeit zusammen erlebt hatten.

Ein wenig beneidete ich sie um ihre kindliche Freude. Wie

musste es bloß Weihnachten bei ihnen zugehen? Da war sie vermutlich gar nicht mehr zu ertragen vor lauter Jauchzen und Quieken. Ich stellte mir gerade vor, wie sie aufgeregt wie ein kleines Kind um den Weihnachtsbaum herumhüpfte.

»Hallo? Ist da oben jemand zuhause?«, riss mich Julie aus den Gedanken und tippte an meine Stirn.

»Oh, entschuldige, hast du etwas gesagt?«

Natürlich hatte sie das, sie hatte die letzten Minuten ununterbrochen geredet, irgendwann musste ich abgeschweift sein.

»Ich fragte, wie das Konzert war.«

Da war sie. Die Frage, die ich am meisten fürchtete. Es war mir tatsächlich gelungen, die Nacht von Donnerstag auf Freitag fast gänzlich aus meinem Gedächtnis zu löschen. Und jetzt war alles wieder da. Verdammt.

»Ach, nicht so mein Fall«, log ich, um aus der Nummer schnell wieder herauszukommen. Obwohl es ja nur halb gelogen war, die Musik war ja nun wirklich nicht mein Fall gewesen.

»Okay. Das hätte ich dir gleich sagen können«, gab sich Julie schneller als erwartet zufrieden und ich konnte mich erneut daran machen, alles wieder zu verdrängen.

Die nächsten Wochen vergingen nur verdammt langsam. Immerhin ließ Tarjos sich zu meinem Erstaunen oder eher zu meiner Erleichterung nicht einmal in der Uni blicken und auch Morten war ich zu seinem Glück nicht wieder begegnet. Die Ferien standen vor der Tür und Julie hatte kaum ein anderes Thema als die Weihnachtsfeiertage. Normalerweise wäre mir das ziemlich auf den Keks gegangen, aber momentan war ich dankbar über jede Ablenkung, die auch nur das kleinste bisschen Freude hervorrufen konnte. Und ich freute mich tatsächlich zum ersten Mal seit Jahren wieder darauf, Weihnachten mit der ganzen Familie zu verbringen und an nichts Böses denken zu müssen.

Als es so weit war, fiel Julie der Abschied sichtlich schwer. Zu meinem Entsetzen überreichte sie mir ein Geschenk. Ein kleines, kastenförmiges Etwas in rosarotem Papier, dessen Glitzerpigmente an allem hängenblieben, das meine Finger fortan berührten. Selbst mein kleiner Kibi hatte Glitzer am Ohr, ohne dass ich mir erklären konnte, wie dieser dorthin gelangt war. Aber das störte ihn vermutlich wenig.

»Entschuldige, ich wusste nicht, dass wir uns etwas schenken«, entgegnete ich und fühlte mich richtig schlecht dabei. Das war wieder eine der ätzenden Seiten an Weihnachten, man wusste nie so recht, wie man bei Freunden und Arbeitskollegen mit Geschenken umgehen sollte. Dafür sollte es klare Regeln geben, dachte ich bei mir. Das würde viele Unannehmlichkeiten vermeiden.

»Kein Problem, ich habe auch nicht damit gerechnet bzw. hatte eigentlich auch keine Pläne, aber das hier habe ich an dem Wochenende bei meinen Eltern auf dem Weihnachtsmarkt gefunden und konnte es nicht stehenlassen. Ist auch nur eine Kleinigkeit«, besänftigte Julie mein schlechtes Gewissen. Allerdings nicht besonders erfolgreich. Wir verabschiedeten uns und ich musste ihr versprechen, das Geschenk nicht vor Heiligabend zu öffnen.

Kapitel 13

Ich verbrachte die ganzen zwei Wochen bei meinen Eltern, feierte mit ihnen und meinen beiden Brüdern Weihnachten und schließlich Silvester im Bekanntenkreis meiner Eltern. Mitunter kam ich mir ein wenig fehl am Platz vor, der Altersunterschied zwischen mir und den Übrigen war doch recht groß. Statt wie früher Party zu machen und tanzen zu gehen, spielte ich Gesellschaftsspiele mit Menschen, die mich ständig baten, irgendwelche Karten laut vorzulesen, weil sie die kleine Schrift nicht lesen konnten. Zwischenzeitlich gelang es mir auch, meine Hausarbeit für Frau Jansen fertigzustellen. Ich hatte Tarjos' Anspielungen auf die mangelnde Tiefe meiner Interpretation ignoriert und war schließlich ganz zufrieden dafür, dass ich diese Arbeit in so kurzer Zeit abgeschlossen hatte. Sicherlich konnte man noch einiges verbessern, aber mein Ehrgeiz hielt sich in Grenzen. Lag vielleicht am vielen Zucker und fettigen Essen, das mich überaus träge gemacht hatte.

Darüber hinaus hatten die Ferien noch etwas anderes mit sich gebracht: Ich erkannte immer mehr, dass mein Zuhause, meine kleine, friedliche Welt, nicht mehr die war, die ich verlassen hatte. Mein Platz war ein anderer. Es passte einfach nicht mehr. Meine Eltern waren zwar sehr bemüht, mir eine schöne Zeit zu bereiten, aber ich merkte sehr wohl, dass sie auch gut ohne mich klargekommen waren. Der Kontakt zu meinen ehemaligen Kommilitonen und Freunden war bereits in den Monaten zuvor auf ein Minimum zurückgegangen. Auch wenn wir uns natürlich versprochen hatten, in regem Austausch zu bleiben, konnte keiner von uns dieses Versprechen wirklich halten. Es waren schließlich verschiedene Welten, in denen wir lebten.

Also fasste ich neuen Mut, mich der Herausforderung Kopenhagen erneut zu stellen. Irgendwo würde ich schon meinen Platz im Leben finden. Und Kopenhagen bot viel Platz. Vielleicht musste ich mich einfach mehr darauf einlassen, als ich es bisher getan hatte. Oder mich anders darauf einlassen.

Als ich meine Sachen für die Rückkehr an die Uni packte, fiel mir Julies Geschenk in die Finger. Das hatte ich komplett vergessen. Ich öffnete es in dem Vorhaben, mir direkt danach die Finger gründlich zu waschen, um nicht auch noch die nächsten Wochen vom Glitzer verfolgt zu werden. Zum Vorschein kam ein kleiner, goldener Teddybär aus einem harten Material, das ich als lackiertes Glas identifizierte. Der kleine Kerl hatte große Ähnlichkeit mit meinem Kibi. Mir wurde tatsächlich ein wenig warm ums Herz. Eigentlich war ich kein großer Fan von unbrauchbarem Nippes, aber das hier war irgendwie viel mehr. Vielleicht war es auch ein Zeichen, dass ich dorthin gehörte. Ich musste an die lustige Zeit mit Julie denken, an den Winterball, wie sie viel zu betrunken in ihrem Prinzessinnenkleid umhergetorkelt war, und im nächsten Moment wurde mir ganz flau im Magen. Wie konnte ich mit ihr eine Freundschaft aufbauen, wo sie doch den Mann, den ich um nichts in der Welt wiedertreffen wollte, so gut kannte und beinahe vergötterte? Manchmal kam es mir so vor, als wäre Tarjos für sie so eine Art großer Bruder, zu dem sie aufschaute.

Es blieb mir nichts anderes übrig, als Julies Beziehung zu Tarjos weitgehend zu ignorieren, da sie mir ans Herz gewachsen war und ich unserer Freundschaft eine Chance geben wollte.

Doch das war schwieriger, als ich dachte. Schon beim Wiedersehen am Sonntagabend, dem letzten Ferientag, kam Julie auf Tarjos zu sprechen, da ihre Familien zusammen Silvester gefeiert hatten. Es nervte mich, dass mich sein Name irgendwie zu verfolgen schien, aber ich konnte ihr ja schlecht erklären, was mein Problem war. Ich war mir sicher, dass sie vollkommen entsetzt gewesen wäre. Nicht nur, dass ich mit Tarjos Sex gehabt hatte und ihn deshalb an diesem unheilvollen Abend hatte wiedersehen wollen. Wenn ich ihr von Morten erzählt hätte, brach vermutlich ihre heile Welt zusammen. Vielleicht würde sie mir auch gar nicht glauben.

Erstmals fragte ich mich, ob ich wegen Morten zur Polizei gehen sollte. Der Gedanke war mir bisher noch gar nicht gekommen, scheinbar war ich durch das Erlebte noch stärker verwirrt, als ich es zunächst angenommen hatte. Würde die Polizei überhaupt etwas unternehmen können? Immerhin war mir, abgesehen von meinem seelischen Trauma, nichts weiter geschehen.

Ich entschied schließlich, dass es das Sinnvollste sei, erst einmal abzuwarten, wie sich der Rest des Semesters ihn betreffend gestalten würde.

Dazu kam es jedoch nicht. Morten war seit dem Abend des Konzertes wie vom Erdboden verschluckt. Tarjos allerdings nicht. Ich fragte mich unwillkürlich, ob er ihm wohl den Hahn abgedreht hatte, immerhin hatte er ihn an dem Abend noch verfolgt und Mortens Blick hatte beinahe vor Angst geschrien. Augenblicklich flackerten wieder die Bilder von der Rømø-Fahrt auf. *Vielleicht war es doch Tarjos gewesen, der Kim getötet hatte?* Immerhin hatten sie vorher miteinander gestritten. Und nun hatte er Morten um die Ecke gebracht. Mein Kopf dröhnte vor lauter schrecklichen Gedanken. *Wo war ich hier nur hineingeraten?* Ich spürte die Angst nach mir greifen, genauso stark, wie ich sie in der Nacht nach dem Konzertbesuch gespürt hatte. Dazu gesellte sich nun auch noch die schmerzliche Erinnerung an Kim, obwohl ich sie nicht einmal gekannt hatte. Brennende Tränen liefen mir in folternder Zeitlupe über die Wangen, als ich daran dachte, was für ein freudloses Fest ihre Familie gerade erlebt haben musste. *War es womöglich auch noch meine Schuld gewesen? Hatte ich einem Mörder dabei geholfen, ungestraft davonzukommen? Wie sollte ich mit all diesen Gedanken bloß leben? Wie sollte ich meinen Alltag bestreiten, wo mich all diese grässlichen Gedanken verfolgten?* Schließlich entschied ich, dass es das Beste war, wenn ich mich von alledem fernhielt, solange ich in dieser Stadt sein würde. Wie lange auch immer das sein mochte.

So verbrachte ich die nächsten Wochen vor allem damit, mich auf die Klausuren am Ende des Semesters vorzubereiten. Ich lernte deutlich intensiver und strukturierter, als ich es je bisher getan hatte. Nicht einmal für die Abiturprüfungen hatte ich mich so zielstrebig an den Schreibtisch gesetzt. *Vermutlich würde ich den ganzen Mist tatsächlich noch langfristig behalten.* Ich musste lachen. Aber es war ein gutes Gefühl, meine Männergedanken durch Wissen zu ersetzen, auch wenn das Wissen nicht unbedingt weltbewegend war. Immerhin fiel mir beim Durchblättern meiner wenigen Notizen aus Prof. Nielsens Vorlesung auf, dass das Ganze gar nicht so schrecklich langweilig war, wie ich angenommen hatte.

Erstaunlich, dass ein einziger Mensch mit seinem lethargischen Auftreten ganze Forschungsgebiete ungenießbar machen konnte.

Auch Julie schien sich sehr auf das Lernen für die Prüfungen zu konzentrieren, ich sah sie immer seltener. Ähnlich verhielt es sich mit Tarjos. Wir liefen uns zwar unangenehmerweise gelegentlich über den Weg, wechselten jedoch weder Worte noch Blicke.

Die Prüfungswoche und gleichzeitig die letzte Woche vor den Semesterferien war angebrochen. Ich ging entspannt wie noch nie in die Klausur bei Prof. Nielsen, nach dreißig Minuten war ich fertig, konnte den Saal allerdings nicht verlassen, weil ich sonst alle Studenten in meiner Sitzreihe hätte aufscheuchen müssen. Natürlich saß ich wie immer in der Mitte.

Jasper und Torge waren kurz nach mir fertig, nur Julie schrieb bis zur letzten Minute. Der arme Prof. Nielsen würde sicher einen ganzen Roman von ihr lesen müssen. Ich konnte mir bildlich vorstellen, wie er fluchend vor dem Berg Klausuren saß. Vielleicht würde er sie auch gar nicht persönlich korrigieren. In Kiel ließen einige Professoren ihre Hiwis die stupide Korrekturarbeit vornehmen. *Oh Gott!* Das wäre dann womöglich Tarjos. Ich hatte große Zweifel daran, dass er zu einer objektiven Bewertung fähig war. Jedoch beruhigte ich mich mit dem Gedanken, dass ich ja Einsicht in die Bewertung erhalten könnte und notfalls Beschwerde einlegen würde.

Als alle abgegeben hatten und wir uns langsam auf den Weg machen wollten, hielt Julie uns zurück und wedelte mit einem Flyer vor unseren Nasen herum.

SCHOOL'S OUT! PARTY stand da in Großbuchstanden drauf.

»Da gehen wir alle zusammen hin!«, befahl sie überzeugt von ihrer Idee.

»Bist du bekloppt?«, konterte Torge unvermittelt und unverblümt wie immer. »Ich geh doch nicht auf eine Kinderparty!«

»Das ist keine Kinderparty, du Tüffel.« Julie klang wirklich zauberhaft, wenn sie versuchte, jemanden zu beleidigen. »Das ist hier in der Mensa. Am Donnerstag nach unserer letzten Klausur. Was meint ihr?«

Ich hatte tatsächlich keine Klausuren mehr am Freitag, aber auch nicht richtig viel Lust, feiern zu gehen.

»Ich muss Freitag früh abreisen, wir fliegen am Samstag in den Urlaub«, erklärte ich.

»Och schade«, jammerte Julie. »Wir sehen uns dann sechs Wochen nicht und ich habe doch noch eine Party wiedergutzumachen. Du weißt doch, die Sportlerparty. Und ich habe doch versprochen ...«

»Schon gut, schon gut«, unterbrach Jasper sie. »Ich bin dabei. Mads liegt mir ohnehin ständig in den Ohren, dass er mal wieder ausgehen möchte.«

Julie tat mir leid. Ich hatte in letzter Zeit wirklich viel Abstand zu ihr aufgebaut, dabei konnte sie überhaupt nichts dafür.

»Okay, ich bin auch dabei. Ich versuche mein Bahnticket für Freitag auf eine spätere Uhrzeit umzubuchen.«

Sie jauchzte viel zu laut auf und zog damit wieder einmal zahlreiche Blicke auf uns.

Nur Torge hatte sich noch nicht geäußert.

»Du hast keine Wahl«, ermahnte ich ihn, bevor er irgendetwas sagen konnte.

»Na dann.« Er sah nicht besonders glücklich aus, aber das würde schon werden.

»Ich werde auch nicht so viel tanzen wie letztes Mal«, versuchte ich ihn noch ohne sichtbaren Erfolg aufzuheitern.

Die Klausuren verliefen insgesamt zu meiner Zufriedenheit. Es kam nur wenig Unerwartetes dran, sodass ich keine Sorge hatte, irgendwo durchgefallen zu sein.

Meine Sachen lagen bereits gepackt vor mir, oben auf der Tasche saß der große Kibi. Den kleinen Kibi ließ ich in meinem Regal stehen. Ich wollte im Urlaub nicht an die Uni erinnert werden und so konnte er die wenigen Heiligtümer bewachen, die ich die Ferien über in meinem Zimmer ließ.

Julie überredete mich, ein Taxi zur Mensa zu nehmen, und ich fragte mich, ob sie wieder vorhatte, sich volllaufen zu lassen. Andererseits hatte ich auch keine Lust, nachts noch zurück zu radeln, auch wenn wir zu zweit gewesen wären. Seit dem Konzertbesuch war ich deutlich vorsichtiger geworden. Meine Mutter wäre stolz auf mich gewesen.

Torge, Jasper und Mads standen schon vor dem Eingang und

warteten auf uns, sodass wir zusammen die Party betraten. Die Mensa war ähnlich geschmückt wie bei der Sportlerparty, also fast gar nicht, abgesehen von ein paar Glitterblättchen in Form von Zahlen und Buchstaben, die überall auf den Tischen lagen. Sehr einfallsreich.

Wir suchten uns zu Torges Zufriedenheit einen Tisch, an dem wir alle Platz nehmen konnten. Jasper und Mads verschwanden zügig auf die Tanzfläche und so saß ich auf dieser Party, den schweigsamen Torge zu meiner Rechten, die aufgeregte Julie zu meiner Linken, und den Blick auf die gut besuchte Tanzfläche gerichtet.

»Du sagtest, du fliegst in den Urlaub?«, bohrte Julie nach. Wir hatten bisher noch keine Gelegenheit gehabt, über unsere Ferienpläne zu sprechen.

»Ja, nach Gran Canaria. Zusammen mit meinen Eltern. Das war quasi mein Weihnachtsgeschenk.«

»Das ist ja cool, da wollte ich auch schon immer mal hin. Aber ein merkwürdiges Weihnachtsgeschenk ist das schon.«

»Ja, das mag sein. Wir schenken uns schon seit ein paar Jahren nichts Materielles mehr, sondern versuchen, uns gemeinsame Zeit zu schenken«, erklärte ich.

»Das finde ich super!«, bekräftigte Julie.

»Und eigentlich war es auch Geburtstags- und Weihnachtsgeschenk in einem«, ergänzte ich, weil mir das Geschenk nach wie vor viel zu teuer vorkam. Im nächsten Moment bereute ich es jedoch.

»Wann hast du denn Geburtstag?«, fragte sie.

»Am 23.12.«, gab ich zu.

»Oh nein! Dann haben wir ja deinen Geburtstag verpasst.« Julie sah mich erschrocken an.

»Halb so wild, ich feiere nie richtig. Ist ja so dicht an Weihnachten.«

»So geht das aber nicht, das müssen wir nachholen!«, protestierte sie, ohne dass ich mich wehren konnte.

Torge hatte von unserem Gespräch nur die Hälfte mitbekommen.

»Alles Gute nachträglich!«, sagte er amüsiert und verdrehte dann die Augen wegen Julies Reaktion.

»Wollen wir uns nicht was zu trinken holen?«, versuchte ich aus der Nummer herauszukommen.

»Klar, ich muss sowieso pinkeln, dann helfe ich dir tragen«, bot Torge an.

Wir machten uns zusammen auf den Weg Richtung Tresen, während Julie uns den Tisch freihielt. Kurz vor der Bar bog Torge ab zu den Toiletten und ich bestellte Bacardi-Cola für ihn und mich, zwei Tequila für Jasper und Mads und ein Glas Wasser für Julie. Während ich auf die Getränke wartete, nutzte ich die Gelegenheit und sah mich im Raum um, bis mein Blick an einem Jungen hängenblieb, den ich nur zu gut kannte. *Alex.* Auch er hatte mich gesehen und steuerte kurz darauf ohne Umwege auf mich zu. *Auch das noch.* Der hatte mir gerade noch gefehlt. Ich hatte ihm seine Aktion nach wie vor nicht verziehen. Warum auch? War echt asozial von ihm.

Noch bevor er den Tresen erreichte, war ich auf hundertachtzig.

»Hej, Eva«, begrüßte er mich mit freundlicher Stimme und irgendwie demütigem Blick.

»Hej!«, entgegnete ich bloß, denn ich hatte keine große Lust, mich mit ihm zu unterhalten.

»Tut mir echt leid, wie das zwischen uns gelaufen ist. Es war wirklich nicht meine Absicht ...«

»Schön, dass es nicht deine Absicht war, das ändert aber nichts daran, wie du mich behandelt hast«, unterbrach ich ihn und machte ihm deutlich, dass ich nicht vorhatte, ihm zu verzeihen. Inzwischen kamen die Getränke und ich ärgerte mich, dass ich nicht in der Lage war, die vielen Gläser alleine zu tragen, ohne die Hälfte auf dem Boden oder meinem Kleid zu verteilen. Torge hätte sich ruhig beeilen können.

»Soll ich dir helfen?«, bot Alex an.

»Nein, danke«, gab ich trotzig zurück.

»Mann, Eva, es tut mir wirklich leid, lass mich doch nicht so hängen«, entschuldigte er sich abermals und legte mir die Hand auf die Schulter.

Ich wusste nicht, wie ich reagieren sollte. Ich war immer noch sauer auf ihn, aber irgendwie tat er mir jetzt auch leid. Doch noch bevor ich die Gelegenheit hatte, etwas zu sagen, übernahm das Sprechen ein anderer für mich.

»Sie hat *Nein* gesagt«, hörte ich eine dunkle Stimme hinter uns, und ich wusste bereits, wem diese Stimme gehörte, bevor ich Tarjos sah.

Alex' Blick verwandelte sich schlagartig, ich konnte in dem flackernden Licht nicht deuten, was es war. Er sagte lediglich »Tut mir leid« und verschwand auf der Stelle, und ich war mir nicht sicher, ob er es zu mir oder zu Tarjos gesagt hatte.

»Na toll, ist heute Arschlochtag?«, murmelte ich vor mir her und richtete meinen Blick wieder auf die Getränke auf dem Tresen. *Wo blieb Torge bloß?*

Tarjos lehnte sich neben mich an den Tresen und musterte erst mich, dann die Getränke.

»Da hast du aber was vor.«

Ich ignorierte ihn. Auf gar keinen Fall würde ich mich in irgendeiner Weise wieder mit ihm einlassen. Im nächsten Moment tauchte endlich Torge auf, der Tarjos lediglich einen irritierten Blick schenkte und mich dann mit den Getränken aus der Situation rettete.

»Das nenne ich mal Timing«, bedankte ich mich bei ihm für sein Erscheinen.

»Sorry, ging nicht schneller, hab da wen kennengelernt«, erklärte er mir breit grinsend, während wir uns zu unserem Tisch begaben, an dem Julie immer noch ganz alleine saß und verträumt auf die Tanzfläche starrte.

»Auf der Toilette?«, fragte ich überspitzt erschrocken.

»Nein, natürlich *davor*«, korrigierte er. »Ich habe sogar ihre Nummer bekommen«, prahlte Torge.

Ich sah ihn zum ersten Mal seit Langem wieder aufgeregt lächeln.

»Dann hast du doch bestimmt auch Lust, gleich mit uns zu tanzen, oder?«, zog ich ihn auf.

Zu meinem Erstaunen stimmte er sogar zu, sodass es nicht lange dauerte, bis wir drei uns zu Jasper und Mads gesellten und uns den Stress der vergangenen Wochen von der Seele tanzten. Das tat wahnsinnig gut. Insgeheim war ich froh über diesen positiven Abschluss vor den Ferien, da konnte ich die Begegnung mit den beiden Kerlen am Tresen verdrängen.

Es dauerte nicht lange, bis Julie zu verstehen gab, dass sie zum Tisch zurückkehren würde. Vermutlich war sie wieder erschöpft. Wir ließen uns davon nicht beirren und selbst Torge nutzte die Gelegenheit nicht, um von der Tanzfläche zu flüchten. Wir hatten ziemlich viel Spaß. Torge besaß nicht unbedingt das, was man unter dem Begriff *Rhythmusgefühl* verstand, aber er ließ sich nicht davon abhalten, zu jedem Stück einen neuen, komischen Tanzstil auszuprobieren.

Plötzlich entdeckte ich aus dem Augenwinkel Julie, die halb gekrümmt über dem Tisch hing und fürchterlich hustete. Ich rannte zu ihr hin und noch bevor ich sie erreichte, kniete Tarjos bereits vor ihr und blickte erschrocken in ihr Gesicht. Ich setzte mich neben sie und legte den Arm um ihre Schulter, bis sie sich wieder beruhigt hatte.

»Habt ihr mal wieder zugelassen, dass sie sich abfüllt?«, warf Tarjos mir vor. Er war unheimlich wütend.

»Das ist Wasser«, erwiderte ich und zeigte ebenso verärgert auf das Glas.

Julie hob die Hand, als würde sie in einem Seminar sitzen und sich zu Wort melden wollen. Gespannt betrachteten wir sie.

»Ich musste nur so schrecklich über Torge lachen«, erklärte sie, als sie zu Atem gekommen war, wodurch ich auch kurz davor war, einen Lachanfall zu bekommen.

Tarjos hingegen fand das gar nicht komisch.

»Ich bring dich nach Hause«, motzte er.

»Nein, ich habe gerade so viel Spaß«, protestierte Julie. Aber sie sah wirklich nicht gut aus. Ihr Gesicht war seltsam blass und es fiel ihr nach wie vor schwer, ruhig zu atmen.

»Ist vielleicht wirklich besser«, stimmte ich Tarjos ausnahmsweise zu. »Ich hole unsere Jacken und dann bringe *ich* dich nach Hause«, ergänzte ich mit einem fiesen Blick in Tarjos' Richtung.

»Nein. Nein. Nein. Auf gar keinen Fall«, schimpfte Julie. »Schlimm genug, dass ich dir gerade die Stimmung verdorben habe. Ich werde dir nicht noch den ganzen Abend vermiesen«, protestierte sie erneut, sodass ich keine Chance hatte, zu widersprechen.

Tarjos stützte sie am Arm und verließ langsamen Schrittes mit ihr den Raum. Ich machte mir große Sorgen um Julie, so schlecht hatte sie noch nie ausgesehen. Inzwischen waren die Jungs von der Tanzfläche zu mir gestoßen und ich erklärte ihnen, was passiert war.

»Zumindest ein Arschloch weniger hier im Raum«, triumphierte Torge.

Und er hatte nicht ganz Unrecht. Wir feierten noch ziemlich ausgelassen und irgendwann entdeckte ich Torge knutschend mit einer Studentin in einer Ecke. Das passte irgendwie so gar nicht zu ihm, andererseits freute ich mich auch, dass er scheinbar seinen Spaß hatte.

Als ich am nächsten Morgen aus der Dusche kam und den Flur zu meinem Zimmer entlang ging, entdeckte ich überraschenderweise Alex, der in Gedanken versunken vor meiner Zimmertür saß. Noch bevor ich auf sein Erscheinen reagieren konnte, hielt er meinen Zweitschlüssel als Erklärung in die Höhe. Er richtete sich auf und machte mir den Platz vor meiner Tür frei.

»Können wir kurz reden?«, bat er mich.

»Ich wüsste nicht, was wir zu besprechen hätten«, gab ich zurück und versuchte, dieses Mal nicht ganz so hart, sondern gleichgültig zu klingen. Ich konnte ja nicht ewig sauer sein, immerhin waren wir ja wirklich kein Paar und so schlimm war es nun auch wieder nicht gewesen, von ihm versetzt zu werden. Zumindest nicht im Verhältnis zu dem, was manch ein anderer mir angetan hatte.

Ich ließ die Tür offen, um ihm anzudeuten, dass ich entgegen meiner Aussage vom Reden nicht völlig abgeneigt war. Er verstand meinen Hinweis, trat in mein Zimmer und schloss die Tür hinter sich.

»Ich will dich auch gar nicht lange stören«, fing er an und setzte sich auf meinen Schreibtischstuhl, während ich meine Duschsachen im Koffer verstaute und das nasse Handtuch über die Schranktür hängte.

»Dieser Typ, der da gestern neben dir stand ...«, fuhr er fort und hatte sofort meine volle Aufmerksamkeit.

»Was ist mit dem?«, hakte ich nach, da er eine Pause einlegte.

»Sag du es mir!«, forderte er und verwirrte mich.

»Was meinst du?«

»Hast du mit dem was am Laufen?«, kam er direkt auf den Punkt.

»Ähm, ich wüsste nicht, was dich das anginge.«

»Bitte, Eva, ich muss das wissen«, drängte er und verunsicherte mich damit total.

»Nein, habe ich nicht«, antwortete ich, »ist nicht gerade ein Traumtyp.«

Alex schien erleichtert. Sein Blick wurde freundlicher.

»Aber kannst du mir mal verraten, wieso du mich das fragst?«, wollte ich wissen.

»Ach, nur so. Der Typ ist einfach nicht gut. Du musst mir auf jeden Fall versprechen, dich von ihm fernzuhalten, okay?« Da war er wieder, dieser vielsagende Unterton und die ernste Miene, die mich irritierten.

»Keine Sorge«, beruhigte ich ihn. »Genau das ist mein Plan.«

»Gut. Ich wollte nur auf Nummer sicher gehen«, gestand er und machte sich auf in Richtung Tür. »Ich hoffe, du hast schöne Semesterferien, und ich würde mich freuen, wenn wir irgendwann wieder normal miteinander reden können.«

»Bestimmt«, gab ich zurück und schloss die Tür hinter ihm.

KAPITEL 14

Die Semesterferien waren vorüber und ich stand nun bereits den dritten Tag in Folge vor Julies Tür. Wie schon die letzten Tage blieb mein Klopfen auch dieses Mal unbeantwortet. *Wo steckte sie bloß?* Langsam machte ich mir Sorgen. Immerhin war morgen Vorlesungsbeginn und ich konnte mir kaum vorstellen, dass sie nicht alles dafür tun würde, bereits eine Woche zuvor sämtliche Werke der Literaturlisten auszuleihen und streberhaft zu durchkämmen.

Mein schlechtes Gewissen machte sich immer stärker bemerkbar. Immerhin hatte ich sie seit der Party vor meiner Abreise nicht mehr zu Gesicht bekommen. Ich hatte mich verabschieden wollen, sie aber nicht mehr angetroffen. Wir schrieben zu Anfang der Ferien zwar einige Nachrichten hin und her, jedoch wurden meine Antworten mit der Zeit knapper, irgendwann blieben auch ihre Nachrichten aus. Ich hatte eine Auszeit gebraucht und ich konnte ihr ja schlecht auf die Nase binden, dass ich gerade versuchte, Abstand zu allem zu gewinnen. Gleichzeitig war es sehr egoistisch gewesen, sie dabei derart zu vernachlässigen.

In meinem Zimmer schossen mir etliche Szenarien über ihren Verbleib durch den Kopf, doch keines erschien mir besonders überzeugend. Ein leises Klopfen an meiner Tür riss mich schließlich aus meinen Gedanken. Das musste sie sein.

»Na endlich!«, schnaubte ich, während ich die Zimmertür aufriss und zu strahlen begann. Sie hatte mir wirklich gefehlt.

Doch mein Lächeln erstarb, als ich erkannte, dass es nicht Julie war, die zu mir wollte. Es war *er*. Der Typ, den ich am allerwenigsten wiedersehen wollte. *Tarjos.*

Ich knallte die Tür so schnell wieder zu, dass ich befürchtete, ihm die Nase gebrochen zu haben. Geschockt von der unvorhergesehenen Begegnung stand ich regungslos in meinem Zimmer, mein Kopf pochte, ähnlich wie in der Nacht vor dem Club, es fiel mir schwer, einen klaren Gedanken zu fassen. Noch bevor ich mich fassen konnte, klopfte es erneut. Dieses Mal kräftiger.

»Eva, bitte!«, hörte ich ihn sagen.

Es klang total merkwürdig. Zum einen hatte ich ihn noch nie

das Wort ›Bitte‹ sagen gehört, zum anderen wirkte seine Stimme gänzlich verändert. Irgendwie schwach. Fast schon verletzlich.

»Verschwinde!«, rief ich. Das war das einzig Sinnvolle, was mir gerade einfiel.

»Eva, bitte öffne die Tür!«, setzte er erneut an und ignorierte meine Aufforderung. Na, immerhin das passte wieder ganz gut zu ihm.

»Es geht um Julie.«

Was? Julie? Was ist mit ihr? Geht es ihr nicht gut? Ich wusste nicht, was ich tun sollte. Sagte er die Wahrheit oder war das nur wieder ein kranker Trick, um mich blöd dastehen zu lassen?

Widerwillig öffnete ich einen Spalt breit die Tür, ließ Tarjos aber nicht herein.

»Was weißt du?«

»Darf ich vielleicht reinkommen?«, fragte er.

»Sehe ich so aus, als wollte ich Besuch empfangen?«

Sein Blick verhärtete sich eine Millisekunde, woraufhin sich seine Anspannung jedoch schnell wieder löste und einem fast schon traurigen Gesichtsausdruck wich.

Oh mein Gott, hoffentlich war ihr nichts passiert!, schoss es mir schlagartig durch den Kopf. Sie hatte so schlecht ausgesehen, als wir uns das letzte Mal gesehen hatten. Noch während er erklärte, dass er die Angelegenheit nicht auf dem Flur besprechen wollte, öffnete ich die Tür und ließ ihn eintreten. Ich hatte ein mulmiges Gefühl bei der Sache und ließ deshalb die Tür einen kleinen Spalt weit offen. Ich glaube, ich hatte Angst vor ihm. Jedoch war die Angst um Julie im Moment größer.

»Also, erzähl schon! Was ist mit ihr?«, forderte ich ihn auf, sein Schweigen zu brechen.

Tarjos stand am Fenster, seinen Blick in die Ferne gerichtet, wirkte völlig abwesend.

»Hallo?«, hakte ich ungeduldig nach. Immerhin war das hier kein freudiges Wiedersehen und ich wollte, dass er so schnell wie möglich wieder verschwand.

»Julie geht es nicht gut«, rückte er schließlich mit der Sprache heraus, während er durch mein Zimmer ging und irgendetwas zu suchen schien.

»Was meinst du mit, ihr geht es nicht gut? Wo ist sie?«

»Das kann ich dir nicht genau sagen, zumindest nicht hier.«

Mir platzte fast der Kragen. Wollte er, dass ich mich schlecht fühlte in dem Wissen, dass mit Julie irgendetwas nicht stimmte? Wenn ja, hatte er sein Ziel erreicht, ich machte mir wahnsinnige Sorgen um sie.

»Jetzt rück endlich mit der Sprache raus oder verschwinde wieder!«

Daraufhin hielt er endlich inne und sah mich an. »Es geht ihr nicht gut und sie braucht dich jetzt. Dringend. Mehr kann ich dir erst sagen, wenn wir bei ihr sind.«

»Und du willst, dass ich jetzt mit dir mitkomme?«, ergänzte ich höhnisch.

»Ja«, war seine einzige Antwort.

»Ja nee, ist klar«, war alles, was mir einfiel.

Es vergingen ein paar Sekunden, dann setzte er erneut an.

»Eva, ich weiß, zwischen uns ist es nicht optimal gelaufen ...«

Ich unterbrach seine Rede mit einem spöttischen Lachen, doch er ließ sich nicht irritieren.

»... ich versichere dir, ich will dir nichts Böses, ich möchte dich nur bitten, meiner und deiner Freundin Julie zu helfen.«

Am liebsten wollte ich ihn anschreien, dass es gar nicht möglich wäre, mich noch mehr zu verletzen. Die Art und Weise, wie er mich schutzlos in der Dunkelheit der Nacht zurückgelassen und mir deutlich gemacht hatte, wie wenig ich ihm bedeutete, machte mich immer noch fassungslos. Aber das wollte ich ihm nicht zeigen.

»Und wie kann ich Julie bitte helfen?«, fragte ich stattdessen.

»Indem du mich zu ihr begleitest.«

»Dafür musst du mir schon ein paar mehr Infos geben, ich werde nämlich einen Teufel tun und einfach so in deine Karre steigen.«

»Ich kann dir nicht mehr sagen, als dass sie dich nun braucht.« Sein Ton wurde härter. »Wenn du sie im Stich lassen willst, bitte, aber dann musst du auch mit der Schuld leben.«

»Mit was für einer Schuld?«, fragte ich alarmiert.

»Das wirst du dann schon sehen!«, drohte er mir und ging zur Zimmertür. »Uns bleibt nicht viel Zeit. Du musst dich jetzt entscheiden.«

Und das tat ich. Entgegen aller Vernunft und jeden Verstand.

Wir fuhren auf der Autobahn Richtung Stadtrand, es kam mir vor wie Stunden, die ich schweigend neben diesem Idioten verbrachte. Er versuchte gar nicht erst, ein Gespräch zu beginnen. *Gut so*, dachte ich. Auch wenn mich das auf der anderen Seite ziemlich wütend machte. Ich bemühte mich, mich auf Julie zu konzentrieren. Langsam vermisste ich sie wirklich sehr, sie hätte diese Situation mit ihrer besonderen Art sicher angenehmer gestaltet. Erneut erinnerte ich mich daran, wie sie nach dem Winterball auf der Rückbank gesessen hatte und völlig betrunken gewesen war, woraufhin ich innerlich lächeln musste.

»Alles gut bei dir?«, fragte Tarjos ironisch.

»Halt einfach deine Klappe und konzentrier dich aufs Fahren!« Er reagierte nicht.

Alex' Worte schossen mir unwillkürlich in den Kopf. Ich hatte ihm versprochen, mich von Tarjos fernzuhalten. Und genau das war mein Plan gewesen. Und nun saß ich neben ihm in seinem Auto und wusste nicht einmal, wohin die Reise ging. Der Innenraum seines Wagens war extrem sauber, kein Körnchen Staub auf den Armaturen, kein Müll, nicht einmal auf der Fußmatte waren irgendwelche Spuren von Benutzung zu erkennen.

»Du nimmst nicht oft Leute mit, oder?«, rutschte es mir heraus. Doch ich erhielt keine Antwort, hatte ich auch nicht erwartet.

Ich ließ meinen Blick weiter schweifen, seine starken Hände fielen mir auf, wie sie das Lenkrad stur umklammerten. Unweigerlich musste ich daran denken, wie sie mich berührt hatten. Auf Rømø. Und in der Dusche. Und auf meinem Zimmer. Mir wurde mit einem Male wieder ganz heiß. *Hör auf damit*, schimpfte eine Stimme in mir. Zu Recht. Wie schwach ich doch war. Ich versuchte, es sachlicher anzugehen und bemerkte, wie gepflegt seine Hände waren. Es gab nichts Abtörnenderes für mich als ungepflegte Hände.

Er schien so konzentriert auf die Straße, dass ich einen ungenierten Blick auf seine Tätowierungen wagen konnte. Erst jetzt wurde mir bewusst, dass er wieder nur ein T-Shirt trug. Im März. Männer. Aber seine Oberarme sahen toll aus mit den schwarzen Verzierungen. Oh Mann, wieso erschien mir bloß alles an ihm so unwiderstehlich? *Du bist ganz schön dumm*, ermahnte ich mich.

»Bist du bald fertig mit Gucken?«, riss er mich aus meinen Gedanken.

Vor Kurzem noch wäre ich jetzt vor Verlegenheit errötet. Aber irgendwie war es mir egal.

Ich schaute mich weiter im Auto um und entschied dann, das Radio einzuschalten, um der unangenehmen Stille zu entfliehen. Eigentlich hatte ich Widerspruch oder ein Verbot, sein Auto anzufassen, erwartet. Doch Tarjos schwieg.

Es lief irgendein dänischer Mist, deshalb drückte ich ein paar Knöpfe, bis ich bei dem einzig mir bekannten Lied innehielt. Es war »Lady Marmalade« aus dem Film *Moulin Rouge*. Uralt, aber immer noch nett anzuhören. Meine Laune besserte sich auf der Stelle. Ich mochte Musik, zu der man tanzen konnte. Mein Fuß wippte im Takt und als ich begann, den Refrain leise mit zu murmeln, prustete Tarjos neben mir fast los.

Was? Das konnte er unmöglich gehört haben.

In nächsten Moment nahmen wir eine Autobahnausfahrt und ich ärgerte mich, dass ich nicht darauf geachtet hatte, wo wir hinfuhren. Es dauerte nicht lange, bis wir an ein Waldstück kamen und Tarjos die geteerte Straße verließ, um einen wenig vertrauenserweckenden Schotterweg zu nehmen. Das gute Gefühl von eben wich wieder diesem mulmigen, leichten Schmerz in meinem Magen. Mein Kopf malte sich schlagartig zahlreiche Horrorszenarien aus, ich hatte das Gefühl, dass ich in letzter Zeit etwas zu oft derartige Nahtoderfahrungen erlebt hatte. Die Tatsache, dass ich trotz allem immer noch am Leben war, beruhigte mich nur wenig.

Es fühlte sich an wie damals, als ich mit zwölf Jahren das erste Mal im Flieger von Hamburg nach London gesessen hatte. Zu dieser Zeit gingen täglich Warnungen vor Bombenangriffen durch die Medien und jeder bildete sich ein, immun gegen diese Schreckensnachrichten zu sein. Bis schließlich ein merkwürdig wirkender Mann mit langem Vollbart und einem Rucksack direkt neben mir im Flieger Platz nahm. Noch bevor wir starteten, fiel mir auf, wie seine Hände zitterten. In der Luft fing er plötzlich an, unaufhörlich zu schwitzen. Normalerweise hätte ich mich geekelt, aber ich saß bloß neben ihm, starr vor Angst. Als er schließlich zur Toilette verschwand, war ich drauf und dran, ihn bei meiner Mutter zu verpetzen. Doch mir war damals schon klar, dass wenn ich dies täte, wir irgendwo notlanden müssten und ich vermutlich den Zorn des gesamten Fliegers auf mich gezogen hätte. Letzten Endes kamen wir ohne Flugzeugexplosion in London an und ich schämte mich den gesamten Urlaub über unsäglich über mein idiotisches Verhalten. Ich hatte einen unschuldigen Menschen aufgrund seines Aussehens und vermutlich seiner Flugangst für einen Terroristen gehalten.

»Hey, dir passiert nichts«, versuchte Tarjos mich zu beruhigen. Er musste gemerkt haben, wie sehr ich mich verkrampft hatte.

»Ich bin es nicht gewohnt, mit Fremden in dunkle Wälder zu fahren«, entgegnete ich zynisch.

»Dann ist es ja gut, dass ich kein Fremder bin«, sagte er zu meiner Überraschung.

»Naja, wie man's nimmt«, entgegnete ich. »Nur weil wir Sex hatten, heißt das nicht, dass wir uns kennen.« Mein Ton war verächtlicher, als ich es geplant hatte.

Er schwieg. Es kam mir vor, als hätte ihn diese Aussage verletzt. Was war nur los mit ihm? Oder was war nur los mit mir? Redete ich mir jetzt ein, dass er Gefühle hatte? *Schwachsinn.*

Aus dem Waldweg wurde ein hellerer Feldweg, der schließlich an einem großen Grundstück endete. Tarjos parkte den Wagen und wir stiegen aus. Weit und breit war nur ein Haus zu sehen, ein altes Landhaus mit kleinen, hellblauen Holztüren und Fensterläden, wie es typisch für Dänemark war. Es wirkte beinahe idyllisch.

Die Kieselsteine knirschten unter unseren Füßen, als wir auf die etwas in die Jahre gekommene Eingangstür zuschritten. Skeptisch blieb ich vor der Tür stehen, während Tarjos sie öffnete. Zu meiner Verwunderung war kein gruseliges Knarren zu vernehmen.

»Komm schon!«, raunte Tarjos, als er bemerkte, dass ich keine Anstalten machte, weiterzugehen. »Wenn ich vorgehabt hätte, dir etwas anzutun, hätte ich das sicher schon im Auto getan.«

Ich fand das gar nicht komisch. Allerdings hatte er irgendwo Recht, er hätte mich auch einfach an Ort und Stelle überwältigen können, immerhin war ich ihm gegenüber völlig wehrlos.

Im Inneren war zu meiner Freude alles hell vom Tageslicht durchflutet. Die Einrichtung wirkte modern, wie in einem Ferienhaus, nur hochwertiger. Noch bevor ich mich genauer umsehen konnte, steuerte Tarjos jedoch auf die Kellertreppe zu, deren Stufen mit dunkelbraunem Teppich belegt waren. *Echt jetzt?*, murmelte ich bei dem Gedanken, in den Keller gehen zu müssen. Ich erinnerte mich daran, dass ich vor nicht allzu langer Zeit überlegt hatte, dass Tarjos am Tod von Kim und dem Verschwinden von Morten schuld war.

Er ging bereits die Stufen herab und ich sträubte mich. Doch dann vernahm ich Stimmen, die aus dem Keller kamen, was mir den Mut verlieh, ihm zu folgen. Es würden ja nicht mehrere Serienmörder hier zusammenkommen, um meinen Tod zu planen. Hoffte ich zumindest.

Wir gingen einen langen Flur entlang, der im Gegensatz zum Erdgeschoss des Hauses lediglich durch wenige Kerzen an der Wand erleuchtet war. Hier unten wirkte gar nichts modern, es roch beinahe modrig. Aber vielleicht bildete ich mir das nur ein.

Der lange Flur endete vor einer Tür. Tarjos klopfte leise an und trat dann in ein ebenfalls schwach beleuchtetes Zimmer.

Ich folgte ihm widerwillig. Mein Blick fiel auf das große Bett in der Mitte des Zimmers, in dem Julie in ihrem rosafarbenen Nachthemd schrecklich klein wirkte. Sie lag zugedeckt und mit geschlossenen Augen da, ihre Haut schien im Schein der Kerzen so weiß wie die Wand hinter ihr. Hätte ich es nicht besser gewusst, hätte ich sie für tot gehalten.

Am Kopfende stand ein kleiner Nachttisch, auf dem sich ausschließlich ein bräunlicher Kerzenständer mit einer heruntergebrannten Kerze befand. Und links vom Bett saß auf einem Holzstuhl eine mir unbekannte Frau, die Julies blasse Hand in ihren Händen hielt. Als sie uns erblickte, stand sie auf und verließ ohne ein Wort den Raum. Ich ging zum Bett und nahm ihren Platz ein. Julies Haut fühlte sich furchtbar kalt an.

»Was ist mit ihr?«, flüsterte ich, ohne den Blick von ihr abzuwenden.

Tarjos hatte sich von irgendwoher einen zweiten Stuhl organisiert und setzte sich nahezu geräuschlos neben mich.

»Kann mich mal endlich jemand aufklären?«, stotterte ich und musste mich bemühen, meine Tränen zurückzuhalten. Julie so zu sehen, brach mir das Herz.

»Wird sie etwa sterben?«, fragte ich.

»Ja«, sagte Tarjos schließlich. »Julie liegt im Sterben.«

Oh mein Gott! Heiße Tränen rollten mir über die Wangen, als wollten sie sich in meine Haut brennen.

»Das darf doch nicht wahr sein, was ist denn passiert?«, schluchzte ich. Warum liegt sie nicht im Krankenhaus, ging es mir durch den Kopf. Scheinbar hatte ich das laut ausgesprochen, denn Tarjos antwortete: »Ein Krankenhaus kann ihr nicht helfen.«

Eine lange Pause entstand, in der ich nicht in der Lage war, irgendetwas zu sagen.

»Aber du kannst ihr helfen«, fuhr Tarjos fort.

Ich starrte ihn an, verwirrt von dem, was ich gerade gehört hatte. Die nächste Welle Tränen schluckte ich hinunter und fragte: »Was meinst du bitte? Wie sollte ich ihr helfen können?«

Es vergingen einige Sekunden, gefühlte Minuten, bis Tarjos wieder das Wort ergriff. »Indem du ihr von deinem Blut gibst.« Seine Stimme klang klar und fest, was mich nur noch mehr irritierte. *Was hatte er da gerade gesagt?*

»Aber wenn sie eine Transfusion braucht, warum liegt sie dann nicht in einem Krankenhaus? Und warum ausgerechnet *mein* Blut?«

»Weil sie keine Transfusion braucht, sondern Blut trinken muss.«

Mein Atem setzte aus. Ich wusste nicht, ob ich lachen oder schreiend davonlaufen sollte. Wo war ich hier hineingeraten? Wollten die mit mir vielleicht so ein krankes Opferritual durchführen?

»Was ist das hier, eine satanistische Vereinigung?«, rief ich, sprang von meinem Stuhl auf und ging zur Tür. Da bemerkte ich, dass sich eine weitere Person im Zimmer befand. Sie saß zusammengekauert auf einem der alten Holzstühle neben der Zimmertür. Irgendwie kam sie mir bekannt vor – oder besser er. Er hob den Kopf aus seinen Händen, der Schein einer Kerze traf sein Gesicht, und da erkannte ich ihn. Es war Herr Andersen, Julies Vater. Sein trauriger Blick ließ mich innehalten. Er brachte kein Wort über die Lippen, aber seine Augen schrien förmlich um Hilfe.

»Eva, setz dich bitte wieder, ich werde es dir erklären«, sagte Tarjos in die Stille.

»Ich ziehe es vor, zu stehen« Ich war mehr als gespannt auf seine Erklärung.

»Okay, dann bleib stehen, aber bevor ich dir erkläre, was hier los ist, musst du mir schwören, dass du alles, was ich gleich sage, für dich behältst.«

»Das kommt ganz darauf an, was du mir erzählen willst«, sagte ich und fühlte mich besonders mutig.

»Nein, Eva, es ist überlebenswichtig, nicht nur für Julie, sondern auch für Herrn Andersen und mich, dass du nichts von dem, was du erfährst, weitererzählst.«

Er klang extrem ernst. Als wäre er von der CIA oder so. Da ich endlich wissen wollte, was mit Julie los war, willigte ich ein.

KAPITEL 15

Ich konnte nicht glauben, was ich gerade gehört hatte.

»Ihr wollt mich doch verarschen«, gab ich mit einer etwas irre klingenden Stimme zurück. Und so fühlte ich mich auch, wie im Irrenhaus. Oder gefangen in irgendeiner abstrusen Fantasy Serie. Um nicht umzukippen, musste ich mich am Bettpfosten zu Julies Füßen abstützen. Eigentlich hätte ich mich direkt zu ihr legen können. Denn was Tarjos mir gerade erzählt hatte, haute mich um.

Ich sollte Julie von meinem Blut trinken lassen, dann würde sie wieder gesund werden. Was war das denn? Oder vielmehr, was war sie? Ein Vampir? Ein Zombie? Ich war kurz vorm Durchdrehen.

»Ist das hier sowas wie versteckte Kamera?«, fragte ich ungläubig.

»Nein, Eva, das ist unser voller Ernst. Versuch, nicht durchzudrehen, okay?«, sagte Tarjos.

»Er hat Recht, Eva«, meldete sich Herr Andersen zu Wort. »Es stimmt, was er sagt. Nur du kannst ihr noch helfen.«

»Warum ich? Warum machen Sie das nicht einfach selbst?«, fragte ich.

»Er ist selbst ...«, sagte Tarjos.

»Und Julies Mutter?«, wollte ich wissen, woraufhin ein sehr langes Schweigen folgte, bis Julies Vater schließlich antwortete: »Sie weiß nichts davon.« Er saß immer noch auf dem alten Stuhl in der Ecke und ließ seinen Kopf wieder in die Hände fallen. Es musste schrecklich für ihn sein, seine Tochter so zu sehen.

»Außerdem käme das gewissermaßen Inzest gleich«, setzte eine Stimme fort, die mir irgendwie bekannt vorkam. »Ich kenne zwar niemanden, der so etwas ausprobiert hat, aber in den alten Überlieferungen ist die Rede von schmerzhaften körperlichen Reaktionen, die bis zum Tode führen können.«

In der Tür erschien plötzlich Frau Jansen, sehr zu meiner Überraschung. Sie stand lediglich da und hielt eine Kerze in der Hand.

»Sie auch?«, konnte ich mir nicht verkneifen. Die Situation

erschien mir so surreal, dass es mir in diesem Moment völlig gleichgültig war, wenn ich gerade meine Dozentin beleidigte.

»Nun ja, vermutlich mehr als du denkst«, gab sie kurz zurück, ohne mich dabei anzusehen. Stattdessen war ihr Blick auf Julie gerichtet, zu deren Bett sie nun schritt. Am Kopfende wechselte sie die Kerze, betrachtete Julie einige Sekunden lang und verließ dann genauso plötzlich wieder den Raum, wie sie erschienen war.

Wie hatte sie das gemeint? Mehr, als ich dachte. War sie noch merkwürdiger, als ich es in diesem Moment annahm, oder waren es mehr Personen, die ... ja, was waren sie denn überhaupt? Vampire? Ich musste irgendwie innerlich lachen, aber es war kein fröhliches Lachen, eher das einer Geisteskranken. Ich war kurz davor, verrückt zu werden. Und stinksauer. Wenn das stimmte, war meine neue beste Freundin nicht einmal ein Mensch. Zumindest erklärte ihr jetziges Problem ihr seltsames Verhalten in den letzten Wochen vor den Ferien, ihre Müdigkeit und Schlappheit. Die ganze Zeit über hatte sie mich mit Ausreden abgefertigt. Wer war sie denn eigentlich? Nichts, was ich mit ihr erlebt hatte, erschien mir länger real. Ich wollte auf der Stelle das Zimmer verlassen. Es fiel mir schwer, irgendeinen klaren Gedanken zu fassen.

»Ich kann mir vorstellen, dass das nicht leicht zu verdauen ist«, setzte Tarjos erneut an.

Mehr als ein verächtliches »Ach« fiel mir dazu nicht ein.

»Julie killt mich sicher, wenn sie erfährt, was ich dir gleich sagen werde, aber damit muss ich leben«, sagte er und weckte meine Neugierde. »Du erinnerst dich vielleicht noch an den Abend, als ich dich von diesem Idioten Morten ... sagen wir mal ... erlöst habe?«

Oh mein Gott, jetzt kramte er auch noch meine schlimmsten Erinnerungen wieder aus.

»Was hat das hiermit zu tun?«

»Wäre Julie nicht gewesen, wäre das vermutlich nicht so gut ausgegangen«, erklärte er.

Ich war nach wie vor nicht in der Lage, eigenständig Schlüsse zu ziehen, zumal alles, woran ich bisher geglaubt hatte, irgendwie zu zerbröckeln schien.

»Wie meinst du das?«

»Naja, eigentlich hatte ich an dem Abend andere Pläne, aber ich erhielt einen Anruf von Julie, die völlig aufgelöst war. Sie berichtete mir von deinem Vorhaben, das Konzert zu besuchen, und bettelte so lange und eindringlich, dass ich nach dir sehen sollte, bis ich es schließlich tat.«

»Demnach ist es Julie, der ich meine körperliche Unversehrtheit zu verdanken habe«, schlussfolgerte ich leise für mich.

»Sie wird mich dafür hassen, dass ich dir das erzähle, aber wenn es dazu führt, dass sie weiterlebt, dann ist es das wert«, sagte Tarjos schließlich mit dem Blick auf die blasse Julie. Oder dem, was von ihr noch übrig war.

Also würde ich nur wiedergutmachen, dass sie mir ebenfalls das Leben gerettet hatte, versuchte ich mir einzureden, um die Sache an sich weniger absurd aussehen zu lassen. Und dann fiel es mir wie Schuppen von den Augen.

»Deshalb«, murmelte ich und fing an, zu verstehen.

»Wie bitte?«, fragte Tarjos.

»Deshalb«, wiederholte ich. »Deshalb hast du damals auf so charmante Weise gesagt: *Ich hab's nicht für dich getan*«, wiederholte ich die Worte, die mir den Schlag meines Lebens versetzt hatten.

»Ja, und weil du genau das auch zu mir gesagt hast, als du der Polizei mein Gespräch mit Kim verschwiegen hast«, gab Tarjos zu.

Ich war fassungslos. Das konnte man ja wohl kaum miteinander vergleichen. Ich wäre fast gestorben und hatte den Schock meines Lebens, während er lediglich Unannehmlichkeiten hätte ertragen müssen. Ich konnte mich nicht einmal daran erinnern, das gesagt zu haben. Damals hatte ich ganz andere Sorgen gehabt, immerhin kam es nicht jeden Tag vor, dass jemand in unmittelbarer Nähe auf mysteriöse Weise getötet wurde.

»Du bist ein Arsch!«, sagte ich geradeaus, und in dem Moment war mir völlig egal, dass Julies Vater jedes Wort mitbekam.

»Das kann schon sein«, gab er zu meinem Erstaunen zu, »aber Julie ist der netteste Mensch, den ich kenne, und sie hat es nicht verdient, so zu leiden.«

Damit hatte er Recht. Wobei mir immer noch nicht ganz klar

war, was sie war. Was sie alle waren, auch wenn Tarjos Julie gerade als Menschen bezeichnet hatte.

Ich zog den Stuhl, auf dem ich vor wenigen Minuten noch gesessen hatte, ein Stück von der Bettkante weg und setzte mich wieder hin. Ich brauchte Zeit zum Nachdenken. Aber irgendwie musste ich Abstand zwischen sie und mich bringen. Ich fürchtete mich trotz allem, was ich von ihr kannte, vor dem Wesen, das dort so friedlich vor mir im Bettchen lag. Und als hätte Tarjos meine Gedanken gelesen, sagte er: »Sie wird dir nichts tun. Und ich auch nicht.«

Ungläubig blickte ich ihn an.

»Sie würde nie jemandem etwas tun. Deshalb ist es erst so weit gekommen. Deshalb liegt sie jetzt hier, weil sie viel zu nett ist, um irgendjemandem auch nur ein Haar zu krümmen.« Seine Stimme klang verärgert.

»Und wenn sie kein Blut trinkt, stirbt sie?«

»Richtig. Nicht sofort, aber innerhalb der nächsten Tage oder Wochen wird ihr Körper aufgeben.«

»Das heißt, sie würde lieber sterben, als von irgendjemandem Blut zu trinken? Oder wusste sie nicht, dass das passieren würde?«, hakte ich überrascht nach.

»Sie wusste genau, worauf sie sich einließ. Ihr Vater und ich hatten schon länger den Verdacht, dass sie diesen Weg wählen würde. Aus diesem Grund habe ich immer mal wieder nach ihr gesehen. Aber sie hat es gut verheimlicht. Noch bis vor paar Tagen dachte ich, es sei alles wie immer«, gab Tarjos zu.

Ich wollte ihm am liebsten ins Gesicht schreien, dass die Anzeichen überdeutlich gewesen waren, aber das erschien mir unpassend. Wobei gar nicht klar war, was in einer solchen Situation wie dieser hier überhaupt angemessen oder unangemessen war.

Ich versuchte, mir die Situation selbst zu erklären:

»Also Julie braucht jetzt Blut. Und eine Transfusion oder Konserve würde nicht helfen, weil sie es frisch trinken muss?« Ohne eine Antwort abzuwarten, setzte ich fort: »Und das Blut der Eltern, von Frau Jansen oder dein Blut kann sie nicht trinken, weil es sein könnte, dass sie dann erst recht stirbt. Aber wenn sie mein Blut trinkt, könnte es sein, dass sie sich anschließend

umbringen will, weil sie sich gegen das Trinken von Blut entschieden hat?«

»Mit diesem Restrisiko müssen wir wohl leben«, erwiderte
Tarjos. »Aber alles ist besser, als sie sterben zu lassen, ohne alles Mögliche versucht zu haben. Du bist die einzige, der sie verzeihen würde, dass du geholfen hast. Du bist die einzige, der sie
vertraut und der deshalb auch ich vertraue, dass du sie nicht im
Stich lässt und uns nicht verrätst.«

Ich wusste nicht, was ich noch sagen sollte. Alles erschien mir
so verworren. Julie konnte sterben oder sauer werden oder erneut sterben wollen. Ich wollte diese Wahl nicht treffen, auch
wenn mir sauer zu werden als die einzig annehmbare Lösung
erschien. Aber eigentlich hatten mir Julies Vater und Tarjos
die Entscheidung, dass sie gegen ihren Willen gerettet werden
sollte, ohnehin bereits abgenommen. Ich musste nichts weiter
tun, als sie von meinem Blut trinken zu lassen. *Oh Gott, wie sich
das anhörte.* Wie aus einem billigen Vampirdrama. War sie denn
ein Vampir?

»Eins noch, bevor wir das durchziehen. Klär mich auf, was
genau seid ihr? Eine Art Vampir?« Als ich die Worte aus meinem Mund kommen hörte, merkte ich, wie lächerlich sich das
anhörte. Ich konnte deutlich sehen, wie Tarjos sich ein Lachen
verkniff.

»Hey, komm, es ist das erste Mal, dass jemand mein Blut trinken will«, rechtfertigte ich mich.

»Ja, entschuldige, du hast Recht«, antwortete Tarjos und überraschte mich erneut. An einem Tag »Bitte« und »Entschuldigung« – es musste mein Glückstag sein.

»Wir sind Menschen«, sagte er schließlich völlig überzeugt.

»Sehr witzig«, raunte ich, nachdem nichts weiter nachkam.

»Nein, im Ernst, wir sind Menschen, wie du einer bist. Mit der
Ausnahme, dass wir gelegentlich gezwungen sind, etwas Blut
zu trinken, um unser Überleben zu sichern.«

»Aber ihr müsst doch einen speziellen Namen haben, Blut trinken ist schließlich nicht normal«, erwiderte ich und merkte, wie
abfällig mein Ton geworden war.

Auch Tarjos schien das nicht zu entgehen. Doch er war sichtlich bemüht, freundlich zu bleiben.

»Nun ja, wir gehören trotzdem der menschlichen Art an. Wir sind nur ein bisschen anders.«

»Anders?«, hakte ich stirnrunzelnd nach, weil mir das Ganze sehr komisch vorkam.

»Das ist etwas kompliziert, aber ich bin gerne bereit, dir alle Fragen zu beantworten, wenn es Julie besser geht.«

Ich war gar nicht so sicher, ob ich mehr darüber erfahren wollte.

»Lass uns loslegen!«, forderte ich Tarjos auf.

»Gut«, entgegnete er. »Du musst vielleicht wieder ein bisschen näher heranrücken.«

Ich zog meinen Stuhl so nah an das Bett, dass meine Knie die Kante berührten.

»Gib mir dein Handgelenk«, befahl Tarjos. Wäre diese Situation nicht so skurril gewesen, hätte dieser Befehlston fast erregend sein können.

»Warum *dir? Sie* soll doch trinken«, erwiderte ich argwöhnisch.

»Sie wird in diesem Zustand kaum in der Lage sein, an dein Blut zu gelangen«, sagte er, als wäre das selbstverständlich.

»Nach allem, was ich in der letzten halben Stunde erfahren habe, erscheint mir vieles möglich.«

Er musste lachen. Dann nahm er ohne weitere Diskussion mein Handgelenk, aber bevor seine Lippen es erreichten, riss ich es wieder zurück.

»Was ist los?«, stutze er.

»Werde ich dann nicht auch zu einem Vampir?«, fragte ich besorgt.

Tarjos schmunzelte erneut.

»Nein, das ist unmöglich. Versprochen.«

»Gut«, sagte ich und reichte ihm zögernd mein Handgelenk.

»Und wir sind keine Vampire«, sagte er, bevor er ohne Vorwarnung in mein Handgelenk biss.

Es schmerzte ein wenig, war aber auszuhalten. Ich sah seinem Treiben verwundert zu. *Wo war ich hier nur gelandet?*

Dann führte Tarjos mein Handgelenk an Julies Mund, sodass mein Blut sein Ziel erreichte. *Das war doch verrückt! Was machte ich hier bloß? Wo war ich hier hereingeraten? Das einzige, was ich* mit Sicherheit wusste, war, dass ich Julies Leben retten musste. Ich konnte sie nicht einfach ihrem Schicksal überlassen.

»Wie viel muss sie jetzt trinken?«, fragte ich und hoffte, dass ich nicht blutleer auf diesem alten Teppichboden enden würde.

»Ich weiß es nicht genau.«

»Sehr beruhigend.«

»Nein, wirklich, für gewöhnlich müssen wir nur sehr wenig Blut zu uns nehmen, wenn wir das in regelmäßigen Abständen tun. Aber bei Julie muss es schon Monate her sein, vielleicht länger. Wir sollten auf Nummer sicher gehen und ein paar Sekunden warten.«

»Und wird sie dann aufwachen?«

»Das ist unwahrscheinlich«, hörte ich die Stimme von Julies Vater aus dem Hintergrund. »Bis das Blut seine Wirkung erzielt, vergehen oft Stunden. Und sie ist in einem schlechten Zustand.«

Währenddessen lief mein Blut unaufhörlich weiter. Ich wollte nicht so genau hinsehen, aber ich spürte es daran, dass mir langsam schwindelig wurde.

»Das sollte reichen«, beschloss Tarjos im gleichen Moment und hielt mir ein Papiertaschentuch hin, als würde er sich um mich sorgen.

Ich war verwirrt. Auf der einen Seite die halbtote Julie, deren Leben ich retten sollte, indem ich ihr Blut spendete, auf der anderen Seite dieser Typ, wegen dem mich die letzten Monate quälende Gefühle drangsaliert hatten und der jetzt auf einmal fast fürsorglich wirkte.

»Ich würde jetzt gerne gehen«, entschied ich kurzerhand, ohne einen letzten Blick in Richtung Julie zu wagen. Das alles wurde mir zu viel.

Tarjos schien für einen Moment verwundert. Was hatte er gedacht? Dass ich mein Leben hier verbringen wollte?

»Okay, ich fahre dich.«

»Ich kann sie auch fahren«, entgegnete Herr Andersen, doch Tarjos befahl ihm freundlich, bei seiner Tochter zu bleiben.

»Ich kann dir gar nicht sagen, wie dankbar ich dir bin, Eva«, kam Julies Vater auf mich zu und drückte mir die Schultern, meine Hände waren immer noch mit dem Papiertaschentuch beschäftigt, daher musste ich ihm nicht in die Augen sehen.

»Julie hätte das Gleiche für mich getan«, antwortete ich in der festen Überzeugung, dass sie das wirklich getan hätte. Zumindest wollte ich das glauben. Doch leider gab es kaum noch etwas, was mir glaubhaft erschien.

Kurz hatte ich überlegt, ob ich mich nicht alleine auf den Heimweg machen sollte, aber da hier weit und breit kein Leben zu existieren schien, stieg ich zu Tarjos ins Auto. Wieder fürchtete ich mich ein wenig, mit ihm alleine zu sein, versuchte aber, mir nichts anmerken zu lassen. *Was, wenn er jetzt auch mein Blut trinken wollte?*

Ich wagte einen kurzen Blick unter das Papiertaschentuch und auf die Wunde, die Tarjos' Biss hinterlassen hatte. *Biss.* Wie sich das anhörte.

Bis auf einen kleinen Schnitt war nicht mehr viel zu sehen.

»Es heilt schnell«, sagte er.

»Ist ja auch praktischer«, rutschte mir heraus.

Die Fahrt über schwiegen wir. Ich schaute aus dem Fenster und betrachtete die Landschaft. Alles wirkte so bekannt, so unverändert. Doch in meinem Inneren brachen gerade ganze Welten zusammen. Ich befürchtete, verrückt zu werden, wenn ich mich länger mit dem Geschehenen befasste, auch wenn Tarjos versprochen hatte, mir alles ausführlich zu erklären. Deshalb entschied ich, Abstand zu gewinnen und diesen Tag einfach als fantastische Begegnung abzuspeichern. Zumindest nahm ich mir das vor.

»Ich möchte, dass du dich in Zukunft von mir fernhältst.« Meine Stimme klang hart, aber klar und überzeugend.

Tarjos nickte nur, ohne mich anzusehen. Er schien verstanden zu haben, dass ich kein Interesse daran hatte, eine neue Welt kennenzulernen.

»Nur eins noch ...«, schob ich nach, bevor ich das Auto am Wohnheim verließ.

»Noch keiner«, antwortete er.

»Was?«, stutzte ich.

»Noch keiner hat vor Julie von deinem Blut getrunken. Das war doch deine Frage, oder?«

Er hatte Recht.

»Und damals auf Rømø?«, wollte ich wissen, denn ich erinnerte mich an seine Bisse in den Hals, kurz bevor er mich zum ersten Mal zum Orgasmus gebracht hatte. *Mein Gott, war das alles verworren.*

»Ich habe dich nur gebissen, nicht getrunken«, erwiderte er. Und dann fügte er hinzu: »Das würde ich nie tun, ohne vorher um Erlaubnis zu fragen.« Er klang ehrlich, aber was blieb mir anderes übrig, als ihm zu glauben.

Tief in meinem Inneren regte sich die Frage, woher er sicher sein konnte, dass noch nie ein anderer zuvor mein Blut getrunken hatte. Immerhin spürte man es kaum oder vielleicht auch gar nicht, wenn man schlief.

Ich musste es gut sein lassen, um ein halbwegs normales Leben führen zu können. Ohne ein weiteres Wort verließ ich den Wagen und huschte in mein Zimmer.

KAPITEL 16

Dort schloss ich direkt hinter mir meine Zimmertür ab, was ich für gewöhnlich nur tat, wenn ich schlafen ging, und zog meine Vorhänge zu. Bald würde es dunkel werden und ich wollte auf gar keinen Fall einen Blick in die grässliche Finsternis vor meinem Zimmerfenster wagen. Bei dem Gedanken an die bevorstehende Dämmerung und das einsame Waldstück vor dem Wohnheim lief es mir eiskalt den Rücken hinunter. *Jetzt bloß nicht durchdrehen*, ermahnte ich mich und setzte mich aufs Bett, wo ich Kibi fand und an mich krallte. Hätte er sprechen können, hätte er vermutlich protestiert, dass ich ihm die Luft abdrückte. Aber ich brauchte Halt. Irgendetwas, das mich daran hinderte, den Verstand zu verlieren.

Immer wieder flackerten Erinnerungsfetzen der letzten Stunden vor meinem geistigen Auge auf. Doch ich verdrängte sie, indem ich unbeantwortete Dialoge mit Kibi führte, woraufhin ich darüber nachdachte, ob man von Monologen sprechen musste, obwohl es einen Zuhörer gab, auch wenn der nicht wirklich lebendig war. *Aber was war schon lebendig? Waren Tarjos und Julie lebendig?*

Schließlich schaltete ich den Fernseher ein, da jeder Gedanke wie in einem Teufelskreis zu den Ereignissen des Tages zurückführte, die ich unbedingt vergessen wollte. Das Summen des alten Gerätes und das normalerweise nervtötende Gezeter der Gäste einer Talkshow, die gerade lief, wirkten wohltuend auf meine gereizte Seele. Endlich ein bisschen Realität, beruhigte ich mich und merkte, wie meine Anspannung langsam von mir abfiel, mein Griff sich lockerte und Kibi langsam wieder sein altes Volumen zurückerlangte.

Mehrere Stunden verbrachte ich damit, mir irgendwelche schwachsinnigen Sendungen reinzuziehen, nur um nicht Gefahr zu laufen, in der Stille über das Vergangene nachdenken zu müssen. Die Nachrichten vermied ich bewusst, da mich der Schrecken der Kriminalität in der Welt nur erneut aufwühlen und Fragen erzeugen würde, denen ich nicht bereit war, mich zu stellen.

Nach der gefühlt achtzigsten Folge von »Einer oder keiner«, bei der eine Frau um die Herzen von dreißig selbstachtungslosen Idioten kämpfen musste, obwohl jeder wusste, dass eine echte Beziehung nach der Show ohnehin keine Chance hatte, machte sich meine Blase bemerkbar. *Verdammt nochmal!* Ich hatte nicht geplant, das Zimmer heute noch einmal zu verlassen. Aber was blieb mir anderes übrig? In eine leere Flasche zu pinkeln, erschien mir dann doch etwas übertrieben. Plötzlich musste ich schmunzeln. Okay, ich darf nicht so ein Weichei sein, redete ich mir zu, schlüpfte in meine Hausschuhe und löste vorsichtig das Schloss meiner Zimmertür. Dann öffnete ich sie einen kleinen Spalt breit. Auf dem Flur war niemand zu sehen. War das jetzt gut? Oder wollte ich lieber, dass Trubel herrschte?

Ich gab mir einen Ruck und huschte hinüber zu den Toiletten, wobei ich meine Zimmertür offen ließ, um im Falle des Falles möglichst schnell wieder Zuflucht zu finden.

Als ich beim Händewaschen in den Spiegel sah, durchzuckte mich erneut ein Hauch von Panik, wie früher, wenn ich gerade einen Horrorfilm gesehen und mich dann nicht mehr getraut hatte, in den Spiegel zu schauen, weil das Opfer immer vom Anblick des Mörders hinter ihm überrascht wurde. Ich hasste dieses Gefühl. Und noch mehr hasste ich es, derart ohnmächtig zu sein.

Dann hörte ich Schritte auf dem Flur, die zielgerichtet näher kamen. Die Tür schwang auf. Wäre ich nicht gerade auf der Toilette gewesen, hätte ich mir vermutlich in die Hose gemacht. Doch zu meiner Erleichterung war es nur Marie, die zwei Zimmer weiter wohnte.

»Hej!«, sagte sie, ging ohne weitere Worte an mir vorbei und verschwand hinter einer Toilettentür.

Ich bemühte mich, die zuvor krampfhaft angehaltene Luft auszuatmen, ohne dabei wie ein asthmatischer Trottel zu klingen, und ging zurück auf mein Zimmer. Dabei war ich mir sicher, dass ich am nächsten Tag übelsten Muskelkater bekommen würde. Denn während ich nach außen hin versuchte, entspannt zu wirken, spürte ich tatsächlich jeden einzelnen Muskel in meinem Körper vor Anspannung vibrieren. Ich konnte fast hören, wie einige von ihnen jubelten: »Hey, jetzt hat sie uns auch endlich entdeckt.«

Ich verkroch mich wieder in meinem Bett, drehte den Ton des Fernsehers etwas leiser und beruhigte mich mit dem Wissen, dass morgen die Uni wieder losgehen und ich dann schon irgendwie zum normalen Alltag zurückfinden würde.

Das hatte gewirkt, ich musste geschlafen haben ... bis ich auf dem Flur merkwürdige Geräusche hörte. Es klang, als würde jemand etwas oder jemanden langsam über den Boden vor meiner Tür schleifen. Ich schreckte hoch. Das Blut in meinen Adern pulsierte.

Der Blick auf mein Handy, das ich vorsichtshalber eingeschaltet auf meinem Nachtisch liegen gelassen hatte, verriet mir, dass es bereits drei Uhr morgens war. Mein Fernseher war immer noch eingeschaltet und zeigte halbnackte Mädels, die versuchten, Männer dazu zu bringen, ihre teuren Nummern zu wählen. Normalerweise hätte ich mich darüber amüsiert, aber jetzt stockte mir der Atem. Ich schaltete den Fernseher und das Gestöhne der blonden Frau in Latexstiefeln auf stumm, um zu horchen. Draußen musste es stockfinster sein. Ich hörte den Wind durch die dunklen Tannen säuseln und fragte mich, wie es sein konnte, dass ein erwachsener Mensch so leicht zu beeinflussen war. Vom Flur her waren keine weiteren Geräusche zu vernehmen. Vielleicht hatte ich nur geträumt. Und vielleicht wäre es besser, wenn ich mich mit meiner Angst auseinandersetzte. Obwohl die Uhrzeit nicht unbedingt angemessen war, aber an Schlaf war ohnehin nicht zu denken.

Was wusste ich überhaupt? Tarjos war so eine Art Vampir, zumindest ernährte er sich von Blut. Und Julie auch. Wobei, eigentlich aß und trank sie normal. Also saugten sie Blut, aber nicht täglich, Julie zum Beispiel hatte schon länger nichts getrunken. Und sie mussten sterben, wenn sie es nicht taten. Und Julie war immer freundlich. Tarjos hingegen ein Arsch. Aber scheinbar kannte ich Julie auch nicht wirklich. Trotzdem konnte ich mir nicht vorstellen, dass sie jemandem etwas antun würde. Deshalb war sie ja in diese entsetzliche Lage geraten. Tarjos hingegen wirkte nicht, als hätte er ein Gewissen. Okay, er kümmerte sich aufrichtig um Julie, aber er hatte bereits mehrfach bewiesen, dass er rücksichtslos und egoistisch war. Er nahm sich, was er wollte. Und wenn er nun Blut wollte?

Plötzlich verspürte ich einen Stich, wie man ihn spürt, wenn einem einfällt, dass man etwas extrem Wichtiges vergessen hatte. Nur tausendmal schmerzhafter.

KIM. Mittlerweile hatte jeder, den ich kannte, mich eingeschlossen, den Vorfall auf der Rømø-Fahrt wohl mehr oder weniger verdrängt. Und jetzt fiel es mir wie Schuppen von den Augen. Auf einmal war alles so klar. Die Polizei war niemals mit einer Todesursache herausgerückt. *Was, wenn Kim leer gesaugt worden war? Was, wenn Tarjos sie ermordet hatte? Was, wenn es noch mehr von ihnen hier gab und jeder von uns »Normalos« in Gefahr schwebte?* Tarjos hatte sich mit ihr gestritten, das hatte ich gesehen. Vielleicht hatte er sie überreden wollen, ihn trinken zu lassen, aber sie hatte das Spielchen nicht mitspielen wollen.

Dann erinnerte ich mich an seinen Satz im Auto. Er würde niemals trinken, ohne zuvor um Erlaubnis zu fragen. Sollte ich ihm das glauben? Nach allem, was ich bisher erlebt hatte, erschien er mir wenig vertrauenswürdig. Mal war er freundlich, wenn es um Julie ging oder er etwas wollte, dann war er wieder das totale Arschloch, das keinerlei Rücksicht auf Gefühle anderer nahm. Und vielleicht hatte er um Erlaubnis gefragt und es sich schließlich trotzdem genommen.

Dann schoss mir die Situation vor dem Nachtclub in den Kopf. War Morten auch ein Vampir? Hatte er mich vielleicht töten wollen? Immerhin hingen die beiden ständig miteinander herum. Sehr wahrscheinlich, dass Morten dann auch einer war. Er war mir schon immer wie ein widerliches Monster vorgekommen. Schon damals, als er mich auf dem Flur so dumm angemacht hatte. Meine Hände zitterten. Tausend Gedanken schossen durch meinen Kopf. Am liebsten hätte ich losschreien wollen. *Wo zum Teufel war ich hier gelandet? Was hatte ich bloß getan?* Ich hatte meine heile Welt durch eine Welt voller Grausamkeiten und Monster ersetzt. Ich wünschte mir nichts sehnlicher, als in mein altes Leben zurückzukehren und Abstand zu alldem hier zu gewinnen.

Aber würde mir das überhaupt gelingen? Würde ich damit vielleicht das Böse mit zu meiner Familie bringen, so wie Bella durch ihre Beziehung zu Edward ständig ihren Vater in Gefahr brachte?

Kaum hatte ich diesen Gedanken ausgeführt, überwältigte mich das Bedürfnis, mir gegen den Kopf zu schlagen.

Du bist weder im Film noch bist du die unwiderstehliche Bella, hinter der alle Vampire her sind, protestierte ich gegen diese bescheuerten Gedanken. Ich musste über mich selbst lachen. Was bildete ich mir eigentlich ein? Wenn es ein Vampir-Problem gäbe, dann hätte die Regierung doch längst etwas dagegen unternommen. Andererseits hörte man immer wieder, dass in dieser gottlosen Stadt regelmäßig Menschen nicht nur verschwanden, sondern auch brutal ermordet wurden. Allerdings war das in einer Großstadt wie Kopenhagen vielleicht nichts Außergewöhnliches. Ich versuchte mich daran zu erinnern, ob ich von einer ähnlichen Gewaltrate in Berlin gehört hatte.

So kommst du nicht weiter, ermahnte mich meine innere Stimme. Und sie hatte wie immer Recht. Ich konnte morgen vom Blitz erschlagen werden und dann wäre ich auch tot, dachte ich mir und unterdrückte mein besserwisserisches Inneres, das mir sagen wollte, dass das ein beschissener Vergleich war.

Ich musste an Alex denken und an Torge und Jasper. Alle schafften es, ein normales Leben zu führen. Wieso sollte mir das nicht auch gelingen? Klar, ich musste die neuen Erkenntnisse erst einmal verdauen, aber immerhin wusste ich jetzt Bescheid und konnte entsprechend vorsichtig sein. Ein Hauch von Mut machte sich mit einem warmen Gefühl in meiner Brustgegend breit. Um diesem Gefühl Nachdruck zu verleihen, schaltete ich den Fernseher aus und legte mich schlafen. Ein bis zwei Stunden blieben mir immerhin noch und mit einem klaren Kopf ließ sich das alles bestimmt besser ertragen. Ich stellte den Wecker eine halbe Stunde weiter, um noch etwas mehr Schlaf zu bekommen, bevor ich in die Uni musste.

Als mein Wecker klingelte, war ich wie gerädert. Es fühlte sich an, als sei eine Dampfwalze über mich gerollt, wieder umgedreht und ein zweites Mal über all meine Knochen gewalzt. Tatsächlich waren es vermutlich die Muskeln, die zu viel ungewohnte Anspannung erfahren hatten. Dabei hieß es doch, Muskelkater sei am zweiten Tag am schlimmsten. Da konnte ich mich ja auf etwas freuen.

Immerhin verspürte ich keine Angst mehr. Ein besonders gutes Gefühl empfand ich zwar nicht, aber das war ein Fortschritt gegenüber dem gestrigen Abend. Draußen war es nach wie vor dunkel, ich würde im Halbdunkeln zur Uni fahren müssen, erinnerte ich mich. Aber ich musste erst in einer Stunde los, da würde bereits ordentlich Trubel auf den Straßen herrschen.

Und auch im Badezimmer war schon ordentlich was los. Jetzt rächte sich das Weiterstellen des Weckers. Beim Betreten der Duschräume kam mir eine dicke, künstlich riechende Dampfwolke entgegen, in der sich die Gerüche zig verschiedener Duschgels mischten. Da musste man doch jeden Morgen Kopfschmerzen bekommen, dachte ich und bahnte mir meinen Weg durch die neblige Wand in dem Bemühen, niemanden umzurennen. Die meisten schienen schon durch zu sein, denn ich konnte nur die Umrisse von zwei Mädels erkennen, ohne aber genauer sehen zu können, mit wem ich den Duschraum teilte. Ich entschied mich, ebenfalls die Gemeinschaftsdusche zu nutzen und nicht in einer Duschkabine zu verschwinden, so hatte ich einen besseren Überblick über den Raum.

Ich beeilte mich, immerhin hatte ich heute eine halbe Stunde weniger Zeit als sonst und ich wollte nicht am ersten Tag nach den Ferien zu spät in der Uni erscheinen. Kurz nacheinander verließen die beiden anderen Mädels den Raum, sodass ich alleine unter der Dusche stand. Und sofort ging das Kopfkino wieder los. Aber nicht im positiven Sinne. Ich erinnerte mich, dass jemand wie Tarjos keinerlei Skrupel besaß, einfach die Duschräume zu betreten, wenn er wollte. Was würde ihn also jetzt davon abhalten?

Schnell wusch ich mir den Schaum aus den Haaren, ohne dabei die Augen auch nur eine Sekunde lang zu schließen, was sich direkt durch das fiese Brennen des Shampoos rächte. Als ich überzeugt war, dass alles rausgewaschen war, huschte ich zu meinem Handtuch und trocknete mich rasch ab. Das Abtrocknen schmerzte fast, da ich mich nach wie vor ziemlich gruselte und die Gänsehaut nicht unterdrücken konnte.

Daraufhin entschloss ich, mir die Haare auf dem Zimmer zu kämmen und zu föhnen, da ich hier ohnehin nicht viel erkennen konnte, und wollte gerade stürmisch den Duschraum verlassen, als ich gegen jemanden stieß. Ein stummer Schrei entwich mir und ich wollte bereits um mich schlagen, als ich im nächsten Moment erkannte, dass es Julie war, die eingewickelt in ihr Handtuch vor mir stand.

»Mein Gott, musst du mich so erschrecken?!«, schrie ich sie fast an. Ich war wütend. Und verwundert. Mit ihr hatte ich die nächsten Tage gar nicht gerechnet. Immerhin hatte ich sie gestern noch halbtot im Keller eines höchst seltsamen Hauses irgendwo auf dem Lande liegen gesehen.

»Entschuldige«, fiepste sie. »Das war nicht meine Absicht.«

Ihren Blick auf den Boden gerichtet sah man ihr an, wie sehr ihr diese Situation Schmerzen bereitete. Und schon wieder tat sie mir leid. Und sauer war ich immer noch, obwohl sie gar nichts dafür konnte. Aber immerhin war sie nicht mehr die Julie, die ich vor einem halben Jahr kennengelernt hatte.

»Schon okay«, sagte ich, begab mich zügig zur Tür und hörte beim Herausgehen, wie sie mit leiser Stimme fragte, ob wir demnächst mal reden könnten. Ich tat so, als hätte ich es nicht gehört, und verschwand in meinem Zimmer. Ich wollte nicht reden. Ich wollte Abstand zu dem Ganzen gewinnen. Ich wollte ein *normales* Leben führen und nicht noch tiefer in irgendwelche verrückten Vampir-Geschichten verwickelt werden. Ich hatte ihr das Leben gerettet. Das musste reichen. Ab jetzt war ich für sie nicht mehr zuständig. Im Grunde kannte ich sie ja auch gar nicht.

Als ich aus dem Wohnheim trat, verspürte ich Unbehagen. Die Dämmerung machte mir zu schaffen, ständig musste ich mich bemühen, meinen Gedanken keinen Freiraum zu lassen, denn die würden nur wieder irgendwelche Horrorszenarien heraufbeschwören. Ich fasste Mut und ging zielstrebig auf mein Fahrrad zu. Dort mischte sich zu dem Unbehagen auch noch ein leichter Schmerz.

Es war selten vorgekommen, dass ich alleine zur Uni gefahren war, meist hatten Julie und ich uns gemeinsam auf den Weg gemacht. Ich überlegte kurz, ob ich mir ein anderes Wohnheim suchen sollte. Aber das musste ich nicht direkt entscheiden.

Während ich vor den Semesterferien jeden Montag die Vorlesung von Herrn Prof. Nielsen besucht hatte, hatte ich für dieses Semester die Vorlesung »Skandinavische Romantik« bei Herrn Prof. Pálsson gewählt. Sein Name verriet, dass er isländischer Herkunft sein musste. Bereits während meines Studiums in Kiel hatte ich ein Seminar zur Epoche der Romantik besucht, zwar in Germanistik, aber es würde sicher Überschneidungen geben, sodass ich von meinem bisherigen Wissen profitieren konnte.

Ich wusste, dass Torge und Jasper ebenfalls diese Vorlesung besuchen würden, und ich hätte mich verdammt gerne zu ihnen gesellt, als ich die beiden im Hörsaal angekommen entdeckte. Stattdessen begrüßte ich sie nur flüchtig und ging dann weiter an ihnen vorbei. Um jeden Preis wollte ich verhindern, dass ich gezwungen war, die nächsten neunzig Minuten neben Julie zu verbringen. Und wenn sie von sich aus auf die Idee käme, sich wegzusetzen, müsste ich mich Torges und Jaspers Fragen stellen. Dazu hatte ich absolut keinen Nerv.

Also setzte ich mich zu dem einzigen, mir bekannten Gesicht, das ich auf die Schnelle ausfindig machen konnte. Lissa, eine Kommilitonin, mit der ich mich im Karen Blixen Seminar von Frau Jansen sehr gut verstanden hatte, saß ganz allein im hinteren Drittel des Saals und lächelte, als sie mich sah. Das reichte mir, um mich eingeladen zu fühlen, mich zu ihr zu setzen. Der obligatorische Smalltalk begann, in dem wir uns über die Ferien und das bevorstehende Semester austauschten. Ich war froh, dass sie nicht fragte, warum ich nicht bei den anderen saß, denn ich konnte ihr ja schlecht erzählen, dass ich Julie aus dem Weg ging, weil sie ein Vampir war, der von meinem Blut getrunken hatte.

Tatsächlich erschien Julie gar nicht, stattdessen setzte sich kurz vor Beginn der Vorlesung ein mir unbekanntes Mädel neben Lissa und die beiden begannen aufgeregt über die bevorstehende Topmodel-TV-Serie zu sprechen. Sofort bereute ich meine Platzwahl, gab dem urteilenden Teil in mir dann jedoch einen Seitenhieb und beschloss, offen für andere Menschen und deren Eigenarten zu bleiben. »Du musst toleranter werden«, hatte meine Mutter jahrelang gepredigt, wenn ich mal wieder Schwierigkeiten damit gehabt hatte, mich irgendwelchen Mädchencliquen anzuschließen, weil mich ihr oberflächliches Gekicher genervt hatte. Das war einfach nicht meine Welt.

Gleichzeitig freute ich mich, dass ich seit einigen Minuten ein Stückchen Realität zurückgewonnen hatte und mir wieder Gedanken über den alltäglichen Wahnsinn machte, anstatt mich mit grauenvollen Gedanken an Vampire oder andere Monster zu quälen. Tarjos war ebenfalls weit und breit nicht zu sehen, ich fühlte mich zum ersten Mal seit fast 24 Stunden wieder sicher. Dennoch nagte Neugierde an mir und ich fragte mich unweigerlich, ob in diesem Raum wohl andere Vampire anwesend waren.

Möglichst unauffällig ließ ich meinen Blick durch den spärlich gefüllten Vorlesungssaal schweifen und blieb an einem Typen ein paar Stuhlreihen vor mir hängen, dessen dunkelbraunen, langen Haare sein schwarzes Band-Shirt zum größten Teil verdeckten. Vor zwei Tagen hätte ich ihn als gewöhnlichen Skandinavistikstudenten abgestempelt, aber nun war ich mir nicht mehr sicher. Auch die Kerle schräg hinter uns, die immer wieder durch blöde Bemerkungen zu Prof. Pálssons Ausführungen über Ludvig Holbergs Werke auffielen, erschienen mir höchst verdächtig. Andererseits konnte man beispielsweise einer zarten Seele wie Julie so gar nicht ansehen, wer oder was sie war. Also konnte ich mich auch hierbei täuschen. *Was, wenn Lissa ebenfalls ein Vampir war? Oder ihre tussige Freundin?*

Ein eisiger Schauer lief mir den Rücken hinunter und meine Muskeln versteiften sich erneut. Unauffällig versuchte ich ein Stück von den beiden wegzurücken, um dann festzustellen, dass es sich nicht besonders bequem zwischen zwei Stühlen saß. *Das war doch Schwachsinn*, urteilte ich schließlich und entschloss mich dazu, meine Gedanken wieder dem Professor und der skandinavischen Romantik zu widmen, um nicht völlig paranoid zu werden. Ein bisschen Anspannung blieb dennoch zurück.

Richtig schlimm wurde es nach Ende der Vorlesung, als sich alle auf den Weg zum nächsten Seminar oder zur nächsten Vorlesung machten und ich das Bedürfnis nicht loswerden konnte, mich irgendwem an die Fersen zu heften, um bloß nicht alleine zu sein. Daher folgte ich Lissa und ihrer Freundin sogar auf die Mädchentoilette, auch wenn ich gar nicht musste. Immerhin brauchte ich dann später nicht alleine gehen.

Dass das keine allzu schlaue Idee gewesen war, erkannte ich, als die beiden sich beim Händewaschen mit den Worten verabschiedeten: »Wir müssen jetzt zu einem Englisch-Kolloquium. Bis demnächst!«

Was hatte ich mir auch dabei gedacht? Ich hätte einen Leibwächter engagieren müssen, wenn ich rund um die Uhr betreut werden wollte. Und dieser Gedanke brachte es auf den Punkt. Wenn es so weiterging, müsste ich *betreut* werden, und zwar psychologisch. Es blieb mir nichts anderes übrig, als alles hinzuschmeißen oder bei Verstand zu bleiben und den Dingen ihren Lauf zu lassen. Letzteres erschien mir vorerst sinnvoller, was sich jedoch prompt änderte.

Als ich auf dem Weg zu meinem nächsten Seminar Tarjos am Ende eines Flures entdeckte, überwältigte mich meine Angst endgültig. Sämtliche Gefühle der vergangenen Nacht packten mich und ich spürte die Panik all meine Glieder hochkriechen. Ohne nachzudenken, machte ich auf der Stelle kehrt und eilte durch das Treppenhaus in der Hoffnung, ins rettende Freie zu gelangen. Die Stufen kamen mir endlos vor, ich hatte das Gefühl, gar nicht voranzukommen, ähnlich, wie wenn man im Traum versuchte zu fliehen, aber einfach nicht vom Fleck kam. Ich musste hier sofort raus, koste es, was es wolle. Es störte mich nicht einmal, dass ich andere Studenten fast umrannte und jeden Moment drohte, die Treppen hinunterzustürzen, weil ich nicht mehr in der Lage war, die Stufen richtig zu treffen.

Aber gleichzeitig spürte ich, dass mich etwas verfolgte. Ich war mir nicht sicher, ob es Realität oder bloß Einbildung war, bis ich unsanft von einer Hand an meiner Schulter gestoppt wurde.

»Von welcher Tarantel wurdest du denn gestochen?«, grinste Tarjos mich an.

»Fass mich nicht an!«, fauchte ich und riss seine Hand von mir los, woraufhin ich meine Flucht ohne nachzudenken fortsetzte.

»Jetzt warte doch mal!«, rief er im ernsteren Ton und brachte mich nach wenigen Schritten erneut zum Stehen.

»Hast du es nicht kapiert? Ich will, dass du mich in Ruhe lässt!«, brüllte ich und erweckte damit die Aufmerksamkeit der wenigen Studenten, die das Treppenhaus durchquerten.

»Hey, nicht so laut!«, versuchte Tarjos mich zu stoppen, doch es war zu spät.

Ein junger, recht schmächtig aussehender Typ, der gerade an uns vorbeiging, musterte Tarjos skeptisch und schaute mich schließlich an.

»Alles okay bei dir?«, fragte er besorgt.

Tarjos' Augen verengten sich. Ich konnte ihm ansehen, dass er jetzt richtig sauer wurde.

»Verpiss dich!«, raunte er, ohne den Typen anzusehen. Ich hatte das Gefühl, er wollte ihn auf der Stelle erwürgen. Was sollte ich tun? Dann war ich schuld an dem Tod des Jungen.

»Ja, danke, ich komme klar«, stammelte ich, um die Situation zu entschärfen. Aber meine Stimme war kaum hörbar.

Der Typ musterte mich unbeirrt.

»Wirklich«, gab ich erneut fester und überzeugender zu verstehen und bedankte mich für sein aufmerksames Verhalten, woraufhin er schließlich, wenn auch zögernd, weiterging und uns alleine ließ.

»Was bedankst du dich noch bei dem Trottel?«, raunte Tarjos.

Ich spürte, wie meine Angst in Wut überging.

»Ich bin froh, dass nicht jeder so ein Riesenarsch ist wie du!«, sagte ich und versuchte, nicht wieder ganz so laut zu werden, damit nicht doch noch jemand zu Schaden kam.

Tarjos' Blick entspannte sich überraschend wieder. »Ich wollte doch nur mit dir reden.«

»Ich möchte mit dir nichts zu tun haben, das haben wir doch geklärt«, erwiderte ich und wollte mich der Situation entziehen, doch Tarjos hielt mich an beiden Armen fest.

»Ich kann mich in Zukunft auch zurückhalten, aber du kannst der Realität nicht entfliehen«, sagte er ernst und schaute mir tief in die Augen.

Ich versuchte, seinem Blick zu entkommen.

»Einen Versuch ist es wert!« Mehr fiel mir in diesem Moment nicht ein.

»Was willst du machen? Vielleicht das Land verlassen?«, spottete er.

»Wenn's sein muss«, entgegnete ich.

»Das kann keine Lösung sein. Ich sehe doch, dass du schon unter Verfolgungswahn leidest.«

Und er hatte Recht. Aber er war ja auch derjenige, der schuld daran war. Wenn ich wieder nach Hause kehren würde, dann könnte ich das alles hier vergessen und nochmal neu anfangen.

»Das lass mal mein Problem sein!« Ich sah ihm tief in die Augen, in der Hoffnung, dass er mich nun in Ruhe lassen würde. Als ich spürte, dass sich sein Griff lockerte, riss ich mich von ihm los. Es war mir egal, dass ich eigentlich ein Seminar besuchen sollte, ich würde sowieso keine Sekunde länger an dieser Universität studieren.

Im Wohnheim konnte ich mich kaum mehr an den Weg erinnern, es war ein Wunder, dass ich unterwegs nicht von einem Auto angefahren wurde. Alles um mich herum war nur so an mir vorbeigeflogen, nichts wurde wahrgenommen. Ein einziger Gedanke verdrängte alles andere in meinem Kopf. Der Gedanke, so schnell wie möglich meine Koffer zu packen und zu fliehen. Ich kramte alles, was annähernd nach Tragetasche aussah, unter meinem Bett hervor und teilte zunächst rasch meine Bücher auf die verschiedenen Taschen auf, bevor ich den Inhalt meines Kleiderschrankes völlig planlos in meinen Koffer und die Tüten stopfte. Notfalls würde ich einfach etwas hierlassen, entschied ich. Zum Beispiel die Bettwäsche, die nahm viel Platz ein und konnte leicht ersetzt werden. Die Unterlagen auf meinem Schreibtisch sortierte ich nicht, sondern sammelte alles zu einem großen Stapel zusammen, den ich zusammen mit dem Laptop in meinem Rucksack verstaute. Dass dieser nicht mehr ganz zuging, war mir egal. Es regnete ja nicht.

Als Letztes schnappte ich mir meinen Kibi und hielt einen Moment inne, während ich ihn fest an mich drückte und die Nase in seinem flauschigen Fell vergrub. Ich spürte, wie seine wuscheligen Haare langsam feucht wurden. Tränen liefen mir unaufhaltsam über die Wangen. Doch innerlich spürte ich gar nichts. In mir war nichts als ein großes, dunkles Loch, in dessen Abgrund ich jeden Moment hinabzustürzen drohte. Ich klammerte mich noch fester an meinen Kibi und merkte, wie ich immer mehr den

Halt verlor. *Jetzt wirst du verrückt*, kommentierte meine innere Stimme. Und ich war zu schwach, um ihr zu widersprechen.

Erst ein leises Klopfen an der Tür holte mich langsam in die Realität zurück. Das Klopfen wurde immer lauter. Vielleicht war es auch von Anfang an laut gewesen und ich war nur zu weit weggedriftet, um es zu hören. Schließlich vernahm ich seine Stimme. Tarjos. *Nicht schon wieder!*

»Eva! Komm schon, ich weiß, dass du da drin bist. Zwing mich nicht, einfach reinzukommen.«

Ein hastiger Blick zur Tür verriet mir, dass ich nicht abgeschlossen hatte. Ich versuchte keinen Mucks von mir zu geben. In mir machte sich ein grausames Kribbeln breit. Nicht mehr so, wie wenn man nach einem Gruselfilm Angst hatte, erschreckt zu werden, sondern so, wie wenn man sich hundertprozentig sicher war, dass man jeden Moment einem Straftäter zum Opfer fiel. Auf Zehenspitzen schlich ich so schnell, wie es meinen Füßen möglich war, zur Tür und schloss ab. Erleichterung verdrängte das fiese Kribbeln ein wenig.

»Mann, Eva, das bringt doch nichts. Lass uns reden!«, versuchte Tarjos es wieder.

Ich antwortete nicht.

»Ich habe Zeit«, hörte ich schließlich und dann klang es, als würde er sich vor die Tür setzen. Es vergingen ein paar Minuten, in denen ich überlegte, was ich tun könnte. Irgendwann würde ich auf die Toilette müssen, aber vorher würden vielleicht so viele Studenten zurück im Wohnheim sein, dass er sich nicht ohne Weiteres mehr so benehmen konnte.

»Wie lange willst du das durchziehen?«, hörte ich ihn schließlich wieder. »Bis du alt und runzelig bist?«

»Du wirst vor mir alt und runzelig«, rutschte es mir heraus. *Verdammt.*

Ich hörte ihn lachen.

»Männer werden nicht runzelig.«

Das war wirklich kindisch.

Es vergingen wieder ein paar Minuten, bis er sich wieder meldete.

»Na? Bist du eingeschlafen oder überlegst du immer noch, was du antworten sollst?«

Ich ließ ihn schmoren.

»Ich kann die Tür auch ganz einfach aufbrechen«, drohte er irgendwann hörbar belustigt, aber ich reagierte immer noch nicht.

»Ach, komm schon! Ich möchte doch nur mit dir reden. Dir alles erklären. Das wird dir sicher helfen. Danach kannst du mich weiter hassen.«

»Du hast mir schon genug geholfen«, antwortete ich schließlich.

Wie sollte er mir denn helfen können? Was würde es bringen, wenn er mir etwas erklärte? Die Welt, die sich mir offenbarte, enthielt so viel Schrecken, Erklärungen würden diesen auch nicht abwenden können.

»Eva, es ist alles gar nicht so dramatisch, wie du denkst. Wirklich. Lass es mich dir erklären. Bitte!«

Während er das aussprach, wünschte ich mir, dass er Recht hatte. Ich sah mich um, sah mich inmitten meines wenigen Hab und Guts sitzen, mit meinem tränengetränkten Teddy in den Armen und kurz davor, einen Abgrund hinunterzugleiten, aus dem es kein Entkommen gäbe.

Mit seinen Worten erschien ein letztes Rettungsseil vor meinem geistigen Auge. *Vielleicht konnte er mir tatsächlich helfen?* Viel schlimmer konnte es wohl kaum werden. Und mir am helllichten Tage in einem halbwegs öffentlichen Raum etwas antun zu wollen, während er zuvor minutenlang vor der Tür gesessen hatte, wo jeder ihn hatte sehen können, erschien mir nun auch wenig realistisch.

»Eva, soll ich dir vielleicht Liebeslieder singen? Ist es das, was du willst?«, hörte ich ihn.

Was? Wieso denn Liebeslieder? Was sollte der Scheiß denn jetzt wieder?

»Bloß nicht«, schimpfte ich.

»Du lässt mir ja keine andere Wahl«, entgegnete er und fing an, irgendein dänisches Schnulzenlied in einer Lautstärke zu trällern, dass selbst die gute Lise unten in ihrem Büro das Spektakel mitbekommen musste.

»Bist du verrückt?«, entkam es mir, während ich die Tür aufriss und in sein grinsendes Gesicht blickte.

»Na, geht doch«, schmunzelte er. »Lässt du mich jetzt rein?«, fragte er zu meiner Überraschung, anstatt sich selbst hereinzubitten.

»Ach, ist das so ein Vampir-Ding, dass du hereingebeten werden musst?«, dachte ich und sprach es scheinbar auch ziemlich laut aus, denn Tarjos prustete los.

»Mach dich ruhig über mich lustig, dann kannst du gleich wieder gehen«, entgegnete ich und wusste nicht, ob ich sauer über seine Reaktion sein oder mich für die Frage schämen sollte.

»Entschuldige«, antwortete er, auch wenn er sich sichtlich bemühen musste, ernst zu bleiben. Er trat ein und schloss die Tür hinter sich. Dann sah er sich in meinem Zimmer um. Seine Anwesenheit bereitete mir großes Unbehagen.

»Du bist ja schnell!«, staunte er und runzelte die Stirn.

»Tja, ich kann es kaum erwarten, von dir wegzukommen.«

»Das sehe ich.« Er ging zu meinem Schreibtisch und nahm darauf Platz, statt den Stuhl zu nehmen, der daneben stand.

Ich merkte, dass ich immer noch meinen Kibi hielt und setzte den Kleinen auf meinen Koffer, bevor ich mich auf meinem immer noch bezogenen Bett niederließ.

»Okay, lass uns in Ruhe über alles reden, und danach kannst du immer noch entscheiden, ob du wegwillst oder nicht, in Ordnung?«

»Ich wüsste zwar nicht, inwiefern Reden meine Entscheidung ändern könnte, aber okay«, gab ich zurück und blickte unsicher auf meine Hände, die immer noch weiße Flecken an den Stellen aufwiesen, wo sich meine Knöchel beim Festkrallen in Kibis Fell durch die Haut gebohrt hatten. *Wie musste ich bloß im Gesicht aussehen?*, fragte ich mich unwillkürlich und wischte mir hastig mit dem Ärmel über die Wangen. Doch die Tränen waren längst getrocknet.

»Ich sehe, du hast Angst«, riss mich Tarjos aus meinen Gedanken.

Ich überlegte kurz, was ich sagen sollte, und versuchte etwas zu finden, was meine Lage deutlich machte.

»Ich habe keine Lust, wie Kim ausgesaugt in irgendeiner Gosse zu enden«, sagte ich und merkte, dass er bemüht war, ein Lachen zu unterdrücken.

»Hey, ganz ehrlich, wenn du hier bist, um dich über mich lustig zu machen, dann hau ab!«

Ich kam mir unglaublich blöd vor und gleichzeitig verspürte ich immer noch diese Unsicherheit. Das Gefühl, nicht zu wissen, wie es weitergehen sollte. Und dann diese Angst. Wobei die bei seinem dummen Grinsen zunehmend verflog.

»Nein, tut mir wirklich leid. Ich habe dich in diese Situation gebracht und möchte dir alles erklären, dann musst du dich nicht mehr fürchten. Und dann lasse ich dich in Ruhe, wenn du das wünschst«, erklärte er und klang dabei erstaunlich aufrichtig.

»Na, dann lass hören!«, forderte ich ihn auf.

»Okay, wo fange ich am besten an?«

»Wie wär's mit dem Blutsaugen?«

»Gut. Also. Erst einmal *saugen wir niemanden leer*, wie du es formuliert hast. Bevor man so viel Blut trinken kann, dass es einen Menschen tötet, würde man sich übergeben müssen.«

»Okay, dann erklär mal bitte, was ihr Kim angetan habt.«

»Hey, von *ihr* kann gar nicht die Rede sein. Ich habe Kim gar nichts angetan. Aber danke, dass du so etwas von mir denkst.« Er wirkte verärgert und verletzt zugleich.

»Aber du hast dich abends noch mit ihr gestritten.«

»Ja, weil ich versucht habe, ihr klarzumachen, dass sie sich von Morten fernhalten soll. Er hat auf der Busfahrt damit geprahlt, dass er sie klarmachen will und sie sich ruhig wehren solle, das würde den Reiz ausmachen. Aber Kim hat mir einfach nicht zugehört. Ich habe ja nicht ahnen können, dass er sie umbringen würde.«

Tarjos' Blick verriet mehr als seine Worte: Ihn plagte ein entsetzliches Schuldgefühl, womöglich hätte er ihren Tod verhindern können.

»Dass Morten es war, wurde mir erst klar, als er dich vor dem Club angegriffen hat. Wir waren ihm die Wochen zuvor schon auf den Fersen, aber uns fehlte der Beweis.«

»Und wo ist das Schwein jetzt?«, wollte ich wissen. Immerhin hatte ich ihn seitdem nicht wiedergesehen. »Und wer zum Teufel ist *wir*?«

»Man hat sich um ihn gekümmert. Mehr kann ich dazu auch nicht sagen.«

Was sollte das denn heißen? Man hat sich um ihn gekümmert – hatte man ihn auch umgebracht?

»Frag nicht weiter nach«, fügte er hinzu, als er meine Gedanken erkannte. »Er ist weg, das ist die Hauptsache.«

»Heißt aber nicht, dass es nicht noch genügend andere von euch gibt, vor denen man sich fürchten muss. Woher kann ich zum Beispiel sicher sein, dass du nicht auch mal aus Versehen jemandem etwas antust? Vielleicht hast du das ja auch schon getan? Wenn ich an den Typen im Treppenhaus denke ...«

Tarjos unterbrach mich: »Ach Quatsch, der Idiot hätte sich einfach nicht einmischen sollen. Deshalb bringe ich doch niemanden um.«

»Aber verletzen ist für dich okay?«

Tarjos musste erneut lachen. »Nein, das ist es natürlich nicht. Es sei denn, man hat es nicht anders verdient. In der Regel verletze ich nur mit Worten. Ich bin nicht so der Schlägertyp, auch wenn das besser in deine Vorstellung passen würde.«

Was wollte er damit denn sagen?

»Also«, setzte er fort, »wir trinken nur so viel Blut, wie wir benötigen. Das ist nicht mehr als vier bis fünf Schlucke alle paar Monate, außer man ist so ausgehungert wie Julie, dann muss es vielleicht ein klein wenig mehr sein. Aber das kommt nicht so oft vor.«

»Und das Blut nehmt ihr euch einfach heimlich oder mit Gewalt?«

»Jein. Das ist unterschiedlich, würde ich sagen. Eigentlich haben wir einen Kodex, an den wir uns alle halten. Die meisten von uns haben einen kleinen Kreis von Leuten um sich herum, die Bescheid wissen und die wir gelegentlich anzapfen. Aber wie in jeder Gesellschaft gibt es auch ein paar schwarze Schafe, wie Morten, die einfach machen, was sie wollen, ohne dabei zu bedenken, dass sie damit allen, nicht nur den Menschen, von denen sie trinken, schaden.«

»*Anzapfen* klingt ja besonders nett. Ihr nutzt die Menschen aus, sie liefern euch ihr Blut.«

»Als Ausnutzen würde ich das nicht bezeichnen. Immerhin machen sie es freiwillig, häufig für ihren Partner oder einen geliebten Menschen. Denn ohne das Blut können wir nicht leben.«

»Erscheint mir trotzdem nicht richtig. Und Julie scheinbar auch nicht.«

»Ja, Julie hat einfach ein zu ausgeprägtes Gewissen. Das ist auch noch so eine Sache. Bei einigen verstärkt sich durch den Ausbruch, so nennen wir den Punkt in der Entwicklung, wo sich das Gen durchsetzt, ein Teil ihrer Persönlichkeit oder ihres physikalischen Daseins. Allerdings betrifft das nur einen kleinen Prozentsatz, die meisten bleiben fast unverändert. Wir benötigen das Blut einfach, um lebensfähig zu bleiben.«

»Also nutzt ihr die Menschen quasi als Energiequelle, um leistungsstärker zu werden«, schlussfolgerte ich und fügte hinzu: »Das ist falsch.«

»Ja, schon, aber auch nur, weil wir es müssen. Sonst müssten wir, wie gesagt, sterben.«

»Ja, das muss dann wohl jeder für sich selbst entscheiden«, entgegnete ich unbeeindruckt.

Es vergingen ein paar Sekunden, in denen ich nachdenken musste.

»Warum wusstest du eigentlich, dass ich mich nicht auch in einen Vampir verwandele, als Julie von mir getrunken hat?«

»Wir sind keine Vampire.«

»Okay, trotzdem, woher wusstest du, dass ich mich nicht ... verändere?«

»Weil die Veränderungen genetisch bedingt sind und nur in der Pubertät stattfinden, wenn sich der Körper entscheidet, eine höhere Stufe einzunehmen. Nur zu diesem Zeitpunkt kann sich das Gen durchsetzen. Und du scheinst mir nicht mehr in der Pubertät zu sein, auch wenn du manchmal ganz schön abgedreht wirkst.«

»Okay, nächste Frage.« Ich überhörte seine dumme Bemerkung einfach, um mehr zu erfahren. »Von wem trinkst du, wenn du Blut brauchst?«

»Hey, das ist ganz schön persönlich!«

»Oh, entschuldige, du sitzt hier gerade mitten in den Trümmern meines Lebens und hast mich fast in die Geschlossene gebracht, da werde ich ja wohl fragen dürfen.«

»Schon gut. Es gibt ein paar Mädels, mit denen ich gelegentlich mal etwas hatte. Und da gehörte das irgendwie dazu.«

»Na, das lässt ja tief blicken.«

»Die Tatsache, dass du die Tür öffnest, weil es dir peinlich ist, wenn jemand ein Liebeslied für dich singt, lässt ebenfalls tief blicken«, konterte Tarjos.

»Ich steh halt nicht so auf diese Gefühlsduselei, außerdem wolltest du mich ja auch nur blamieren, das kann man also nicht vergleichen«, rechtfertigte ich mich.

Und man konnte das ja wohl wirklich nicht vergleichen. Er machte mit irgendwelchen Weibern rum … Schlagartig fiel mir ein, wie er im letzten Semester mit dieser Victoria-Bitch rumgehangen hatte, die mich so blöd angemacht hatte, ich solle die Finger von ihm lassen.

»Igitt«, entfuhr es mir. Gleichzeitig spürte ich, wie sich ein merkwürdiges Gefühl von Eifersucht seinen Weg an die Oberfläche bahnte. *Was sollte das denn jetzt? Wozu Eifersucht? Was wollte ich denn nach alldem noch von ihm?*

Ich versuchte es zu ignorieren und sagte stattdessen: »Und musst du immer erst einmal einen Schluck nehmen, bevor du loslegen kannst?«

Er guckte mich verwirrt an. Scheinbar hatte er nicht verstanden, worauf ich hinauswollte. Eigentlich wollte ich nur sarkastisch sein und es gar nicht so genau wissen. Dann lachte er mit einem Mal.

»Du meinst, ohne Blut keine Erektion, oder was?« Sein breites Grinsen wirkte so jungenhaft und frech, dass ich auch nicht anders konnte, als zu lachen. Das tat gut. Auch wenn es sicherlich etwas irre wirkte. Immerhin führte es dazu, dass ein großer Teil der Anspannung von mir abfiel.

»Na gut, bei Edward funktioniert es ja auch ohne«, ergänzte ich grinsend.

»Edward glitzert aber auch in der Sonne, das erscheint mir ebenfalls wenig realistisch«, lachte Tarjos.

»Wobei mir das hier auch alles wenig real vorkommt«, gab ich schließlich ernst zurück.

»Ich glitzere nicht, falls dich das beruhigt.«

»Hast du sonst irgendwelche nützlichen Gimmicks?«

»Gimmicks? Ich weiß nicht, inwiefern Glitzern ein Vorteil ist, aber nein.«

»Kannst du fliegen?«, erkundigte ich mich, selbst belustigt von meiner Frage.

»Natürlich nicht, wie gesagt, wir sind ganz normal.«

»Und was ist mit Knoblauch und Spiegeln?«

»Das mit den Spiegeln kannst du dir selbst beantworten. Denk mal scharf nach.«

Er hatte Recht. Als er mich im Ferienhaus auf Rømø mit seiner Hand verwöhnt hatte, hatte ich ihn im Spiegel hinter mir gesehen. Beim Gedanken an diese Situation schoss mir die Röte ins Gesicht, und sein Grinsen verriet mir, dass er wusste, dass ich daran dachte.

»Und Knoblauch?«, versuchte ich von meiner Verlegenheit abzulenken.

»Knoblauch hat keinerlei besondere Wirkung auf uns. Kreuze übrigens auch nicht, falls du jetzt vorhaben solltest, mich mit einem Rosenkranz von dir fernzuhalten.«

»Warum sollte das nötig sein?«, fragte ich.

»Naja, irgendwie scheinst du mich ja dauernd loswerden zu wollen«, antwortete er.

Ich konnte an seinem Ausdruck nicht erkennen, ob ihn das in irgendeiner Weise berührte.

»Das würde ich nicht müssen, wenn du nicht so aufdringlich wärst«, versuchte ich ihn aus der Reserve zu locken.

Ich bekam seine Reaktion nicht richtig mit, weil ich spürte, wie sich Kopfschmerzen in mir breit machten. Das war einfach alles zu viel für mich. Die neuen Erkenntnisse, die grauenvolle Nacht, die Flucht aus der Uni und überhaupt die Tatsache, dass meine Realität gerade um eine neue Art Mensch erweitert worden war, mit der keiner in meinem Bekanntenkreis jemals in Kontakt gekommen war. Zumindest nicht, dass ich wüsste.

»Eine letzte Frage noch, dann kannst du gehen«, begann ich.

»Wie du meinst, ich kann aber auch noch bleiben, du siehst nicht gut aus.«

»Du wiederholst dich«, gab ich zurück, weil ich mich an die Ereignisse in der Ballnacht erinnerte, als er mir Ähnliches gesagt hatte.

»Du weißt, wie ich das meine«, sagte er lediglich, ohne zu versuchen, mich zu kränken oder sich lustig zu machen. Das war neu.

»Also, letzte Frage. Woran erkennt man euch?«

Ich konnte mir vorstellen, dass diese Info durchaus nützlich sein würde, wenn ich wieder einmal das Gefühl hatte, verfolgt zu werden.

»Gar nicht«, antwortete Tarjos knapp.

»Na toll!«, entgegnete ich enttäuscht.

»Eigentlich ist das ziemlich gut. Ansonsten möchte ich mir gar nicht vorstellen, was passieren würde. Es wäre nicht das erste Mal, dass die Menschheit Jagd auf ihresgleichen macht.«

Irgendwie hatte er Recht.

»Stimmt. Andererseits wäre es auch schön, zu wissen, mit wem man es zu tun hat.«

Tarjos stand auf.

»Das sind Fragen, mit denen du dich beschäftigen kannst, wenn du den ganzen anderen Kram verdaut hast«, sagte er ernst, nahm dabei ein Buch in die Hand, das in einer meiner Tüten obenauf lag, und stellte es zurück in mein leeres Bücherregal.

»Schon viel besser«, kommentierte er seine Tat.

»Man könnte fast meinen, es würde dich interessieren, ob ich hierbleibe oder nicht«, hakte ich verwundert über sein Verhalten nach.

»Natürlich interessiert mich das. Nicht zuletzt wegen Julie, die am Boden zerstört wäre, wenn ihre einzige Freundin sie wegen ihres Blutproblems verlassen würde«, antwortete er und mir wurde klar, dass er das alles bloß für sie tat. Im Grunde war ich ihm völlig egal. Das war nichts Neues, dennoch schmerzte es. Mein Kopf fühlte sich an, als wolle er zerspringen. Ich legte mich auf mein Bett und schloss erschöpft die Augen.

»Dann kannst du ja jetzt gehen und ab morgen wieder der Arsch sein, der du eigentlich bist«, sagte ich ruhig, um meinen Kopf nicht noch stärker zu belasten.

»Wenn das dein Wunsch ist …«

»Nein, mein Wunsch ist es, dass du dich fernhältst von mir.«

Ich war mir nicht sicher, ob ich mir das wirklich wünschte, aber es war so vieles vorgefallen, dass ich einfach genug hatte.

»Wie du willst. Aber denk bitte daran, dass Julie für das alles hier nichts kann. Sie hat sich dieses Leben nicht ausgesucht«, erwiderte er, bevor er ging und die Tür hinter sich schloss.

KAPITEL 17

Als ich wieder aufwachte, war es fast dunkel. Ein Blick auf die Uhr verriet mir, dass es kurz vor halb sieben war, das bedeutete, dass ich ziemlich lange geschlafen hatte. Das schien mein Körper bitter nötig gehabt zu haben. Und mein Verstand ebenfalls. Ich hatte recht wirres Zeug geträumt, konnte mich aber kaum an Einzelheiten erinnern. Vermutlich war das besser so. Immerhin hatte ich eine ganze Menge zu verarbeiten.

Ich setzte mich auf und sah mich im Zimmer um. Immer noch standen meine in Windeseile gepackten Tüten, Taschen und Koffer in einem großen Haufen in der Mitte des Zimmers auf dem Boden. Es würde nervig werden, alles wieder auszupacken. Vor allem die Klamotten müsste ich alle erneut ordentlich zusammenlegen. Was für ein Ärgernis. Aber während ich im Geiste bereits mein Zimmer wieder herrichtete, wurde mir eines klar: Innerlich hatte ich mich längst entschieden. Ich war nicht bereit, das Feld zu räumen. Diese Blutsauger-Geschichte bereitete mir zwar immer noch Bauchschmerzen, aber andererseits hatte ich nicht mehr das Gefühl, in großer Gefahr zu schweben und flüchten zu müssen. Außerdem hätte ich gar nicht gewusst, was ich meinen Eltern hätte erzählen sollen. Es sähe wie ein Versagen aus, wenn ich wieder zuhause einziehen und in mein altes Leben zurückkehren müsste. Nein. Ich war mir sicher.

Das letzte Semester hatte reichlich Abenteuer geboten, ich hatte neue Freunde gefunden und mitunter riesigen Spaß gehabt. Klar, mein Verhältnis zu Männern war nicht gerade optimal gewesen, aber wer brauchte die schon? Ich konnte auch glücklich sein, ohne ständig etwas Neues anzubändeln. Ich musste mich nur mehr auf die Uni konzentrieren. Immerhin hatte ich bisher immer recht gute Noten bekommen, worauf ich stolz war. Das konnte ruhig so weitergehen.

Und dann fiel es mir wieder ein. *Verdammt. Die Noten.* Julie und ich hatten uns vorgenommen, bei meiner Rückkehr gemeinsam unsere Ergebnisse online einzusehen. Das war mir bei all dem Trubel völlig entfallen. Die letzten Tage in der Heimat hatte ich quasi an nichts anderes gedacht als an meine Ergebnisse, und kaum war ich hier angekommen, war alles zur Nebensache geworden. Das musste sich ändern.

Und jetzt? Sollte ich jetzt meinen Rechner einschalten und alleine schauen, wie meine Hausarbeiten, Klausuren und das Referat bewertet worden waren? Das erschien mir falsch. Vor allem nach Tarjos' Worten, wonach Julie tatsächlich nichts dafür konnte, wer oder wie sie war. Ich versuchte, mich in ihre Lage zu versetzen.

Was würde ich tun, wenn ich nur überleben könnte, wenn ich auf das Blut anderer Leute angewiesen wäre? Würde ich wie Tarjos irgendwelche Affären mit reinziehen? Alex zum Beispiel? Was würde er sagen, wenn er erführe, dass ich mit dieser Art Vampiren herumhing? Ich glaubte kaum, dass er dafür Verständnis gehabt hätte. Würde ich wie Julie mein eigenes Leben aufgeben, um nicht so leben zu müssen?

Ich wurde furchtbar traurig beim Gedanken, von allem Abschied nehmen zu müssen. Von meinen Eltern, meinen manchmal etwas anstrengenden Brüdern, meinen mehr oder weniger guten Freunden, von Kibi ... mir kamen die Tränen. Es gab doch so vieles zu entdecken, so vieles zu lernen, so vieles zu spüren, aber auch zu erleiden. Nein. Ich hätte vermutlich niemals Julies Willenskraft, das wirklich durchzuziehen. Wie unglücklich musste sie sein? Wie schrecklich schuldig musste sie sich fühlen, dass sie bereit war, sich von ihren Eltern zu verabschieden und ihnen einen solch großen Schmerz zuzufügen? Am liebsten hätte ich sie sofort in den Arm genommen und ihr gesagt, dass alles wieder gut werden würde und dass sie sich keine Sorgen mehr machen müsste, denn ich würde ihr beistehen.

Aber würde ich das wirklich können? Heute Morgen noch hatte ich selbst ihr großen Schmerz zugefügt, indem ich sie erst vor lauter Schreck angeschrien und dann ignoriert hatte. Konnte sie mir überhaupt verzeihen? Würde sie mich überhaupt noch als Freundin wollen, wo sie fortan damit leben musste, dass mein Blut sie gerettet hatte? Ich konnte mir vorstellen, dass sie sogar sauer war, immerhin hatte sie den Entschluss gefasst, zu gehen. Und ich hatte das verhindert.

Es gab nur eine Möglichkeit, das herauszufinden. Ich ignorierte den Berg Klamotten und Bücher in meinem Zimmer und verließ es in der Hoffnung, Julie in ihrem anzutreffen.

Als ich vor der Tür stand, hielt ich einen Moment inne. Es gab so viele Möglichkeiten, wie dieses Gespräch – wenn denn eines zustande käme – verlaufen konnte. Und nur wenige erschienen mir positiv. Aber es war an der Zeit, das herauszufinden. Leise klopfte ich an der Tür. Nichts regte sich. Ich klopfte erneut und etwas lauter, aber wieder keine Reaktion.

»Julie? Bist du da?«

Stille.

»Julie? Wir wollten doch zusammen die Noten einsehen.« Vielleicht würde das helfen, da es so gar nichts mit unseren Problemen zu tun hatte.

Ich hörte Bewegung im Zimmer und im nächsten Augenblick öffnete Julie im Schlafanzug die Tür.

»Hej«, sagte ich, doch erhielt keine richtige Antwort. »Habe ich dich geweckt? Das wollte ich nicht, entschuldige«, versuchte ich es erneut.

»Nein. Kein Problem. Ich habe mich heute gar nicht erst angezogen«, erklärte sie mit leiser Stimme und gesenktem Kopf.

»Fühlst du dich nicht gut?«, fragte ich, weil ich Sorge hatte, dass sie immer noch zu schwach war. Gleichzeitig wusste ich, dass diese Frage total bescheuert war. Natürlich fühlte sie sich nicht gut, wie konnte sie auch.

»Also körperlich, meine ich«, fügte ich schnell hinzu.

»Geht schon«, sagte sie und ich spürte deutlich, dass ihr meine Anwesenheit Unbehagen bereitete.

Sie setzte sich auf ihr Bett.

Ich wusste nicht so recht, wie ich mich verhalten sollte. Ein bisschen fühlte ich mich wie bestellt und nicht abgeholt. Aber Julie musste es noch viel schlechter gehen, also fasste ich mir ein Herz, schloss die Zimmertür hinter mir und setzte mich ebenfalls mit etwas Abstand neben sie aufs Bett. Immerhin machte sie keine Anstalten, von mir wegzurücken. Das war ein Anfang.

»Julie, es tut mir leid, wie ich mich heute früh in der Dusche verhalten habe. Das war wirklich albern. Ich war, wie soll ich sagen, ein wenig durch den Wind«, versuchte ich sie zu ermuntern, doch es kam keine Reaktion.

»Ich meine, du kannst dir ja vorstellen, dass es erstmal ein Schock ist, zu erfahren ...« Ich wusste nicht, wie ich es ausdrücken sollte, »... dass manche von uns ein bisschen anders sind«, versuchte ich möglichst wertfrei zu formulieren.

»Kann ich mir vorstellen«, sagte sie bloß.

Dann entstand eine Pause, die mir vorkam wie ein ganzes, elendes Jahr. So kamen wir nicht voran.

»Julie, ich glaube, es bringt nichts, wenn wir wegen dem, was vorgefallen ist, Trübsal blasen. Ich möchte die alte Julie wieder zurück. Die, die immer fröhlich ist und die nichts davon abbringen kann, allen mit ihrer munteren Art auf die Nerven zu gehen«, sagte ich schließlich ehrlich und konnte ihr für eine Millisekunde lang ein Lächeln entlocken.

»Also bist du mir nicht böse?«, fragte sie und senkte ihren Kopf wieder.

»Wieso um Himmels Willen sollte ich dir böse sein?«

»Na, weil ich dich angelogen und dann auch noch ...«, sie fing an zu weinen, »... dein Blut getrunken habe.«

»Okay, das mit dem Verschweigen war wirklich nicht cool«, gab ich zu. »Andererseits kommt es vielleicht auch ein bisschen komisch rüber, wenn man jemandem, den man gerade kennengelernt hat, vor die Füße wirft, dass man vom Bluttrinken lebt.« Ich grinste sie an und sie musste lächeln. Gleichzeitig schien sie sich ziemlich zu schämen.

»Und das andere war meine Entscheidung. Ich hätte einfach gehen können. Aber du bist meine Freundin, da lasse ich dich doch nicht einfach sterben«, sagte ich ernst.

Sie verzog das Gesicht. »So schlimm wäre das auch nicht gewesen«, antwortete sie.

»Bist du bescheuert? Das wäre verdammt schlimm gewesen!« Ihre Aussage ärgerte mich. »Hast du mal darüber nachgedacht, was du den anderen damit antust, wenn du dir das Leben nimmst? Was meinst du, wie todtraurig deine Eltern sein würden, die könnten doch selbst nicht mehr weiterleben, wenn du sterben würdest.«

Ich musste schlucken. Da war es wieder. Dieses unglaublich dumpf-schmerzende Gefühl von Traurigkeit.

Auch Julie fing an zu weinen. Ich rückte auf dem Bett dicht an sie heran und legte meinen Arm um sie in dem Versuch, sie zu trösten.

»Ich habe gar nicht nachgedacht«, schluchzte sie. »Ich wusste nur, dass ich so nicht weiterleben konnte. Mit dieser Krankheit. Mit dieser Schuld.«

Ich wusste nicht so recht, was ich darauf entgegnen konnte. Schließlich sagte ich einfach, wie es mir gehen würde, wenn ich in ihrer Lage wäre.

»In meinen Augen bist du der selbstloseste Mensch, den ich kenne. Du würdest dich opfern, nur, um niemandem sein Blut zu nehmen.«

»Das ist ja auch eine Schande«, sagte sie bitter.

»Ja, vielleicht. Andererseits schadest du ja nicht wirklich jemandem. Guck dir mich an, ich bin immer noch putzmunter. Und wenn das bisschen Blutspende dazu führt, dass du weiterleben kannst, dann mache ich das gerne«.

Ich versuchte zu lächeln. Ich musste ihr ja nicht unter die Nase reiben, dass ich in den letzten Stunden fast durchgedreht war und meine Sachen ein paar Meter entfernt abflugbereit standen.

Julies Gesichtszüge entspannten sich langsam.

Nach einer kurzen Pause sagte sie: »Und du hast noch nicht ohne mich nach den Noten geschaut?«

»Natürlich nicht, das wollten wir doch zusammen machen«, gab ich zurück und fühlte mich schlecht, weil da auch ein bisschen Lüge drinsteckte. Immerhin hatte ich es einfach vergessen.

»Na dann mal los!« Sie griff sich ihren Laptop vom Schreibtisch und öffnete ihn. Scheinbar wollte sie nicht länger über das Thema Bluttrinken sprechen, ich konnte es ihr nicht verübeln. Nach kurzer Zeit hatte sie die Seite gefunden, auf der man die Ergebnisse einsehen konnte.

»Du fängst an!«, forderte sie und stellte mir den Laptop auf die Knie.

»Na gut, dann fängst du nächstes Mal an«, antwortete ich und erhielt ein Lächeln von ihr.

Ich gab Benutzernamen und Passwort ein, die ich im ersten Semester an die hundert Male für alles Mögliche verwenden musste, Online-Kursanmeldungen, Buchausleihen, Prüfungs-

anmeldungen, und dann erschienen meine Ergebnisse. 1,3 ...
1,0 ... 1,7 ... 2,3 ... 1,0.

»Zwei Komma drei?«, schoss es aus mir heraus. »Wofür das
denn?«

Dafür, dass es sich Notenübersicht nannte, war es nicht besonders übersichtlich gestaltet. Es dauerte einen Moment, bis
wir die Noten zuordnen konnten. Und dann traf es mich wie der
Schlag. Meine Hausarbeit zu »Babettes Gæstebud« war von Frau
Jansen mit 2,3 bewertet worden. Wie konnte das sein? In Kiel
hatte ich nie eine schlechtere Note als 1,7 für Hausarbeiten bekommen. Ich war schockiert.

»Hey, das ist doch nicht so schlimm, ist doch immer noch gut«,
versuchte Julie mich aufzumuntern.

»Ja, trotzdem«, murmelte ich. Es störte mich, weil ich nicht
nachvollziehen konnte, was ich falsch gemacht haben könnte.

»Krass, du hast in der Klausur bei Nielsen eine 1,0. Das ist ja
der Hammer!«, versuchte Julie mich weiterhin aufzuheitern, mit
etwas Erfolg.

»Ja, dank deiner detaillierten Mitschriften«, grinste ich.

»Ach Quatsch!«, winkte sie ab.

»So, jetzt du!«, forderte ich und schob den Laptop zu ihr herüber.

Julie fand ihre Ergebnisse schnell. Im Prinzip war es ein Wechsel zwischen 1,0 und 1,3, eine schlechtere Note war nicht zu finden.

»Gott, bist du eine Streberin!«, kommentierte ich ihre Ergebnisse mit einem Grinsen.

»Danke gleichfalls«, gab sie freudig strahlend zurück.

»Siehst du, wäre viel zu schade, wenn du das alles aufgeben
würdest.« Im gleichen Atemzug bereute ich diese Aussage, weil
sie vermutlich die gute Stimmung wieder in den Keller reißen
würde. Aber dem war nicht so.

»Hast ja Recht«, sagte Julie bloß. »Und danke, dass du mich
trotzdem noch magst.«

»Klar doch!«, gab ich lächelnd zurück und versuchte dann das
Thema wieder Richtung Uni zu lenken. Wir verglichen noch unsere Stundenpläne und legten fest, an welchen Tagen wir zusam-
menfahren könnten und wann wir uns zur Mittagspause in der

Mensa treffen würden. Ich berichtete ihr von meinem Vorhaben, mich fortan stärker auf die Uni konzentrieren zu wollen, und sie stichelte nur: »Bei einer 2,3 würde ich das auch empfehlen.«

KAPITEL 18

Die nächsten Wochen verliefen angenehm unspektakulär. Keine Dramen, keine Katastrophen. Torge und Jasper tischten wir eine Ausrede für unser merkwürdiges Verhalten am ersten Tag nach den Ferien auf und ich setzte meinen Plan, mich ausschließlich auf das Studium zu konzentrieren, erfolgreich in die Tat um. Selbst Jaspers mehrmaligen Versuchen, uns zur nächsten Sportlerparty zu überreden, hielten wir Stand. Torge hatte ohnehin nie besonders viel Lust zu feiern und Julie und ich zogen an einem Strang. Allerdings mussten wir Jasper versprechen, zumindest mal wieder Johannes Bar mit ihm aufzusuchen, was wir auch taten.

Der Abend bei ihr verlief nicht besonders aufregend. Torge hatte eine Ausrede gefunden, um nicht mitzukommen, dafür brachte Jasper seinen Mads mit, der sich angeregt mit Julie über ihre Ikea-Einrichtungsträume unterhielt. *Spannend.* Selbst Jasper verdrehte die Augen, wenn es beispielsweise zum wiederholten Male um cremefarbene Bettvorhänge mit Rüschen ging. Das schien selbst ihm zu schwul. Johanne gesellte sich nur kurz mit zu uns an den Tisch. Sie hatte zu tun, der Laden lief gut. Ich erwischte mich dabei, dass ich es genoss, einen Abend mit meinen Freunden zu erleben, der nicht mit dem Ausbruch großer Gefühle welcher Art auch immer endete.

Nach und nach fühlte sich mein Leben zunehmend an, wie ein typisches Studentenleben. Okay, wie das Leben einer eifrigen Studentin vielleicht. Aber immerhin gelang es mir, wieder Fuß in meiner Realität zu fassen und die ganzen verrückten Ereignisse mit der Zeit zu verarbeiten. Oder zu verdrängen. Auf jeden Fall ging es mir gut, ich genoss mein Leben und versuchte auch Julie immer wieder davon zu überzeugen, dass Aufgeben keine Option war.

Obwohl ich nun wusste, dass sie auf eine mir noch immer nicht ganz einleuchtende, spezielle Weise anders war, verbrachten wir sehr viel Zeit miteinander. Irgendwann schien sie wieder zurück zu sein, die alte Julie. Jasper und ich lachten wöchentlich über ihre Streitereien mit Torge, dessen Provokationen sie einfach nicht auf sich sitzen lassen konnte. Manchmal bekam man sogar das Gefühl, zwischen den beiden würde sich etwas anbahnen, auch wenn sie stets betonten, dass das undenkbar sei.

Neben der Uni verbrachte ich zudem reichlich Zeit im Café. Katerine musste sich auf ihre Abschlussprüfungen vorbereiten und dadurch oft vertreten werden. Mir kamen die Überstunden nicht nur in finanzieller Hinsicht gelegen. Die Ablenkung durch die Arbeit wirkte sich positiv auf meinen Gemütszustand aus. Insbesondere die Tage, an denen sich deutsche Touristen zu uns verirrten, bereiteten mir Freude. Ich genoss es, meine Muttersprache außerhalb der Seminarräume zu hören. Dadurch wirkte sie lebendiger und erinnerte mich an meine Heimat.

Frederik war ebenfalls häufig im Laden anzutreffen, er wollte partout keine Vertretungskraft für Katerine einstellen, also musste er wohl oder übel selbst öfter mit anpacken. Gott sei Dank war er nicht die Art Chef, die unentwegt ausstrahlte, dass er der Besitzer und alle anderen nur seine Angestellten waren. Im Gegenteil, manchmal blieben wir nach Feierabend sogar noch ein wenig im Café sitzen und unterhielten uns über Gott und die Welt.

Einmal erzählte er mir, dass er irgendwann mit seiner Frau Linda nach Norwegen auswandern wollte, sobald sein Sohn Niklas aus der Schule war. Das dauerte zu meiner Beruhigung allerdings noch einige Jahre, Niklas war erst fünf.

Ich hatte mir bisher nie großartig Gedanken darüber gemacht, wo ich einmal leben wollte. Ich fühlte mich immer noch nicht wirklich erwachsen und konnte mir nicht vorstellen, jetzt schon so eine Entscheidung zu treffen. Außerdem hatte ich noch nicht besonders viel von der Welt gesehen, woher sollte ich also wissen, wo es mir am besten gefiel?

»Du hast ja auch noch alle Zeit der Welt«, sagte Frederik. »So eine Entscheidung sollte gut durchdacht sein.«

»Und ihr habt das schon durchdacht?«, hakte ich neugierig nach.

»Das haben wir. Allerdings war es auch keine schwere Entscheidung«, erklärte er. »Linda hat Verwandtschaft in Norwegen. Wir haben schon viele Urlaube dort verbracht und uns jedes Mal ein bisschen mehr zuhause gefühlt.«

»Nicht, dass ich euch überreden möchte, jetzt schon auszuwandern. Aber bis Niklas aus der Schule ist, vergehen ja noch einige Jahre ...«

»Das stimmt«, unterbrach Frederik mich, noch bevor ich meine Gedanken zu Ende bringen konnte. »Aber nicht nur die Tatsache, dass es sprachlich für Niklas am Anfang schwer werden würde, obwohl er vermutlich schneller als wir zurechtkäme, momentan gibt es noch zu viele Dinge, die uns hier halten.«

Ich wollte nicht weiter nachfragen und sagte bloß, dass ich darüber nicht ganz unglücklich sei, auch wenn das egoistisch war.

Julie nutzte die ersten Sonnenstrahlen als Begründung dafür, dringend mal wieder shoppen gehen zu müssen, und ich stimmte unter der Bedingung zu, dass wir jegliche Art von Deko-Läden mieden. Sie brummte etwas mürrisch, ließ sich aber darauf ein.

»Diesen kitschigen Nippes kannst du dir mit Mads anschauen«, betonte ich meinen Standpunkt noch einmal, als wir uns an einem Nachmittag nach der Uni in der Stadt trafen. Auf Kopenhagens riesiger Einkaufsstraße, der Strøget, wimmelte es nur so von Menschen. Das bisschen Sonne schien Leute aus allen Regionen der Welt aus den Häusern zu locken.

»Ganz schön was los«, quiekte Julie aufgeregt.

Ich war überrascht, wie viel Energie sie in letzter Zeit besaß. Als sie mir zu Beginn des Wintersemesters die Stadt gezeigt hatte, hatte sie über jeden einzelnen Menschen geschimpft, der es gewagt hatte, unseren Weg zu kreuzen. Jetzt war Julie gar nicht wiederzuerkennen. Keine Spur mehr von Schwäche. Im Gegenteil. Ich ahnte, dass das ein anstrengender Tag werden würde.

Als Erstes zog sie mich in den dreistöckigen H&M. Donnerwetter, ich staunte nicht schlecht. So viel Auswahl war gar nicht gut für mich. Ich hatte zwar durch meine Überstunden im Café durchaus das Geld, um mir das eine oder andere Stück neu anzuschaffen, aber ein derart großes Angebot überforderte mich.

»Ähm, ich mach mich mal auf die Suche nach Jeanshosen«, entschied ich, während Julie irgendetwas von Shirts sagte. Ich konnte gar nicht so schnell gucken, da war sie schon zwischen zwei Kleiderständern verschwunden. Es dauerte nicht lange und ich hatte die richtige Abteilung gefunden. Das Hilfsangebot der netten Verkäuferin – eigentlich war sie ziemlich unfreundlich, nicht untypisch für die Menschen in Kopenhagen, aber immerhin hatte sie gefragt, ob ich Hilfe benötige – verneinte ich höflich. Ich brauchte ein paar Minuten, dann hielt ich eine schwarze Jeans mit kleinen Rissen über den Knien in den Händen, die ich anprobieren wollte. Kurz vor der Umkleidekabine rannte mich Julie fast über den Haufen, den Arm voller Klamotten, über die sie kaum hinwegsehen konnte. Im Schlepptau hatte sie eine Verkäuferin, die wenig überrascht wirkte. Vermutlich kannte man sie hier bereits.

»Mein Gott, wie hast du das denn angestellt?«, fragte ich mehr als erstaunt mit meiner Hose in der Hand.

»Ach, das ist doch noch gar nichts«, lachte sie und ihre Worte klangen fast wie eine Drohung. Sie verschwand mit wenigen Teilen in einer der Kabinen, während die Verkäuferin die übrigen Kleidungsstücke fein säuberlich auf eine mobile Kleiderstange hängte, die sie aus irgendeiner Ecke hervorgezaubert hatte. Ich schnappte mir die Kabine neben Julie und probierte die Jeans an.

»Hast du etwas Spezielles vor, von dem ich nichts weiß?«, fragte ich skeptisch durch die Wand.

»Wie meinst du das?«

»Na wegen der hundert Klamotten da vor deiner Tür ...«

»Ach so. Nö. Ich muss einfach mal etwas Neues haben.«

»Okay. Dann mal los!«, erwiderte ich und freute mich über ihren Tatendrang. Ich hielt es für ein Zeichen dafür, dass sie wieder Freude an ihrem Leben empfand.

»Und wenn wir hier fertig sind, müssen wir noch zu den Dessous«, ergänzte sie.

Mir blieb fast die Luft weg. Hatte sie das gerade wirklich gesagt? Julie hatte zuvor noch nicht einmal das Wort *Dessous* in meinem Beisein auch nur in den Mund genommen.

»Gute Idee«, versuchte ich möglichst neutral zu reagieren und mein amüsiertes Lachen zu unterdrücken. Am liebsten hätte ich sie gefragt, ob sie irgendwelche Hintergedanken hatte, aber ich wollte sie nicht gleich wieder verschrecken. Mir gefiel ihre neue, offene Art.

Tatsächlich kaufte sie außer gefühlten hundert Shirts, Shorts und sonstigen Textilien zwei schlichte, schwarze Spitzen-BHs mit den passenden Höschen, ebenfalls mit Spitze.

»Schön! Solche könnte ich auch mal wieder gebrauchen«, kommentierte ich ihre Auswahl.

»Und worauf wartest du?«, fragte sie und zeigte auf die Wäscheständer vor sich.

»Meinst du?«

»Na klar, dann können wir im Partnerlook gehen«, lachte sie.

Ihr Lachen war ansteckend. Natürlich war die Idee total kindisch, aber andererseits auch nett. Und chic waren die Teile wirklich.

Nach dreieinhalb Stunden rettete mich der Ladenschluss vor einem völligen Shopping-Zusammenbruch. Julie konnte ihre Tüten kaum tragen, weshalb ich ihr einiges abnehmen musste, bei mir war es, abgesehen von einer neuen Leggings, bei der schwarzen Jeans und der Partnerlook-Unterwäsche geblieben.

»Das war heftig!«, entwischte es mir, als wir uns auf die rettenden Sitzbänke in der U-Bahn warfen.

»Ja, voll cool«, antwortete Julie und strahlte über das ganze Gesicht. »Hat echt Spaß gemacht, bist 'ne gute Shopping-Begleitung.«

»Danke. Muss aber nicht so bald wieder sein«, scherzte ich, obwohl ich es eigentlich todernst meinte. Aber Julie war so freudiger Stimmung, das wollte ich auf keinen Fall zerstören.

Meine Sommersemester-Kurse gefielen mir bis auf eine Ausnahme wirklich gut: Mittelhochdeutsch. Man fragte sich, was man jemals damit anfangen sollte. Aber leider war es ein Pflichtseminar, also musste ich da wohl oder übel durch. Das einzig Interessante an diesem Kurs war die Dozentin, eine offensichtlich aus der Eifel stammende, besonders ehrgeizige Frau, deren harter Umgang mit den Studenten und darüber hinaus nur wenige Millimeter kurzen Haare ihr den Ruf einer Power-Lesbe verschafften.

Mich amüsierte ihre Art auf eine besondere Weise. Vermutlich war es kein Vergnügen, nicht ihrer Meinung zu sein, und dennoch hing ich fasziniert an ihren Lippen. Jede Woche aufs Neue änderte sich schlagartig die Stimmung, sobald sie den Raum betrat. Man konnte sich nicht von ihr abwenden, selbst wenn man es gewollt hätte.

In einem meiner ersten Semester, als ich in Kiel studiert und nicht gewusst hatte, was ich irgendwann mal mit meinem Studium anfangen sollte – nicht, dass ich es jetzt gewusst hätte – , nahm ich alles mit, was mir ansatzweise nützlich erschien. Ich lernte unter anderem in einem Seminar zur Psychologie des Lernverhaltens, dass Lernende entweder von extrinsischer oder intrinsischer Motivation angetrieben wurden. Intrinsisch bedeutete so viel wie, dass sie tatsächlich am Lernstoff interessiert waren. Das war in der Uni im Vergleich zur Schule tatsächlich häufiger der Fall, weil man sich seine Kurse zum Teil nach Interesse aussuchen konnte. Eine extrinsische Motivation lag hingegen dann vor, wenn man zum Beispiel eine Belohnung für sein Lernen erwartete oder den Lehrer besonders mochte.

Die Lautverschiebungen der deutschen Sprache und die mittelhochdeutsche Literatur waren so ziemlich das Letzte, was ich als faszinierenden Lernstoff bezeichnet hätte. Da waren sogar die altisländischen Sagas erheiternder. Aber diese Frau schaffte es dennoch, ihr umfangreiches Wissen mit ihrem militärischen Sprechrhythmus Wort für Wort in unsere Köpfe zu hämmern, ohne dass wir uns dagegen wehren konnten, oder wie in meinem Fall, überhaupt dagegen wehren wollten. Nach jeder Sitzung fühlte man sich wie gerädert, aber auf eine positive Art und Weise.

Ich fragte mich unweigerlich, wie sie wohl privat mit ihren Mitmenschen umging, und ob sie wirklich lesbisch war, wie alle behaupteten. Vermutlich würde ich nie eine Antwort darauf bekommen. Sie blieb unnahbar, fast so, als wäre sie nicht von dieser Erde.

Kaum hatte ich meinen Gedanken zu Ende gedacht, machte sich ein unangenehmes Gefühl bemerkbar. Es war mir die letzten Wochen so gut gelungen, Tarjos und den Gedanken an die andere Art Mensch aus dem Weg zu gehen und möglichst normal weiterzuleben. Und nun sah ich mich zum ersten Mal wieder mit dieser Frage konfrontiert, von der ich mir vorgenommen hatte, sie sofort im Keim zu ersticken, sollte sie sich wieder einen Weg aus meinem Unterbewusstsein in meinen Kopf bahnen.

War sie eine von ihnen?

Zu dem unangenehm drückenden Gefühl in meinem Bauch gesellte sich ein Anflug aufkommender Übelkeit. Aber das war noch nicht alles. Irgendetwas war anders als vor ein paar Wochen. Das Gefühl war nicht mehr ganz so stark von Angst geprägt. Der Drang, dem Geschehen zu entfliehen, blieb aus. Stattdessen überraschte ich mich selbst mit der vagen Erkenntnis, dass es womöglich Neugier war, die versuchte, sich ihren Platz zwischen den sonst so negativen Gefühlen zu verschaffen. *Du spinnst doch*, ermahnte mich mein Inneres und drückte den Gedanken erfolgreich wieder dahin zurück, wo er hergekommen war. Sie war einfach eine beeindruckende Person. Nichts weiter. Und dabei beließ ich es fürs Erste.

Inzwischen wurden die Tage länger, morgens weckten mich vor dem Weckerklingeln die Vögel, die vor meinem Fenster ihr Frühlingskonzert zum Besten gaben. Julie schimpfte gerne über das Gezwitscher, was mich wiederum amüsierte. Wie man zu dieser Jahreszeit überhaupt schlecht gelaunt sein konnte, war mir ein Rätsel. Aber nachdem sie ihren Frust mitgeteilt hatte, besserte sich ihre Stimmung auch schnell wieder.

Sie schien mir überhaupt deutlich unternehmungslustiger, als ich es von ihr gewohnt war. An einem besonders sonnigen Tag schlug sie sogar von sich aus vor, dass wir abends in der Stadt etwas trinken gehen sollten. Ich lehnte jedoch ab, da ich mitten in einer Referatsvorbereitung steckte und diese nicht unnötig unterbrechen wollte. Sie schmollte kurz, hatte dann aber Verständnis. Es wunderte mich ein wenig, dass sie so schnell klein beigab. Vielleicht wollte sie verhindern, dass ich womöglich darüber nachdachte, warum ich mich so stark auf die Uni fixierte.

Die Tage vergingen ohne größere Aufregung, die Osterfeiertage verbrachte ich bei meinen Eltern. Meinem Vater ging es wieder vollends gut. Keine Spur mehr von dem Vorhaben, sich zukünftig etwas zu schonen.

»Du kannst ihn eben nicht zu seinem Glück zwingen«, meckerte meine Mutter, doch man sah ihr an, dass sie eigentlich sehr erfreut darüber war, denn er schien ganz der Alte zu sein.

Keinem meiner Brüder war es gelungen, sich Zeit zu nehmen und vorbeizuschauen. Ich langweilte mich fast ein wenig, denn selbst meine Mutter war nicht – wie sonst immer – völlig auf mich fixiert, sondern tat alles, um es meinem Vater recht zu machen. Ich fühlte mich beinahe wie das fünfte Rad am Wagen und war ein Stück weit erleichtert, dass ich mich am Ostermontag davonstehlen konnte, obwohl die Uni eigentlich erst am Mittwoch wieder losging.

Auf der Zugfahrt schrieb ich zuallererst Julie mit der Frage, wann sie wieder im Wohnheim sein würde, und hoffte insgeheim, dass sie nicht bis Dienstagabend bei ihren Eltern bliebe. Dann zog ich meinen MP3-Player aus der Tasche, stopfte mir die Stöpsel in die Ohren und genoss den Blick aus dem Fenster, während ich meine Playlist rauf und runter hörte.

Als ein etwas älterer Song von Anastacia lief, fühlte ich mich schlagartig an den Tag zurückversetzt, an dem ich das erste Mal die Reise in mein neues Leben in Kopenhagen angetreten war. Seitdem war unglaublich viel passiert. Dinge, über die ich nicht sprechen durfte und die mir vermutlich sowieso niemand glauben würde, wenn ich es doch täte. Ich versank in meinen Gedanken und kam erst wieder so recht zu mir, als Anastacias Stimme an meinem Bewusstsein rüttelte.

Ihre Worte kamen mir so vertraut vor, als wären sie mir irgendwo schon einmal begegnet. Natürlich hatte ich dieses Lied schon tausende Male gehört, aber noch nie auf diese Weise. Noch nie hatte meine Lieblingssängerin mir so sehr aus dem Herzen gesprochen. Noch nie zuvor hatte ich so gut verstehen können, was es hieß, allein gelassen zu werden, während die Welt um einen herum in Stücke zerfiel.

Immer und immer wieder ging ich ihren Song »Left outside alone« Vers für Vers durch und versuchte zu verstehen, wovon sie sang, was für sie *bedeutungslos* erschien. Ich bekam Gänsehaut am ganzen Körper. War es denn möglich, dass andere Menschen eine ähnliche oder vielleicht sogar die gleiche Erfahrung gemacht hatten wie ich? Hatten sie womöglich auch erkannt, dass es mehr auf dieser Welt gab, als man uns Tag für Tag vormachte? Und wenn ja, wie waren sie damit zurechtgekommen? War dieser Song die Antwort auf diese Erkenntnis? Es fiel mir plötzlich schwer, mir vorzustellen, dass ich die Einzige sein sollte, die diese Erfahrung gemacht hatte.

Ich war furchtbar aufgeregt, hundert Gedanken schossen mir in den Sinn, einer absurder als der andere. War ich womöglich gar nicht so allein, weil im Grunde schon sehr viele Menschen von den anderen wussten? Meine Gedanken drehten sich. Einerseits war ich so fasziniert von dieser Entdeckung, dass ich am liebsten laut geschrien oder irgendjemandem in diesem Zug von meiner Erkenntnis erzählt hätte. Andererseits war ich mir gar nicht sicher, ob es wirklich gut für mich war, wenn ich mich weiter mit diesen Fragen beschäftigte. Vielleicht deutete ich auch alles komplett falsch und Anastacias Song handelte bloß von einem geliebten Menschen oder Ähnlichem.

Und es lief doch alles so gut in letzter Zeit. Ich hatte meinen Platz im Leben wiedergefunden, warum sollte ich ihn aufgeben? Aber konnte ich mit dem Wissen auf Dauer leben, dass es nur eine Scheinwelt war, die ich mein Leben nannte? Musste ich andererseits denn unbedingt alles wissen, was um mich herum geschah, oder würde es mich nicht eher zerstören, wenn ich zu viel mitbekam? Immerhin würde man die absolute Erkenntnis ohnehin nie erlangen, stellte sich also die Frage, wie viel Wissen notwendig war, um glücklich zu sein. *Reichlich philosophisch*, spottete meine innere Stimme. Und sie hatte Recht, was hielt ich mich hier mit solch komplizierten Fragen auf, wo ich doch in einem Alter war, in dem man das Leben unbeschwert genießen sollte. Es war das Beste, Abstand zu gewinnen und diesen zu wahren.

Ein Blick auf mein Handy verriet mir, dass Julie noch bis zum nächsten Tag bei ihren Eltern blieb, aber dass ich herzlich eingeladen war, die Andersens zu besuchen.

Das wollte ich nun wirklich nicht. Gerade jetzt erschien das absolut unpassend.

Die Andersens mochten nette Menschen sein, aber das letzte Mal, als ich Julies Vater gesehen hatte, hatte seine Tochter quasi im Sterben gelegen. Ich wusste nicht, wie ich unbeschwert eine Unterhaltung mit ihnen hätte führen sollen. Und dann die Tatsache, dass Herr Andersen seine Frau über all das belogen hatte. Es erschien mir falsch, dieses Spiel mitzuspielen.

Also bedankte ich mich herzlich für die Einladung und entschuldigte mich abermals mit meinem Lernstoff. Irgendwie war mir das alles schon wieder zu viel. Ich zog die Stöpsel aus meinen Ohren, verstaute sie zusammen mit meinem Handy in meinem Rucksack und kramte ein Buch aus dem unglaublich hässlichen Leinenbeutel hervor, den mir meine Mutter für die Fahrt mitgegeben hatte.

Beim Lesen des Titels musste ich schon fast würgen. *Liebesgeschichten.* Was bewegte meine Mutter bloß dazu, mir so einen Roman zu Ostern zu schenken? Wollte sie mir damit irgendeine tiefere Botschaft senden? Hatte sie insgeheim geahnt, dass meine Beziehung zu Männern nicht unbedingt ihrem Ideal entsprach? Und schon wieder so viele Gedanken. Aber lieber zerbrach ich mir den Kopf über mein – nennen wir es besonderes – Verhältnis zu Männern, als darüber, dass diese Welt mysteriöser war, als ich es zu ahnen wagte. Ich schlug das Buch auf und verschlang die ersten Seiten im Nu. Endlich mal leichte Kost.

Im Wohnheim entschied ich, den Rest des Tages sinnvoll zu nutzen. Wie im letzten Semester nahm ich mir vor, eine der Hausarbeiten bereits während der Vorlesungszeit abzuliefern, um in den Ferien weniger zu tun zu haben. Also schnappte ich mir meinen Rucksack, stopfte einen Collegeblock und Stifte hinein und machte mich auf den Weg in die Bibliothek. Wegen der Osterfeiertage nahm ich an, dass sie nicht sonderlich stark besucht sei.

Und ich sollte Recht behalten. Ich hatte die Räume fast für mich alleine. Nur hier und da saß ein Student verloren an einem der großen Lesetische oder schlenderte durch die Reihen zwischen den Büchern.

Es war immer wieder ein tolles Gefühl, durch die große Halle mit ihren meterhohen Regalen und dem gelblich-schummerigen Licht der alten Kronleuchter zu wandern. Irgendwie erinnerte mich das jedes Mal ein wenig an *Hogwarts.* Leider holte mich das Thema meiner Hausarbeit schnell in die Realität zurück. Ich hatte mich dazu entschieden, über dänische Dialekte und Varietäten zu schreiben, aber der Dozent hatte das für zu oberflächlich gehalten und mir empfohlen, mich lediglich auf *Sønderjysk* zu konzentrieren, eine Art Plattdänisch, das in der Grenzregion gesprochen wurde. Ich mochte diesen Dialekt nicht besonders, es war unglaublich schwierig, die Leute zu verstehen. Aber ich konnte dem Dozenten ja schlecht sagen, dass ich seine Idee für schlecht hielt. Also musste ich da nun durch. Immerhin hatte ich im Internet gesehen, dass die Bibliothek passende Literatur für meine Recherche vorrätig hielt. Ich konnte mir nicht vorstellen, dass sonst irgendjemand so etwas ausleihen würde.

Es dauerte ein wenig, bis ich Erfolg hatte, irgendwie kam ich immer noch nicht so gut mit dem Sortiersystem klar, das war mir in Kiel deutlich intuitiver erschienen. Doch schließlich stapfte ich erschöpft von der Suche und der vorangegangenen Reise mit einem Stapel Bücher bewaffnet zur Ausleihe.

Zurück auf meinem Zimmer war es schon nach neun. Meinen vollgepackten Rucksack pfefferte ich in die Ecke neben dem Schreibtisch und sprang unter die Dusche. Ich genoss es, frisch geduscht in mein kuscheliges Bett zu kriechen. Es dauerte nicht lange und ich schlief ein.

Am nächsten Tag setzte ich mich nach dem Frühstück direkt an meine Eroberungen des gestrigen Tages. Knapp drei Stunden verbrachte ich damit, die Bücher mit Post-its zu versehen und mir Notizen zu möglichen Unterpunkten zu machen. Das Gute war, dass ich fast alles gefunden hatte, was ich zum Verfassen der Hausarbeit benötigte. Das Schlechte war, dass mir langsam schwindelig vom Lesen des Dialekts wurde und ich die Lust verlor, weiterzuarbeiten. Dabei war es gerade mal dreizehn Uhr.

Julie war mit Sicherheit noch nicht zurück, in der Hinsicht brauchte ich mir keine Hoffnungen machen. *Irgendwie brauchst du mehr Freunde*, ging mir durch den Kopf. Aber das war noch nie mein Ding gewesen. Es reichte mir, wenige gute Freunde zu haben, auf alle anderen konnte ich verzichten, redete ich mir gerne ein. Und das hatte ich jetzt davon, mir war langweilig. Jasper brauchte ich gar nicht anzurufen, ich wusste, dass er das lange Wochenende mit Mads verbringen wollte. Torge wollte sich zusammen mit seinen Unterlagen zum Thema *Helden und Könige der nordischen Sagas* einschließen, das erschien mir fast schlimmer als eine Hausarbeit über Sønderjysk schreiben zu müssen.

Gedankenversunken ließ ich den Blick schweifen und erfreute mich an dem herrlichen Grün, das vor meinem Fenster von Tag zu Tag freudiger zu tanzen begann. Die Sonne schien und dann packte mich der Drang, ins Freie zu gehen. Also schnappte ich mir eine Decke, etwas zu trinken und das Buch, das meine Mutter mir geschenkt hatte, und ging in einen nur wenige Minuten entfernten Park. Wie sich zu meinem Bedauern herausstellte, war ich nicht die einzige mit dieser Idee.

Auf den Wiesen tummelten sich viele junge Leute, Muttis schoben ihre Kinderwagen durch die Gegend, alte Leute beanspruchten die wenigen Sitzbänke für sich und hier und dort schrie irgendjemand seinem Hund hinterher oder seinem Kind. Ich entschied, mich davon nicht stören zu lassen, suchte mir das vermutlich letzte freie Plätzchen im Schatten, breitete meine Decke aus und versank in meiner Lektüre. Bisher hatte mir das Buch gar nicht so schlecht gefallen. Stella, eine angehende Sportwissenschaftlerin, zog aus Jobgründen nach New York und entdeckte die Großstadt für sich. Das hatte Potential.

Frustriert schlug ich das Buch nach den ersten hundert Seiten zu. Was stimmte bloß nicht mit all diesen Schnulzen-Autorinnen? Wie in allen großen amerikanischen Liebesgeschichten ging es um die Suche nach der einen großen Liebe, mit der die naiv-romantische Stella den Rest ihres Lebens verbringen wollte. Den Rest des Lebens? Wirklich? Das würde bedeuten, dass sie – wenn es gut lief – mehr als sechzig Jahre mit einem und demselben Mann verbunden bleiben wollte. Seelenverwandte natürlich. *Was für ein Scheiß!* Das klang für mich nicht nur extrem eintönig, geradezu ermüdend, sondern es wollte einfach nicht in meinen Kopf gehen, wie der moderne, aufgeklärte, selbstbewusste Mensch des einundzwanzigsten Jahrhunderts so engstirnig sein und davon ausgehen konnte, dass eine solche Beziehung realistisch sei und halten würde.

Klar, bei meinen Eltern lief es offensichtlich ganz gut, aber die stammten auch aus einer anderen Zeit. Und ja, jeder suchte irgendwo nach dem großen Glück und einer erfüllten Beziehung, aber was war das bitte für eine Mammutsaufgabe, diese für den Rest des Lebens aufrechterhalten zu wollen? Mein Ex und ich hatten uns schon innerhalb weniger Jahre jeder für sich so sehr verändert, dass wir einfach nicht mehr zusammenpassten. Uns dazu zu zwingen, zusammenzubleiben, wäre eine Zumutung für beide gewesen und sicher nicht gut ausgegangen. Natürlich waren wir in einem Alter, in dem man sich stark entwickelte und veränderte. Aber das hörte doch mit Mitte zwanzig noch nicht auf.

Bevor ich mich weiter hineinsteigern konnte, stopfte ich das Buch zurück in meinen Rucksack und entschied, einfach das herrliche Wetter zu genießen. Ich schloss meine Augen. Ein Gefühl von Freiheit durchströmte mich mit jedem Atemzug, durch den ich die frische Luft in mir aufnahm. Es gelang mir, mich auf den Gesang der Vögel zu konzentrieren und die Geräusche der Menschen um mich herum auszublenden.

Irgendwann musste ich eingeschlafen sein, denn ich erschrak tierisch, als mich ein dumpfer Schlag an der Hüfte traf. Es dauerte einen Moment, bis ich die Situation begriff. Eine quietschgrüne Frisbee hatte mich als ihr Ziel auserkoren. Der Schmerz verging schnell, es war vor allem der Schreck, der mir zu schaffen machte. Im selben Augenblick sah ich schon zwei Beine auf mich zustaksen, lediglich mit taschenbesetzten Shorts bekleidet, für meinen Geschmack etwas zu kühl für diese Jahreszeit.

»Hey, kann ich die wiederhaben?« Der Typ in Shorts kam immer näher und ich sah sein breites Grinsen. »Du darfst gerne mitspielen«, fügte er hinzu.

Ich war schlecht gelaunt, wie immer, wenn ich aus dem Schlaf gerissen wurde.

»Nein, danke«, entgegnete ich und nahm ihm die letzten Meter ab, indem ich die Frisbee vor seine Füße warf. Er hob sie auf und murmelte etwas, das ich nicht verstehen konnte. War wohl auch besser so. Ich versuchte, den entspannenden Moment von vorhin wiederzuerlangen, aber das wollte mir einfach nicht mehr gelingen. Also packte ich mein Zeug zusammen, machte mich auf den Heimweg und verbrachte den Rest des Tages mit meinen Büchern und dem Fernseher.

Abends huschte Julie noch einmal kurz in mein Zimmer, um

mir mitzuteilen, dass sie wieder da war. Zu diesem Zeitpunkt saß ich schon im Schlafanzug auf meinem Bett und als sie das sah, sagte sie bloß, dass sie mir morgen viel zu erzählen hätte. Sie war wie immer gut gelaunt. Das war ansteckend.

KAPITEL 19

Die folgenden Wochen verbrachte ich damit, mich weiter aus allem Schlamassel herauszuhalten und mich voll auf das Lernen zu konzentrieren. Mittlerweile hatte ich auch sehr erfolgreich mein Referat gehalten. Während der lobenden Worte der Dozentin konnte ich in den nur wenig begeisterten Gesichtern meiner Kommilitonen sehen, dass ich nun vollends in den Kreis der Strebsamen aufgenommen worden war. Aber das war mir egal. Irgendwo stimmte es ja auch. Nur waren die Gründe für mein übereifriges Verhalten vielleicht etwas andere. Wie auch immer, es ging mir sehr gut damit. Auch die Hausarbeit war fast fertig, ich besuchte vorsichtshalber noch einmal die Sprechstunde des Dozenten, nur um sicherzugehen, dass ich nicht wieder Gefahr lief, eine 2,3 zu erhalten. Er schien soweit zufrieden und war gespannt, meine Arbeit zu lesen. Was wollte ich mehr?

Irgendwie wurmte mich die Beurteilung der Jansen immer noch. Sicherlich hatte ich mir bei der Anfertigung während des laufenden Semesters nicht so viel Mühe gegeben, wie ich es sonst tat, aber ich war auch nicht völlig unzufrieden mit meiner Leistung gewesen. Im Grunde genommen hätte ich Einsicht verlangen und mir erklären lassen sollen, was ihr nicht passte. Aber die Dozentin war eben Frau Jansen. Die letzte Begegnung mit ihr hatte ich noch immer nicht richtig überwunden. Ich sah sie zwar hin und wieder flüchtig auf dem Flur, aber ich vermied es stets, dass unsere Blicke sich trafen.

Wenn ich darüber nachdachte, fühlte es sich fast albern an, ihr aus dem Weg zu gehen. Immerhin verbrachte ich viele freie Stunden mit Julie, die ja auch irgendwie besonders war. Aber Julie war meine Freundin und sie konnte nichts dafür. Wovor fürchtete ich mich also bei einer Begegnung mit Frau Jansen? Ich hatte ihr keinen Grund gegeben, böse auf mich zu sein. Abgesehen davon, dass ich Tarjos gesagt hatte, dass ich mit alldem nichts zu tun haben wollte. Und er hatte sie sicherlich darüber informiert.

Aber vielleicht war es auch umgekehrt. Vielleicht wollte sie ja auch nichts mit *Normalos* wie mir zu tun haben. Natürlich über das Arbeitsverhältnis hinaus, denn hier war sie ja gezwungen, mit uns zu leben. *Vielleicht hatte ich deshalb diese Note kassiert, weil sie generell eine Abneigung uns gegenüber verspürte?*

Nein. Das konnte ich irgendwie nicht glauben. Es klang in meinen Gedanken zwar ein Stück weit logisch, aber so hatte ich sie nicht kennengelernt. Im Gegenteil, im ersten Semester war sie meine absolute Lieblingsdozentin gewesen. *Schlag dir das aus dem Kopf*, befahl ich mir. Und das tat ich.

Als ich an diesem Nachmittag nach Hause kam, stattete ich zunächst Julie einen Besuch auf ihrem Zimmer ab. Irgendwie war das zur Gewohnheit geworden, dass wir uns quasi bei der anderen »zurückmeldeten«, wenn wir wieder im Wohnheim waren. Dadurch fühlte ich mich noch ein Stückchen mehr zuhause.

Als ich Julies Zimmertür nach einem viel zu leisen »Ja« auf mein Klopfen hin öffnete, fand ich sie zusammengekauert auf ihrem Bett liegen. Ihr Gesicht war tränenüberströmt.

»Oh mein Gott! Julie, was ist passiert?«, fragte ich erschrocken.

Sie antwortete nicht und hielt mir bloß ein Stück Papier hin, bevor sie ihr Gesicht in ihrem rosafarbenen Kissenbezug vergrub.

»Was ist das?«, fragte ich. Eigentlich war das eine ziemlich blöde Frage, offensichtlich war das ein Brief.

Julie antwortete auch nicht darauf.

»Darf ich den lesen?« Es war schwer zu erkennen, ob sie nickte, aber ich nahm an, dass sie mir das Schriftstück aus diesem Grund hingehalten hatte. Ich setzte mich zu ihr auf die Bettkante und öffnete den Brief.

Er war mit Handschrift auf einem edlen Briefpapier verfasst worden, ich suchte zuallererst nach dem Verfasser und fand schnell heraus, dass der Brief von Julies Mutter war. Ich erschrak innerlich und rechnete mit dem Schlimmsten.

Liebe Julie,
entschuldige, dass du es auf diese Weise erfährst, es ist mir in der derzeitigen Situation nicht möglich, persönlich mit dir zu sprechen.

Dein Vater hat mir alles erzählt. Alles über ihn, über dich, über die Tage in den Ferien, als ich dachte, du wärest mit der Univorbereitung beschäftigt gewesen.
Ich weiß nicht, wie ich mit alldem umgehen soll, daher nehme ich mir eine Auszeit. Bitte versuche nicht, mich zu kontaktieren. Ich melde mich.
Deine dich noch immer liebende Mutter

Oh Mann, mir fehlten die Worte. Ein beklemmendes Gefühl breitete sich in meinem Brustkorb aus. Julie musste am Boden zerstört sein. Ich legte den Brief auf ihren Nachttisch und strich ihr mit der Hand tröstend über den Rücken. Unwillkürlich fragte ich mich, wie lange sie schon in diesem Zustand hier gelegen hatte. Sie tat mir unendlich leid. Nicht nur, dass ihre Eltern sich vielleicht trennten, sicherlich hatte sie vor allem große Angst, dass ihre Mutter nichts mehr mit ihr zu tun haben wollte. Aber das konnte ich mir nicht vorstellen, immerhin war Julie ihr einziges Kind und sie schienen eine sehr enge Bindung zu haben. Umso größer musste der Schock für Frau Andersen gewesen sein, zu erfahren, dass sie all die Jahre belogen worden war, wenn man so wollte. Vermutlich war für sie eine Welt zusammengebrochen. Ihr Mann und ihre Tochter waren nicht die, für die sie sie gehalten hatte. Oder doch, aber ein bisschen anders eben. Ich konnte mir nur zu gut vorstellen, was sie nun durchmachen musste.

»Hey, wenn *ich* das verarbeiten konnte, dann schafft deine Mutter das auch«, versuchte ich Julie zu trösten. »Sie ist vermutlich genauso überfordert mit der Situation, wie ich es gewesen bin. Aber sie liebt dich über alles, das schreibt sie doch, also wird sie es verstehen. Sie braucht nur Zeit.«

Ich war fest überzeugt von dem, was ich von mir gab. Immerhin waren sie eine Familie. Da hielt man doch zusammen.

»Jetzt ist alles kaputt«, schluchzte Julie lediglich, als hätte sie meine tröstenden Worte überhaupt nicht gehört.

»Das glaube ich nicht«, entgegnete ich überzeugt. »Es hat sich ihr einfach eine neue Welt offenbart, die sie erst einmal verstehen muss. Aber das ändert nichts daran, dass du ihre Tochter bist und dass sie dich liebt.«

Julie erhob sich von ihrem Kissen und trocknete die Tränen mit ihrem Ärmel.

»Meinst du, sie kann mir verzeihen?«, fragte sie mit zitternder Stimme.

»Da gibt es doch nichts zu verzeihen. Du hast dir das doch nicht ausgesucht, so zu sein. Du kannst nichts dafür. Und letzten Endes bleibst du der Mensch, der du bist, nur dass du halt gelegentlich ... ein bisschen anders bist. Sie liebt dich und daran wird sich nichts ändern. Guck mal, selbst ich mag dich noch, mittlerweile sogar mehr als vorher.«

Julie lächelte. »Ich hoffe, du hast Recht.«

Es vergingen ein paar Sekunden, dann wurde ihr Gesicht wieder steinern. »Dann bleibt aber noch die Frage, ob sie meinem Vater verzeihen kann.«

Darauf wusste ich nicht so schnell zu antworten. Ich konnte mir vorstellen, dass sie sich von ihm betrogen fühlte. Immerhin hätte er sie von Anfang an aufklären müssen. Und ich fragte mich unwillkürlich, wie *er* wohl zu seinem Blut kam. Irgendwie konnte ich mir nicht vorstellen, dass er seine Frau dafür heimlich missbrauchte. Tarjos hatte doch von irgendeinem Kodex gesprochen und Herr Andersen wirkte nicht wie jemand auf mich, der sich solchen Regeln widersetzen würde.

»Wieso hat er das bloß gemacht? Er hat alles zerstört.« Julies Stimme wurde fester, beinahe zornig.

»Hey, ich finde, das hätte er schon viel früher machen sollen«, versuchte ich sein Verhalten zu rechtfertigen, auch wenn mir bewusst war, dass Julie das gar nicht gerne hören wollte. »Er hat ihr jahrelang verheimlicht, wer oder wie ihr seid. Vermutlich konnte er nicht länger mit der Lüge leben. Versuch dich doch mal in seine Lage zu versetzen! Und dann kommt ja noch hinzu, dass er dich vor Kurzem fast verloren hätte, ich glaube, das hat ihn auch verändert.«

»Dann ist alles meine Schuld.« Julie fing von Neuem bitterlich an zu weinen.

»Nein, so ein Quatsch!«, widersprach ich ihr. »Es musste irgendwann so kommen, sicherlich wollte dein Vater nicht länger mit Geheimnissen gegenüber deiner Mutter leben. Das kann man doch verstehen, oder nicht?«

Julie schwieg, beruhigte sich aber langsam.

»Ich bin mir ganz sicher, dass deine Mutter einfach Zeit braucht. Ihr werdet bestimmt wieder zusammenfinden.«

Dieses Mal fühlte es sich nicht mehr so überzeugend an. Ich war mir nach wie vor sicher, dass Julie und ihre Mutter ihr gutes Verhältnis wiederherstellen konnten. Aber ob die Ehe der Andersens zu retten war, vermochte ich nicht mit Sicherheit zu sagen. Es musste schrecklich sein, zu erfahren, dass der Mensch, mit dem man die letzten zwanzig oder dreißig Jahre zusammengelebt hatte, ein anderer war, als man angenommen hatte. Julies Mutter musste nicht nur verdauen, dass es auf dieser Welt mehr gab, als man uns gelehrt hatte, sondern sie hatte auch noch den persönlichen Betrug zu verkraften.

»Hoffentlich hat sie jemanden, der für sie da ist«, rutschte es mir heraus.

»Ja, das hoffe ich auch. Sie ist bestimmt zu ihrer Schwester nach Hellerup gefahren.«

Plötzlich klingelte Julies Handy. Hektisch sprang sie auf und sah nach, wer ihr geschrieben hatte.

»Hm. Tarjos«, sagte sie enttäuscht. Dann tippte sie etwas in ihr Handy und legte es wieder auf den Schreibtisch.

Scheinbar musste ich sehr neugierig ausgesehen haben, denn zurück auf dem Bett verriet sie: »Er sieht mal nach meinem Vater.«

Ich weiß nicht, ob es beruhigend war, dass ausgerechnet der besonders taktvolle Tarjos sich um Herrn Andersen kümmern sollte. Andererseits schienen sie ein recht gutes Verhältnis zu haben. Sicherlich war auch Herr Andersen am Boden zerstört und brauchte jetzt jede Unterstützung, die er bekommen konnte.

»Und er hat nach dir gefragt.«

»Was? Wieso das?«, platzte es viel zu schnell aus mir heraus. Julie grinste. Was gab es denn da zu grinsen? Aber ich wollte ihr nicht noch mehr Ärger bereiten.

»Er wollte wissen, ob du bei mir bist«, klärte sie schließlich auf. Und bevor ich antworten konnte, fügte sie hinzu: »Ihr solltet euch echt mal besser kennenlernen, ich glaube, ihr würdet euch richtig gut verstehen.«

»Nein danke, darauf kann ich bestens verzichten«, gab ich

zurück, um ihre seltsamen Andeutungen direkt im Keim zu ersticken. Ich konnte ihr ja schlecht sagen, wie gut wir uns bereits kannten. Auf der Stelle bekam ich ein schlechtes Gewissen. Wir hatten die letzte halbe Stunde die ganze Zeit über Lügen und Betrug gesprochen, und ich saß vor meiner – vielleicht besten – Freundin und log ihr ins Gesicht. Allerdings war ich ja nicht mit ihr verheiratet oder ihr Rechenschaft darüber schuldig, mit wem ich ohne ihr Wissen verkehrte. Natürlich war es nicht besonders vornehm, was ich tat, aber man konnte es auch nicht mit dem Betrug in ihrer Familie vergleichen, versuchte ich mich selbst kläglich zu überzeugen. Das schlechte Gewissen blieb trotzdem.

»Komm, lass uns rausgehen und etwas unternehmen!«, schlug ich vor, um uns beide aus dieser Situation zu befreien.

Julie wehrte sich zunächst ein wenig, aber schließlich konnte ich sie davon überzeugen, dass es nichts brachte, auf dem Zimmer zu hocken und Trübsal zu blasen.

Den Rest des Tages verbrachten wir also damit, das Wetter zu genießen, wir gingen spazieren, aßen Eis, tranken alkoholfreie Cocktails in einer Parkbar und schafften es fast, die traurigen Ereignisse des Tages zu vergessen. Auch die nächsten Tage sagte ich alle Termine ab, die nicht unbedingt notwendig waren, und versuchte zusammen mit Julie das Leben zu genießen. Sie telefonierte häufig mit ihrem Vater, um den sie sich sehr sorgte, dennoch schien es ihr von Tag zu Tag besser zu gehen.

In Professor Pálssons Vorlesung zur skandinavischen Romantik am Montagmorgen war Julie fast wieder die Alte. Sie kam auch dieses Mal gar nicht aus dem Schwärmen heraus. Nicht nur, dass sie den eigentlich viel zu alten Professor anhimmelte, weil sie seinen Akzent – wie sie sagte – so niedlich fand, sondern jedes Mal, wenn er irgendein Bild von Caspar David Friedrich zeigte, seufzte sie, als würde sie die Sehnsucht des Malers vollends teilen. Diese Woche sogar noch mehr als in den Vorlesungen zuvor.

»Du nervst«, konstatierte Torge bereits zum dritten Mal.

»Streitet euch nicht, Kinder!«, versuchte Jasper zu schlichten.

Als die Vorlesung vorbei war und wir gerade auseinanderschwärmen wollten, hielt Julie uns auf.

»Wollen wir nicht mal wieder alle zusammen etwas unternehmen?«, fragte sie und überraschte mich damit. Ich freute mich, dass sie scheinbar ihre Lebenslust wiedergefunden hatte.

»Weiß nicht«, antwortete Torge direkt. »Ich hab' so viel mit der Uni zu tun dieses Semester.«

»Aber einen Abend wirst du doch mal für uns freischaufeln können, oder? Wir sehen uns alle in letzter Zeit so wenig«, jammerte sie.

Naja, ich sah sie fast jeden Tag. Aber es tat ihr sicher gut, auch mal mit der Gruppe etwas zu erleben. Und sie hatte nicht ganz Unrecht. Torge hatte sich in letzter Zeit ähnlich wie ich aus vielem herausgezogen. Manchmal bekam man das Gefühl, er werde mürrisch vom ganzen Lernen. Aber im Grunde war er ja schon immer mürrisch gewesen.

»Also ich bin für alles zu haben«, stimmte Jasper zu und Torge verdrehte die Augen.

Eigentlich hatte ich mir vorgenommen, die Abende mit meinen Büchern zu verbringen, nachdem ich in der letzten Woche jede freie Minute damit zugebracht hatte, Julie aus ihrer traurigen Stimmung zu befreien. Aber einmal ausgehen konnte nicht schaden. Es war wirklich lange her, dass wir vier zusammen losgezogen waren.

»Okay, aber nur, wenn Torge nicht absagt«, erklärte ich mich schließlich einverstanden und Julie quiekte vor Freude.

»Bitte, Torge!«, bettelte sie. »Ich versuche auch, nicht nervig zu sein.«

Torge musste lachen.

»Das wird dir wohl kaum gelingen«, foppte er sie, aber lächelte dabei. So gut, wie Torge eben lächeln konnte.

»Na, wenn's sein muss«, gab er sich schließlich geschlagen. »Aber bitte keine Sportlerparty.«

Darüber waren wir uns alle einig. Wobei Jasper vermutlich nichts dagegen gehabt hätte.

»Wir können uns ja alle bis nächsten Montag Gedanken machen und dann stimmen wir ab«, schlug Julie vor.

Und ich glaube, Torge stimmte nur zu, weil er somit eine weitere Woche Zeit gewonnen hatte.

Eine Woche später waren die Vorschläge von Jasper, Torge und mir ziemlich rar. Irgendwie hatten wir alle vergessen, uns ernsthaft Gedanken zu machen. Aber auf Julie war Verlass, auch wenn sie – wie so oft – ein wenig übertrieb. Sie zog ihren Kalender, den sie fortan ihren Partyplaner nannte, aus der Tasche. Er war kunterbunt bestückt mit Post-its und Flyern und quoll fast auseinander.

»Worauf haben wir uns da bloß eingelassen?«, maulte Torge.

»Warte doch erstmal ab, ich bin mir sicher, dass da auch etwas für dich dabei ist«, versuchte Julie seine Stimmung zu heben.

Die Zeit bis zum Beginn der Vorlesung war begrenzt, deshalb stellte sie uns im Schnelldurchlauf ihre Favoriten vor. Und sie hatte ihre Sache tatsächlich ganz gut gemacht. Wir entschieden uns ohne große Diskussion für eine Anglisten-Party, die in der nächsten Woche in einem Club in der Innenstadt stattfinden sollte. Selbst Torge stimmte ohne längere Überredungsanstrengungen zu unser aller Überraschung zu.

»Ich war schon mal in dem Club. Wenn es blöd ist, setze ich mich einfach an die Bar«, erklärte er.

Der Club erinnerte mich an einen Schuppen in Hamburg, den ich zweimal besucht hatte. Auf den ersten Blick wirkte alles recht einladend. An der Kasse vorbei führte eine breite Treppe ins untere Stockwerk, in dem sich, wie Torge mir Tage vorher erzählt hatte, mehrere Dancefloors mit unterschiedlichen Musikrichtungen befanden.

»Wie können die Anglisten sich denn bitte eine solche Location leisten?«, fragte ich mich.

»Sie haben vermutlich irgendeine Art von Kooperation mit den Besitzern vereinbart. Für die ist es auch nicht schlecht, immerhin kommen so auch mal neue Leute rein«, beantwortete Torge meine Frage.

»Ja, macht Sinn«, sagte ich.

»Wollen wir einmal herumgehen und uns alles anschauen?«, fragte Julie.

Jasper und ich stimmten zu, Torge teilte uns mit, wo er die nächsten Stunden zu finden sein würde, und verschwand direkt an der Bar des ersten Floors, den wir betreten hatten. Wir ließen es ihm durchgehen, immerhin waren wir froh, dass er überhaupt mitgekommen war.

Es war noch nicht besonders viel los, wir waren etwas zu früh dran. Aber so konnten wir uns wenigstens in Ruhe umsehen, ohne dass uns eine tanzwütige Meute die Sicht versperrte. Der Club war wirklich groß, ich konnte mir vorstellen, dass man sich hier im betrunkenen Zustand nur allzu gut verlaufen konnte. Außerdem fragte ich mich, ob wohl alle Gäste am Ende wieder die große Treppe hinaufkamen, oder ob sie extra Personal dafür eingestellt hätten, die Leute aus dem Club zu tragen.

Die unterschiedlichen Räume waren nicht nur musikalisch voneinander zu unterscheiden, neben Black Music, Rockmusik und der üblichen Chart Musik, zu der ich am liebsten tanzte, gab es sogar einen Raum, in dem nur Schlager und Oldies gespielt wurden. Entsprechend war der Raum relativ bunt geschmückt, man fühlte sich ein bisschen in die 80er Jahre zurückversetzt. Grauenvoll.

»Kommt, wir tanzen Discofox!«, rief Jasper. Doch Julie und ich sahen zu, dass wir schnellstmöglich verschwanden.

»Ihr seid blöd!«, rief er uns hinterher.

In dem Rockschuppen hingen Gitarren und Drumsticks an den Wänden, selbst die Bardamen hatten ihr Outfit den einzelnen Musikrichtungen angepasst.

»Wollen wir etwas trinken?«, fragte Julie, als wir den Raum mit der Chartmusik erreichten.

»Echt jetzt?« Ich schaute sie ungläubig an. »Erinnerst du dich noch an …«

»Das war etwas anderes«, unterbrach sie mich. »Jetzt vertrage ich sicher mehr.«

Ich warf ihr einen skeptischen Blick zu, wusste aber schon, dass ich sie kaum davon abhalten konnte, sich etwas Alkoholisches zu bestellen.

»Ich lade dich ein!«, rief sie und zog mich zur Bar, an der wir Torge wiedertrafen. Jetzt wurde mir klar, dass die einzelnen Säle kreisförmig angeordnet waren, wir waren wieder am Anfang angelangt. Gut so, dachte ich mir, dann mussten wir Julie nicht so weit schleppen, wenn sie vorhaben sollte, sich abzuschießen. Oder wir baten einfach das Spezialpersonal um Hilfe.

Julie lud mich auf einen Caipi ein, ich fand es toll, dass man hier nicht nur die üblichen Mischgetränke bekam. Die hatten mir noch nie besonders geschmeckt. Während wir an unseren Gläsern nippten, füllte sich der Raum langsam und auch die Tanzfläche blieb nicht lange leer. Julie rutschte unruhig auf ihrem Barhocker hin und her.

»Alles klar?«, fragte ich und befürchtete innerlich, dass der Alkohol bereits seine Wirkung zeigte.

»Ja, ich kann nur schlecht stillsitzen«, gab sie zurück. An Torges Blick sah ich, dass ihm ein fieser Kommentar auf der Zunge lag, aber noch bevor er ihn loswerden konnte, fügte Julie hinzu: »Wegen der Musik, meinte ich.«

»Dann lass uns doch tanzen!«, schlug ich vor.

»Jetzt schon?«, fragte sie skeptisch.

»Warum denn nicht?«

»Na weil noch so wenig los ist. Dann sieht uns ja jeder.«

»Und? Ist doch egal. Nachher sieht uns auch jeder. Hauptsache wir haben Spaß, oder?«, überzeugte ich sie.

Und wir hatten definitiv viel Spaß. Bei einem etwas rockigeren Lied, bei dem wir fast die Tanzfläche verlassen hätten, überraschte uns Torge damit, dass er seinen Barhocker verließ und sich zu uns gesellte. Er war nach wie vor nicht der beste Tänzer, aber es bereitete uns große Freude, das Vergnügen mit ihm zu teilen. Leider verschwand er beim nächsten Lied schon wieder, aber man sah ihm an, dass es ihm guttat, endlich mal rauszukommen. Er wirkte deutlich gelassener und weniger mürrisch als sonst.

Jasper hielt es auch nicht lange ohne uns aus. Die meiste Zeit verbrachte er mit Torge an der Bar. Vermutlich vermisste er seinen Mads ein wenig, der leider noch arbeiten musste.

Inzwischen hatte sich der Club ordentlich gefüllt, außerhalb der Tanzfläche war das Vorankommen eher schwierig, auf der Tanzfläche selbst hatte man jedoch noch ausreichend Freiraum, weshalb wir uns zwischen Bartresen und Dancefloor hin und her bewegten.

Als ich vom vielen Caipitrinken zur Toilette musste, überredete ich Torge, mir den Weg zu zeigen. Julie war immer noch nicht von der Tanzfläche wegzubewegen.

Wir mussten durch zwei der Dancefloors, das dauerte seine Zeit. Ich nahm mir vor, nächstes Mal früher loszugehen, nicht dass noch ein Unglück geschah. Vor den Toiletten verabredeten Torge und ich, dass wir uns anschließend wieder dort treffen und gemeinsam zurückgehen würden. Zumindest bat ich ihn darum, zu warten, ob er das bei der Lautstärke der Musik verstand, war eine andere Frage.

Im grellen Licht der Sanitärbeleuchtung spürte ich die Wirkung des Alkohols. Ein flüchtiger Blick in den Spiegel verriet mir, dass ich zwar leicht verschwitzt war, mein Makeup den Anforderungen jedoch standhielt. Wie immer in Diskotheken musste ich recht lange warten, bis eine Toilette frei wurde. Meine Sorge, Torge würde sich alleine auf den Rückweg machen, stieg. Sie war jedoch unbegründet, wie sich herausstellte.

»Na endlich«, begrüßte er mich, als ich es geschafft hatte.

»Sorry«, entschuldigte ich knapp, bei der Lautstärke konnte ich mir längere Erklärungsversuche sparen.

»Guck mal, wen ich am Tresen entdeckt habe!«, rief er mir ins Ohr, sodass es fast weh tat.

Der Schmerz im Ohr wurde jedoch direkt beim Blick zur Bar von einem Stechen im Magen abgelöst. Am Ende des Raumes erkannte ich Tarjos, eng umschlungen mit der Schlampe Victoria. *Na toll*, dachte ich, der Abend war bisher so gut verlaufen.

»Lass uns bloß weg hier«, zischte ich Torge an und er stimmte mir zu. Wir bahnten uns unseren Weg durch die feiernde Menge und an der Bar bestellte ich mir meinen nächsten Caipi.

Julie war immer noch auf der Tanzfläche, dicht umringt von anderen Mädels und Jungs. Sie schien ihren Spaß zu haben, das hob meine Stimmung wieder.

»Alles klar?«, fragte Torge.

Ich brauchte einen Moment, um zu verstehen, worauf er anspielte.

»Den trinkt dir schon keiner weg«, half er mir und zeigte auf mein fast leeres Glas.

»Ja klar«, log ich, »ich will nur schnell wieder weitertanzen.«

Ich leerte das Glas in einem letzten großen Schluck und mischte mich unter die Leute. Es war unmöglich, an allen vorbei bis zu Julie zu gelangen, also blieb ich am Rand und tanzte alleine vor mich hin. Das störte mich nicht sonderlich, zumal der Alkohol mir ausreichend Selbstbewusstsein verschaffte. Es dauerte nicht lange und mir fiel auf, dass ein gutaussehender Kerl wenige Schritte von mir entfernt immer wieder in meine Richtung schaute. Er sah recht jung aus mit seinen dunkelblonden Haaren, die ihm beim Tanzen immer wieder lässig ins Gesicht fielen. Sein weißes Shirt klebte schon an seinem Körper. Erstaunlicherweise empfand ich darüber keinen Ekel, im Gegenteil, sein muskulöser Oberkörper kam dadurch besonders eindrucksvoll zur Geltung. Ich versuchte, nicht so auffällig zu ihm herüberzustarren, nur flüchtig trafen sich unsere Blicke, bis er mit einem Male verschwunden war.

Etwas enttäuscht, ihn aus den Augen verloren zu haben, genoss ich die Musik für mich alleine, bis er mit einem Mal dicht vor mir stand und mich anlächelte. Ich lächelte zurück und wir tanzten ein wenig zusammen, ohne uns dabei zu berühren. Das machte Spaß, es war schon etwas her, dass ich mich begehrenswert gefühlt hatte. Ich genoss seine Aufmerksamkeit, die Blicke, die er mir zuwarf, und sein schönes Lächeln. Es vergingen einige Lieder.

»Möchtest du etwas trinken?« Ich spürte seinen Atem an meinem Hals.

»Okay«, nickte ich und folgte ihm an die Bar. Torges und Jaspers süffisante Blicke entgingen mir nicht, aber ich ignorierte sie.

»Was trinkst du?«, fragte der Kerl, dessen Namen ich noch nicht einmal kannte.

»Caipi«, antwortete ich.

Er bestellte mir den Caipi und sich selbst eine Cola.

»Keinen Alkohol?«, fragte ich überrascht.

»Heute mal nicht«, antwortete er und lächelte niedlich. Wie alt mochte er wohl sein?

»Ich bin übrigens Eva, und du?«, versuchte ich es auf eine persönlichere Ebene zu bringen.

»Hej Eva, ich bin Finn.« Zu meiner großen Überraschung nahm er höflich meine Hand und küsste ganz vornehm meinen Handrücken. Das irritierte mich ein wenig, aber ich hatte schon so viel getrunken, dass ich nicht großartig darüber nachdachte. Kaum hatte ich meinen Caipi, waren wir schon vertieft in ein Gespräch über meine Herkunft, das Studium und den Club. Es stellte sich heraus, dass er Anglist im dritten Bachelorsemester war, also etwas jünger als ich. Aber ich wollte ihn ja nicht heiraten.

Eigentlich wolltest du überhaupt erst einmal nichts weiter mit Männern anfangen, erinnerte ich mich. Kurz überlegte ich, ob ich mich irgendwie aus dieser Lage befreien konnte, aber es wäre sehr unhöflich gewesen, ein Getränk abzustauben und dann einfach das Weite zu suchen. Außerdem wäre es auch irgendwie schade gewesen. Noch während ich darüber nachdachte, erblickte ich Tarjos, der dicht gefolgt von einer zeternden Victoria auf uns zukam.

Oh Gott, schoss es mir durch den Kopf. Nicht die schon wieder. Ich drehte mich zur Bar, in der Hoffnung, dass sie mich nicht sahen. Und ich hatte Glück. Sie gingen ohne ein Wort an uns vorbei, ich hörte nur Victoria schimpfen: »Du bist so ein Arsch, Tarjos.«

Insgeheim freute es mich, dass sie sich stritten, auch wenn es mir eigentlich hätte egal sein sollen. Ich unterhielt mich weiter mit Finn und bemerkte nach einiger Zeit, dass Tarjos den Raum gar nicht verlassen, sondern wenige Meter entfernt an der Bar Platz genommen hatte. Von der blöden Kuh Victoria fehlte jedoch jede Spur. *Gut so.*

Mich überkam das Bedürfnis, Tarjos zu zeigen, dass er mir nichts bedeutete, und wie viel Spaß ich ohne ihn haben konnte. Also zog ich Finn wieder mit mir auf die Tanzfläche und achtete darauf, dass Tarjos uns gut sehen konnte.

Vermutlich war er nur wieder besorgt um Julie, ging es mir durch den Kopf. Also lenkte ich mich mit meiner neuen Eroberung ab. Langsam kamen wir uns beim Tanzen näher, ich berührte zunächst flüchtig Finns gut definierten Oberarme, wenn ich ihm etwas zuflüsterte. Unsere Blicke trafen sich immer wieder, sie wurden inniger und weckten ein reizvolles Kribbeln in mir. Auch Finn wurde mutiger, kam immer näher, legte seine Hände an meine Hüften.

Er konnte sich wirklich gut bewegen. Hieß es nicht, dass gute Tänzer auch gut im Bett waren? Das Knistern zwischen uns war deutlich zu spüren. Von meinem Vorhaben, mich so bald nicht mehr auf Männer einzulassen, war keine Spur mehr vorhanden.

Das einzige, was unsere Anziehung noch verhindern konnte, war der erneut aufkommende Druck in meiner Blase, der stärker wurde. Ich erinnerte mich an die lange Schlange vor den Toiletten und verabschiedete mich rasch bei Finn.

»Aber komm bald wieder!«, raunte er mir ins Ohr und seine Lippen berührten meine Wange flüchtig.

Zu meinem Glück fand ich die Toiletten auf Anhieb wieder, es hätte keine Minute länger dauern dürfen. Ich verfluchte den Caipi, der mich nicht nur zum zweiten Male an diesem Abend hierhergetrieben hatte, sondern auch ganz ordentlich meine Sinne vernebelte. Ich wusch mir die Hände, versuchte mir mit einem Papierhandtuch vergeblich die Spuren meiner Wimperntusche unter den Augen wegzuwischen und verließ dann, als ich meines Erachtens wieder einigermaßen ansehnlich aussah, die Toiletten in die Richtung, aus der ich gekommen war. Meine Augen mussten sich erstmal wieder an das schummerige Licht gewöhnen, aber es war um einiges angenehmer, als das fiese gelbstichige Licht auf den Toiletten. Als ich gerade ein paar Schritte getan hatte, hielt mich jemand am Handgelenk fest.

»Was soll das?«, fauchte ich, noch bevor ich in Tarjos' viel zu ernstes Gesicht blickte.

Ich versuchte, mich zu befreien, doch der feste Griff seiner Hand um mein Handgelenk hinderte mich am Gehen. Bevor ich laut protestieren konnte, sagte er: »Er ist wie ich.«

»Wie bitte?«, war das einzige, was mir darauf einfiel.

»Der Typ, mit dem du tanzt ... der ist genau wie ich«, versuchte er es erneut.

»Wirklich? Er ist auch ein Arsch?«, entfuhr es mir zusammen mit einem höhnischen Lachen.

Tarjos grinste. »Sehr witzig«, sagte er und setzte dann fort: »Na, du weißt schon.«

Ich musste ihn ziemlich dämlich angesehen haben, denn im nächsten Moment hob er mein Handgelenk, das er noch immer fest im Griff hatte, an seine Lippen und küsste es sanft unter meinem tobenden Protest.

Aber ich begriff endlich. Jetzt ließ er meinen Arm los und ich betrachtete die weißen Stellen, die seine Finger auf meiner Haut hinterlassen hatten. Es fühlte sich merkwürdig an. Einerseits war ich sauer, dass er mich so überfiel und gegen meinen Willen festhielt, andererseits spürte ich die Berührung seiner Lippen auf meinem Handgelenk immer noch und sie entfachte ein bekanntes Gefühl in mir.

»Ich dachte nur, du würdest das wissen wollen«, riss er mich aus meiner Gedankenwelt.

»Äh, ja, richtig«, entgegnete ich. Erst jetzt wurde mir klar, was er gesagt hatte. Finn war nicht der, für den ich ihn hielt. Aber für wen hielt ich ihn überhaupt? Ich kannte ihn doch gar nicht. Das, was ich kannte, gefiel mir bisher ganz gut.

Mir fiel seine höfliche Begrüßung wieder ein, auch er hatte ja meine Hand geküsst. *Oh mein Gott!*

»Glaubst du, er weiß, dass ich weiß, dass ...« Ja, was wusste ich denn überhaupt?

Tarjos guckte mich irritiert von meinem Gestotter an.

»Er hat vorhin meine Hand geküsst«, versuchte ich meine wirren Gedanken zu erklären.

»Ich denke schon«, sagte Tarjos. »Vermutlich geht er davon aus, dass du über alles Bescheid weißt.«

»Na toll«, mehr fiel mir dazu nicht ein. »Und was jetzt?«, fragte ich ihn und bereute im gleichen Atemzug bereits, dass ich es laut ausgesprochen hatte.

»Keine Ahnung, ich bin ja nicht euer Paartherapeut.« Sein sarkastischer Unterton versetzte mir einen Stich.

Ohne ein Wort machte ich auf der Stelle kehrt und kämpfte mich durch die Menschenmenge zur Bar, an der Torge und Jasper immer noch saßen. Sie beobachteten Julie, die ausgelassen mit geschlossenen Augen tanzte.

»Wollen wir bald los?«, fragte ich in der Hoffnung, dass die beiden auch genug hatten.

»Meinetwegen«, antwortete Torge.

»Und was ist mit deiner neuen Eroberung?«, stichelte Jasper.

Ich machte eine eindeutige Handbewegung, die verriet, dass es nix werden würde, und zwängte mich durch verschwitzte Klamotten und Arme auf die Tanzfläche, um Julie herauszuziehen. Zu meiner großen Überraschung wehrte sie sich kaum.

»Nur noch dieses Lied«, sagte sie und ich verbrachte die letzten Minuten neben ihr auf der Tanzfläche. Während des Liedes kam mir der Gedanke, dass es total unhöflich war, Finn so ohne jeden Grund – oder ohne jeden verständlichen Grund – im Regen stehen zu lassen. Ich entdeckte ihn alleine an der Bar, verabredete mit Julie, dass wir uns in fünf Minuten bei den Jacken treffen würden, und begab mich ein letztes Mal an den Tresen.

»Hej«, meldete ich mich bei ihm zurück.

»Hej, da bist du ja.« Er schien erfreut darüber, mich zu sehen.

»Ja, sorry, ich glaube, ich habe etwas zu viel getrunken, tut mir leid. Ich werde gleich mal zusehen, dass ich nach Hause komme«, entschuldigte ich mein Verhalten.

»Okay, schade. War nett mit dir.« Er reagierte erstaunlich mitfühlend.

»Danke gleichfalls«, gab ich lächelnd zurück.

»Vielleicht sieht man sich ja mal wieder.« Er lächelte.

»Wer weiß«, verabschiedete ich mich und war die Letzte von uns vieren, die bei den Jacken ankam.

Als ich endlich im Bett lag, drehte sich um mich herum alles. Das Bett schien zu schwanken und es dauerte nicht besonders lange, da hatte es mich in den Schlaf gewogen. Um kurz nach fünf wachte ich von einem fiesen, drückenden Gefühl in meinem Magen auf und schaffte es gerade noch rechtzeitig zur Toilette, wo ich mich übergeben musste.

Schon auf dem Heimweg hatte ich damit gerechnet, dass so etwas passieren könnte. Allerdings hatte ich nicht mehr daran gedacht, nachdem ich die Taxifahrt überstanden hatte und heil im Bett gelandet war. Mein Kopf dröhnte fürchterlich. Übergeben und Kopfschmerzen, eine großartige Kombination.

Während ich vor dem Klo kniete und meine Arme unhygienischerweise auf der Klobrille abstützte, um darauf meinen viel zu schweren Kopf zu platzieren, ging ich in Gedanken die Geschehnisse des Abends durch. An vieles konnte ich mich nur schwer oder gar nicht erinnern. Das war vielleicht besser so. Dass ich definitiv zu viel getrunken hatte, war offensichtlich. Dann erinnerte ich mich daran, dass Torge beim Verabschieden draußen vor dem Club gemeint hatte, wir sollten nächstes Mal bitte irgendwohin gehen, wo man nicht tanzen konnte. Er beschwerte sich auf diese Weise darüber, dass wir ihn – wie schon so oft – die meiste Zeit allein an der Bar zurückgelassen hatten. Ich konnte mich nicht genau erinnern, wie wir darauf reagiert hatten. Aber sicherlich hatte er nicht ganz Unrecht mit seinem Vorwurf. Immerhin hatte er sich breitschlagen lassen und dann nicht wirklich viel von uns gehabt. Ich nahm mir vor, dieses Thema noch einmal anzusprechen, wenn ich ihn wiedersah. Aber fürs Erste musste ich selbst erst einmal wieder klarkommen. Eine ausgiebige Dusche erschien mir dafür durchaus ratsam.

KAPITEL 20

Julies nervtötende Stimme riss mich aus dem Schlaf.
»Nicht so laut«, jammerte ich.

Mein Kopf schmerzte. Ich brauchte ein paar Sekunden, um mich zu orientieren. Nach dem frühmorgendlichen Duschen musste ich wieder ins Bett gekrochen sein, denn da befand ich mich jetzt, mit Julies Gesicht viel zu dicht vor meinen Augen.

»Wer trinken kann, der kann auch arbeiten«, spottete sie.

Was, wieso denn arbeiten? Wir hatten doch Samstag und ich musste erst am Sonntag wieder im Café aushelfen. Oder hatte ich etwa einen ganzen Tag verschlafen? Ich schreckte hoch.

»War nur so ein Spruch«, beruhigte mich Julie schnell wieder. »Aber ich muss dir unbedingt etwas erzählen. Und dafür benötige ich deine volle Aufmerksamkeit.«

Was war denn jetzt schon wieder passiert? Konnte man nicht einmal seinen Kater genießen?

Nach mehreren Anläufen gelang es mir schließlich, wenigstens meinen Oberkörper in die Aufrechte zu begeben.

»Ich bin ganz Ohr.« Mehr brachte ich nicht heraus, da sich der Würgereiz wieder meldete.

»Meine Mutter möchte dich kennenlernen«, platzte es aus Julie heraus.

Was? Wie? Mein letzter Stand war, dass Julies Mutter das Weite gesucht hatte, nachdem ihr Mann sie über sein und Julies Dasein aufgeklärt hatte. Seitdem hatten die beiden meines Wissens nach keinen Kontakt mehr gehabt.

»Ich komme nicht ganz mit«, gab ich zu und Julie fing an, zu erklären.

»Als ich heute Morgen aufgewacht bin und auf mein Handy gesehen habe, war da eine Nachricht von meiner Mutter. Ich sollte sie anrufen, sobald ich Zeit hätte, und das tat ich sofort. Und dann haben wir fast zwei Stunden telefoniert.«

Zwei Stunden. Donnerwetter. Wann war sie denn aufgestanden? Julie berichtete mir, dass ihre Mutter tatsächlich die letzten Tage bei ihrer Schwester in Hellerup gewesen war, wie wir vermutet hatten. Sie hatte erst einmal mit der neuen Situation zurechtkommen und die Ereignisse verdauen müssen. Sie wünschte zwar nach wie vor keinen Kontakt zu Julies Vater, wollte sich aber gerne mit ihr auf neutralem Terrain treffen. Und mit mir.

»Wieso denn mit mir?«, wollte ich wissen, da es mir wenig einleuchtend erschien, dass ich bei allem, was die beiden zu besprechen hatten, dabei sein sollte.

»Zum einen, weil du mir das Leben gerettet hast, und zum anderen, weil sie dich schon lange kennenlernen wollte, immerhin sind wir beste Freundinnen.«

Also doch, dachte ich.

»Außerdem fühlt sie sich vermutlich besser, wenn noch jemand dabei ist, der *normal* ist«, fügte sie hinzu.

»Naja, so normal, wie ich halt sein kann«, witzelte ich. »Und wann genau soll das Treffen stattfinden?«

»In eineinhalb Stunden. Wir treffen uns in der Stadt.«

»Was?«

Ich ließ mich wieder ins Bett fallen. Heute war der denkbar ungünstigste Tag für so ein wichtiges Treffen. Es drehte sich wieder alles in meinem Kopf. Schnell schloss ich die Augen.

»Bitte, Eva! Das würde mir sooo viel bedeuten«, versuchte Julie mich zu überreden.

Natürlich stand außer Frage, ob ich mitkommen würde. Das gehörte sich einfach in dieser besonderen Situation. Aber in eineinhalb Stunden! Gut, dass ich heute Morgen um fünf schon geduscht hatte. Jetzt musste ich nur noch dafür sorgen, dass ich irgendwie in die Senkrechte gelangte und meine Beine überredet bekam, mir zu gehorchen.

»Wir können die Bahn nehmen«, schlug Julie vor. »Nicht, dass es noch zu Unfällen kommt.« Sie lachte und verließ mein Zimmer mit der Ansage, dass sie mich in einer Stunde abholen würde.

Es war ein merkwürdiges Gefühl, Julies Mutter gegenüberzusitzen. Das schien nicht nur mir so zu gehen, auch sie wirkte etwas schüchtern, aber sie bemühte sich, es mit einem Lächeln zu überspielen. Julies Mutter war eine sehr hübsche Frau, ihre braunen, langen Haare umspielten ihr zartes Gesicht. Sie war ähnlich wie Julie nicht besonders groß, aber sehr schlank. Fast etwas zu schlank. Vielleicht hatten aber auch die vergangenen Tage ihre Spuren hinterlassen. Hätte mich nicht gewundert, wenn sie wenig herunter gekriegt hätte.

Zu Beginn versuchten wir uns mit Smalltalk über Wasser zu halten. Die sonst so redselige Julie wirkte verunsichert, wusste nicht so recht, was sie sagen und wie sie sich verhalten sollte. Man spürte deutlich den Bruch zwischen Mutter und Tochter, und auch, dass Julie darunter litt. Aber nicht nur sie. Mir fiel auf, dass ich die beiden immer im Wechsel anstarrte, also versuchte ich meinen Blick auf die Einrichtung des Cafés, in dem wir uns niedergelassen hatten, zu lenken.

Das Gebäude war ein Altbau mit herrlichen Stuckverzierungen an den Decken, deren Formen von den Stickereien auf den Tischdecken wieder aufgegriffen wurden. Sie waren ganz in weiß und blau gehalten, genau wie das Porzellan, in dem man uns Kaffee und Kuchen servierte. Vom Kuchen hielt ich mich lieber fern.

»Eva, ich möchte dir vom ganzen Herzen meinen Dank aussprechen«, durchbrach Julies Mutter irgendwann die Stille. »Was du für meine Tochter, nein, was du für *uns* getan hast, ist mit nichts auf der Welt zu bezahlen. Wärest du nicht gewesen, hätte ich das Wertvollste in meinem Leben für immer verloren. Ich danke dir.«

Aus dem Augenwinkel sah ich, wie Julie eine Träne die Wange herunterkullerte. Sie fing sich aber schnell wieder.

»Das hätte jeder an meiner Stelle getan«, gab ich zurück.

»Da bin ich mir nicht sicher«, antwortete Gitte kurz darauf mit leicht gesenktem Blick. »Immerhin wusstest du ebenfalls nicht, was uns offenbart wurde. Du musst unglaublich stark sein, dass du das alles so gut verkraftest.«

Mir fehlten die Worte. Im Grunde genommen war ich überhaupt nicht stark und hatte alles kaum verarbeitet. Eigentlich hatte ich es bisher vor allem verdrängt, aber das konnte ich ihr unmöglich erzählen.

»Julie war mir einfach zu wichtig«, sagte ich schließlich ehrlich, ohne zuzugeben, dass ich nach wie vor in meiner Scheinwelt lebte.

»Ja, mir auch«, entgegnete Gitte und griff nach der Hand ihrer

Tochter, die sofort wieder zu weinen begann. Aber auch ihrer Mutter kamen die Tränen und ich musste mich arg zusammenreißen, nicht gleich mitzuheulen. Am liebsten hätte ich gesehen, dass die beiden sich in den Arm nahmen, aber stattdessen saßen sie einfach still nebeneinander. Immerhin, der Anfang war gemacht.

Nach etwa einer Stunde war das Eis gebrochen, Julie und ihre Mutter wirkten so, als hätte nie etwas zwischen ihnen gestanden. Julie erzählte aufgeregt wie immer von ihren Erlebnissen an der Uni und Gitte hörte geduldig zu. Was musste diese Frau für gute Nerven haben, dachte ich im Stillen.

Irgendwann fasste ich den Entschluss, den beiden ein bisschen Zeit allein zu gönnen, und entschuldigte mich mit der Ausrede, noch schrecklich viel für die Uni tun zu müssen. Gitte drückte mich herzlich zum Abschied, sodass ich erneut den Kloß im Hals runterschlucken musste, und Julie versprach, abends noch einmal bei mir vorbeizuschauen.

Ich schlenderte die Strøget entlang, auf der ich das letzte Mal beinahe durch Julies Shopping-Marathon einen sowohl körperlichen als auch seelischen Zusammenbruch erlitten hätte, meine Gedanken waren wirr, nicht mehr von letzter Nacht, vielmehr von dem merkwürdig aufwühlenden Treffen soeben. Aber gleichzeitig hatte ich auch ein gutes Gefühl. Julies Mutter hatte den ersten Schritt gewagt, sie wollte sich mit den neuen Erkenntnissen auseinandersetzen. Somit stand den beiden nichts mehr im Wege.

»Hej, Süße, wie wär's denn mit uns?«, unterbrach ein Idiot mit Bierflasche in der Hand meine Überlegungen. Sein dämliches Grinsen weckte Ekel in mir und ich musste mich zusammenreißen, ihm nicht direkt vor die Füße zu spucken. Wobei das mal eine passende Reaktion gewesen wäre.

Es war im Grunde nichts Besonderes, wenn man in der Stadt blöd angemacht wurde. Hier liefen einfach ziemlich viele Asis herum, wie vermutlich in jeder größeren Stadt. Ohne Reaktion ging ich um den Spinner herum und weiter in Richtung Bahnstation, bis ich am alten Markplatz auf eine Menschenansammlung aufmerksam wurde. Neugierig versuchte ich auszumachen, was die Leute zusammentrieb, und als ich näher herankam, hörte ich die Antwort bereits, noch bevor ich sie sah.

Sanfte Klavierklänge erfüllten die warme Sommerluft. Kurzerhand entschied ich, noch näher heranzugehen, um einen Blick auf den Künstler werfen zu können.

Und dann sah ich ihn: Einen vermutlich gerademal fünfzehn oder sechzehn Jahre alten Jungen, mit kinnlangen, blonden Haaren und konzentriertem Blick auf die Tasten seines prachtvollen Musikinstrumentes. Er saß da, mitten auf dem Marktplatz, vor seinem schwarzen, glänzenden Flügel, als wäre dies das Normalste auf der Welt. Seine Hände flogen in hoher Geschwindigkeit über die Tastatur, ohne sich zu verknoten und ohne jeden hörbaren Fehler. Die Klänge, die er erzeugte, waren unbeschreiblich schön. Die Menschenmenge um ihn herum schien eine Art Resonanzraum zu bilden, die Töne entwichen nicht sofort in die Luft, sondern verweilten kurz innerhalb des gebildeten Klangkörpers.

Wie im Rausch drängte ich mich an den Leuten vorbei näher heran an das Geschehen. Für einen kurzen Moment vergaß ich alles um mich herum und schwebte auf den Tönen, die dieses musikalische Genie erzeugte. Den Menschen an diesem Ort schien es ähnlich zu ergehen wie mir. Keiner sprach ein Wort, keiner schaute gestresst auf sein Handy, jedes Augenpaar war auf ihn gerichtet. Ich blickte mich um, fasziniert von der Reaktion, die das Spiel des Jungen auf die Menschen in dieser Straße auslöste.

Es schien nicht nur die jüngeren Leute zu fesseln, jede Altersgruppe war um mich herum vertreten. Neben einem alten Mann mit Rollator stand ein vielleicht fünfjähriges Mädchen, dessen Eis sich langsam seinen Weg über die kleinen Finger bahnte, ohne dass das Mädchen es zu bemerken schien. Ein paar Meter weiter entdeckte ich in der Nähe eines Obdachlosen, dessen Kleidung dreckig und zerrissen an seinem dünnen Körper herunterhing, eine Lady mit Gucci-Handtasche, in der ein kleiner Dackel steckte. Auch sie war sich nicht zu schade, dem jungen Künstler ihre ungeteilte Aufmerksamkeit zu schenken, ungeachtet der Gesellschaft, in der sie sich befand. Und dann, direkt neben ihr, tauchte der Spinner mit seiner Bierflasche auf, der mich wenige

Minuten zuvor so dumm angemacht hatte. Die Hand mit der Flasche ließ er sinken, auch sein Blick war gebannt auf das Klavier gerichtet.

Es war ein fantastischer Moment. Ich fühlte mich mit einem Male mit all diesen fremden Menschen um mich herum auf eine ganz besondere Weise verbunden. *War es womöglich die Musik, die am Ende alle gleich machte? Oder waren wir im Grunde alle gleich, wir fühlten uns nur so verschieden, weil unser klangloser Alltag uns glauben machen wollte, wir müssten anders sein?*

Wie ein erleuchtender Schlag traf mich mein nächster Gedanke. Standen womöglich gerade auch jene um mich herum, die genau wie Julie aufgrund einer Vererbungsgeschichte so vermeintlich anders waren? Traf auf sie dasselbe zu, wie auf den Spinner, die Frau mit dem Hund, das kleine Mädchen, den alten Mann und letzten Endes auch mich? Waren wir im Grunde nicht doch alle gleich, auch wenn wir uns in offensichtlichen Zügen unterschieden?

In mir regte sich ein warmes Gefühl, wie ich es lange nicht mehr gespürt hatte. Zum ersten Mal fühlte ich mich mit dieser großen, fremden Stadt, mit den Menschen um mich herum, so richtig verbunden. Ich schloss die Augen und genoss die heilenden Klänge, die der Junge mit seinem Flügel auf dem Boden meiner Seele erzeugte.

Es verging bestimmt eine halbe Stunde, in der ich einfach nur dastand, an nichts weiter dachte und lediglich den Tönen um mich herum folgte. Ich hatte nicht einmal besonders auf meine Wertsachen achtgegeben, wie ich es sonst tat, wenn ich in der Innenstadt unterwegs war. Nichts schien mir so wichtig, als dass ich dafür dem Sinneszustand, in dem ich verweilte, entfliehen wollte. Im Nachhinein war es vermutlich großes Glück, dass mir nichts geklaut worden war. Dies wäre der ideale Moment für Taschendiebe gewesen, um größtmögliche Beute zu erzielen.

Zurück in der Bahn fragte ich mich, wie es Julie und ihrer Mutter gerade erging. Ich erinnerte mich an ihre Worte, dass ich doch so unglaublich stark sei und das alles verkraftete. Sie selbst hatte keine Wahl, sie konnte nicht alles verdrängen, wie ich es getan hatte. Diese Welt war einfach ein Teil von ihr, und wenn sie darin leben wollte, musste sie sich ihr öffnen. Ich hingegen fuhr bisher ganz gut damit, dass ich alles Unbekannte ausgrenzte. Doch gelang mir das wirklich? Mir fiel wieder die Begegnung mit dem Typen auf der Tanzfläche gestern Abend ein, dessen Namen ich zu meiner Schande nicht einmal erinnern konnte. Irgendwie erhielt diese Welt doch immer wieder Einzug in mein Leben. Und tat ich Julie im Grunde nicht auch großes Unrecht, wenn ich auf Dauer versuchte, ihre Welt – und damit ihr Leben – zu verleugnen? War es vielleicht an der Zeit, dass ich mich offen den Dingen um mich herum stellte? Wenn Julies Mutter es schaffte, eine solche Lebenslüge zu verarbeiten und sich den Tatsachen zu stellen, war es dann nicht auch mir möglich, in dieser Realität zu leben? Immerhin hatte ich mich längst dazu entschieden, hierzubleiben und nicht in mein altes Leben zurückzukehren. War das nicht bereits die Antwort auf meine Fragen?

Schließlich fasste ich den Entschluss, zukünftig offener zu sein und auch aktiv mehr über diese Welt herauszufinden. Meine Entscheidung wurde mir von einem leichten Kribbeln in meinem Bauch bestätigt. Wobei ich nicht ganz sicher war, ob es in gewisser Weise Aufregung oder doch bloß wieder Übelkeit war, die in mir aufkam.

KAPITEL 21

Irgendwie konnte ich nicht glauben, was ich tat. Tarjos saß vor mir, in seinen schwarzen Jeans und einem schlichten grauen Shirt, und würdigte mich während der gesamten Bahnfahrt kaum eines Blickes. Ich fühlte mich so unwohl wie schon lange nicht mehr. Gleichzeitig war ich aber wahnsinnig neugierig auf das, was kommen mochte, dass ich es nicht wagte, an der nächsten Station einfach auszusteigen und den Heimweg anzutreten.

Ich hatte in den vergangenen Wochen immer mal versucht, aus Julie irgendetwas über sie und die anderen herauszubekommen, etwas über ihre Lebensweise, Herkunft und Ursprünge zu erfahren, doch entweder wusste sie nicht besonders viel oder sie wollte einfach nicht darüber reden. Letzteres erschien mir nicht sonderlich ungewöhnlich für sie, auch wenn es etwas merkwürdig war, dass sie sich dieser Welt, der sie ja per Geburt angehörte, so sehr verschloss, während ich, die außerhalb dieser Welt geboren worden war, solches Interesse hegte.

Jetzt, wo auch Julies Mutter aufgeklärt war und sich nicht mehr gegen dieses Leben wehrte, hielt ich es umso mehr für sinnvoll, dass auch Julie sich mit ihrem Schicksal bewusster auseinandersetzte. Jedoch hatte ich bisher wenig Erfolg damit, ihr das nahezubringen.

»Ich bin froh, dass jetzt wieder alles beim Alten ist«, blockte sie jedes Mal ab, wenn ich das Thema auch nur ansatzweise zur Sprache brachte.

Ganz beim Alten war allerdings nicht alles, immerhin lebten Julies Eltern immer noch getrennt, worunter sie offensichtlich sehr litt. Sie rieb sich fast auf beim Versuch, beiden auf die gleiche Weise gerecht zu werden. Es war nicht besonders schön mit anzusehen, jedoch war es auch kaum möglich, ihr zu helfen.

Stattdessen schien sie auch noch mir helfen zu wollen, indem sie Tarjos bat, mich bei meiner Suche nach Antworten zu unterstützen. Sie schlug vor, dass ich ihn zu einer Art Insider-Party begleitete, was auch immer das heißen mochte. Aber ich hielt an meinem Entschluss fest, mehr über die Realität, in der ich nun mal lebte, zu erfahren, und willigte ein.

Ich war ziemlich nervös. Tarjos hatte mit keinem Wort verraten, was für eine Art Party das war, zu der ich ihn freundlicherweise begleiten durfte, und ich traute mich auch nicht, ihn direkt zu fragen. Deshalb entschied ich mich, outfittechnisch auf alles gefasst zu sein, und zog die schwarze Jeans mit den Rissen über den Knien an, die ich zusammen mit Julie gekauft hatte, sowie ein ebenfalls schlichtes schwarzes Top mit Trägern. Außerdem nahm ich mir meinen roten Lieblingspullover mit für den Fall, dass es abends kühler werden würde.

»Hast du keinen schwarzen Pulli gefunden?«, hatte mich Tarjos zur Begrüßung in der Bahnstation gefragt, bevor wir gemeinsam in den Zug gestiegen waren. Ich hatte nicht verstanden, was er damit hatte sagen wollen. Hatte er die Frage ernst gemeint im Sinne von »Jetzt wirst du dumm auffallen«, oder wollte er damit andeuten, dass ich die Party fälschlicherweise für eine Gothic-Veranstaltung hielt?

Wenn ich ehrlich war, konnte ich mir alles vorstellen. Doch statt ihm das zu sagen und womöglich seine Laune zu verderben, bedankte ich mich superfreundlich dafür, dass er mich mitnahm. Immerhin war er vermutlich der einzige, den ich dort kennen würde. Ihn bereits bei der Anfahrt gegen mich aufzubringen, erschien mir nicht besonders klug. Auch wenn es mir ziemlich schwerfiel, ihn nicht anzumeckern.

»Sagst du mir zumindest, wo es hingeht?«, unterbrach ich schließlich die Stille, doch Tarjos wandte nicht mal den Blick vom Fenster ab, während er antwortete: »Wirst du schon sehen.«

Mein Gott, was war der Mensch unfreundlich. War er böse auf mich? Eigentlich war ich nichts anderes von ihm gewohnt, trotzdem ließ es mir keine Ruhe. Schließlich hatten wir sogar Sex miteinander gehabt, wäre da nicht wenigstens ein Minimum an Höflichkeit angebracht gewesen?

»So, hier müssen wir raus«, unterbrach er meine innerliche Rede.

Zu meiner Beruhigung stiegen wir am Tivoli aus, immerhin waren wir nun mitten im Zentrum und nicht irgendwo in der Walachei. Die breiten Treppen der U-Bahnstation führten uns an gestressten Kopenhagenern vorbei ans Tageslicht. Es war nicht leicht, mit Tarjos Schritt zu halten, er hatte nicht nur längere Beine, sondern auch mehr Übung darin, sich an den Menschenmassen vorbeizuschlängeln. Wobei es mir so vorkam, als wichen die Menschen *ihm* aus und nicht umgekehrt. Die meiste Zeit über bekam ich höchstens sein Hinterteil zu sehen, was mich jedoch nicht sonderlich störte. Er konnte wirklich gut aussehen, wenn er schwieg.

Wir mussten eine sechsspurige Fahrbahn überqueren, um von der Station hinüber zum Rathausplatz zu gelangen. Während ich brav dem Fußgängerweg folgte und bis zur Ampel ging, stand Tarjos bereits in der Mitte der Fahrbahn auf der Fußgängerinsel. *Wie war er bloß dorthin gekommen, ohne von einem Auto oder einem Wahnsinnigen auf dem Fahrrad überfahren worden zu sein?* Ich staunte nicht schlecht. Das Letzte, was mir an dieser Ampel eingefallen wäre, war, über Rot zu gehen.

An seinem Blick sah ich bereits, dass er genervt von mir war.

»Hältst du dich immer an alle Regeln?«, fragte er, als ich endlich das rettende Ufer erreicht hatte.

»An die sinnvollen schon«, gab ich zurück.

»Was genau war daran jetzt sinnvoll?«, erwiderte er höhnisch.

»Wenn sich jeder den Gesetzen widersetzen würde, würde absolutes Chaos herrschen«, erklärte ich überzeugt. »Außerdem geben diese Regeln uns Strukturen, die eine Gesellschaft nun einmal braucht«, fügte ich hinzu und freute mich über meine klugen Worte.

»Muss echt schwer für dich gewesen sein, zu erfahren, dass es Dinge gibt, die deinen Gesetzmäßigkeiten widersprechen, was?«, konterte er und traf mich mit seinem abfälligen Ton. Okay, das war genug. Er durfte gerne weiterhin schlechte Laune haben, aber ich musste mir das nicht gefallen lassen.

»Hey, weißt du was, geh ruhig alleine, das war eine blöde Idee«, sagte ich und machte, ohne großartig nachzudenken, auf der Stelle kehrt.

Es ärgerte mich zwar, dass ich so eine Gelegenheit verpasste, mehr über die anderen zu erfahren, aber auch ich hatte meinen Stolz. Und meine Grenzen. Und *das* musste ich mir einfach nicht gefallen lassen, es gab sicher andere Wege, an Informationen zu gelangen.

»Sei doch nicht so empfindlich«, hörte ich ihn sagen, aber ich reagierte nicht.

Dann kam er mir zu meiner großen Überraschung hinterher.

»Jetzt warte doch mal! Das war gar nicht so gemeint.«

»Ach nein? Wie war es denn dann gemeint?«, wollte ich wissen.

»Keine Ahnung. Es überrascht mich eben, dass es heutzutage noch Menschen gibt, die blind allen Gesetzen folgen«, versuchte er zu erklären.

»Na das klingt ja gleich viel besser.« Mein zynischer Ton entging ihm nicht.

»Tut mir leid. Ich bin da halt anders. Und ich denke, dass dich das einfach einschränkt.«

»Mach dir um mich mal keine Sorgen!«

»Okay, dann komm jetzt mit!«, versuchte Tarjos mich zu überreden.

»Wieso? Kriegst du Ärger von Julie, wenn sie erfährt, dass du mich vergrault hast?«, rutschte es mir heraus. Endlich konnte ich meinem Ärger einmal Luft verschaffen. Viel zu oft war er bloß nett zu mir gewesen, weil Julie es so gewollt hätte.

»Ach Quatsch!«, antwortete er und fügte dann zu meiner Verwunderung hinzu: »Das hier war nicht ihre Idee.«

Ich wusste, dass er, wenn ich jetzt darauf rumritt, sofort Reißaus nehmen würde. Daher entschied ich, es vorerst unkommentiert stehenzulassen und ihm auf die Party zu folgen. Innerlich freute es mich jedoch, dass er in gewisser Weise zugegeben hatte, dass er mich von sich aus mit auf die Party nehmen wollte. Auch wenn das vielleicht nicht die hundertprozentige Wahrheit war. Aber ich spürte, dass davon zumindest ein Fünkchen drinsteckte.

Vom Rathausplatz aus nahmen wir nicht, wie erwartet, die Strøget, sondern bogen direkt in eine kleine Seitengasse ab, vorbei an niedlichen Boutiquen, deren Namen ich mir versuchte einzuprägen, um Julie davon zu erzählen. Das wären sicher die passenden Läden für sie gewesen. Nach mehrmaligem Abbiegen und gefühlt zehntausend Schritten später, kamen endlich die erlösenden Worte.

»Wir sind gleich da.«

Links von uns tauchte eine kleine Kirche zwischen den Häuserreihen auf, im Vorgarten standen Obstbäume, deren Früchte in verlockenden Farben die Strahlen der Sonne widerspiegelten.

»Geht ihr nicht in Flammen auf, wenn ihr die Kirche betretet?«, rutschte es mir heraus, und noch während meine Lippen die Worte formten, wusste ich, dass das nicht besonders klug gewesen war.

Tarjos blieb stehen.

Und ich mit etwas Abstand zu ihm ebenfalls. Innerlich überkam mich der Drang, wegzulaufen, wie früher, wenn man als kleines, freches Kind seine Eltern, die sich gemütlich im Liegestuhl sonnten, geärgert hatte und wusste, dass sie jeden Moment aufspringen würden, um einen zu jagen.

Als er sich langsam umdrehte, war ich kurz davor, loszurennen, doch dann sah ich, dass er grinste.

»Du reizt mich heute ganz schön, weißt du das eigentlich?«, sagte er langsam mit seiner tiefen, drohenden Stimme. Ein Zucken ging durch meinen Unterleib. *Verdammt, ich war so schwach.*

»Entschuldigung«, säuselte ich und versuchte dabei, besonders unschuldig auszusehen.

»Sag sowas lieber nicht gleich vor den anderen«, fügte er dann nüchtern hinzu.

»Habe ich nicht vor«, versprach ich, woraufhin wir unseren Weg fortsetzten und direkt neben der kleinen Kirche in einen Sandweg einbogen, der uns an unser Ziel brachte.

Wir fanden uns in einem riesigen Garten wieder, der zum Haus eines Bekannten von Tarjos gehörte, wie ich erfuhr. Überall waren Sitzbänke und Tische aufgebaut, einige Männer standen um einen Grill herum, während die Frauen auf der Wiese oder an den Tischen saßen. Mit einer Gartenparty hatte ich tatsächlich am wenigsten gerechnet. Ich war sprachlos. Und verspürte leichtes Unbehagen.

»Hätten wir nicht etwas mitbringen sollen?«, fragte ich Tarjos, weil ich das so von Grillpartys zuhause gewohnt war.

»Ich habe dich mitgebracht«, witzelte er. Und als er sah, dass ich das gar nicht komisch fand, fügte er hinzu: »Keine Sorge, das ist hier so eine Art lockeres Vereinstreffen, hier darf jeder kommen und kann, muss aber nichts mitbringen.«

Diese Antwort beruhigte mich ein wenig.

Wir gingen geradewegs auf einen Tisch mit zwei jungen Frauen zu, an dem Tarjos mich kurz als Freundin von Julie vorstellte, woraufhin er mich dann mit den Worten verließ: »Das ist Tine, die wird dir bestimmt einige Fragen beantworten können.«

Ich fühlte mich ein wenig wie bestellt und nicht abgeholt, versuchte jedoch, mein Unbehagen zu überspielen, begrüßte die beiden Damen höflich und setzte mich zu ihnen. Wie sich herausstellte, waren sie unglaublich freundlich. Tine war vermutlich nicht viel älter als ich, trug schwarze Dreadlocks und auch sonst vor allem dunkle Klamotten. Ihre Freundin Jessie hingegen war ziemlich bunt angezogen, blaue Jeans, lilafarbenes Top. Ihre blonden Haare leuchteten förmlich im Licht der Sonne.

Nach einer kurzen, oberflächlichen Vorstellung brach Tine dann mit der Frage heraus: »Bist du die Eva, die Julie gerettet hat?«

Mir war diese Frage recht unangenehm. Hatten die Geschehnisse in dem alten Landhaus etwa die Runde gemacht? Die arme Julie. Vermutlich wollte sie deshalb auch nicht so viel damit zu tun haben.

»Keine Sorge«, rettete Tine mich, als hätte sie meine Gedanken gelesen. »Das wissen nur ganz wenige. Tarjos hat mir und Aksel, das ist der Typ dort am Grill, gesagt, dass du mitkommen und ein bisschen was über uns erfahren wollen würdest.«

»Nur wenn es keine Umstände macht natürlich«, versuchte ich mein Anliegen höflicher zu formulieren.

»Nein, keineswegs. Ich kann verstehen, dass eine solche Erfahrung viele Fragen aufwirft. Die meisten Menschen würden vermutlich schreiend wegrennen.«

Ich lachte über ihre Aussage und hielt es für besser, nicht zu erwähnen, dass ich das am liebsten auch getan hätte. Und auch getan hatte. Mehrfach. Sogar gerade eben erst. Wobei das nicht zählte.

»Also, dann schieß mal los, was brennt dir auf der Seele?«, kam sie direkt zur Sache.

Ich überlegte kurz und dachte dann, dass es keinen Unterschied machen würde, ob ich direkt oder erst später mit der wichtigsten aller Fragen herausrücken würde. Also legte ich los.

»Ihr dürft das auf keinen Fall falsch verstehen, okay? Ich versuche gerade, mir ein Bild darüber zu machen, wie diese Realität aussieht, in der wir alle leben. Und da kommen ständig neue Fragen hinzu, die ich ...«

»Na los, einfach raus mit der Sprache«, forderte Jessie mich belustigt auf.

»Okay, also, das vielleicht Schwierigste zuerst. Im Radio und in den Nachrichten hört man ja immer wieder davon, dass Kinder entführt und Menschen getötet werden. Im Vergleich zu dem, was ich aus Deutschland kenne, erscheint mir das sehr viel mehr. Könnt ihr mir sagen, wie viele dieser Verbrechen ...«, ich wusste nicht, wie ich es höflich formulieren sollte.

»Du meinst, von uns verübt werden?«, kam mir Tine zur Hilfe.

»Ja, so in etwa«, bestätigte ich etwas verlegen.

»Hm, schwierige Frage, ich weiß nicht, ob es dazu Statistiken gibt. Grundsätzlich würde ich mal sagen, dass es unter uns genauso viele schwarze Schafe gibt wie unter dem Rest der Bevölkerung. Dass wir uns verändern, heißt nicht, dass wir aggressiv oder mordlustig werden«, erklärte sie mit ruhiger Stimme.

»Ist für dich vielleicht schwer vorzustellen, wenn du Tarjos kennengelernt hast«, scherzte Jessie und ich musste lachen.

»Aber ich kenne ja Julie, und die würde nie auch nur einer Fliege etwas zu Leide tun«, fügte ich hinzu.

»Stimmt. Und genauso musst du das sehen. Vielleicht ist die Berichterstattung hier in Dänemark auch einfach ein bisschen anders und man darf nicht vergessen, dass wir in einer Großstadt leben, die natürlich auch mit Bandenkriminalität zu kämpfen hat. Und damit haben wir meines Wissens nach herzlich wenig zu tun. Für das Verschwinden der Kinder gibt es jedoch eine Erklärung. Eigentlich verschwinden diese Kinder nicht wirklich. Oder nur für kurze Zeit. Oder es macht nur den Anschein, als würden sie verschwinden. Aber es wird im TV nie berichtet, dass sie wieder aufgetaucht sind. Bei uns ist es so, dass wir erst in der Pubertät merken, dass irgendetwas anders ist, dass irgendetwas nicht stimmt. Häufig rennen die Eltern dann ohne Erfolg von Arzt zu Arzt. Einige Kinder spüren die Veränderungen besonders stark, und wenn sie keine Hilfe bekommen, endet das bei vielen darin, dass sie Reißaus nehmen, weil sie das Gefühl nicht loswerden, am falschen Ort zu sein oder ihre Familie zu gefährden. Die Gefühle der Pubertät werden verstärkt und der Drang, sich gegen die Familie aufzulehnen, ist bei einigen umso stärker. Erst, wenn ihnen keiner zu Hilfe kommt, geschieht es tatsächlich, dass sie sterben, weil der Körper nicht das bekommt, was er braucht. Also Blut.«

»Und wer kann ihnen helfen?«, fragte ich, besorgt um die Kinder.

»Im Grunde jeder, der merkt, dass in seinem Umfeld ein Kind ist, das sich anders verhält als die übrigen. Es gibt hier in Kopenhagen zum Beispiel eine Art Spezialklinik, die man den Eltern mit ihrem Kind empfiehlt. Nach außen wirkt sie wie eine normale Klinik für Kinder- und Jugendliche. Allerdings wird sie von einem von uns geleitet, und wenn festgestellt wird, dass das Kind besonders ist, kann es dort erfahren, wie es damit weiterleben kann.«

»Aber müsste nicht auch immer ein Elternteil ohnehin Bescheid wissen?«, erkundigte ich mich weiter?

»Nicht unbedingt. Ob das Gen vererbt wird, ist von vielen verschiedenen Faktoren abhängig. So genau kenne ich mich damit auch nicht aus. Aber auf jeden Fall können auch ganze Generationen übersprungen werden. Dann ist es natürlich besonders schwierig für das Kind.«

»Ja, das kann ich mir vorstellen«, betonte ich.

Während wir weiter darüber sprachen, wie es für Jessie und Tine gewesen war, zu erfahren, dass sie sich vom Rest der Bevölkerung unterschieden, gesellten sich noch weitere Partygäste zu uns an den Tisch. Ich war überrascht, dass alle so offen darüber sprachen, erfuhr aber, dass das nicht unbedingt gewöhnlich war.

»Natürlich muss man den Personen vertrauen können«, sagte Jessie.

»Und wir vertrauen dir, weil du Julie gerettet hast. Und Tarjos scheint ebenfalls großes Vertrauen in dich zu setzen, sonst hätte er dich nicht mitgebracht«, ergänzte Tine.

Ich wusste nicht, was ich dazu sagen sollte.

»Komm, wir holen uns etwas vom Grill! Wir haben noch den ganzen Abend, um zu quatschen«, forderte Tine uns auf, ihr zu folgen. Und das taten wir. Ich fühlte mich zunehmend wohler, auch wenn ich das Gefühl nicht loswurde, dass ich von einigen Gästen besondere Aufmerksamkeit erhielt. Aber vermutlich war das bloß Einbildung, immerhin war das eine ungewöhnliche Situation, in der ich mich befand. Noch vor einigen Monaten hatte ich versucht, all dem zu entfliehen. Und nun befand ich mich mittendrin.

Ich füllte mir lediglich ein bisschen Salat auf den Teller und ließ mir am Grill ein Würstchen geben.

»Alles gut soweit?«, wollte Tarjos wissen und überraschte mich mit seiner Frage.

»Ja.« Ich lächelte ihn an, woraufhin auch in seinem Gesicht so etwas wie ein zufriedenes Lächeln erschien.

Ich freute mich darüber, wie nett er sein konnte, wenn er nur wollte, und schlenderte zurück an den mittlerweile gut gefüllten Tisch. Neben mir nahm ein Mann Platz, der sich mir gegenüber als Kristian vorstellte, bevor er sich über seinen gut gefüllten Teller hermachte.

Tarjos leistete nach wie vor Aksel am Grill Gesellschaft. Hin und wieder sah ich zu ihm hinüber. Einmal trafen sich unsere Blicke und ich spürte ein warmes Kribbeln in meinem Bauch. Vielleicht konnte ich ihn ja doch irgendwann mögen.

Aber bevor ich weiter darüber nachdenken konnte, dass Julie am Ende mit ihrer Meinung über Tarjos Recht behalten sollte, riss Kristian mich aus meinen Gedanken und verwickelte mich in ein Gespräch. Es stellte sich heraus, dass er ebenfalls einmal Germanistik studiert, jedoch nach drei Semestern abgebrochen hatte, weil er es nicht abwarten konnte, endlich Geld zu verdienen. Mittlerweile besaß er zwei Surfer-Läden, einen direkt in Århus und einen in Kopenhagen. Als ich ihm erzählte, dass ich ganz in der Nähe im Café arbeitete, sprang er plötzlich auf und bewegte sich schnurstracks hinüber zum Grill.

»Was ist denn mit dem los?«, fragte Tine überrascht.

»Ich habe keine Ahnung«, entgegnete ich selbst verwundert und versuchte zu verstehen, was gerade passiert war.

Dann sah ich, wie Kristian wütend auf Tarjos losging und ihn anschrie. Aksel hatte alle Mühe, ihn davon abzuhalten, Tarjos körperlich anzugreifen.

Tine und ich sprangen gleichzeitig auf und liefen hinüber. Während Tine beruhigend auf Kristian einzuwirken versuchte, machte Tarjos nicht im Geringsten Anstalten, Kristian aus dem Weg zu gehen oder die Situation zu entschärfen. Im Gegenteil. Er schien eher belustigt über Kristians Verhalten.

Ich stand einfach nur wenige Meter entfernt da und bestaunte die Ereignisse im Versuch, zu verstehen, was hier vor sich ging. Offensichtlich hatte der Streit irgendetwas mit mir zu tun. Nach einigen Wortfetzen, die Kristian Tarjos an den Kopf knallte und deren Bedeutung ich nicht verstand, gab Kristian sich geschlagen, befreite sich aus Aksels Fängen und kam, statt Tarjos anzugreifen, direkten Weges auf mich zu. In seinem Blick sah ich tosende Wut, ich machte einen Schritt zur Seite, weil ich Angst hatte, dass er mich geradewegs umrennen würde. Stattdessen hielt er kurz vor mir an, baute sich dicht vor mir auf und hob warnend die Hand.

»Wenn ich herausfinde, dass du ihm auch nur ein Wort verrätst, bring ich dich um!«

Im Vergleich zu meinen aufgewühlten Gedanken wirkte das Wasser des kleinen Teiches dicht vor mir unglaublich ruhig. Es erinnerte mich an einen Badesee, in dem wir als Kinder im Sommer immer geplantscht hatten. Was waren das doch für schöne, unbeschwerte Zeiten, in denen ich noch dachte, die Welt sei in Ordnung und Mama und Papa würden uns vor allem Bösen schon beschützen. Und jetzt? Was sollte ich jetzt tun? Erst vor Kurzem hatte ich erfahren, dass es noch eine weitere Art Mensch gab, dass meine beste Freundin Julie dazugehörte und gelegentlich Blut trinken musste, um zu überleben. Und jetzt erfuhr ich, dass da zu allem Übel scheinbar irgendeine Verschwörung im Gange war und die Menschen verfolgt wurden, die anders waren. *Das musste doch alles ein böser Traum sein. Wann würde ich aufwachen und wieder in mein normales, gesittetes Leben zurückkehren können?*

»Sie braucht jetzt Halt«, hörte ich Tine tuscheln. Doch es fühlte sich an, als sei sie kilometerweit entfernt.

Ja, *Halt*. Woran konnte ich mich noch festhalten? Nichts schien *wirklich* zu sein. Nichts, woran ich geglaubt hatte, war wirklich das, wonach es aussah. Gerade erst hatte ich mich bereiterklärt, mich den neuen Erkenntnissen zu stellen, mich der Welt zu öffnen, die sich mir soeben auf recht schonungslose Weise offenbart hatte. Ich war bereit gewesen, der Wahrheit ins Auge zu blicken und meine eigene Welt um diese bisher gut verborgene, neue Welt um mich herum zu erweitern, die Tatsachen zu akzeptieren und in der wirklichen Wirklichkeit zu leben, statt mich in meine alte, naive, wenn auch heile Welt zu verkriechen. *Und jetzt das!* Während ich das neue Leben betrat, brach mein altes Leben förmlich hinter mir zusammen wie ein marodes Gebäude aus Scheinheiligkeit und Lügen. Es fühlte sich an, als hätte ich seit meiner Geburt in einem Luftschloss gelebt, dessen Böden und Wände meine gutgläubige Fantasie zum Schutz meiner kindlichen Naivität errichtet hatte. Alles schien auf einmal unwirklich. *Was konnte ich denn noch glauben? Wem konnte ich überhaupt noch vertrauen?*

Als Kristian mir vor wenigen Minuten an den Kopf geworfen hatte, ich würde für ein bösartiges Monster arbeiten, löste sich mein Realitätskonstrukt gänzlich in Luft auf. Nie wäre mir ohne seine aufklärenden Worte auch nur in den Sinn gekommen, an Frederiks Aufrichtigkeit zu zweifeln. Stets hatte er ehrlich und rücksichtsvoll auf mich gewirkt, ich hatte sogar sein ehrenamtliches Engagement gelobt, das, wie sich nun herausstellte, lediglich eine Fassade war, um das Grauen zu vertuschen, das sich hinter seinen Machenschaften verbarg.

»Er arbeitet für die Regierung. Die machen Jagd auf uns, verdammte Scheiße!«, hallten Kristians Worte immer wieder in meinem Kopf nach. Seinen Blick voller Angst und Wut würde ich so bald nicht wieder vergessen.

»Vermutlich ist sie längst sein kleiner Spitzel und wir sind jetzt alle geliefert«, hatte er hasserfüllt geschrien, woraufhin Tarjos ihm vorwarf, paranoid zu werden.

Und dann waren sie auf Henrik zu sprechen gekommen, Tarjos' Freund, der im selben Wohnheim lebte wie ich. Er war seit einigen Wochen verschwunden, wie vom Erdboden verschluckt. Keiner wusste genau, was ihm passiert sein konnte. Aber man hatte so eine Ahnung. Das war zu viel für mich.

Ich stürzte meinen Kopf in meine Arme in der Hoffnung, die Welt um mich herum würde dann aufhören, sich so wahnsinnig schnell zu drehen. Vergebens. Dort war er wieder. Dieser Strudel. Dieser Abgrund. Dieses schwarze Loch, das für mich bestimmt war. In das ich mich stürzen sollte und aus dem ich nie wieder herausfinden würde.

Ich musste nur springen. Dann hätte ich es geschafft. Dann

müsste ich mir um nichts mehr in der Welt Sorgen machen. Ich ging einen Schritt auf den Abgrund zu und blickte hinunter. Nichts als Dunkelheit und Leere. Angenehme Leere. Beruhigende Leere. Einfach nur springen. Einen einzigen Sprung wagen, dann wäre es geschafft. Dann hätte ich nichts mehr zu befürchten.

Aber irgendetwas hielt mich fest. *Hey, was soll das? Lass mich los! Ich muss das jetzt tun!* Ich versuchte, mich loszureißen, doch mir fehlte die Kraft.

Erst ganz leise, dann langsam lauter werdend, drang eine Stimme an mein Ohr. Es waren immer die gleichen Worte. Wie ein Echo wiederholten sie sich. Wieder und wieder hörte ich diese Stimme. Doch es dauerte eine Weile, bis sie mich wirklich erreichte.

»Eva, du musst dich beruhigen! Du musst dich beruhigen!«

Es war Tarjos' Stimme, die langsam in mein Bewusstsein drang: »Du musst dich beruhigen!«

Plötzlich spürte ich, dass er mich festhielt. Ich hatte überhaupt nicht gemerkt, dass er sich hinter mich gesetzt und seine Arme um mich gelegt hatte. Links und rechts von mir erblickte ich seine langen Beine. Ich spürte seinen Oberkörper dicht hinter mir und ließ mich, ohne großartig darüber nachzudenken, nach und nach in seine rettenden Arme fallen. Es tat gut, Widerstand zu spüren. Etwas, woran ich mich festhalten konnte, bevor ich den Boden unter meinen Füßen für immer verlor.

»Ich werde noch irre«, flüsterte ich mit geschlossenen Augen, meinen Kopf gegen seine starke, warme Brust lehnend.